로봇 하트

로봇 하트

파드레이그 케니 지음 ◎ 서애경 옮김

미래인

로봇 하트

1판 1쇄 펴낸날 2018년 11월 30일
1판 2쇄 펴낸날 2020년 6월 10일
지은이 파드레이그 케니 **옮긴이** 서애경 **펴낸이** 김민지 **펴낸곳** 미래M&B
책임편집 황인석 **디자인** 서정민 **영업관리** 장동환, 김하연
등록 1993년 1월 8일(제10-772호) **주소** 서울시 마포구 동교로 134(서교동 464-41) 미진빌딩 2층
전화 02-562-1800(대표) **팩스** 02-562-1885(대표)
전자우편 mirae@miraemnb.com **홈페이지** www.miraeinbooks.com

ISBN 978-89-8394-853-3 03840

＊잘못 만들어진 책은 구입처에서 바꾸어 드립니다.
＊미래인은 미래M&B가 만든 단행본 브랜드입니다.

도로시: 뇌가 없는데 어떻게 말을 할 수가 있죠?

허수아비: 사람들도 생각 없이 말을 많이 하지 않나요?

—〈오즈의 마법사〉에서

등장인물

그레고리 압살롬 로봇을 만들어 파는 엔지니어. 얕은꾀로 사람들의 불행을 이용해 로봇을 파는 데만 관심 있는 양심 불량 인간.

크리스토퍼 압살롬의 조수로 일하는 열두 살 소년. 언제 팔려 나갈지 모르는 로봇들을 동정해서 끔찍이 아껴주는데, 알고 보니 그는 바로….

잭 압살롬이 만든 로봇. 지능이 뛰어나며 침착하고 치밀한 성격의 소유자로, 친구인 크리스토퍼처럼 인간이 되고 싶어 한다.

둥글이 로버트 몸통이 둥그렇고 땅딸막한 로봇. 착하고 솔직한 성격의 귀염둥이 캐릭터.

만다 압살롬이 만든 여자 로봇. 늘 곰 인형을 안고 다닌다.

그리퍼 압살롬이 처음으로 만든 로봇. 키가 2.5미터이고 덩치도 엄청 커서 괴물같이 생겼지만 아이같이 순수하다.

에스텔 로봇들에게 피부를 입혀주는 일을 하는 열세 살 인간 소녀.

필립 코미어 로봇에게 영혼을 불어넣는 '정제 추진력' 기술을 발명한 전설적인 엔지니어. 끔찍한 사고 이후 실의에 빠져 자신이 만든 로봇들을 모두 파괴하고 은둔 생활을 한다.

리처드 블레이크 현존하는 최고의 로봇 엔지니어로 불리지만, 법으로 금지된 '정제 추진력' 기술로 전쟁 로봇을 만들어 세계를 지배하려고 한다.

로봇 제작 원칙

1

먼허를 취득하고 등록을 완료한 엔지니어에게만
로봇에게 생명을 부여할 수 있는 법적 권리가 있다.

2

합의된 기준에 따라 성인 또는 '인간' 규격으로 제작한
로봇에 생명과 감각을 부여하는 일은 금지되어 있다.

3

'생명'을 부여받은 모든 로봇 관련 장비는
기본 추진력 및 기호 방식 원리를 바탕으로 제작해야 한다.

4

'영혼 부여'라고도 부르는 기술인 정제 추진력으로
로봇에게 생명을 부여하는 일은 엄격하게 금지되어 있다.

1

밤하늘에서 눈이 내리고 있었다. 온 세상이 차갑고 고요했다. 잭의 관절 부위에서 쇠붙이가 끽끽대는 소리가 규칙적으로 들려왔다. 크리스토퍼는 잭을 힐끗 쳐다봤다. 하지만 로봇 잭은 앞만 빤히 바라보고 걸었다. 자기 몸에서 나는 소음이 전혀 들리지 않는 모양이었다. 압살롬 씨는 조금 앞서 걷고 있었다. 그가 입은 얇은 검은색 외투는 바람을 머금어 잔뜩 부풀어 있었다.

끽- 끽-

크리스토퍼는 그 소리가 나지 않게 하고 싶었다.

끽- 끽-

압살롬 씨가 갑자기 뒤돌아서더니 마르고 길쭉한 몸을 최대한 곧추세웠다. 그리고 크리스토퍼를 째려보며 말했다.

"공장에서 출발하기 전에 잭한테 기름칠하라고 말했던 것 같은데."

"시키신 대로 했어요, 압살롬 씨."

실은 서둘러 출발하느라 정신이 쏙 빠진 탓에 크리스토퍼는 잭의 관절에 기름칠해야 한다는 사실을 까맣게 잊어버렸다.

압살롬 씨가 다시 크리스토퍼를 매섭게 노려봤다.

"크리스토퍼가 기름칠해줬어요." 잭이 끼어들었다.

"가발이나 제대로 써." 압살롬 씨가 잭을 찰싹 때리며 말했다.

잭은 가발 끝을 잡아당겨 매만진 다음 크리스토퍼를 보며 씩 웃었다. 크리스토퍼도 잭을 향해 살짝 웃어줬다. 압살롬 씨로부터 에일즈버리에 가면 로봇을 확실히 팔 수 있을 거라는 이야기를 들은 후로, 크리스토퍼는 가슴 한구석에 자리한 끔찍하고 서늘한 기분을 떨쳐낼 수가 없었다.

압살롬 씨가 만든 로봇은 허수아비 몇 개를 제외하고는 꽤 오랫동안 팔리지 않았다. 솔직히 말하면, 허수아비조차도 남부끄러울 정도로 형편없는 물건이었다. 최근에 팔린 허수아비는 들판에서 걸어 나와 사라졌다가 석 달 뒤 16킬로미터 떨어진 강가에서 엎드린 채 발견되었다.

하지만 압살롬 씨는 이번에는 로봇이 잘 팔릴 거라고 확신하며 잔뜩 신이 나 사무실 안을 펄쩍펄쩍 뛰어다녔다. 그러더니 잭한테 원래 쓰던 빨간색 가발 대신 갈색 가발로 바꿔 쓰라고 말했다. '병색이 완연한 빨간 머리의 로봇을 살 사람은 없다'는 이유에서였다. 잭은 자기가 곧 팔릴지도 모른다는 사실에 전혀 개의치 않았다. 사실 속으로는 기쁘기까지 했다. 하지만 지나칠 정도로 빈틈없는 성격인 잭답게 전혀 내색하지 않았다. 그러다가 트럭에 올라타면서 몰래 씩 웃는 모습을 크리스토퍼한테 들키고 말았다.

함께 길을 걷던 크리스토퍼는 불안한 눈빛으로 잭을 한 번 더 쳐다봤다. 웃음을 짓고 있던 잭이 이번에는 크리스토퍼의 눈길을 알아챘다. 크리스토퍼는 다른 쪽으로 얼른 눈길을 돌렸다.

"왜 그래?" 잭이 물었다.

"그냥." 크리스토퍼가 대답했다.

압살롬 씨도 기분이 퍽 좋아 보였다. 그는 눈이 펑펑 쏟아지는 밤하늘을 올려다보며 감탄했다.

"아름답구나! 하늘도 나를 이렇게 도와주니 이보다 더 좋을 순 없을 거다."

빨간색 벽돌집이 한 줄로 늘어선 길 중간쯤에서 압살롬 씨가 크리스토퍼와 잭한테 멈추라는 신호를 보냈다. 그는 두 손을 꼭 쥐고 크리스토퍼와 잭을 향해 환하게 웃으면서 말했다.

"자, 이제 다 왔어. 저 10호 집이 로봇을 필요로 하는 집이다. 잭, 연습한 대로 잘해야 한다."

"네, 압살롬 씨."

"크리스토퍼."

"네?"

"자세를 바로하고 영리하게 보이도록 해. 넌 영국에서 최고로 훌륭한 엔지니어의 조수라는 걸 잊지 마라."

"네, 압살롬 씨."

세 사람은 묵직한 놋쇠 문고리가 달린 짙은 초록색 현관문 앞에 섰다. 압살롬 씨가 문 앞에 똑바로 서서 과감하게 문을 세 번 두드렸다. 그런 뒤 크리스토퍼와 잭한테 말했다.

"웃어, 이 녀석들아."

눈이 소복소복 쌓이는 소리가 들릴 정도로 정적이 잠시 흐른 후, 안쪽에서 잠금장치를 여는 소리가 들렸다. 문이 열리자 압살롬 씨가 최대한 밝은 표정으로 활짝 웃었다.

곱슬머리의 30대 남자가 고개를 쓱 내밀며 물었다.

"누구시죠?"

압살롬 씨가 살짝 고개를 숙였다.

"채프먼 씨, 제 소개를 잠깐 하겠습니다. 저는 그레고리 압살롬이라고 합니다. 여러 가지 감각을 지닌 간단한 기계, 마네킹, 로봇 그리고 관련 장비 등 이것저것 만드는 사람이지요."

압살롬 씨가 손목을 재빨리 구부렸다 펴자 명함 한 장이 손에 쥐여 있었다. 채프먼 씨는 영문도 모른 채 명함을 받아 들고 어리둥절한 표정으로 압살롬 씨를 쳐다봤다. 그런 뒤 고개를 아래위로 끄덕이며 눈을 껌뻑껌뻑하더니 다시 고개를 들었다. 꼭 한 대 얻어맞은 사람 같았다.

"저기… 죄송한데, 이게 뭔가요?"

압살롬 씨가 기도하듯 두 손을 꼭 쥐고 침울한 표정으로 말했다.

"선생님 댁에 안 좋은 일이 있었다는 이야기를 들었습니다. 늦었지만 삼가 고인의 명복을 빕니다."

채프먼 씨의 얼굴이 하얗게 질렸다.

"누구한테 들으셨죠? 대체 누가… 누구한테 들으신 건가요?"

크리스토퍼는 갑자기 불안해졌다. 압살롬 씨와 눈을 마주치려 했지만, 그는 연민과 동시에 탐욕스러운 눈길로 자기 앞의 남자를 쳐다보느라 정신이 없었다.

"채프먼 씨, 이 마을에 제 친구들이 몇 명 살고 있답니다. 고맙게도 그 친구들이 제게 선생님이 겪으신 고충을 전해줬답니다."

채프먼 씨가 손으로 문을 잡고 겨우 몸을 가누면서 눈을 휘둥그레 뜨고 압살롬 씨를 쳐다봤다.

"채프먼 씨, 그 일이 있은 지는 얼마나 되었습니까?"

압살롬 씨가 고개를 옆으로 약간 갸우뚱하면서 물었다. 동정심이 가득한 그의 눈가가 금세 촉촉해졌다. 수많은 연습을 통해 만들어진 능숙한 행동이었다.

잠시 어깨를 들썩거리던 채프먼 씨가 슬픔을 이기지 못해 목이 멘 소리로 말했다.

"6주 됐습니다."

"게다가 외동아드님이셨지요."

채프먼 씨가 고개를 끄덕였다.

크리스토퍼는 얼굴 전체가 불에 타는 듯 화끈거렸다. 압살롬 씨가 정상적인 방법으로 로봇을 팔 거라고 생각했기 때문이다. 이런 상황일 줄은 생각도 못 했다. 한편으로는 이 남자를 이용해 먹으려는 압살롬 씨에게 무척 화가 났다. 그래서 뭔가 말을 꺼내보려 했지만, 압살롬 씨는 크리스토퍼한테 눈길도 주지 않은 채, 오른손으로 크리스토퍼의 가슴을 뒤로 밀며 막았다.

"정말 슬프군요. 정말정말 슬픈 일입니다." 압살롬 씨가 한숨을 내쉬고 고개를 절레절레 흔들며 말했다. "선생님, 제가 선생님의 고통과 슬픔을 아주 조금이나마 덜어드리고 싶다고 말씀드린다면 어떠시겠습니까?"

채프먼 씨는 두 눈을 휘둥그레 뜨더니 이 낯선 자에 대한 경계심을 아예 놓아버린 듯했다. 크리스토퍼는 가엾은 그가 이제 압살롬 씨가 원하는 대로 끌려올 수밖에 없다는 사실을 알아챘다.

압살롬 씨가 마치 연극배우처럼 과장된 몸짓으로 잭을 가리키며 말했다.

"최고급 모델 로봇을 하나 선보여드려도 될까요? 제 작품 중 감히 최고라고 말씀드릴 수 있는 모델입니다."

13

잭이 한 걸음 앞으로 나와서 채프먼 씨를 보며 웃었다. 압살롬 씨에게 배운 대로 고개를 옆으로 까딱 숙인 채 희망차고 겸손한 눈빛으로 그를 바라봤다. 크리스토퍼는 갑자기 짜증이 치솟았다.

"저희는 이 녀석을 잭이라고 부릅니다만, 구매 결정을 해주신다면 이름은 원하시는 대로 바꿀 수 있습니다. 또래 소년들의 특징을 완벽하게 갖추고 있답니다. 재미는 물론이고…."

잭이 환하게 웃더니 무대 위에 오른 코미디언처럼 팔을 앞뒤로 흔들면서 가볍게 춤을 추었다.

"지능은 또래보다 훨씬 뛰어나고…."

잭이 손으로 턱을 괴고 실눈을 뜬 채 하늘을 올려다보며 생각에 빠진 듯한 표정을 지었다.

"395 곱하기 672는 26만 5,440입니다." 잭이 말했다.

"동작이 섬세하고 표현력도 좋고…."

잭이 손을 바닥에 짚고 재주를 넘었다. 관절에서 끽끽 소리가 나자 압살롬 씨가 크리스토퍼를 째려봤다. 크리스토퍼도 지지 않고 노려보자 압살롬 씨는 다시 미소를 지으며 멍한 표정으로 서 있는 채프먼 씨를 봤다.

"보시다시피 최고로 훌륭한 모델입니다. 기계공학의 기적이라 할 수 있을 정도지요. 만약 구매하기로 마음을 정하시면 가장 저렴한 가격에 드릴 것을 확실히 장담합니다."

"토머스, 누구예요? 누가 왔어요?"

집 안에서 누군가의 목소리가 들려왔다.

곧이어 채프먼 씨 뒤에 차가운 인상의 키 큰 여자가 나타났다. 헝클어진 머리에 멍한 눈빛을 한 그 여자는 잠을 제대로 못 잤는지

낯빛이 몹시 어두웠다.

"토머스, 누가 왔냐고요. 무슨 일이에요?"

채프먼 씨는 안절부절못하는 모습이었다.

"아무것도 아니야, 루스. 들어가 있어. 별일 없어."

그때 압살롬 씨가 방울뱀처럼 잽싸게 앞으로 나섰다.

"채프먼 부인. 남편 분께 진심으로 조의를 표하고 있었습니다. 채프먼 씨를 아는 친구에게 듣기로 아드님 윌리엄은…"

크리스토퍼는 채프먼 씨가 뒷걸음질 치는 모습, 그리고 그의 아내가 손으로 입을 막는 모습을 지켜봤다.

"무척 똑똑하고 반듯한 소년이었다고 들었습니다."

압살롬 씨가 갈라지는 목소리로 말을 마치더니 손수건을 꺼내 눈가를 닦았다.

"저는 채프먼 씨에게 저희가 만든 최신 모델 로봇을 보여드리고 있었습니다. 이 로봇이 아드님을 대신할 수 있다면, 그래서 텅 빈 마음이 조금이나마 채워진다면 정말 좋겠습니다. 1년 중 가장 상서로운 날인 크리스마스에 가족의 정을 느껴보셨으면 하는 바람입니다."

잭은 이제 물구나무를 서서 걷고 있었다. 채프먼 부인이 깜짝 놀라면서도 불안한 표정으로 그런 잭을 쳐다봤다. 그러다 몸을 숙이더니 더 자세히 들여다봤다.

잭이 다시 두 발로 서서 채프먼 부인을 보다가, 진심이 묻어나는 표정으로 그녀에게 다가갔다.

"이 로봇이 잭입니다, 채프먼 부인." 압살롬 씨가 상냥하게 말했다. 그리고는 잭의 어깨를 앞으로 살짝 밀었다.

또다시 정적이 밀려들었다. 크리스토퍼의 등 뒤에서 구슬픈 바람 소리가 들려왔다.

"루스⋯." 채프먼 씨가 말했다.

그의 아내는 남편의 말이 들리지 않는 것 같았다. 머리를 떨며 서 있던 그녀가 몸을 낮게 숙이고 잭을 쳐다봤다.

"채프먼 부인, 제가 만든 로봇 중 가장 뛰어난 녀석입니다. 겉모습이나 성능 모두 인간에 가까운 매우 영리한 로봇이지요. 잭은 일손을 덜어주기도 하고 친구, 동료⋯" 채프먼 부인의 눈이 휘둥그레진 걸 보고 압살롬 씨가 잠깐 멈췄다가 말을 이었다. "⋯댁의 아드님이 되어줄 수 있습니다."

채프먼 부인이 살짝 훌쩍였다.

채프먼 씨가 고개를 푹 숙인 채 구슬픈 목소리로 말했다.

"여보, 제발⋯."

잭이 그들에게 더 가까이 다가갔다. 채프먼 부인의 고통스러운 눈빛에서 희망의 빛을 발견한 순간, 크리스토퍼는 마음이 아팠다.

압살롬 씨가 양팔을 옆으로 벌리며 다시 말을 이어갔다.

"지금 내리는 이 눈을 바라보며 생각해보세요. 크리스마스에 가족 한 사람을 더 맞이하는 일이 얼마나 훌륭하고 적절하며 옳은 일인지 말입니다. 크리스마스트리, 웃음, 집 안 가득 풍기는 오렌지와 음식 냄새, 들을수록 마음이 편안해지는 캐럴. 이 모든 걸 진짜 피가 섞인 가족뿐만 아니라 사랑과 기쁨으로 맺어진 가족과도 함께 나누고, 산타클로스가 과연 어떤 선물을 가져다줄지를 함께 생각해보시는 건 어떨까요?"

그렇게 말한 뒤, 그는 로봇을 대여하거나 구매하는 경우 등 몇 가지 방법을 제시하면서 대략적인 가격을 따발총처럼 읊어댔다.

크리스토퍼는 마음속 깊이 타오르는 분노를 가라앉히려고 애썼다.

채프먼 부인의 두 눈은 눈물과 희망, 고통으로 뒤범벅되어 있었다. 그리고 채프먼 씨는 고개를 푹 숙였다. 압살롬 씨의 제안을 거절할 수 없다고 생각하는 것 같았다.

곧이어 어떤 일이 벌어질지 생각지도 못한 채 압살롬 씨가 좀 더 목소리를 높였다. 조금 있으면 만지게 될 돈 냄새라도 맡는 듯 그의 콧구멍이 벌름거렸다. 이를 지켜보던 크리스토퍼는 신물이 났다.

그러나 이 꿈같은 상황은 잭이 던진 단 한 마디에 물거품처럼 사라졌다.

잭이 한 걸음 앞으로 걸어 나가더니 희망에 찬 목소리로 이렇게 말했다.

"엄마?"

그 순간 채프먼 씨의 주위로 사나운 눈보라가 몰아치는 느낌이었다. 크리스토퍼는 이렇듯 심하게 화를 내는 사람은 난생처음 봤다.

"닥쳐!"

그렇게 소리친 뒤 채프먼 씨가 잭의 가슴을 정통으로 찼고, 잭은 덜거덕 쇠붙이 소리를 내면서 눈밭으로 나가떨어졌다.

채프먼 씨 부부는 압살롬 씨가 보는 앞에서 현관문을 꽝 닫고 집 안으로 들어갔다. 정적이 흘렀고, 눈은 그칠 줄을 몰랐다.

트럭으로 돌아온 잭은 갈색 가발을 벗고 원래 쓰던 빨간색 가발을 썼다. 기분이 좋은지 잠시 몸을 들썩거렸다가 손으로 허벅지 아래를 만지고는 얼굴을 찌푸리며 말했다.

"엉덩이가 움푹 들어간 것 같아."

크리스토퍼가 코웃음을 터트리자 잭도 따라 웃었다. 둘이 깔깔대는 동안에도 압살롬 씨는 운전대를 이리저리 마구 돌리며 난폭하게 차를 몰았다. 두 소년은 멈출 줄 모르고 계속 깔깔댔다. 결국, 압살롬 씨가 폭발했다.

"그리고 너 말이야!"

화가 잔뜩 난 압살롬 씨가 소리를 빽 지르자 크리스토퍼는 냉큼 웃음을 멈췄다.

"저요? 제가 왜요?"

"아무것도 안 했잖아. 네가 한 일이 바로 그거지. 아무것도 안 한 거!"

"제가 뭘 어떻게 해야 했는데요?"

"함께 연습한 대로 했어야지. 내가 로봇을 팔 때 옆에서 거드는 거, 그게 네가 할 일이잖아. 이 말 저 말 하면서 바람을 잡고 사람들 반응을 살펴가며 로봇을 사도록 부추겨야지!"

"로봇의 이름이 잭이라고 소개했잖아요."

크리스토퍼가 압살롬 씨를 노려보자 압살롬 씨도 크리스토퍼를 노려봤다. 잭이 급히 끼어들지 않았더라면 둘은 계속 서로를 노려보고만 있었을 것이다.

"압살롬 씨, 앞을 보세요!"

압살롬 씨가 때맞춰 앞을 보고 운전대를 홱 꺾은 덕분에 배수로에 빠질 뻔한 위기는 다행히 피할 수 있었다. 압살롬 씨가 욕을 퍼붓기 시작했다. 컴컴한 도로를 달리는 내내 와이퍼가 움직이는 소리, 달리는 자동차 소리 그리고 압살롬 씨의 욕지거리 소리만 들어야 했다.

공장으로 돌아오니, 곳곳에 쌓인 고철 더미가 눈에 완전히 파묻혀 있었다. 그리고 둥글이 로버트가 압살롬 씨의 창고 겸 사무실 밖에서 셋을 기다리고 있었다. 로버트는 몇 시간 전 그들이 이곳을 나설 때와 마찬가지로 여전히 겁을 잔뜩 먹은 모습이었다. 하지만 조수석에 앉아 있는 잭을 발견하고는 마음이 놓였는지 이내 표정이 밝아졌다. 만다도 로버트의 손을 꼭 잡고 함께 있었다. 다른 손에는 곰 인형이 꼭 쥐여 있었다.

"압살롬 씨가 널 팔지 않았구나!"

둥글이 로버트가 뒤뚱뒤뚱 다가가며 잭한테 말했다. 그러고는 미소를 지으며 한 손을 잭의 널찍한 가슴에 갖다 댔다.

로버트는 크리스토퍼보다 키가 작았다. 그리고 몸통이 둥그렇고 땅딸막했다. 로버트의 몸통은 낡은 솥으로 만들었는데, 압살롬 씨가 로버트한테서 발견한 좋은 점이라곤 축제나 행사장에서 어린이들이 올라타고 놀기에 딱 맞다는 것뿐이었다.

금색 머리카락 몇 가닥이 축 늘어져 로버트의 오른쪽 눈을 가리고 있는 모습을 보자, 크리스토퍼는 알 수 없는 죄책감이 밀려들었다.

만다가 크리스토퍼한테 달려와 다리를 끌어안았다. 크리스토퍼는 빙그레 웃으며 말했다.

"얼마 나가 있지도 않았는데, 만다."

"우리 모두 걱정하고 있었어." 만다가 크리스토퍼를 올려다보며 말했다.

만다의 웃는 얼굴이 유난히 삐딱해 보였다. 또 머리 위에 달린 갈색 곱슬머리도 제대로 붙어 있지 않았다. 왼쪽 눈이 오른쪽 눈보다 컸고, 오른쪽 다리가 왼쪽 다리보다 짧았다. 크리스토퍼가 만다의 모습에서 가장 불만스러운 점이었다. 그래서 압살롬 씨에게 하루빨리 적당한 다리를 구해 바꿔주자고 말하던 차였다. 하지만 압살롬 씨는 짧은 다리를 새로 구해줄지, 아니면 긴 다리를 새로 구해줄지를 결정하느라 고민 중이라는 핑계로 항상 얼렁뚱땅 넘어가려고만 했다.

압살롬 씨가 트럭 문을 쾅 닫는 소리에 모두가 그쪽을 돌아봤다.

"무슨 일 있었어요, 압살롬 씨?" 로버트가 큰 소리로 물었다.

압살롬 씨가 홱 돌아섰다.

"로버트, 재앙이 일어났단다. 완벽하고 철저한 재앙 그 자체였어. 그건 전부 이 두 녀석 덕분에 일어났지."

"그게 아니잖아요." 크리스토퍼가 소리쳤다. "저희는 거기 도착하기 전까지 압살롬 씨가 뭘 하려는지 제대로 알지도 못했다고요."

"더군다나 좋은 일을 하려고 했는데 말이지." 압살롬 씨가 삿대질을 하며 말을 이었다. "애송이 크리스토퍼, 설교를 늘어놓을 셈이냐? 잘 알지도 못하면서. 설교를 하려면 말이야…."

"일은 일이죠." 크리스토퍼가 그의 말을 뚝 끊었다.

"그거야 물론이지."

압살롬 씨는 화가 잔뜩 나서 크리스토퍼가 빈정대고 있다는 걸 알아채지 못한 것 같았다.

둘의 말다툼은 철커덕철커덕 요란한 소리가 들려오는 바람에 끝이 났다. 곧 그리퍼가 고물 더미 뒤에서 성큼성큼 걸어 나오는 모습이 보였다.

압살롬 씨는 그리퍼가 '처음 만든' 로봇이라고 자랑하는 걸 좋아했다. 그리퍼는 압살롬 씨의 공장에서 가장 오래된 로봇이었다. 그리고 로봇 중에서 가장 덩치가 컸다. 키는 2.5미터에 몸통은 가운데가 볼록하고 아래로 갈수록 좁아지는 포도주 통 모양이었다. 다리는 나무 둥치처럼 굵고 발도 두툼했다. 철사, 리벳, 파이프를 한데 엮어 만든 울퉁불퉁한 팔은 거대했다. 팔 끝에는 큼지막한 손에 날카로운 손톱이 달려 있어서 삽이나 분쇄기 용도로도 사용할 수 있었다. 아래턱에는 증기기관차의 맨 앞에 다는 삼각형 모양의 배장기(장애물을 제거하기 위해 기관차 앞에 설치하는 기구:옮긴이)가 달려 있었다. 그 부분이 앞으로 툭 튀어나와서인지 더 멍청해 보였다. 그리퍼처럼 스스로 인식할 수 있는 로봇을 성인 크기로 제작하는 일은 불법이었다. 하지만 압살롬 씨는 그리퍼가 성인 크기, 그리고 '인간'이라는 법적 정의에 포함되지 않는다고 생각해서 이렇게 크게 만들었다. 사실 그리퍼처럼 '특이한' 로봇을 만들면 법을 어겼다는 이유로 처벌받지는 않을 거라고 판단한 것이다.

대부분의 로봇은 추진력, 그리고 의식 기능에 대한 내용이 머리 틀 속에 기호로 새겨져 있다. 하지만 그리퍼는 이것이 몸 전체에 새겨져 있었다. 그리퍼한테 힘이 될 마법이 더 많이 필요해서였을 까. 그리고 겉모습은 난폭해 보여도 그리퍼의 검은 두 눈에는 온기 와 다정함이 있었다. 크리스토퍼는 그리퍼가 압살롬 씨의 로봇 중 가장 오래되긴 했지만, 여러 가지 이유로 가장 순수한 로봇이라고 생각했다.

그리퍼가 위아래 턱을 부딪치자 쇠붙이 긁히는 소리가 요란스럽 게 났다. 모르는 사람들이 들으면 소음일 뿐이겠지만 크리스토퍼 와 다른 로봇들에게는 그렇지 않았다.

"압살롬 씨가 잭을 팔아버리려고 했어, 그리퍼." 크리스토퍼가 말했다.

그리퍼가 압살롬 씨를 보더니 다시 뭐라고 '말'했다.

압살롬 씨가 믿기지 않는다는 표정으로 그리퍼를 쳐다보더니 잭 을 가리키며 말했다.

"그래서 네 생각엔 어떻게 된 것 같으냐?"

주눅이 든 그리퍼가 한 발 뒤로 물러나더니 두 손을 가슴 앞에 모아 쥐고 비는 자세를 취했다.

창고로 향하던 압살롬 씨가 발걸음을 멈추고 하늘을 물끄러미 올려다봤다. 그리고 그리퍼를 향해 돌아섰다.

"내일 네 도움이 필요할 것 같구나. 눈 치우는 걸 도와다오."

그리퍼가 느릿느릿 고개를 끄덕였다.

압살롬 씨가 크리스토퍼를 보며 다시 빈정댔다.

"돈을 벌 방법이 또 있어야 말이지."

크리스토퍼는 한숨을 푹 쉬고 압살롬 씨를 따라 창고 안으로 향했다. 그러다 압살롬 씨가 문턱에서 멈추는 바람에 같이 멈춰 섰다. 압살롬 씨가 양팔을 위로 번쩍 들어올리며 큰 소리로 외쳤다.

"에스텔!"

에스텔은 테이블 옆에 서 있었다. 열세 살인 그녀도 크리스토퍼처럼 인간이었다. 그녀는 낡은 헤링본 무늬 코트를 입고 있었는데, 제 몸보다 훨씬 커 보였다.

"압살롬 씨, 시키신 일은 다 끝냈어요." 에스텔이 말했다.

압살롬 씨가 에스텔을 잠시 물끄러미 바라봤다.

에스텔은 침착하고 생각이 깊은 소녀였다. 그리고 좀처럼 긴장하는 법이 없었다. '에스텔은 정말 다 큰 어른 같아. 나보다 겨우한 살 많은데 말이야.' 크리스토퍼는 그녀를 볼 때마다 감탄하면서 늘 이렇게 생각했다.

"에스텔, 수고했어. 늘 고맙구나. 안 봐도 아주 잘 해냈겠지."

에스텔이 앞으로 걸어 나와 한숨을 쉬며 말했다. "피부를 4미터 만들었거든요. 4실링 주세요." 그러고는 손을 내밀었다.

압살롬 씨가 에스텔의 손바닥을 봤다가 교활하고 계산적인 눈빛으로 그녀의 눈을 바라봤다.

"3실링에 해주기로 했잖니, 에스텔."

"1미터당 1실링이에요. 늘 1미터당 1실링이었어요."

압살롬 씨가 한숨을 푹 쉬더니 좀이 슬고 기름때가 덕지덕지 묻은 조끼 주머니에서 작은 지갑을 꺼냈다. 그리고 돈을 세어 에스텔의 손에 건네면서 고통스러운 듯 손을 덜덜 떨었다.

"고맙구나, 에스텔."

에스텔은 툴툴대면서 돈을 받아 주머니에 넣고 문 쪽으로 걸어 갔다.

"여기서 자고 가." 크리스토퍼가 불쑥 에스텔한테 말을 걸었다. "밤이 늦은 데다 밖은 너무 춥거든. 여기서 우리랑 같이… 그래 도… 괜찮죠, 압살롬 씨?"

크리스토퍼가 희망에 찬 표정으로 주인을 쳐다봤지만, 압살롬 씨는 테이블 위에 놓인 고철만 볼 뿐 둘에겐 전혀 관심이 없었다.

"고마워, 크리스토퍼. 그런데 잘 곳이 있어." 에스텔이 말했다.

"에스텔, 아직도 바너비 부인 댁에서 하숙하고 있는 거냐?" 압살롬 씨가 고개를 돌리지도 않고 물었다.

"네, 맞아요."

"멋진 분이지. 존경할 만한 분이야. 예의는 또 어찌나 바르신지. 네가 그분 댁에서 하숙할 정도로 형편이 좋다니 놀랍구나."

압살롬 씨는 터져 나오려는 웃음을 꾹 참느라 입술을 잔뜩 오므 리고 혼자 히죽거렸다.

에스텔이 입을 앙다물고 그를 죽일 듯이 노려봤지만, 결국 그냥 돌아서서 문을 열고 밖으로 나갔다. 거센 겨울바람이 창고 안으로 훅 들이쳤다.

"에스텔한테 돈을 좀 더 주셔야 해요, 압살롬 씨." 크리스토퍼가 인상을 찌푸리며 말했다.

"에스텔이 일은 잘하지. 그래도 내가 꽤 신경 써준다는 걸 에스 텔도 잘 알잖아. 또 나 같은 명장 밑에서 일하는 영광도 얻었고 말 이야." 압살롬 씨가 퉁명스럽게 대꾸했다.

'명장'이란 말을 듣고 크리스토퍼는 양쪽 눈썹을 추켜올렸다. 진짜 명장이 이런 형편없는 환경에서 일을 할까 싶은 의구심이 들었다. 테이블 위는 엉망진창이고, 허름한 창고 안은 유모차 바퀴부터 빈 깡통까지 잡동사니로만 꽉 차 있었다. 낡은 세면기, 용수철에 톱니바퀴가 밖으로 삐져나온 벽시계 몸통, 금속판, 구리 전선에 기름과 녹 냄새, 게다가 압살롬 씨의 땀 냄새까지 진동했다. 삐걱거리는 선반 위에 둘 수 없는 물건은 바닥에 아무렇게나 쌓여 있었다.

왼쪽 벽에는 큼지막한 그림 한 점이 걸려 있었다. 누르스름하게 색이 변한 그림은 곰팡이 자국이 군데군데 나 있어 지저분하지만, 자세히 들여다보면 18세기 의상을 차려입은 한 남자의 모습을 볼 수 있었다. 그림 속 남자는 양손으로 지팡이 손잡이를 잡고 서 있는데, 그 옆에는 나무로 만든 소년이 있었다. 그 소년의 몸 전체에는 고대 북유럽 문자와 기호가 새겨져 있었다. 압살롬 씨가 쓰레기장에서 건져 온 그림이었다. 가끔 압살롬 씨는 손을 입에다 대고 그림 앞에 서 있곤 했다. 그림 속 남자를 올려다보며 미소를 지었는데, 마치 그림 속 남자를 잘 아는 듯했다. 그는 자신이 과거의 위대한 엔지니어와 견줄 만큼 능력 있는 사람이라고 생각하는 경우가 종종 있었다. 하지만 크리스토퍼가 보기에는 전설적인 엔지니어와 영 거리가 멀었다.

"압살롬 씨, 다음번엔 어떤 로봇을 만드실 거예요?" 크리스토퍼가 물었다.

압살롬 씨가 테이블 위에 있던 눈알 두 개를 집어 들더니 조끼에다 대고 광이 나도록 박박 문질렀다.

"글쎄, 잘 모르겠다. 이번엔 떠오르는 대로 만들어야겠어. 심사숙고하다 보면 뭐든 생각이 나겠지." 그가 손으로 창고 안을 이리저리 가리키며 말을 이었다. "새로 배달된 머리가 여러 개 있단다. 그중 하나가 나의 최신 로봇 모델이 될 엄청난 영광을 얻겠지."

크리스토퍼는 창고 안을 둘러봤다. 평소보다 많은 머리통들이 여기저기 흩어져 있었다. 하지만 모두 칙칙한 잿빛에 모양도 이상하고 흠집도 많았다. 표면이 움푹 들어간 것도 여러 개 보였다. 하지만 크리스토퍼는 압살롬 씨가 전혀 신경 쓰지 않고 평소처럼 그대로 로봇을 만들 거란 사실을 잘 알고 있었다. 저것들은 움푹 팬 머리통이 달린 로봇이 되어 걸어 다니겠지. 이런 생각이 들자 크리스토퍼는 별안간 가슴이 찌릿하면서 무척 슬퍼졌다.

압살롬 씨는 예전에 비하면 나쁜 성미가 조금 누그러진 것 같기도 했지만, 로봇이 생각대로 팔리지 않으면 여전히 눈빛으로 가눌 수 없는 분노를 내비치곤 했다.

"얘야, 가서 자거라. 그리고 아침에 모두 작업실로 불러. 내일은 중요한 날이니까."

"네, 압살롬 씨."

잭과 로버트, 만다. 그리퍼가 밖에서 크리스토퍼를 기다리고 있었다.

크리스토퍼는 그들과 함께 압살롬 씨의 창고 바로 맞은편에 있는 작업실로 향했다. 눈발이 점점 더 거세지면서 새하얀 눈이 고철 더미 위로 담요처럼 두껍게 쌓이고 있었다.

작업실로 가던 도중, 쇠붙이가 끽끽대는 소리가 무척 크게 들렸다. 곧이어 철커덕 소리도 둔탁하게 났다. 크리스토퍼가 돌아보니 작업실을 바라보고 선 둥글이 로버트가 머리만 빼고 몸통 전체를 심하게 떨고 있었다. 그러다 몸통이 쏜살같이 앞으로 튀어 나가더니 제자리에서 두 바퀴 빙빙 돌고는 바닥으로 넘어져버렸다. 크리스토퍼는 한숨을 쉬었다. 언제나처럼 로버트의 머리통이 또 빠진 것이다. 다른 로봇들은 가끔 로버트의 몸통이 머리 없이 얼마나 오래 움직이는지 내기를 하곤 했다. 최고 기록은 30초였다.

크리스토퍼는 몸통을 그대로 지나쳐 가서 둥글이 로버트의 머리를 집어 들었다. 그리퍼는 이미 로버트의 다른 부품들을 주워 모으고 있었다. 로버트가 씩 웃었지만, 크리스토퍼는 로버트 눈앞을 가리고 있는 한 움큼의 머리카락을 보고 움찔했다. 왠지 그게 빠져버린 머리통보다 더 애처롭게 느껴졌다.

에스텔은 작업실에서 가방 안에 공구를 챙겨 넣고 있었다. 압살롬 씨가 시킨 대로 에스텔이 새로 만든 피부가 금속 선반 위에 펼쳐져 있었다. 크리스토퍼는 에스텔이 눈을 반짝이는 모습을 보고 피부가 만족스럽게 만들어졌나 보다 생각했다.

크리스토퍼는 에스텔이 작업실에서 커다란 검은색 냄비에 여러 가지 물질을 섞어 피부를 만들면서 지금처럼 눈을 반짝이는 모습을 가끔 봤다. 냄비 안을 들여다보느라 몸을 숙이면 검은 머리카락이 하트 모양으로 내려와 얼굴을 감쌌다. 에스텔은 집중할 때면 늘 입술을 굳게 다물었다. 그리고 짙고 강렬한 눈동자로 냄비 안을 뚫어져라 보면서 흰색 혼합물을 꼭 밀가루 반죽하듯 들었다 놓았다 하며 주무르고 접는 행동을 반복했다. 그러다 보면 반죽이 별안간 진짜 살갗처럼 파리하게 변해 있었다.

반죽을 제때에 맞춰 정확하게 꺼내는 게 비법이었다. 너무 빨리 꺼내면 반죽이 너무 질고 흐물흐물해서 다시 우유처럼 하얘지며 바닥으로 후루룩 쏟아져버리고 만다. 반대로 너무 늦게 꺼내면 군데군데 덩어리가 생겨 딱딱해진다.

단순히 감에 의한 것인지, 아니면 수없는 반복을 통해 생긴 정교한 솜씨인지는 알 수 없었다. 하지만 에스텔은 늘 정확한 순간을 놓치지 않았다. 따라서 실패는 없었다.

"에스텔, 잘 만들었네. 그래도 네가 만든 내 피부만큼 훌륭하진 않은 것 같아." 잭이 턱을 들어 에스텔 가까이 들이밀더니 자기 오른 뺨을 손으로 잡아당기며 말했다.

에스텔이 살짝 웃으며 고개를 저었다.

"잘 자, 잭."

그 말을 끝으로 에스텔은 공구가 든 가방을 어깨에 메고 작업실을 떠났다.

크리스토퍼는 침대로 가서 그 밑에 놔둔 공구함을 꺼냈다. 그걸 들고 둥글이 로버트한테 가서 머리를 다시 몸통에 끼워 넣고 가위를 꺼내 눈을 덮어 걸리적거리는 곱슬곱슬한 머리카락을 짧게 잘라줬다. 로버트가 고마워하며 수줍은 표정으로 활짝 웃었다. 크리스토퍼는 잭의 양쪽 팔 관절 부위에 기름칠하면서 눈을 맞으면 녹이 슬지 모르니 조심하라고 모두에게 일렀다. 잭이 크리스토퍼한테 호들갑스럽게 거수경례를 했다. 크리스토퍼가 힐끗 보니, 만다의 짤막한 다리의 무릎 관절에도 녹이 슬어 있었다. 크리스토퍼는 내일 압살롬 씨에게 만다의 다리 이야기를 다시 해야겠다고 다짐했다.

그러는 동안 그리퍼는 서까래에 매달려 고릴라처럼 앞뒤로 움직이고 있었다. 크리스토퍼는 당장 내려오라고 말했다. 계속 매달려 있다간 기둥이 견뎌내지 못할 것 같아서였다. 그리퍼가 서까래에서 손을 떼자 바닥으로 쿵 떨어졌다. 크리스토퍼는 그리퍼를 나무랐지만, 신이 난 그리퍼를 보니 계속 활짝 웃게 놔두고 싶은 마음이 들었다.

로봇들을 수리하느라 지칠 대로 지친 크리스토퍼는 침대에 걸터앉아 신발을 벗었다.

"엉덩이가 움푹 들어간 것 같아." 잭이 한숨을 쉬며 말했다.

"안 봐줄 거라고 내가 말했을 텐데?" 크리스토퍼가 대꾸했다.

둥글이 로버트가 키득거리자 잭이 인상을 썼다.

"왜 그래?" 크리스토퍼가 물었다.

잭이 약간 죄책감 어린 표정으로 대답했다.

"내가 팔렸으면 했거든."

둥글이 로버트가 깜짝 놀라며 살짝 훌쩍거렸다. 모두 잭만 쳐다봤다. 크리스토퍼도 깜짝 놀라 물었다.

"왜?"

잭은 물끄러미 바닥을 내려다보며 대답했다.

"잘 모르겠어. 나도… 나도 너처럼 진짜 인간이 되고 싶었을 뿐이야. 숨을 쉬면 어떤 느낌인지 알고 싶어. 진짜 피부도 갖고 싶고. 인간의 피부 말이야. 어린애였다가 점점 자라서 어른이 되면 어떤 기분인지도 궁금해."

말을 마친 잭이 순간 크리스토퍼를 노려봤다.

"나도 너처럼 인간이 되고 싶어. 사소하지만 중요한 일을 경험하고 싶다고."

크리스토퍼는 할 말이 없었다. 갑자기 거북한 기분이 들어 잭을 똑바로 바라볼 수가 없었다.

"엄마, 아빠가 함께 있는 기분을 알게 되는 것처럼 중요한 일 말이야." 잭이 덧붙였다.

"나도 엄마, 아빠가 없어. 지금은 안 계시니까." 크리스토퍼가 중얼거렸다.

"내 말이 무슨 뜻인지 알잖아." 잭이 말했다.

"크리스토퍼, 어떤 기분인지 알려줘봐, 어서. 얘기해줘." 로버트가 거들었다.

"뭐가 어떤 기분이냔 거야?"

"가족이 있다는 게 어떤 기분이냐고."

크리스토퍼는 로봇들이 모두 자기만 쳐다보고 있다는 걸 느꼈다. 크리스토퍼는 친구들이 옛날이야기를 해달라고 할 때마다 거리낌 없이 해줬지만, 가끔 좀 이상한 느낌이 들곤 했다.

"나… 사실 기억이 잘 안 나."

"그럼 기억나는 것만 얘기해줘. 듣고 싶어." 로버트가 눈을 반짝이며 졸라댔다.

만다도 다시 기운을 차렸다. 그리퍼 역시 관심이 생긴 모양이었다. 크리스토퍼는 한숨을 푹 쉬었다.

"사진처럼 드문드문 기억나는 장면이 좀 있어."

만다는 아예 두 손으로 턱을 괴고 바닥에 엎드렸다.

"얘기해줘, 크리스토퍼. 어서."

로봇 모두가 한꺼번에 크리스토퍼를 졸라댔다. 크리스토퍼는 고개를 절레절레 흔들며 씩 웃었다.

"좋아, 알겠어."

크리스토퍼는 두 손을 허벅지 밑으로 집어넣고 침대 가장자리에 걸터앉았다. 그리고 바닥을 물끄러미 바라보면서 옛 기억을 떠올리려고 애썼다. 너무 서두르면 기억을 모조리 잃어버리기라도 할까 봐 두려운 마음에 가만히, 가만히 기억을 떠올렸다.

크리스토퍼의 기억 속에 한 여자의 얼굴이 떠올랐다. 그녀는 부엌에서 웃고 있었다. 따뜻하고 친근한 감정이 가슴 가득 차올랐다.

"우리 엄마는 금발이었어. 머리카락이 정말, 정말 부드러웠어. 그리고…."

그 여자가 돌아섰다. 반짝거리는 머리카락이 잔잔한 물결처럼 일렁거렸다. 크리스토퍼는 침을 꼴깍 삼켰다.

"머리카락이 얼마나 아름답던지 방 안이 환해지는 것 같았어."

"너희 엄마, 예쁘셨어?" 만다가 물었다.

"아주 예쁘셨지."

"아주 예쁘셨지." 로버트가 한숨을 쉬며 따라 말했다.

잭도 이야기에 푹 빠진 것 같았다.

"엄마가 구워준 케이크는 최고로 맛있었어."

크리스토퍼는 다시 말을 이어갔다. 이번에는 빨간색과 흰색이 섞인 체크무늬 앞치마를 한 엄마의 모습이 떠올랐다. 머리카락엔 윤기가 흘렀고 뺨과 코에는 밀가루가 군데군데 묻어 있었다. 크리스토퍼는 미소를 지었다.

"아빠는 어떠셨어?" 로버트가 물었다.

'눈동자가 갈색이었지.' 크리스토퍼는 속으로 생각했다. 크리스토퍼의 눈동자도 갈색이지만 아빠에 관한 기억이라곤 그게 다였다. 그래서 크리스토퍼는 언제나처럼 나머지 이야기를 지어냈다. 아빠가 손재주가 좋아서 물건을 잘 만들었다는 식의 이야기였다. 상상 속의 아빠는 나무로 장난감, 테이블, 의자 등을 뚝딱 만들어 냈다. 아빠에겐 작업실도 있었다.

"그렇지만 압살롬 씨의 작업실하곤 다르겠지. 더 좋았을 거야."

"당연하지."

크리스토퍼는 호기심 가득한 둥글이 로버트의 얼굴을 보며 씩 웃었다. 하지만 속으로는 죄책감이 들었다.

크리스토퍼는 친구들한테 아빠가 얼마나 힘이 센지, 얼마나 잘 생겼는지, 그리고 매일 밤 잠들기 전에 침대에 함께 누워 들려줬던 이야기를 말해줬다.

"네가 지금 우리한테 얘기해주는 거랑 비슷하네." 만다가 말했다.

크리스토퍼는 고개를 끄덕였다.

"너희 집 이야기, 다시 해줘." 로버트가 말했다.

크리스토퍼는 로버트를 쳐다보며 웃었다. 하지만 아픈 마음을 숨기기 위한 웃음에 불과했다. 활활 타오르며 일렁이는 불꽃이 퍼뜩 눈앞에 다시 나타났다. 맹렬하게 타오르는 오렌지빛 불길, 그리고 매캐한 냄새, 나무가 타닥타닥 불에 타는 소리, 불길이 모든 것을 집어삼키는 끔찍한 소리….

크리스토퍼는 잠시 눈을 질끈 감고 숨을 깊이 들이마셨다. 기억을 떠올리는 게 무척 힘들었다.

크리스토퍼가 이야기를 멈추자 모두 가만히 기다렸다.

"오늘 밤은 안 되겠어. 다음에 해줄게."

"기억하는 게 힘들어서 그래?" 로버트가 애처로운 목소리로 물었다.

"그냥, 조금."

'사실 아주 많이 힘들어.' 크리스토퍼는 속으로 생각했다. '기억을 떠올리면 너무 힘들고, 아무렇지 않다가도 너무 마음이 아파.'

"우리가 인간이 될 일은 절대 없겠지." 잭이 우울한 목소리로 말했다.

"그래도 좀 더 좋아질 순 있잖아. 압살롬 씨가 나중에 내 몸통을 새것으로 바꿔준다고 했으니까." 로버트가 해맑게 말했다.

잭과 크리스토퍼는 서로 눈길을 주고받았다. 로버트는 눈치채지 못했다.

"그건 압살롬 씨가 늘 하는 말이잖아, 로버트." 잭이 말했다.

"돈 벌면 바꿔주겠지." 로버트가 말했다.

잭도 좋은 쪽으로 생각하려고 애써봤지만 쉽지 않았다.

"생각해봐. 몸통을 새것으로 바꾸면 어떨지. 다리도 새로 바꿀 수 있어. 모두 더 좋은 상태가 될 거야. 제퍼나 필킹턴 급이 되면 좋겠다." 로버트가 말했다.

"필킹턴 로봇도 영원할 수는 없어." 잭이 반박했다.

"그럼 호크니 마크 2로 하지 뭐." 로버트가 말했다.

"난 코미어 오리지널 로봇을 한 번 본 적이 있어." 잭이 말했다.

"거짓말. 본 적 없으면서." 만다가 쏘아붙였다.

"봤거든." 잭도 지지 않았다. "압살롬 씨를 따라 이스트 그림스태드에 있는 가게에 갔었는데 거기서 부모님과 함께 온 여자애를 봤어. 금발 곱슬머리가 나무랄 데 없었어. 그 여자애, 진짜 끝내주게 예쁘더라."

"설마, 걔 아니겠지, 그치?" 로버트가 물었다.

"엘리 록우드가 아니라고? 걔 맞아. 압살롬 씨가 엘리 록우드라고 했으니까."

"절대 그럴 리가 없어. 엘리 록우드일 리는 없어." 만다가 쏘아붙였다.

엘리 록우드는 영국에서 가장 유명한 로봇이었다. 50년 전에 만들어졌다는 이야기가 있었지만, 잭이 그날 만난 엘리 록우드는 바로 전날 만든 로봇 같았다. 최고의 파티란 파티는 빠짐없이 참석했고, 신문마다 기사가 실리지 않는 곳이 없을 정도였다. 국왕을 만났다는 소문도 있었다.

"머리카락이 진짜 같았어?" 로버트가 물었다.

잭이 고개를 끄덕였다.

"눈동자 색이랑 틀림없이 잘 어울렸겠지." 만다가 한숨을 내쉬며 말했다.

"눈동자도 파란색이었어. 피부도 최고였고. 얼굴이 빨개지기도 한다더라." 잭이 말했다.

"내 얼굴도 빨개지는데." 로버트가 말했다. 그러더니 입을 꽉 다물고는 끽끽 소리를 내기 시작했다.

"넌 원래 숨을 쉬지 않아도 되잖아." 크리스토퍼가 말했다.

로버트가 하던 짓을 그만두고 말했다. "아, 맞다. 깜빡했어."

만다가 깔깔 웃었다.

"어떤 기분일지 한번 상상해봐. 최고의 로봇으로 태어나서 부모님은 물론이고 뭐든 다 가지면 어떨지. 인간과 정말 비슷해지는 거지." 잭이 말했다.

크리스토퍼는 기대에 찬 잭의 눈빛을 보면서 무척 안쓰러운 기분이 들었지만 어쩔 수 없이 이렇게 말했다.

"그 사람들은 엘리 록우드의 부모님이 아니야, 잭. 주인이지."

"나도 알거든! 하지만 그래도…." 잭이 약간 짜증난 듯 말했다.

"최고의 로봇임은 분명하지." 로버트가 한숨을 쉬며 거들었다.

잠시 침묵이 이어졌다. 밖에서 불어대는 거센 바람에 문이 달그락거렸다.

"우리 모두 좀 자야 해." 크리스토퍼가 말했다.

"네 말은 네가 좀 자야겠다는 뜻이겠지. 우린 잠을 안 자도 되니까." 로버트가 말했다.

로버트가 오른쪽 눈썹을 추켜올리자 눈썹이 곧바로 툭 떨어져버렸다. 떨어진 눈썹을 주우려고 로버트가 몸을 숙였지만, 손이 닿지 않았다. 그러다 앞으로 고꾸라지더니 바닥을 데굴데굴 굴렀다. 그 모습을 보고 만다가 웃음을 터트리자, 그리퍼도 신이 나서 큼지막한 손으로 손뼉을 치며 깔깔댔다.

잭이 곧바로 로버트를 일으켜 세운 다음, 눈썹을 주워 건네줬다. 로버트는 자기 눈썹을 크리스토퍼의 손에 쥐여주며 기대에 찬 표정을 지었다.

크리스토퍼는 우스꽝스럽게 눈알을 이리저리 굴리고는 공구함을 뒤져 풀을 꺼냈다. 그걸로 로버트의 눈썹을 제자리에 붙인 다음, 로버트의 머리를 쓰다듬어줬다.

"얼른 새 눈썹을 구해줄게."

"코미어 로봇 급으로 구해줘야 해. 솜털같이 보송보송하고, 작은 눈썹 빗으로 빗을 수 있을 정도로 풍성한 걸로." 로버트가 말했다.

크리스토퍼는 활짝 웃으며 대답했다.

"그래, 코미어 급으로 구해줄게. 걱정하지 마."

둥글이 로버트는 고물 더미 사이에 있는 자기 자리로 들어갔고, 만다는 자기 의자로 가서 앉았고, 그리퍼는 벽에 등을 기대고 앉았다. 잭은 태평스럽게 문 옆에 기대서 바람 소리를 듣고 있었다.

크리스토퍼는 이불을 끌어당겨 몸을 덮고 벽 쪽으로 돌아누웠다. 문득 눈앞에 한 장면이 떠올랐다. 불길과 연기. 크리스토퍼는 그 장면을 지워버리려고 두 눈을 질끈 감았다.

"엘리 록우드는 잘난 체가 심했던 것 같아. 잔뜩 거드름을 피우더라구. 자기 분수도 모르고." 잭이 말했다.

크리스토퍼는 아무 말도 하지 않았다. 눈앞에 떠올랐던 불길이 어둠 속으로 사라졌다. 그러다 잠이 들었다.

어둠 속에서 희미한 빛이 보였다. 그 빛을 향해 서둘러 달려가는 자기 모습이 보였다. 그 빛은 금색으로 변하더니 온 세상이 초록색이 되었다.

이번에는 정원에 서 있었다. 해가 낮게 떠 있었다. 크리스토퍼는 풀밭에 앉아 새가 지저귀는 소리를 들었다. 넘어졌던 엉덩이 쪽이 약간 아팠다. 크리스토퍼는 손으로 흐르는 눈물을 닦아냈다. 깜짝 놀라 재빨리 주위를 둘러봤지만, 초록색 세상과 금빛이 차츰차츰 희미해져갔다. 크리스토퍼는 소리를 지르며 그것을 붙잡아보려고 손을 뻗었다. 그림자 하나가 크리스토퍼한테 드리워지는가 싶더니 누군가가 이름을 불렀다.

다음 날 아침, 잠에서 깬 크리스토퍼는 눈 속에 완전히 푹 파묻힌 고물상을 발견했다. 고개를 들어 보니 새파란 하늘에 흰 구름 몇 조각이 군데군데 떠 있었다. 마당을 걷는 동안 손이 시려 쿡쿡 쑤셨고, 입김이 얼어붙을 정도로 추웠다. 크리스토퍼는 생생한 그림 속에 들어온 것처럼 생기가 넘치고, 마치 세상에 중요한 부분이 된 것 같은 기분이었다.

압살롬 씨는 창고 안에 있었다. 평소처럼 호들갑스럽고 수다스러운, 그리고 교활한 압살롬으로 돌아와 있었다.

압살롬 씨가 창문을 가리키며 말했다.

"조수, 내가 말했지, 맞지? 바빠질 거라고 했잖아. 벌써 도로에 쌓인 눈을 치워달라는 전화가 왔다. 아마 연락이 더 올 거야. 온종일 일하면 하루치 보수를 받겠지. 군대를 집결시킬 때가 왔구나."

"압살롬 씨."

"왜 그러냐, 녀석아."

"제 부모님에 대해 좀 생각해봤어요. 정말로 두 분이 화재로 돌아가신 게 맞아요?"

압살롬 씨는 잠시 얼어붙은 듯 말이 없었다. 크리스토퍼는 압살롬 씨가 뭔가 기분 나쁜 이야기를 할 거라고 생각했는데, 잠시 동안의 정적을 깬 그의 말투는 예상 외로 쾌활했다.

"어린 녀석이 뭘 그런 생각을 하고 그러냐." 압살롬 씨는 돌아서서 크리스토퍼를 쳐다보며 말을 이었다. "고아원에 있던 한 여자분이 확실하다며 해준 이야기가 하나 있지. 다행히 너희 부모님의 마지막 순간은 그리 고통스럽지 않았을 거라고 하더구나. 좋은 곳에서 편안히 계실 거야."

"그분이 그걸 어떻게 알아요?"

"목격자들이 있었거든. 불이 났을 때 너를 구해준 사람들 말이다."

"그럼 제가 아무것도 기억하지 못하는 이유는 뭐죠?"

압살롬 씨는 잠시 창문 밖을 내다보더니 천천히 고개를 끄덕이며 대답했다.

"충격이 너무 커서 그렇겠지. 의사 말도 그랬고."

"엄마에 대한 기억만 조금 떠올라요. 그리고 이곳에서 있었던 일도 기억이…."

"그렇다면 분명히 아름다운 기억만 있겠구나."

"하지만 저는 좀 더 많은 생각이 났으면 좋겠어요. 기억을 좀 더 되찾고 싶어요."

"녀석아, 그건 나도 마찬가지다."

"잃어버린 기억을 언젠가는 되찾을 수 있을까요?"

압살롬 씨는 손을 내젓고는 다시 작업대로 눈길을 돌렸다.

"그걸 누가 알겠니? 아무도 모르지."

"그렇게 되면 좋겠어요. 언젠가 기억을 되찾으면 저도 알 수…."

"크리스토퍼, 이 녀석아. 오늘은 얼른 작업을 해야 해. 그러니까

이런 쓸데없는 수다를 떨고 있을 시간이 없단 말이다."

"알겠어요, 압살롬 씨."

크리스토퍼가 고개를 끄덕이자 압살롬 씨는 크리스토퍼를 향해 환한 미소를 지었다. 하지만 크리스토퍼는 그가 가죽만 남은 얼굴로 긴장감을 숨긴 채 억지웃음을 짓고 있다는 사실을 알아챘다.

"내가 널 아낀다는 걸 잘 알고 있지?"

"네, 압살롬 씨."

"착한 녀석."

압살롬 씨는 외투 주머니를 톡톡 두드리고는 공구함을 팔에 걸고 문 앞으로 갔다. 밖으로 나가면서 크리스토퍼의 머리카락을 마구 헝클어트리며 말했다.

"넌 최고 중의 최고야."

조수석에 앉은 크리스토퍼는 들판에 잔뜩 쌓인 눈 더미와 나뭇가지에 핀 눈꽃을 내다봤다. 온통 새하얀 눈밭은 진한 파란색 하늘과 대조를 이루었다. 전날 밤 불어닥친 거센 눈보라는 온데간데없이 사라지고, 대신 눈으로 뒤덮인 온 세상은 고요하고 차분하기만 했다.

차창 밖 공장 굴뚝 위로 시커먼 연기가 솟아오르고 있었다. 저 멀리서 쇠붙이 조각에 반사된 햇빛이 반짝이는 게 크리스토퍼의 눈에 들어왔다. 실내에서 일하는 동료들 대신 밖에서 일하고 있는 로봇들이 분명했다.

"이 많은 눈을 다 치우려면 시간이 꽤 걸리겠는데?"

그러면서 압살롬 씨가 회심의 미소를 지었다.

크리스토퍼가 보니, 압살롬 씨는 운전대 가까이로 몸을 숙인 채 눈을 둥그렇게 뜨고 돈 생각에만 정신이 팔려 추위도 잊은 것 같았다.

"잭이랑 엘리 록우드를 보셨다는 거, 진짜예요?"

"그게 무슨 말이냐?"

"잭이 압살롬 씨와 함께 이스트 그림스태드에서 엘리 록우드를 봤다고 했거든요."

압살롬 씨가 얼굴을 찌푸렸다.

"그랬었나? 잘 기억이 안 나는구나."

"엘리 록우드가 코미어가 직접 만든 오리지널 로봇이란 이야기가 있어요."

"사람들은 참 말이 많아. 엘리 록우드가 훌륭한 솜씨로 만들어진 로봇일 순 있겠지. 그렇지만 누가 엘리 록우드를 만들었는지는 기억이 잘 안 난다. 최고의 명장인 내가 인정하는 유일한 명장은 리처드 블레이크뿐이다. 그 사람이 만든 로봇은 표현력이 뛰어난 데다 균형이 잘 맞고 움직임도 자연스러웠지. 게다가 스스로 움직이는 능력도 인간과 거의 비슷해서 흠잡을 데가 없었어."

크리스토퍼는 잠시 압살롬 씨의 말을 곱씹어봤다. 리처드 블레이크에 대한 이야기라면 이미 수없이 들어온 터였다. 리처드 블레이크는 제1차 세계대전이 끝난 후부터 지금까지 가장 훌륭한 엔지니어로 인정받는 인물이었다. 그리고 위대한 필립 코미어의 진정한 후계자로도 명성이 자자했다. 그가 왕과 왕비가 벌인 만찬에 참석했고, 수상 자리를 권유받기도 했다는 이야기도 있었다.

"그 사람의 아버지에 대한 소문은 진짜예요?"

"무슨 소문 말이냐?"

"로봇한테 살해당했다는 소문요."

"찰스 블레이크는 훌륭한 엔지니어였단다. 스스로 생각한 만큼 뛰어나진 않았지만. 게다가 그 사람은 자신의 한정된 재능을 국가를 위해 봉사하는 데만 지나치게 쏟아 부은 것 같더구나."

"정말요? 그래서요?"

압살롬 씨가 혀로 입술을 핥더니 침을 꿀꺽 삼켰다.

"엔지니어링 기술 중에 지금은 절대 사용이 금지된 게 몇 가지 있지. 그건 바로 찰스 블레이크가 저지른 일 때문이야."

"정제 추진력 말씀이죠? 영혼 부여 기술."

압살롬 씨가 콧잔등을 찡그렸다.

"이런 이야기는 하지 않는 게 좋을 것 같구나."

크리스토퍼도 등받이에 등을 기대고 앉아 인상을 찌푸렸다. 이제 다른 이야기를 꺼내보기로 했다.

"리처드 블레이크가 미쳤다는 소문은요?"

"그 사람은 미치지 않았어. 자취를 감췄을 뿐이지. 사람들은 리처드 블레이크가 미쳤다고 말하고 싶을 게다. 왜냐하면 그들이 화난 게 천재 리처드 블레이크 탓이라고 믿고 싶으니까. 그런데 말이다, 그게 진짜라면 왜 네 눈앞에 있는 나는 여전히 최고로 이성적이겠냐?"

그 말에 크리스토퍼는 대꾸하지 않았다.

"그리고 코미어 말인데, 그 사람은 미쳐버린 게 맞을 거야. 찰스 블레이크가 그렇게 된 사건 이후에 말이야. 제정신일 수가 없었겠지. 결국 그 사람은 지하 산업에 중요한 역할을 했던 거란다." 압살롬 씨의 목소리가 다시 한 번 작아졌다. "그래서 정제 추진력 기술의 사용이 금지되었지."

크리스토퍼는 고개를 끄덕였다. 그 끔찍한 사건에 대한 이야기는 이미 에스텔한테 모조리 들었다. 과거, 필립 코미어가 로봇에게 의식을 불어넣는 새로운 방법을 발견해냈다는 소문이 돌았다. 그 기술이 정제 추진력이었다. 신경 접합, 본질 이전, 그 밖에 여러 가지 전문 용어를 사용했지만, 그것은 한마디로 로봇에게 생명을 불어넣는 기술이었다. 필립 코미어는 찰스 블레이크에게 도움을 요청했다. 그리고 많은 사람이 지켜보는 앞에서 시연을 하던 중 수십 명의 사람이 로봇에 의해 목숨을 잃는 사건이 발생했다. 그중에 찰스 블레이크도 있었다.

"필립 코미어가 아이언하벤으로 자진해서 망명한 이유이기도 하지." 압살롬 씨가 말을 이었다. "코미어가 자기가 만든 최고의 로봇을 전부 녹여버렸다는 소문이 돌았지. 산산조각 내고 하나하나 분해해서 용광로에 집어넣었다고 하더구나. 바로 이게 코미어 오리지널 로봇이 최고의 대접을 받는 이유란다. 미치광이가 만든 로봇이라고 가치가 떨어지는 일은 단 한 번도 없었어."

"필립 코미어가 성인 로봇도 만들었다고 들었어요."

압살롬 씨가 깔보는 표정으로 고개를 저으며 크리스토퍼를 쳐다봤다.

"런시블 이후로 성인 로봇을 만든 사람은 단 한 명도 없어. 법으로 금지된 일이니까."

"하지만 어쩌다 그렇게 될 수도 있잖아요. 있을 수도 있는 일 아니에요?"

압살롬 씨는 입을 다문 채 운전대를 손으로 꽉 쥐고 앞만 뚫어지게 봤다. 한쪽 눈을 게슴츠레 뜨는가 싶더니 손으로 코를 막고 요란스럽게 재채기를 했다. 크리스토퍼는 잠시 그를 쳐다보며 또 어떤 이야기를 해야 좋을지 열심히 머리를 굴렸다.

크리스토퍼는 조심하고 싶었지만 자기도 모르게 말이 툭 튀어나오고 말았다.

"인간 로봇 에드워드는요?"

압살롬 씨가 당장이라도 트럭을 뒤엎을 듯이 화가 잔뜩 난 표정으로 크리스토퍼를 쳐다봤다.

"말했지! 내가 뭐라고 했어!"

"잘못했어요."

"그 이야기는 입에 올리지도 말라고 했지. 아무 말도 하지 마! 일어난 적도 없는 일이니까."

하지만 그것은 분명히 일어난 일이었다. 지금으로부터 약 1년 전, 크리스토퍼가 바로 그 자리에 있었다. 그때 압살롬 씨는 성수기를 대비해 허수아비를 손보느라 겨우내 주워 모은 오래된 부품들을 한데 모아 꿰맞추고 있었다. 키가 180센티미터쯤 되는 허수아비였는데, 압살롬 씨가 작업실 의자에 구부정하게 앉혀놓았다. 삐딱한 입은 가장자리가 우둘투둘했고 놋쇠로 만든 팔꿈치와 무릎이 옷에 난 구멍 밖으로 삐죽 튀어나와 있었다. 압살롬 씨는 마지막 과정으로 너트와 볼트를 제자리에 박아 조이고 있었다. 별 특징이 없는 흔한 허수아비였다. 하지만 허수아비가 느닷없이 "안녕!" 하고 말한 건 정말이지 흔한 일이 아니었다.

압살롬 씨는 한동안 말을 잃었다. 허수아비와 이야기를 주고받을 수는 없었다. 애초에 말을 할 수 있게 만든 로봇이 아니었기 때문이다. 허수아비는 전혀 이어지지 않는 이야기를 횡설수설 늘어놓기만 했다. 지켜보던 모두가 일시적으로 생긴 결함이겠거니 생각했다. 하지만 바로 그때 허수아비가 고개를 들더니 주위를 둘러보며 물었다.

"여기가 어디야?"

압살롬 씨는 곧 주저앉을 정도로 다리를 휘청거렸다. 그는 오른손으로 입을 막은 채 나지막이 웅얼거렸다. "세상에, 자비로운…."

크리스토퍼가 가장 먼저 대답했다. "여긴 작업실이야."

허수아비가 어린아이처럼 순진한 눈빛으로 크리스토퍼를 쳐다보며 혼잣말을 했다. "작업실이구나." 그러고는 다시 압살롬 씨를 보면서 활짝 웃었다.

바로 그 순간 말문이 막혔던 압살롬 씨가 소리쳤다.

"잭! 설명서 가져와."

잭이 책상에서 큼지막한 가죽 겉표지의 설명서를 가져왔다. 엔지니어라면 누구나 보는 교과서 같은 책이었다. 〈로봇을 살아 움직이게 하는 문자, 신호, 기호에 대한 런시블 설명서〉.

압살롬 씨는 허수아비가 빙그레 웃으며 주위를 둘러보는 동안 설명서를 골똘히 들여다봤다. 허수아비가 천장을 올려다봤다가 바닥을 내려다봤다. 그러더니 작업실 안에 있는 로봇 하나하나를 번갈아 보며 웃고는 다시 말했다.

"안녕?"

모든 로봇이 순식간에 허수아비 옆으로 몰려들었다.

"압살롬 씨, 어떻게 된 거예요?" 크리스토퍼가 물었다.

만다와 로버트는 허수아비와 악수를 하고 있었다.

"녀석아, 이건 아주 세밀하고 정교한 기계야." 압살롬 씨가 설명서를 이리저리 넘기면서 충격에 휩싸인 목소리로 대답했다. "로봇 제작 기술을 단 한 문장으로 간단히 말할 순 없어. 매우 복잡해서 설명하기 무척 어려우니까."

"압살롬 씨도 모르는 거잖아요, 맞죠?"

압살롬 씨가 고개를 뒤로 젖히더니 좌절감에 찬 목소리로 울부짖었다.

"허수아비만 무슨 일인지 알겠지."

"나도 알아, 이 녀석아." 압살롬 씨가 사납게 쏘아붙였다.

"게다가 허수아비가 인간 어른 크기만 하잖아요."

압살롬 씨가 전혀 상관없다는 듯 양손을 마구 저었다.

"압살롬 씨, 그렇다면 저 허수아비가 불법이라는 뜻이네요." 잭이 거들었다.

압살롬 씨가 잭을 잡아먹을 것처럼 소리를 빽 질렀다.

"고맙다, 잭! 가장 적절한 순간에 제대로 끼어들어서 여기 서 있는 새 친구의 법적 상태에 관해 알려주다니 말이야. 너의 그 방대한 법률 지식이 없었다면 어쩔 뻔했냐."

"그냥 말씀드린 것뿐이에요." 잭이 중얼거렸다.

결국 압살롬 씨는 어떤 일이 있어도 허수아비를 밖으로 내보내지 말라고 엄포를 놓고 작업실 밖으로 나갔다.

"그리고 한 가지 더." 그가 문간에 서서 뒤돌아보며 말했다. "다시 말하는데 절대로, 절대로 이름을 붙여주지 마라."

로봇들은 모두 잘 알아들었다는 표시로 심각한 표정을 지으며 고개를 끄덕였다. 잭은 심지어 성호까지 그었다.

하지만 그들은 허수아비를 인간 로봇 에드워드라고 불렀다. 로버트가 생각해낸 이름이었다.

"왜냐하면 이름이 어른스럽잖아. 허수아비가 진짜 어른 인간처럼 보이기도 하고."

'인간 로봇 에드워드'는 진짜 사람의 모습은 아니지만, 그렇게 이름이 생겼다.

그들은 인간 로봇 에드워드가 걸을 수 있는지 확인해보기로 했다. 그래서 잭과 크리스토퍼가 양쪽에서 손을 잡고 의자에서 일으켜 세웠다. 인간 로봇 에드워드는 갓 태어난 망아지가 처음 일어설 때처럼 다리를 휘청거리며 덜덜 떨었다.

"작업실이구나." 허수아비는 작업실 안을 이리저리 돌아다니며 아주 사소한 물건도 무척 신기한 눈빛으로 살펴봤다. 로봇들이 이름을 알려주자 에드워드는 밝게 웃으면서 그대로 따라 말했다. "크리스토퍼, 로버트, 만다, 잭." 그러고는 로버트를 내려다보며 말했다. "네가 좋아, 로버트."

"우리 모두 너를 좋아해, 에드워드." 로버트가 말했다.

만다가 기뻐하며 손뼉을 쳤다. 잭도 무척 즐거워 보였다.

그후로 사흘 동안 압살롬 씨는 작업실 근처에 얼씬도 하지 않았다. 크리스토퍼는 분명 압살롬 씨가 에드워드를 없애버릴 계획을 세우고 있다고 생각했다. 하지만 그가 어떤 식으로 실행할지는 짐작도 할 수 없었다. 그리퍼가 그 누구도 허수아비에게 손대지 못하게 지키고 있었다. 그사이에 벌써 로봇들은 에드워드를 가족으로 받아들인 것이다.

안타깝지만 얼마 지나지 않아, 압살롬 씨가 에드워드를 제거할 방법을 애써 궁리하지 않아도 된다는 사실이 밝혀졌다. 에드워드는 수명이 매우 짧은 모양이었다. 첫날 이후, 에드워드는 움직이는 데 애를 먹었다. 움직임이 차츰차츰 더 느려지고 둔해졌다. 다음 날부터는 말이 점점 느려졌다. 단어와 단어 사이 간격이 점점 더 길어지더니 급기야 서서히 움직임을 멈추는 태엽 장난감을 보고 있는 기분이었다. 크리스토퍼와 잭은 걱정스러운 눈빛을 주고받았지만 로버트와 만다는 아직 에드워드의 변화를 전혀 알아채지 못한 눈치였다.

사흘째 되던 날, 에드워드는 의자에 앉아 있었다. 만다와 로버트가 아무리 끌어당겨도 에드워드는 움직이지 않았다. 그의 머리가 원래대로 축 늘어졌다. 그러면서도 천장을 올려다보며 마지막 순간까지 웃음을 지었다.

"여기… 조… 좋았… 어."

에드워드는 마지막까지 미소를 잃지 않았다.

로버트는 슬픔에 빠져 며칠 동안 계속 울기만 했다.

크리스토퍼는 압살롬 씨 쪽을 돌아봤다. 운전대 가까이 몸을 푹 숙인 그는 못마땅한지 쉴 새 없이 몸을 꿈지럭대고 있었다.

"죄송해요, 압살롬 씨. 그 이야기는 꺼내지 말걸 그랬어요."

크리스토퍼는 다시 사과했다.

20분 후 압살롬 일행은 목적지에 도착했다. 이들이 맡은 임무는 한 작은 마을 진입로에 쌓인 눈을 치우는 일이었다. 압살롬 씨는 자신들이 눈을 치워주면 눈 속에 갇혔던 마을 사람들이 상당한 비용을 지불할 거라는 기대감에 한껏 취해 있었다.

마을은 매우 가파른 언덕길 아래 도로부터 눈으로 꽉 막혀 있었다. 갈림길 오른쪽 도로였다. 트럭이 마구 덜컹거리며 머리끝이 쭈뼛 설 정도로 빠르게 언덕 아래로 냅다 달렸다. 크리스토퍼는 의자 양쪽을 꽉 움켜쥐고 있었다. 그런데도 압살롬 씨는 길이 위험하다는 생각은 전혀 하지 않는 모양이었다.

겨우 언덕을 내려간 트럭이 귀가 찢어질 정도로 시끄럽게 끼익 소리를 내면서 급정거했다. 그리퍼조차 깜짝 놀라 소리를 질렀다. 압살롬 씨가 곧바로 운전석에서 풀쩍 뛰어내리더니 크리스토퍼와 로봇들이 정신을 차리기도 전에 고함을 치며 호령했다.

저쪽에서 두 남자가 삽을 들고 압살롬 일행을 기다리고 있었다. 젊은 남자는 자기 몸에 너무 커 보이는 양모 재킷을 입었고, 나이 든 남자는 챙이 달린 모자에 조끼를 입고 있었다.

"일을 할 사람이 우리뿐이오." 나이 든 남자가 말했다.

압살롬 씨는 그 남자와 보수를 흥정했다.

동이 트면서 어둠이 밀려났다. 날이 밝아오자 압살롬 씨는 더욱 불안해졌다. 그래서 로봇들한테 서두르라고 고함을 질렀다. 로봇들은 갈림길 오른쪽 도로부터 눈을 치우기 시작했다. 둥글이 로버트는 삽으로 눈을 퍼내는 일에 능숙하지 않았다. 만다는 아예 손을 놓아버렸다. 그녀는 느긋하게 갈림길 왼쪽 도로로 걸어가 노래를 흥얼거리며 신나게 눈사람을 만들었다. 잭과 크리스토퍼는 조금씩 꾸준히 눈을 치웠다. 그리퍼는 손으로 한 번에 어마어마한 양의 눈을 퍼 올려 바로 옆 울타리 너머로 던졌다. 혼자서 일을 거의 다 해치우는 수준이었다.

아침이 지나고 늦은 오후가 되자 다시 어둠이 점점 짙어져갔다. 크리스토퍼는 잠시 삽을 짚고 서서 주변을 둘러봤다. 눈 덮인 들판이 잿빛 하늘 아래에서 더욱 새하얗게 빛났다. 들리는 소리라고는 멀리서 누군가가 끙 하고 내는 신음 소리뿐이었다.

"아직도 네가 팔리지 않은 것 때문에 속상해?" 크리스토퍼가 잭한테 물었다.

잭이 얼굴을 찡그리며 대답했다. "그렇기도 하고, 안 그렇기도 하고."

"난 너희들 모두 절대로 안 팔렸으면 좋겠어. 내가 언젠가 엔지니어가 되면 돈 많이 벌어서 너희들 전부 다 살 거야. 그러면 모두 함께 살 수 있잖아."

"영원히?" 옆에서 누군가 불쑥 끼어들었다.

고개를 돌리니 둥글이 로버트가 기대에 찬 눈빛으로 크리스토퍼를 보고 있었다. 눈 속에 무릎까지 파묻힌 로버트를 보고 크리스토퍼는 빙그레 웃으며 대답했다.

"응, 영원히."

둥글이 로버트도 씩 웃더니 다시 서투른 삽질을 계속했다.

잭이 인상을 쓰며 말했다. "엔지니어가 되려면 공부를 해야 해."

"그럼 공부하면 되지." 크리스토퍼가 대답했다.

잭이 압살롬 씨를 힐끔 쳐다보면서 말했다. "공부해서 엔지니어 면허를 따. 압살롬 씨처럼 되지 말고."

압살롬 씨는 뒷짐을 지고 고개를 뒤로 젖힌 채 하늘을 올려다보고 있었다. 엄밀히 말하면 그는 불법으로 활동하고 있었다. 하지만 정보국에서 면허 없는 엔지니어들을 예전처럼 심하게 단속하지는 않는다는 사실을 모두가 잘 알고 있었다.

"제대로 공부하려면 시간이 오래 걸릴 거야."

크리스토퍼는 어깨를 으쓱했다.

"그전에 우리가 팔릴 수도 있어. 지칠지도 모르고."

"절대 팔려 가게 내버려두지 않을 거야, 잭."

잭이 잠시 크리스토퍼를 쳐다봤다. 뭐라고 말해야 할지 생각하는 눈치였다. 바로 그때 저 멀리서 작은 목소리가 들려왔다.

"내가 만든 것 좀 봐."

크리스토퍼가 고개를 돌리니 힘들게 걸어오는 만다의 모습이 보였다. 여느 때처럼 오른 다리에 힘을 싣고 끽끽 소리를 내며 걸어오고 있었다. 그런데 그때 뭔지 모를 또 다른 소리가 어렴풋이 들렸다. 크리스토퍼는 만다가 만든 땅딸막한 눈사람을 물끄러미 쳐다봤다. 눈사람의 삐딱한 눈이 마치 빙그레 웃고 있는 듯했다.

"정말 잘 만들었네. 여태껏 본 눈사람 중에서 제일 멋지다."

만다가 활짝 웃더니 다시 절뚝거리며 걸어오다가, 그만 손에 든 곰 인형을 도로에 떨어트리고 말았다.

"만다, 곰 인형." 둥글이 로버트가 인형을 가리키며 말했다.

하지만 만다는 그 말을 듣지 못했다. 칭찬에 으쓱해져서 여전히 활짝 웃고 있었다. 그리고 좀 전에 크리스토퍼의 귀에 어렴풋이 들렸던 소리가 점점 더 커지고 있었다. 크리스토퍼는 문득 그 소리의 정체를 깨달았다.

크리스토퍼가 고개를 돌리니, 자동차 한 대가 언덕을 넘어 달려오고 있었다.

도로 한가운데까지 걸어온 만다가 그제야 곰 인형을 떨어트렸다는 사실을 알아채고 그것을 줍기 위해 돌아섰다.

크리스토퍼는 만다를 향해 목이 터져라 고함을 질렀다. 발이 떨어지지 않고 목이 조여오는 느낌이었다. 둥글이 로버트도 충격에 빠져 입을 딱 벌리고 있었다.

"저러다가 만다… 만다가…." 잭이 말했다.

크리스토퍼는 고개를 숙이고 만다를 향해 냅다 달렸다. 미끄러운 도로를 달려 만다가 차에 치이기 전에 구해내기란 거의 불가능했다. 크리스토퍼는 전조등을 켜지도 않고 도로 위를 달리는 운전자에게 마구 욕설을 퍼붓고는 다시 만다한테 고함을 질렀다. 하지만 너무 빨리 달리느라 숨이 차서 목소리가 잘 나오지 않았다. 등 뒤에서 비명 소리가 들렸다. 압살롬 씨였다.

"안 돼, 크리스토퍼. 돌아와!"

만다는 곰 인형을 주워 든 후에야 자동차를 발견했다. 언덕을 반쯤 내려온 자동차가 무서운 속도로 아래로 돌진해 왔다. 만다가 영화에 나오는 슬로모션 장면처럼 천천히 돌아섰다.

크리스토퍼가 얼른 비키라고 소리 질렀지만, 만다는 뒤돌아 자동차를 보고서도 가만히 서 있었다. 마치 걷는 법을 잊어버리기라도 한 듯했다.

힘껏 달려서 간신히 만다 바로 옆까지 간 크리스토퍼는 만다의 팔을 잡고 몸을 휙 돌렸다. 그 힘이 어찌나 셌던지 한쪽 팔이 뽑힌 채 만다가 도로 위를 휙 날았다. 잭이 비틀거리며 땅에 떨어진 만다한테 다가가는 모습이 눈에 들어왔다. 크리스토퍼가 자기 손에 들린 만다의 팔을 물끄러미 보는데, 요란한 경적 소리가 들려왔다. 고개를 돌리니 자기를 향해 돌진하는 자동차가 보였다. 놀란 운전자가 새하얗게 질린 얼굴로 운전대를 잡고 있는 모습도 보였다.

운전자가 뒤늦게 핸들을 돌렸지만 소용없었다. 크리스토퍼는 섬뜩할 정도로 마음이 차분해졌다.

'난 곧 저 자동차에 치이겠구나.'

꽝!

끼이익.

크리스토퍼의 눈앞에서 온 세상이 빙글빙글 돌고 또 돌았다. 하얀 눈, 잿빛 하늘, 하얀 눈, 잿빛 하늘.

까마귀 떼가 요란스럽게 울면서 하늘로 날아올랐다. 온몸에 화끈화끈한 느낌이 들었고, 세상은 멈추지 않고 빙빙 돌았다.

눈앞이 캄캄해졌다.

'죽었나 봐. 내가 죽었….' 크리스토퍼는 어둠 속에서 생각했다.

의식이 돌아온 크리스토퍼는 자기가 작업실 천장을 보고 누워 있다는 것을 알아차렸다. 작업실 한구석에 놓인 작은 가스램프 불빛이 어둠을 밝히고 있었다.

'좀 전에 차에 치였나 보군.'

크리스토퍼는 눈을 몇 번 깜빡거린 다음 말을 하려고 했다. 그런데 목이 잔뜩 쉬어서 소리가 나오지 않았다. 텅 빈 작업실에 꺽꺽 소리만 울려 퍼졌다.

작업실 안에는 아무도 없었다.

'좀 전에 일어난 일이겠지.'

"그만둬."

크리스토퍼는 그렇게 중얼거렸다가 낯선 자기 목소리에 깜짝 놀랐다. 그는 몸 상태를 살펴보려고 고개를 돌렸다. 그러다 눈이 아플 정도로 밝은 빛이 비치던 장면이 문득 떠올랐다.

크리스토퍼의 가슴에 손을 얹고 슬프게 울고 있는 둥글이 로버트의 얼굴이 보였다.

"크리스토퍼, 죽지 마. 죽으면 안 돼." 로버트가 흐느꼈다.

로버트 옆에 있는 잭도 충격을 받아 무척 당황한 표정이었다. 그런데 그 당황한 표정 뒤로 또 다른 감정이 느껴졌다. 두려움이었다.

두렵다니, 대체 뭐가?

"크리스토퍼, 팔 좀 봐." 잭이 말했다.

"아니야."

"크리스토퍼, 팔 좀…."

"말도 안 돼!" 크리스토퍼는 고함을 질렀다.

작업실 안은 여전히 고요했다. 크리스토퍼는 마음을 굳게 먹어야겠다고 다짐했다. 확인하지 않고는 못 배길 것 같은 기분이었다. 확인하고 싶지 않았지만 꼭 해야만 했다. 살짝 보기만 하지 뭐.

힐끗 보기만 하자.

보기만 할 건데 뭐 어때. 안 그래?

크리스토퍼는 왼쪽 팔을 들어올렸다. 팔이 약간 화끈화끈했다. 옷은 깨끗했다. 셔츠 소매 단추가 풀어져 있었다. 크리스토퍼는 살며시, 조심스럽게 소매를 걷어 올렸다. 그리고 자기 팔을 봤다.

크리스토퍼는 눈을 깜빡이며 자기 팔을 다시 봤다. 손목 아래 살갗이 창백했다. 손목 윗부분은 좀 더 색이 진하고 거칠었다. 크리스토퍼는 소매를 좀 더 걷어 올렸다. 진한 색 피부가 팔꿈치까지 덧대어져 있었다. 대충 길쭉하게 자른 직사각형 모양이었는데 색이 다른 쪽 피부와 확연히 달랐다. 침대 가장자리에 걸터앉은 크리스토퍼는 자기 팔을 물끄러미 바라봤다. 그러다 흐느끼며 울었다. 울음소리마저 무척 낯설었다. 크리스토퍼는 도무지 영문을 알 수가 없었다. 알고 싶지도 않았다.

그래도 혹시 모르니까….

크리스토퍼는 자기도 모르게 오른 손톱을 바짝 세우고 팔뚝에 갖다 댔다. 그러고는 손톱으로 손목 위에 붙은 진한 색 살갗을 세게 눌렀다. 턱을 꽉 깨물고 두 눈을 질끈 감았다. 손가락에 힘을 꽉 주고 피부 깊숙이 손톱을 박아 넣고는 살갗을 뜯어냈다. 화가나서 고함이 절로 나왔다.

번쩍거리는 은색 금속이 드러났다.

'피가 안 나잖아.'

'바보야, 피가 날 리가 없잖아.' 머릿속에서 이렇게 말하는 소리가 들렸다. '피가 날 리가 없지. 난 인간이 아니니까….'

다리도 제 것 같지 않았다. 크리스토퍼는 다리를 질질 끌면서 겨우 문 앞까지 걸어갔다. 눈물이 흘렀다.

'눈물이 나오네? 내가 어떻게 울 수 있지? 어떻게 눈물이 나는 걸까? 인간도 아닌데…'

크리스토퍼는 문 바로 앞에서 넘어질 뻔했지만 오른팔로 문을 짚고 기대섰다. 그리고 왼팔을 다시 한 번 봤다. 속이 울렁거리면서 토할 것 같은 기분이 들었다.

크리스토퍼는 문손잡이를 잡아당겼지만 문은 꼼짝도 하지 않았다. 다시 있는 힘껏 문을 당겨봤다. 하지만 여전히 열리지 않았다. 크리스토퍼는 주먹으로 문을 마구 두드리기 시작했다.

"압살롬 씨!"

하지만 대답이 없었다. 다시금 정적이 크리스토퍼를 에워쌌다. 크리스토퍼는 겁이 났지만 느닷없이 화가 치솟으면서 기운이 났다. 주체할 수 없이 화가 난 크리스토퍼는 문에 몸을 들이받으면서 고래고래 소리를 질러댔다.

반드시 확인해야 할 중요한 일 한 가지가 크리스토퍼의 머릿속에 떠올랐다.

단 한 가지.

크리스토퍼는 소리쳤다.

"누가 저를 만들었나요, 압살롬 씨! 저를 만든 사람이 누구인가요?"

압살롬 씨는 겁에 질린 채 창고 안 테이블 뒤에 서 있었다. 그는 양손을 벌벌 떨면서 두려운 눈빛으로 문을 쳐다봤다.

분노에 찬 크리스토퍼의 고함 소리가 어둠을 뚫고 고물상 전체에 울려 퍼졌다. 모두가 그 소리를 들었다. 에스텔은 자기 물건을 챙기고 있었다. 걱정스럽기도, 한편으로는 약간 부끄럽기도 한 표정이었다. 만다는 울고 있었고, 둥글이 로버트는 손을 부들부들 떨며 압살롬 씨를 사납게 노려보고 있었다. 잭만 좀 달랐다. 마음이 다른 곳에 가 있는 사람처럼 차갑고 쌀쌀맞은 눈빛이었다.

"뭐라도 해야 해." 에스텔이 말했다.

압살롬 씨가 고개를 위아래로 흔들면서 말했다. "맞다, 그래야지. 뭐라도 해야 해. 창고 안에 있어야 한다. 밖으로 나가면 안 돼. 우리가 해야 할 일은 바로 이거야."

에스텔이 압살롬 씨를 쳐다보면서 인상을 찌푸렸다. 그러자 압살롬 씨가 냉큼 변명을 늘어놓았다.

"이게 우리 모두를 위한 일이야."

"어째서요?" 잭이 물었다. "어째서 우리 모두를 위한 일이죠?"

압살롬 씨가 말하는 바위라도 목격한 표정으로 잭을 봤다.

"그냥 그게 가장 좋은 일이니까, 잭."

잭이 믿을 수 없다는 표정으로 압살롬 씨를 쳐다봤다.

압살롬 씨가 손으로 외투를 더듬으면서 말했다.

"에스텔, 돈을 받아 가거라."

그 말에 모두 깜짝 놀랐다. 압살롬 씨는 상대방이 달라고 하지 않으면 절대로 먼저 돈을 주는 법이 없었기 때문이다.

"뭐라고요?" 에스텔이 물었다.

"크리스토퍼 피부를 만든 비용 말이다. 잘 만들었더구나."

"됐어요!" 에스텔이 소리를 빽 질렀다.

압살롬 씨가 무슨 말을 하려 하자, 에스텔이 다시 소리쳤다.

"됐다고요!"

이번에는 화를 간신히 억누르면서 부들부들 떨기까지 했다.

압살롬 씨가 입을 떡 벌리고 놀란 눈으로 에스텔을 봤다. 그의 눈동자가 불안하게 흔들렸다.

"에스텔, 아무한테도 얘기 안 할 거지, 그렇지?"

"제가 말을 하면 어떻게 되는데요? 그리고 누구한테 말해요?"

압살롬 씨가 혀로 윗입술을 핥더니 침을 꿀꺽 삼켰다.

"아무한테도 말하면 안 돼. 오늘 있었던 일 말이야…."

에스텔의 두 눈에 적의가 가득 차올랐다.

"등록도 안 된 로봇한테 관심 가질 사람이 있기나 하겠어요?"

"그만해, 에스텔! 당장 입 다물어!"

로봇들이 겁에 질린 눈으로 압살롬 씨를 쳐다봤다. 압살롬 씨는 엄지손톱을 물어뜯으면서 로봇들의 눈치를 살폈다. 모두 입을 꾹 다물고 한 마디도 하지 않았다. 창고 밖에서는 아직도 크리스토퍼의 고함 소리가 들려왔다.

둥글이 로버트가 창문 쪽으로 시선을 돌리며 나지막이 속삭였다. "크리스토퍼도 인간이 아니었네. 난 인간인 줄 알았어."

"크리스토퍼도 분명 자기가 인간이라고 생각했을 거야." 에스텔이 나무라듯 압살롬 씨를 노려봤다.

"우리가 크리스토퍼를 꺼내줘야 해." 잭이 말했다.

"안 돼!" 압살롬 씨가 소리쳤다.

"잭 말이 맞아. 크리스토퍼를 꺼내줘야 해." 에스텔이 거들었다.

둥글이 로버트가 고개를 끄덕였고, 만다도 동의했다.

압살롬 씨가 정신 나간 사람 보듯 로봇들을 쳐다봤다.

"크리스토퍼를 밖으로 나오게 해선 안 돼."

"왜 안 돼요?" 잭이 물었다.

"그게, 그러니까, 그 이유가 뭐냐면⋯." 압살롬 씨가 당황해서 말을 더듬었다.

"왜냐하면 압살롬 씨가 감옥에 가게 되거든." 에스텔이 압살롬 씨를 가리키며 대신 대답했다.

압살롬 씨가 힘없는 소리로 웅얼거리며 에스텔을 쳐다봤다. 에스텔의 짙은 두 눈동자에는 분노가 가득했다. 잭은 압살롬 씨가 약간 휘청거리다가 넘어지지 않으려고 테이블에 몸을 기대는 모습을 지켜봤다. 불안해하는 그의 모습을 보고 잭은 가슴이 뛸 정도로 무척 기뻤다.

"그런 일은 없을 거다. 난 잘못한 일이 하나도 없으니까."

"그렇다면 크리스토퍼를 꺼내주셔야죠."

압살롬 씨가 뿌루퉁한 어린아이처럼 고개를 세차게 젓더니 홱 뒤돌아섰다.

"크리스토퍼를 어디서 데려온 거죠?" 에스텔이 물었다.

"고아원에서."

"고아원 이름이 뭔데요?"

"바틀비."

"성 가브리엘 고아원이라고 했잖아요."

"아니야, 그럴 리가. 분명히 바틀비 고아원이라고 했다."

"누가 크리스토퍼를 여기로 데려왔죠?"

압살롬 씨가 한쪽 눈을 가늘게 떴다.

"어떤 간호사가…."

"누군데요? 그 간호사 이름이 뭐죠?"

"이름이… 간호사 이름이… 그게…."

"저한테는 간호사가 두 명이라고 하셨잖아요." 로버트가 눈을 동그랗게 뜨며 끼어들었다.

"로버트!" 압살롬 씨가 소리를 빽 질렀다.

에스텔도 지지 않고 대들었다.

"거짓말쟁이! 압살롬 씨는 왜 늘 거짓말만 하는 거죠?"

"난 거짓말한 적 없다. 난 올바르고 선하고 도덕적인 사람이야. 압살롬 로봇 제작소는 가장 뛰어난…."

"그런데 어떻게 크리스토퍼가 자기 정체가 뭔지 모를 수 있죠?"

잭은 '뭔지'라는 말을 듣자 속이 상했다. 그보다는 '누군지'라고 말하는 게 더 낫지 않을까 생각했다.

"어떻게 크리스토퍼가 모를 수 있죠?" 에스텔이 되물었다.

압살롬 씨는 에스텔을 거들떠보지도 않았다.

에스텔은 눈살을 찌푸렸다.

"패치(게임 등 프로그램에 수정이 필요할 경우 일부 파일을 변경해 수정하는 것:옮긴이)를 사용하셨어요?"

압살롬 씨는 옷깃을 세워 얼굴을 가려보려 했지만 소용없는 일이었다.

"패치를 사용한 거로군요, 그렇죠? 압살롬 씨는 팔과 다리를 붙일 정도의 기술도 없는 사람이니까요."

"에스텔, 감히, 네가 감히 어떻게 그런 말을! 난 명장이야. 내 명성을…."

"명성이라고요? 어디서 얻은 명성요?"

"패치가 뭐야?" 둥글이 로버트가 물었다.

"아무것도 아니다, 로버트. 에스텔 말은 못 들은 걸로 해라. 불꽃과 화학 약품 때문에 에스텔이 결국 정신 나간 모양이다."

압살롬 씨가 의기양양한 표정으로 에스텔을 쳐다봤다. 하지만 잭은 그의 눈빛과 꽉 움켜쥔 손을 보고 그가 뭔가 숨기고 있다는 사실을 알아챘다.

"크리스토퍼는 이제 어떻게 되는 거죠?" 에스텔이 물었다.

압살롬 씨가 방금 한 대 얻어맞은 사람처럼 몸을 움찔했다.

에스텔이 손을 이마에 갖다 댔다. 그리고 마치 하지 말아야 할 행동을 한 자식에게 실망한 사람처럼 한숨을 푹 쉬며 말했다.

"세상에, 압살롬 씨."

압살롬 씨가 말을 더듬거렸다.

"내가 그런 게 아닌데… 내가 아닌데… 난 절대로…."

밖에서 뭔가를 비트는 소리가 요란스럽게 나는 바람에 그는 하던 말을 멈출 수밖에 없었다.

로버트가 창문으로 뛰어가 밖을 내다보며 말했다.

"그리퍼가 작업실 문을 뜯어냈어. 크리스토퍼랑 둘이 이쪽으로 오고 있어."

압살롬 씨가 즉시 달려가 몸으로 문을 막고 서서 소리쳤다.

"크리스토퍼가 창고 안으로 들어오면 안 돼!"

에스텔이 한숨을 쉬며 말했다.

"밖으로 못 나오게 해라, 안으로 못 들어오게 해라. 도대체 어느 장단에 맞춰야 하죠?"

"이제 모두 끝장이야. 말도 안 돼. 나도 더는 참지 않겠어!"

압살롬 씨가 신경질적으로 소리 질렀지만, 에스텔의 목소리는 무척이나 차분하고 여유로웠다.

"그리퍼가 문을 부수고 들어오면 그땐 어쩌실 거죠?"

압살롬 씨가 머리를 약간 떨면서 에스텔을 쳐다봤다. 그러더니 천천히 문에서 물러섰다. 그때 문 두드리는 소리가 나자 그가 놀라 펄쩍 뛰는 모습을 보고 잭은 터져 나오려는 웃음을 겨우 참았다. 에스텔이 문을 여니, 앞에 크리스토퍼가 서 있었다. 그 뒤에는 그리퍼가 떡 버티고 있었다.

크리스토퍼가 창고 안으로 들어와 문을 닫았다.

"압살롬 씨, 저를 만든 사람이 누구죠?"

압살롬 씨가 고개를 절레절레 흔들더니 뒷걸음질을 쳤다.

크리스토퍼가 더 강한 어조로 물었다.

"저를 만든 사람이 누군가요?"

압살롬 씨가 고개를 저었다.

"저를 만든 사람이 누구냐고요!"

잠시 정적이 흘렀다. 압살롬 씨가 결국 고개를 들고 크리스토퍼를 쳐다봤다. 턱을 달달 떨면서 미안하다는 듯 어깨를 으쓱했다. 그러고는 기어들어가는 목소리로 속삭였다.

"나도 모른다."

잭은 압살롬 씨의 말을 믿었다. 그가 이 정도로 넋이 나간 모습은 처음 봤기 때문이다.

크리스토퍼가 에스텔을 돌아보며 물었다.

"넌 알아?"

에스텔이 고개를 저었다.

"누구 아는 사람…?"

크리스토퍼가 작업실 안에 있는 로봇 모두를 둘러보며 묻자, 모두 고개를 저었다.

곰 인형을 가슴에 꼭 끌어안은 만다가 앞으로 나서서 말했다.

"난 네가 인간이 아니라고 생각해본 적이 없어, 크리스토퍼. 정말이야. 그건 나한테 전혀 상관없는 일이야. 정말 상관없어. 넌 여전히 너니까."

크리스토퍼가 고맙다는 듯 고개를 끄덕였다. 하지만 잭은 크리스토퍼한테서 어둡고 멍한 눈빛을 느꼈다. 크리스토퍼 몸속에 마치 다른 사람이 들어간 느낌이었다. 크리스토퍼는 한순간에 부품이 빠진 로봇 소년이 되어버렸다. 잭은 무슨 말이라도 해주고 싶었지만 어떤 말을 해야 할지 알 수 없었다. 머뭇거리던 잭은 결국 말할 기회를 놓치고 말았다. 갑자기 노란 빛이 천장에 어른거리더니 자동차 엔진 소리가 점점 더 가까워지고 있었기 때문이다.

에스텔이 창문으로 뛰어갔다.

"안 돼! 아, 하느님, 어쩌지!"

압살롬 씨가 울부짖으면서 어두컴컴한 창고 안쪽으로 더 깊숙이 들어갔다.

에스텔이 고개를 돌려 로봇들을 쳐다봤다. 그녀 얼굴은 평소보다 더 창백했다.

"정보국이야."

에스텔의 말에 잭은 등골이 오싹해졌다.

잭도 창문으로 달려갔다. 그리퍼의 뒤로 구릿빛 승합차 한 대가 마당으로 들어오고 있었다. 승합차에는 아무 표시도 보이지 않았지만, 정보국 차가 틀림없었다. 실제로 보긴 처음이지만 이야기를 많이 들어서 알 수 있었다.

차에서 두 남자가 내렸다. 그들은 정보국 제복에 갈색 모자를 쓰고 있었다. 둘 중 키가 더 크고 호리호리한 남자가 몸집이 큰 동료에게 뭐라고 말했다. 그러더니 두 사람이 창고 쪽으로 걸어왔다.

"아, 안 돼. 그만, 안 돼." 겁에 질린 압살롬 씨가 횡설수설했다.

"입 좀 다무세요." 에스텔이 속삭였다. 그러고는 잭을 붙잡고 창고 안쪽으로 떠밀었다.

만다와 로버트도 몹시 불안했던지 압살롬 씨 못지않게 손을 흔들어댔다. 크리스토퍼는 어깨를 축 늘어뜨린 채 땅만 보고 있었다. 잭은 크리스토퍼 곁으로 가고 싶었지만 에스텔한테 떠밀려 창고 안쪽 선반 앞까지 갔다.

"뭐 하는 거야?" 잭이 소리를 빽 질렀다.

"다 생각이 있어서 그래. 나만 믿어." 에스텔이 다부진 목소리로 대답했다.

잭이 뭐라고 말하기도 전에 에스텔이 오른팔로 잭의 머리를 감싸 쥐고 힘껏 끌어당겼다. 잭이 "안 돼!" 하고 비명을 질렀지만 이미 에스텔은 잭의 머리를 두 손으로 뽑아 들었고, 잭은 그저 눈만 껌뻑거릴 수밖에 없었다. 에스텔이 잭의 머리를 눈앞까지 들어올렸다. 잭의 눈에 바닥에 쓰러진 자기 몸통이 슬쩍 보였다. 수치심을 느낀 잭이 따져 물으려 하자 에스텔이 말을 막았다.

"잭, 입 다물고 잘 들어. 너를 저 선반 위에 올려둘 거야." 에스텔이 선반 쪽을 돌아보며 말했다. "이제부터 네가 우리의 눈과 귀가 되는 거야."

"하지만…."

"앞으로 일이 어떻게 될지 우리도 알아야 하잖아. 그 일을 압살롬 씨가 알려줄 리도 없고."

에스텔은 잭을, 아니 잭의 머리를 선반 위에 턱 올려두었다. 높은 선반 위에 있으니 깜짝 놀라 두려움에 떨고 있는 로봇들의 모습이 잭의 눈에 들어왔다.

문을 똑똑 두드리는 소리가 났다. 모두 문 쪽으로 고개를 홱 돌렸다. 에스텔이 잭의 머리를 마지막으로 쳐다보며 말했다.

"이제부터 들은 이야기를 모조리 기억해야 해."

그러고는 허리를 숙여 잭의 몸통을 고철 더미 아래로 밀어 넣은 뒤 창고 가운데로 걸어 나왔다.

다시 문을 두드리는 소리가 나더니 누군가 말했다.

"압살롬 씨, 그레고리 압살롬 씨 계십니까? 문 좀 열어주시겠습니까?"

모두 입을 다물고 압살롬 씨를 쳐다봤다.

"나더러 어쩌라고?" 풀이 죽은 압살롬 씨가 물었다.

또다시 정적이 찾아왔다. 그러다 이번에는 좀 전과 다른 목소리가 들려왔다. 침착하지만 분명 다른 의도가 숨어 있는 목소리였다.

"압살롬 씨, 최대한 빨리 문을 열어주시는 편이 좋을 겁니다."

압살롬 씨가 문 앞으로 다가가 문손잡이를 만지작거렸다. 그가 문을 여니 남자 두 명이 서 있었다. 두 사람은 눈앞에 보이는 광경을 잠시 살핀 다음 창고 안으로 재빨리 들어왔다.

책임자로 보이는 호리호리한 남자가 검은 지갑을 꺼내 그 안에 든 신분증을 보여주며 딱딱하고 사무적인 말투로 말했다.

"정보국에서 나온 수석 수사관 모티머 리브스라고 합니다. 면허, 무면허 상관없이 과학자들을 전체적으로 조사하고 위법이 있을 시 처벌하는 일을 담당하고 있습니다."

리브스가 신분증을 도로 집어넣고는 압살롬 씨가 뭐라고 대답하기도 전에 함께 온 수사관에게 명령했다.

"압살롬 씨를 조사해야 하니 로봇들을 모두 밖으로 데리고 나가게. 저 소녀도 마찬가지고."

그러고는 크리스토퍼를 돌아봤다. 크리스토퍼는 여전히 정신을 차리지 못한 듯 넋이 나간 표정이었다. 리브스가 갑자기 씩 웃었다. 웃을 때 보이는 그의 작고 지나치게 가지런한 이가 잭의 눈에 들어왔다. 몹시 매정해 보이는 그 웃음이 마음에 걸렸다.

"그리고 이 로봇도 데리고 나가게."

리브스 수사관이 주머니에 손을 넣고 서서 약간 신이 난 듯한 표정으로 압살롬 씨를 쳐다봤다. 그런 뒤 말없이 그에게 테이블 앞 의자로 와 앉으라는 신호를 보냈다. 의자에 앉은 압살롬 씨는 수사관의 눈초리를 피하려고 애썼다. 몸을 들썩들썩하고 눈동자를 불안하게 이리저리 굴리며 수사관을 흘끔거렸다.

리브스 수사관이 일부러 천천히 압살롬 씨 맞은편으로 멀리 걸어가더니 곰팡이가 덕지덕지 낀 초상화 앞에 섰다.

"최초의 엔지니어, 런시블이군요." 리브스 수사관이 고개를 끄덕이며 말했다. "런시블이 위대한 엔지니어가 될 수 있었던 진짜 이유가 무엇인지 아십니까? 제가 알려드릴까요?"

압살롬 씨가 리브스 수사관을 흘낏 훔쳐봤지만 그는 그림만 쳐다보고 있었다.

"런시블은 로봇에게 감각과 생명을 부여할 수 있는 여러 가지 기호 비법에 대한 체계를 세웠죠. 이 기술을 뭐라고 부르는지 혹시…?"

그가 고개를 돌려 압살롬 씨를 봤다.

"기초 추진력입니다." 압살롬 씨가 간신히 대답했다.

리브스 수사관이 입꼬리를 씰룩거리며 비웃듯이 히죽거렸다.

"잘 아시네요, 압살롬 씨. 정말 똑똑하십니다."

그러고는 한숨을 내쉰 뒤 말을 이었다.

"안타까운 일이지요! 런시블이 처음으로 공들여 만든 기계를 사람들은 믿지 못하고 두려워했습니다. 사람들은 오리지널 기계라고 부르던 초기 기계를 빼앗아 불태웠습니다. 하지만 런시블은 단념하지 않았습니다. 그후로 로봇이라고 부르는 기계를 더 많이 제작했어요. 그리고 사람들도 차츰 로봇의 중요성을 깨닫게 되었습니다. 로봇은 사람 대신 힘든 일을 하는 충실한 하인이 되어줬으니까요. 조슈아 런시블은 영국을 완전히 바꾸어놓았지요."

리브스 수사관이 비뚤어진 그림을 바로잡더니 주머니에서 손수건을 꺼내 살살 닦아냈다. 그러자 런시블의 얼굴이 좀 더 선명하게 드러났다.

"하지만 안타깝게도 로봇을 두려워하는 사람들은 여전히 남아 있었습니다. 특히 성인 로봇은 더 많은 비판을 받아야 했습니다. 사람들이 설 자리를 로봇이 빼앗아 갈지도 모른다는 두려움 때문이었지요. 그래서 나오게 된 것이 바로 어린이 로봇입니다. 크기는 사람보다 작지만 일도 잘하고 튼튼해서 사람들의 마음을 상하게 하지 않고도 현대 사회에서 잘 이용할 수 있었으니까요."

리브스 수사관이 손수건을 도로 주머니에 넣고 뒤돌아서더니 활짝 웃었다. 잭은 그 웃음이 영 마음에 들지 않았다. 진심을 숨기고 있는 것처럼 보였기 때문이다.

"물론 압살롬 씨도 모두 알고 계신 이야기지요. 한때는 대단한 업적으로 유명세를 탄 적이 있으신 분 아닙니까."

압살롬 씨가 침을 꿀꺽 삼켰다.

잭은 약간 초조한 마음으로 리브스 수사관을 지켜봤다.

리브스 수사관이 모자를 벗어 테이블 위에 내려놓았다. 그런 다음 재킷을 벗더니 깔끔하게 접어 의자 등받이에 걸쳤다. 검은색 머리카락에 윤기가 흐르는 걸 보니 머릿기름을 바른 게 분명했다. 그는 말쑥한 진회색 정장 웃옷 안주머니에서 작은 수첩과 짧은 연필한 자루를 꺼내고는 의자를 당겨 무척 조심스럽게 앉았다.

"자, 압살롬 로봇 제작소의 그레고리 압살롬 씨."

압살롬 씨는 뭐라고 대답해야 할지 알 수 없었다.

"정보국에서 무슨 일을 하는지 아십니까?"

압살롬 씨가 고개를 끄덕였다.

리브스 수사관은 압살롬 씨를 보지도 않고 말을 이어갔다.

"정보국에서는 로봇 제작은 물론 사용을 단속하는 일도 담당하고 있습니다. 엔지니어들이 제작 기준에 따라 로봇을 만드는지 확인합니다. 또 로봇에게 올바른 고유 번호가 등록되었는지, 해당 로봇을 제작한 엔지니어가 공식 면허를 등록했는지도 확인하지요."

압살롬 씨는 그저 테이블을 물끄러미 내려다볼 뿐이었다.

"압살롬 씨, 엔지니어 교육을 모두 받고 면허를 등록하셨습니까?"

팽팽한 긴장감이 감도는 분위기에도 불구하고, 아니면 실은 그 분위기 탓인지도 모르지만, 잭은 그 순간 웃음을 터트릴 뻔했다.

압살롬 씨가 아무 말도 하지 않자, 리브스 수사관이 앞으로 몸을 숙이더니 약간 다정한 말투로 다시 말했다.

"지금 솔직히 털어놓으시는 게 나을 겁니다. 제가 사무실로 돌아가 기록을 찾아보면 금세 확인할 수 있으니까요. 하지만 지금 협

조해주시면 앞으로 수사를 진행하는 데 큰 도움이 될 겁니다."

압살롬 씨가 고개를 저었다.

"그건 무슨 뜻이죠? 말을 하세요."

"면허가… 없어요." 압살롬 씨가 속삭였다.

리브스 수사관이 입을 굳게 다물고 인상을 찌푸린 채 연필을 집어 들더니 수첩에 뭔가를 휘갈겨 썼다.

"저 바깥에 있는 크기가 꽤 큰 로봇에 대해 설명 좀 해주시겠습니까?"

압살롬 씨가 당황스러운 표정을 지었다.

"그리퍼요? 그리퍼로 말씀드리자면… 아주 무거운 물건을 옮길 때 사용하는 로봇입니다."

"그렇군요."

압살롬 씨의 얼굴에 갑자기 화색이 돌았다.

"리브스 수사관님, 그리퍼는 제작 지침을 지켜 제작했습니다. 장담할 수 있어요. 우선 그리퍼는 혼자서 적절한 사고를 할 수 있는 능력이 없는 로봇입니다. 어린아이 수준이거든요. 크기 문제는… 수사관님도 겉모습을 보면 아실 겁니다. 크기 제한을 넘기긴 했지만 생김새가 사람과는 거리가 멀어서 실제 성인과 헷갈릴 일이 전혀 없어요. 그 점에서 저는 법률 조항을 정확하게 지켰다고 생각합니다."

압살롬 씨는 자신감을 조금이나마 되찾은 모습이었다.

"아, 필비 판례 말씀이시군요. 관련 법률을 어느 정도는 꿰고 있으시네요. 필비 재판이 어느 해에 열렸지요? 1920…."

"24년요. 1924년입니다."

순간 압살롬 씨의 눈이 번득였다. 드디어 궁지에서 벗어날 길을 찾았다는 생각이 든 모양이었다.

"그러니까, 리브스 수사관님도 아시겠지만…."

"소년 이야기를 해보시지요." 리브스 수사관이 말을 잘랐다.

"소년…요?" 압살롬 씨가 침을 꿀꺽 삼키며 되물었다.

"네, 소년. 죄송합니다. 제가 소년이라고 해서요. 하지만 실제로는 로봇이라는 사실을 우리 둘 다 잘 알잖아요. 제가 공식 수사관 자격으로 이곳에 온 이유이기도 합니다."

압살롬 씨가 잠시 생각하는 듯하더니 몸을 앞으로 숙이고 능글맞게 웃으면서 말했다.

"리브스 수사관님. 조사하면 아시겠지만, 그 소년 역시 제작 지침을 잘 지켜 만들었습니다."

리브스 수사관이 그를 쳐다봤다. 그는 웃음을 잃지 않으려고 애썼지만 수사관의 매서운 눈초리를 느끼고는 또다시 자신감을 잃을 수밖에 없었다. 표정이 차츰 굳어졌고 웃음기도 사라졌다. 잭은 눈을 돌려 리브스 수사관을 흘끔 봤다. 그는 웃지 않고 있었다.

"본인이 직접 제작했다는 말씀인가요?"

"네, 맞아요. 제가 만들었어요."

"본인이 직접 제작한 소년의 이름이…."

"크리스토퍼입니다."

"크리스토퍼를 직접 제작했다는 말씀이군요. 그렇다면 직접 설계도 하셨겠네요."

"네, 그렇습니다."

이번에는 대답하던 중 압살롬 씨의 목소리가 갈라졌다. 그는 가볍게 몇 번 기침을 하면서 의자에 앉은 채로 몸을 들썩거렸다.

리브스 수사관은 선반 위, 그리고 창고 바닥에 어지럽게 널린 잡동사니를 둘러보면서 잠시 생각에 잠겼다. 그의 눈빛을 본 잭은 그가 이곳을 하찮게 여기고 있다는 사실을 알 수 있었다. 하지만 그의 말투는 여전히 밝고 스스럼이 없었다.

"여기 있는 재료만으로 크리스토퍼와 다른 로봇 전부를 만드셨습니까?"

"그, 그렇습니다."

순간, 리브스 수사관이 잭의 머리를 쳐다봤다. 당황한 잭은 겁을 잔뜩 먹고 버티다가 얼마 지나지 않아 눈을 깜빡이고 싶어 견딜 수가 없었다. 너무 오랫동안 눈을 부릅뜨고 있었기 때문이다. 잭은 똑바로 앞만 보려고 안간힘 썼다. 영원과 같은 순간이 지나고, 마침내 리브스 수사관이 돌아서서 압살롬 씨를 봤다.

"그렇다면 크리스토퍼한테 어떤 방법으로 생명을 부여하셨습니까?"

압살롬 씨는 당황한 기색이 역력했다.

"소년을 어떻게 작동시켰습니까, 압살롬 씨?"

압살롬 씨는 불안한 기색을 감추지 못한 채 웃으면서 대답했다.

"그거야, 물론 기본 추진력이지요. 저는 런시블 표준 기호 방식을 적용하여 로봇에게 감각과 생명을 부여합니다."

"그렇군요." 리브스 수사관이 연필로 턱을 톡톡 두드리며 압살롬 씨를 빤히 바라봤다. "그렇다면 크리스토퍼가 다른 방식으로 작동하지 않는다고 장담하실 수 있습니까?"

그 말을 듣고 압살롬 씨가 웃음을 터트렸다.

"하하, 당연한 말씀을. 그것 말고는 달리 적용할 기술이 없지 않습니까?"

"압살롬 씨, 말씀하세요. 당신은 정제 추진력 체계에 대한 기술, 규칙 그리고 방식을 잘 알고 계시지 않습니까?"

그러자 압살롬 씨가 꼭 한 대 얻어맞은 사람처럼 고개를 아래위로 흔들어댔다.

"뭐라고요?"

리브스 수사관의 미소가 좀 더 섬뜩해졌다. 하지만 목소리는 여전히 차분했다.

"압살롬 로봇 제작소의 그레고리 압살롬 씨. 당신은 정제 추진력 기술에 대한 이론, 체계, 그리고 실제 적용법을 잘 알고 계시지요?"

압살롬 씨의 얼굴에서 핏기가 싹 가셨다.

"저, 저는… 제발… 왜 그런 질문을 하시는 건가요?"

리브스 수사관이 양손으로 깍지를 끼고 눈을 내리깔았다. 그러더니 다시 눈을 들어 압살롬 씨를 쳐다봤다. 목소리는 여전히 낮고 차분했지만 눈빛은 매서웠다.

"압살롬 씨, 그렇다면 다른 식으로 여쭙겠습니다. 소년 로봇은 실제로 정제 추진력 규칙을 통해 생명을 얻었습니까?"

잭은 리브스 수사관이 한 말의 속뜻을 깨닫고 별안간 가슴이 철렁 내려앉았다. 그런 생각을 하자 마음이 요동치기 시작했다.

압살롬 씨가 고개를 저었다.

리브스 수사관이 나지막이 한숨을 내쉬고는 말을 이었다.

"압살롬 씨, 말씀하세요. 정제 추진력 체계로 어떻게 로봇에게 생명을 부여합니까?"

"그, 그, 그게…."

잭은 직접 보고도 믿기지 않는 광경에 눈이 휘둥그레졌다.

"그, 그게… 기계 작동 체계와 영혼을 결합해야 합니다."

잭은 깜짝 놀라 그 말이 무슨 뜻인지 알아들을 수 없었다.

"수사관님은 그렇게 생각을 하지 않… 어떻게 생각하셨나요?"

리브스 수사관은 들은 체도 하지 않았다. 그는 재빨리 코로 숨을 한 번 들이쉬더니 다시 수첩으로 눈길을 돌렸다.

"압살롬 씨, 소년을 어디서 발견하셨습니까?"

압살롬 씨가 코웃음을 치더니 활짝 웃었다. 다른 이야기가 나오자 반가운 모양이었다. 그러다 리브스 수사관이 다시 자기를 쳐다보자 웃음을 멈췄다.

"소년을 어디서 발견하셨습니까?"

"발견한 게 아닙니다. 절대 아니에요. 제가 직접 만들었습…." 갑자기 자기가 한 말의 의미를 깨달은 압살롬 씨는 겁에 질려 어쩔 줄 몰라 했다. "제가 제작한 건 맞지만, 정제 추진력을 이용하지는 않았어요. 정말로 아닙…."

"소년을 어디서 발견하셨나요?"

리브스 수사관이 테이블 맞은편의 압살롬 씨를 빤히 쳐다보며 같은 질문을 반복했다. 압살롬 씨는 대답 대신 목이 꽉 잠긴 듯한 소리만 냈다. 잭은 그가 또 핑곗거리를 떠올리려 애쓰고 있다는 사실을 알 수 있었다.

그때 문을 두드리는 소리가 나자 깜짝 놀란 압살롬 씨는 자칫 의자에서 떨어질 뻔했다.

"들어와." 리브스 수사관이 말했다.

다른 수사관이 안으로 들어와서 리브스 수사관에게 쪽지 한 장을 건넸다. 그는 쪽지를 들여다보고 고개를 끄덕였다.

"아주 좋아."

동료 수사관이 방을 나가자, 리브스 수사관은 쪽지를 테이블 위에 놓고 다시 수첩으로 시선을 옮겼다.

"인간 로봇 에드워드 이야기를 해주시지요."

이번에는 압살롬 씨가 제대로 한 대 얻어맞은 것 같았다. 잭은 그가 의자 뒤로 숨어버릴 거라고 확신했다.

"인, 인, 인간 로봇이라니…."

"인간 로봇 에드워드 말입니다."

압살롬 씨는 이제 숨을 쉬는 것조차 힘들어 보였다.

"우연히 일어난 일이라는 말밖엔… 달리 할 말이 없네요."

"뭐가 우연히 일어난 일이라는 겁니까, 압살롬 씨?"

압살롬 씨가 쪽지를 빤히 쳐다봤다.

"제발…."

압살롬 씨는 말을 제대로 잇지 못했다.

리브스 수사관이 손바닥으로 테이블을 짚고 일어섰다.

"로봇 제작 및 작동에 관한 국법 제1조 3항 5절. 합의된 기준에 따라 성인 크기로 제작한 기계에 의도적이든, 우연이든 감각을 부여하는 일은 불법이다. 해당 범죄를 저지를 경우 최소 징역 15년에 처한다."

압살롬 씨는 그저 어깨를 들썩거리면서 숨을 쉬어보려 애쓸 뿐이었다.

"우연히 일어난 일입니다. 맹세할 수 있…."

리브스 수사관이 몸을 숙이고 조용히 말했다.

"'의도적이든, 우연이든'이라고 분명히 명시되어 있습니다, 압살롬 씨. 성인 크기 로봇을 제작하는 일이 금지된 이유는 본인도 잘 알고 계시잖습니까? 그렇죠?"

압살롬 씨가 고개를 끄덕였다.

"성인 로봇을 만드는 건 옳지 않은 일입니다. 적절치 않아요. 사람들이 성인 로봇 때문에 기분이 상하는 일이 생긴단 말입니다."

리브스 수사관이 몸을 좀 더 숙였다.

"그리고 저는 선생님 때문에 기분이 상했습니다!"

리브스 수사관이 별안간 길길이 화를 내면서 매서운 눈빛으로 압살롬 씨를 향해 혐오감을 가득 내비쳤다. 잭마저도 그가 화가 잔뜩 났다는 걸 잘 알 수 있을 정도였다.

"압살롬 씨, 당신은 사기꾼이고 거짓말쟁이입니다! 당신은 국법을 비웃고 영국의 이름을 욕되게 했습니다. 당신이 저지른 범죄를 부끄러워하세요! 이제껏 해온 거짓말은 물론, 속임수도 부끄러워하세요! 당신 같은 사람 때문에 신물이 납니다. 정말 넌더리가 난다구요!"

리브스 수사관이 화를 이기지 못하고 벌벌 떨었다. 마치 성난 황소처럼 콧구멍을 벌름거리면서 숨을 몰아쉬었다. 그러더니 숨을 깊이 들이마셨다 내쉬면서 차츰 화를 가라앉혔다. 잠시 후, 평정심을 되찾은 그가 어깨를 쫙 펴고 지나치게 점잔을 떨면서 양복 단을 끌어당겼다. 그런 다음 손바닥 끝으로 머리카락을 매만졌다. 그제야 만족한 듯 짧고 날카롭게 "아!" 소리를 내고는 아무 일도 없었다는 듯 압살롬 씨를 보며 능청맞게 웃었다.

"저는 정보국 수석 수사관 권한으로 압살롬 씨에게 선고를 내릴 수 있습니다."

압살롬 씨가 고개를 숙이더니 어깨를 들썩거렸다. 잭은 그런 그를 보자 경멸과 연민이 뒤섞인 이상한 기분이 들었다.

"로봇 소년이 어디 태생인지, 그리고 어떻게 압살롬 씨의 소유가 되었는지 그 과정을 솔직하게 밝혀주신다면 형량을 좀 줄여드리겠다고 장담하지요."

"우연히… 발견했어요." 압살롬 씨가 침을 꿀꺽 삼키며 대답했다. "2년 전 배수로에서 우연히 발견했습니다. 꼼짝도 안 하고 있더군요. 곧바로 녀석의 상태를 알아챌 수 있었죠. 활동 정지 상태였어요. 그래서 이곳으로 데리고 온 다음 깨웠습니다."

"어디에 있는 배수로였나요, 압살롬 씨?"

"치핑턴 외곽입니다. 여기서 8킬로미터쯤 떨어진 곳에 있어요."

리브스 수사관이 의자 등받이에 등을 기댔다.

"그럼, 이제… 그렇다면 로봇 소년은 이곳으로 오게 된 상황을 기억합니까?"

"전혀 기억하지 못해요. 서로 연결되지 않는 장면 몇 가지만 겨우 기억할 겁니다."

"그런데 로봇 소년은 늘 자기가 인간이라고 생각하지 않았나요?"

"맞아요."

"어떻게 소년이 그렇게 생각하도록 할 수 있었습니까?"

"패치를 사용했어요."

"패치요?"

"네."

"선생님의 조잡한 기술로요?"

압살롬 씨가 다시 고개를 푹 숙였다.

"패치는 어디서 구하셨습니까?"

"암시장에서요." 압살롬 씨가 당황스러운 표정으로 고개를 들고 말을 이었다. "판매자 이름을 알려드릴 수…."

"그러지 않으셔도 됩니다."

리브스 수사관이 방금 들은 이야기를 잠시 곱씹는 듯하더니 의자에서 일어나 우아하면서도 민첩한 동작으로 외투를 입었다.

"판결을 관대하게 내려드리지요. 정제 추진력을 적용한 로봇을 만들어 몰래 숨긴 일에 대해서는 처벌하지 않겠습니다. 대신 이곳에 있는 로봇 모두가 오늘 있었던 일에 대해 입을 다물도록 하겠다고 확실히 약속하셔야 합니다. 다른 누구도 이 사실을 알아서는 안 됩니다. 아시겠어요?"

압살롬 씨가 그를 쳐다봤다. 그런 뒤 흐리멍덩한 눈빛으로 힘겹게 고개를 한 번 끄덕였다.

"고맙습니다, 압살롬 씨. 큰 도움이 되었습니다. 판결을 내릴 때 반영하겠습니다."

리브스 수사관이 고개를 까딱 숙여 인사하고 다시 모자를 썼다.

"충분히 마음을 가라앉히신 후에 밖으로 나오셔도 됩니다."

리브스 수사관이 창고 밖으로 나간 뒤, 압살롬 씨는 한동안 멍하니 허공만 바라보며 앉아 있었다. 잠시 후, 그는 손으로 얼굴을 가리고 나지막이 흐느꼈다.

선반 위에 놓인 잭은 컴컴한 창문 밖에서 뭔가 움직이는 모습을 지켜봤다.

"압살롬 씨, 좀 도와주세요."

압살롬 씨가 몸을 휙 돌렸다.

"잭이냐? 그런데 너…."

"빨리요, 압살롬 씨. 서둘러야 해요."

압살롬 씨는 휘청거리면서 잭의 머리가 놓인 선반으로 다가갔다. 그리고 잭이 눈으로 가리키는 방향을 따라가 그의 몸통을 꺼낸 뒤 머리와 연결해줬다.

"너, 여기서 아무 이야기도 못 들은 거다."

잭은 슬픈 표정으로 고개를 저으며 대답했다.

"압살롬 씨, 저는 모조리 다 들었어요."

문 쪽으로 걸어가는 잭의 앞을 막아서면서 압살롬 씨가 말했다.

"나도 몰랐어, 맹세해. 난 최선을 다했다고."

잭은 그를 나무라듯 노려봤다.

"압살롬 씨는 크리스토퍼가 인간이 아니라는 사실을 알았잖아요. 그리고 그것을 아무에게도 말하지 않았고요."

압살롬 씨가 더 설명하려고 했지만, 잭은 그를 밀치고 걸어갔다.

잭이 창고 문을 열고 밖으로 나간 순간, 자동차 전조등 불빛에 앞이 제대로 보이지 않았다. 잭은 팔을 들어 눈을 가렸다.

"수사관님, 로봇이 하나 더 있습니다." 다른 수사관이 잭을 가리키며 말했다.

수첩을 들여다보던 리브스 수사관이 고개를 들어 하찮다는 듯한 눈빛으로 잭을 쓱 보더니 손을 내저었다.

만다와 둥글이 로버트가 잭 곁으로 다가왔다. 둘 다 잔뜩 겁에 질려 있었다. 에스텔도 바로 옆에 서 있었다. 그리고 크리스토퍼는 승합차 옆에서 등을 구부린 채 서 있었다. 그리퍼는 팔을 앞뒤로 흔들면서 창고 바로 옆에 서 있었다.

"잭, 우리도 조사를 받았어. 로버트가 모조리 털어놨고." 만다가 말했다.

"다 얘기한 건 아니거든!" 로버트가 말했다.

잭은 로버트의 표정에서 죄책감을 엿볼 수 있었다. 잭은 로버트를 안심시키려고 웃으면서 말했다.

"로버트, 걱정하지 마."

압살롬 씨도 밖으로 나와서 기다란 손가락을 바들바들 떨며 문설주에 기대섰다.

잭은 크리스토퍼를 쳐다봤다. 여전히 꼼짝도 하지 않고 있었다.

리브스 수사관이 가볍게 기침을 한 다음, 차렷 자세로 서서 수첩을 읽어 내려갔다.

"그레고리 압살롬 씨, 국법에 의해 제가 가진 권한으로 면허 없이 로봇을 제작한 행위, 특히 성인 인간 크기로 제작한 로봇에게 생명을 부여한 악랄한 범죄에 대해 판결을 내리겠습니다. 오늘부터 30일 이내에 재산 전부를 양도하거나 처분할 것을 명령합니다. 그렇지 않을 경우 법률에 따라 강력한 처벌을 받게 될 것입니다. 또한 당신은 앞으로 로봇을 절대 제작할 수 없습니다. 해당 명령을 따르지 않을 경우 당신은 국법에 의해 최하 15년의 징역형을 받게 됩니다. 이 판결에 동의하고 즉시 따라주시기 바랍니다."

리브스 수사관이 고개를 끄덕이자 동료 수사관이 앞으로 나와서 창고 문에 못을 박고 종이 한 장을 붙였다. 리브스 수사관은 만족스러운 표정을 짓고는 수첩을 외투 주머니에 도로 집어넣은 뒤 크리스토퍼 쪽으로 고개를 까딱했다.

"던롭 수사관, 소년을 차에 태워."

잭은 자기가 들은 말을 한동안 믿을 수가 없었다.

던롭 수사관이 크리스토퍼의 양쪽 겨드랑이 아래로 손을 넣어 잡고 승합차 쪽으로 끌고 왔다.

"안 돼요!"

잭이 비명을 지르자 그리퍼도 몸을 앞으로 숙이며 잔뜩 화가 난 목소리로 고함을 질렀다.

잭은 크리스토퍼 쪽으로 달려갔다. 이때 자기가 밀치는 바람에 둥글이 로버트가 바닥에 뒹굴었다는 사실을 어렴풋이 알았지만, 신경 쓰지 않았다. 그저 크리스토퍼를 데려가지 못하게 반드시 막아야 한다는 생각뿐이었다.

던롭 수사관이 달려오는 잭을 발견하고는 크리스토퍼를 서둘러

외투로 감쌌다. 잭이 던롭에게 달려들었지만, 그는 잭을 밀쳐냈다. 잭은 가까스로 균형을 잡고 서서 다시 그에게 달려들었다.

던롭이 오른쪽 엉덩이 쪽에 찬 권총집에서 기다란 금속 막대기를 꺼내 들었다. 그것을 딸깍 누르자 갑자기 '지잉' 소리가 나더니 푸른색 불빛이 번쩍거렸다. 잭은 마치 가슴을 발로 세게 차인 것 같은 느낌이 들었다. 그러다 뒤로 휙 날아가 땅에 떨어지면서 에스텔 발 옆까지 미끄러졌다.

잭은 비명을 지르고 싶었지만 그럴 수가 없었다. 목소리가 나오지 않았다. 자기를 내려다보는 에스텔의 얼굴이 어렴풋이 보였다.

만다가 옆으로 다가와 소리 질렀다.

"잭! 잭! 저 사람이 잭을 죽였어요!"

잭은 몸을 부들부들 떨기 시작했다. 팔과 다리는 물론이고 머리까지 덜덜 떨렸다. 그리퍼가 고통과 분노로 가득 찬 고함을 질러대는 소리가 잭의 귀에 희미하게 들려왔다. 또 한 번 '지잉' 소리와 함께 푸른색 불빛이 번쩍거렸다.

잭이 고개를 들자 던롭이 그리퍼의 등을 기다란 막대기로 때리는 모습이 보였다. '지잉' 소리와 함께 그리퍼가 거대한 손을 파닥이며 비명을 질렀다. 그리퍼는 점점 뒤로 물러났고, 던롭은 태연히 막대기를 권총집에 도로 넣고 크리스토퍼를 일으켜 세웠다.

잭은 크리스토퍼가 승합차 뒤쪽으로 끌려가는 모습을 지켜볼 수밖에 없었다. 친구들 모두가 믿기지 않는 듯 눈만 껌뻑거렸다. 갑자기 그들의 전원 스위치를 내려버린 것 같았다.

크리스토퍼는 던롭의 손아귀에서 벗어나려고 안간힘 썼다. 하지만 던롭의 힘을 당할 수 없었다. 크리스토퍼는 발버둥 치고 비명을 지르면서 두 발로 서보려 했지만, 소용이 없었다.

리브스 수사관은 차분하고 침착한 모습으로 말없이 이 모든 상황을 지켜봤다. 그의 눈빛은 매섭고 냉정했다.

크리스토퍼가 마지막으로 내지른 비명 소리를 뒤로하고 승합차 문이 꽝 단혔다.

잭은 꽃게 집게발처럼 손가락을 폈다 오므렸다 경련을 일으키면서 바닥에 누운 채 일어나지 못했다. 에스텔이 잭의 머리를 잡았다. 에스텔은 울고 있었다. 잭은 압살롬 씨를 쳐다볼 수 없었다. 잭은 이제 그가 미웠다. 잭이 말을 하려 하자 또다시 머리가 심하게 떨렸다. 둥글이 로버트가 잭의 곁으로 비틀비틀 걸어왔다.

수사관 둘이 승합차 문을 열었다. 리브스 수사관이 마지막으로 로봇들을 둘러보고는 조수석에 올라탔다.

승합차가 고물상을 빠져나갔고, 차 불빛이 순식간에 저 멀리 사라졌다. 여기저기 흐느끼는 소리만이 마당을 가득 메웠다.

다음 날 아침, 로버트와 만다가 작업실 안으로 들어왔을 때 잭은 스패너로 왼쪽 엉덩이에 너트를 조이고 있었다. 잭 곁에는 그리퍼가 서 있었다. 로버트는 한눈에 잭이 뭘 하는지 알 수 있었다.

"왜 새 다리로 바꿔 끼웠어?"

잭은 처음에는 로버트의 말을 듣지 못했다. 너트를 조이느라 정신없었기 때문이다. 그리퍼가 뭐라고 말하자 잭은 평소답지 않게 잔뜩 화가 난 표정으로 로버트를 쏘아봤다.

"뭐라고?"

"왜 새 다리로 바꿔 끼운 거야?"

"그냥. 그냥 다른 다리로…."

로버트와 만다가 함께 고개를 끄덕였다.

"어젯밤 그 막대기에 전기가 흘러서 그런 거지? 맞지?"

잭은 아무 말도 하지 않았지만, 로버트는 잭이 턱을 떨고 있는 것을 알아챘다.

"에스텔 말이 전기가 닿으면 로봇이 제대로 움직이지 않는다고 했어. 그래서 네 다리가…."

잭은 스패너를 바닥에 내팽개치며 소리를 빽 질렀다.

"그런 게 아니야, 만다! 절대로 아니라고!"

만다가 고개를 푹 숙이더니 곰 인형을 꼭 끌어안았다. 한동안 아무도 말을 하지 않았다. 그리퍼가 턱을 부딪치면서 다정한 소리를 냈다. 로버트는 그리퍼를 쳐다봤다가 다시 잭을 봤다.

"그게 정말이야?" 로버트가 물었다.

잭은 이를 꽉 깨물고 몸을 숙여 스패너를 집어 들었다.

"전기 탓인 것 같아." 주눅이 든 만다가 속삭였다.

잭은 고개를 푹 숙인 채 스패너를 손으로 빙빙 돌리기만 했다.

"압살롬 씨가 사무실에서 정신 나가서 뭐라고 소리를 질러댄 거야? 정제 추진력이라고 한 거지?" 만다가 로버트한테 속삭였다.

압살롬 씨는 밤새 창고 안에 숨어서 나오지 않았다. 그러다 새벽 동이 트기가 무섭게 지독하게 난리를 쳤다. 로버트와 만다는 30분 동안 그가 울부짖으며 물건을 내동댕이치는 소리를 들었다. 그런 후에 다시 조용해졌다.

"만다…."

잭이 좌절감에 한숨을 내쉬며 말하자, 만다가 잭을 쳐다봤다.

"또 나한테 고함을 지르려고?"

"아니야, 만다. 소리 안 지를게. 처음부터 너한테 소리 지른 내가 잘못이야. 미안해."

"사과, 접수."

눈빛이 어두워진 잭은 고통스러운 표정이었지만 희미하게나마 웃고 있었다.

로버트는 잭의 두 다리를 봤다.

"멋진 다리가 새로 생겼네? 파티라도 갈 거야?"

잭은 애처로운 표정으로 고개를 저었다.

"아니, 로버트. 파티에 가려는 게 아니야."

"그럼 어디 가려고? 어디 가려는 것 같은데."

그리퍼가 벌떡 일어섰다. 그러더니 크게 소리를 지르면서 주먹을 쥐고 가슴을 세게 세 번 두드렸다. 쾅! 쾅! 쾅!

"정말이야? 진짜야? 진짜?" 로버트가 그리퍼와 잭 사이를 넘어질 정도로 잽싸게 빙빙 돌면서 물었다.

잭이 미소를 지었다. 그리퍼가 다시 소리를 냈다. 이번에는 소리가 더 컸다. 그러면서 주먹으로 가슴을 두드렸다.

"야호!" 만다가 신이 나서 소리쳤다.

로버트는 멍하니 지붕 위를 올려다봤다. 방금 들은 이야기를 믿을 수 없다는 표정이었다. 그는 잭을 보고 씩 웃었다.

"그러면 우리가 뭘 해야 해? 우리가 어떻게 해야….”

"우선 압살롬 씨랑 얘기를 해야지." 잭이 대답했다.

9

"잭, 내 말 잘 들어. 그러니까… 꼼짝 말고 여기 있어야 해. 그, 그, 그렇지 않으면… 난 완전히 끝장날 거야."

압살롬 씨는 마당에 선 로봇들 앞을 서성거리고 있었다. 그러다 걸음을 멈추고 의심스러운 눈초리로 잭을 노려봤다.

"다리를 바꿔 끼운 모양이로구나."

"장거리 이동을 위한 새로운 고급 다리랍니다, 압살롬 씨." 로버트가 재잘거렸다.

"지금, 이 어려운 때에! 은혜를 이런 식으로 갚는 게 옳은 일이냐? 안 그래? 내가 너희한테 어떻게 했는데. 당연히 나한테 미안해해야지. 아무도 여기서 나갈 수 없다. 절대, 그 누구도. 그게 이 문제에 대한 정답이다."

말을 마친 압살롬 씨는 허리를 꼿꼿이 펴고 옷깃을 세워 목을 감싸고는 업신여기는 듯한 눈빛으로 로봇들을 둘러봤다. 그런 뒤 획 돌아서서 창고로 걸어갔다.

그때 누군가 그의 등 뒤에 대고 소리를 빽 질렀다.

"그레고리 압살롬!"

모든 시선이 잭한테 쏠렸다. 압살롬 씨가 그 자리에 멈춰 섰고, 정적만이 감돌았다.

잭은 차분하면서도 냉정한 목소리로 이렇게 말했다.

"압살롬 씨, 우린 떠날 거예요. 크리스토퍼를 찾아야 하니까요. 압살롬 씨는 절대 우리를 막을 수 없어요."

압살롬 씨가 뭐라고 말을 해보려 했지만 이내 말문이 막혔다. 그의 숨은 공기 중에서 얼어붙었고, 어깨는 새의 날개처럼 정신없이 들썩거렸다.

잭은 로봇들을 향해 고개를 끄덕였다.

"이제 가야 해."

잭이 트럭 쪽으로 돌아서자 로봇들이 그 뒤를 따랐다. 잭은 그때까지 아무 말도 하지 않는 압살롬 씨가 내심 놀라웠다. 아니나 다를까, 잭이 운전석 문을 열기가 무섭게 등 뒤에서 그의 목소리가 들렸다.

"자, 자, 잠깐만."

잭이 운전석에 올라타서 문을 닫으려는데 압살롬 씨가 문손잡이를 잡아당겼다.

"안 돼!"

그의 눈빛은 사납고도 절망적이었다.

"아뇨, 갈 거예요!"

압살롬 씨가 잭과 실랑이를 벌이는 동안, 그리퍼는 로버트와 만다가 조수석에 타는 걸 도와줬다.

"절대로 허락 못 해!"

잭이 문을 닫으려고 잡아당기자 압살롬 씨도 문을 꽉 잡고 버티면서 운전석에 올라타려 했다. 그리퍼가 커다란 손으로 그의 가슴을 잡고 제압했다.

"잭, 못 간다. 넌 내 로봇이야."

잭은 고개를 흔들며 말했다.

"이제 우린 주인이 없어요, 압살롬 씨."

마지막으로 그리퍼가 뒷자리에 올라탔다. 그러자 여느 때처럼 트럭이 그리퍼의 무게를 못 이기고 아래로 쑥 내려앉는 느낌이 들었다. 잭은 잡아당겼다 접었다 할 수 있는 새 다리를 페달에 발이 닿을 정도로 잡아당겨 조절한 다음, 안도의 한숨을 내쉬었다. 만다가 신이 나서 손뼉을 쳤다.

압살롬 씨가 괴로운 표정으로 만다를 힐끔 보더니 곧 애원하듯 잭을 바라봤다.

"잭, 제발."

잭이 차 열쇠를 돌려 시동을 걸자, 엔진이 부르릉 소리를 내면서 살아났다.

"압살롬 씨, 안녕히 계세요."

트럭이 서서히 움직이자 압살롬 씨가 잽싸게 문손잡이를 다시 잡았지만 무릎이 꺾이면서 앞으로 휙 고꾸라지고 말았다. 그는 잭과 로봇들이 트럭을 타고 고물상을 떠나는 모습을 그저 지켜볼 수밖에 없었다.

잭은 사이드 미러로 압살롬 씨가 허탈한 표정으로 고철 더미 가운데 서서 흐느끼는 모습을 봤다. 순간 죄책감이 밀려들었다.

잭은 운전을 하다 문득 로버트의 시선을 느꼈다. 잭이 돌아보니 로버트가 윗입술을 깨물고 있었다.

"로버트, 왜 그래?"

로버트가 어깨를 잔뜩 움츠리고 조심스럽게 잭을 봤다.

"그냥."

잭은 한숨을 쉬면서 말했다.

"로버트, 말해봐, 얼른."

로버트가 잠시 생각하더니 불쑥 입을 열었다.

"넌 안 무서워?"

잭은 웃으면서 대답했다.

"당연히 나도 무섭지. 안 무섭다면 그게 이상한 거야. 나한테도 심장이 있다면 지금 계속 두근두근 뛸걸."

"그래도 어쨌든 우리가 꼭 해야 할 일이니까." 로버트가 창문 밖을 내다보며 씩씩하게 말했다. "크리스토퍼는 우리 친구잖아."

잭도 운전대를 꽉 움켜쥐면서 대답했다.

"맞아."

잠시 침묵이 흘렀다. 곧 자그마한 목소리가 침묵을 깨트렸다.

"난 안 무서운데."

잭은 활짝 웃었다.

"만다, 대단한데."

만다가 농담이 아니라는 듯한 표정을 지으면서 곰 인형을 꼭 끌어안았다.

"그럼 이제 우린 어디부터 가야 해?" 로버트가 물었다.

"아덴버리." 잭이 대답했다.

"크리스토퍼가 아덴버리에 있어?"

"아니, 그 전에 먼저 찾아야 할 사람이 있어."

트럭은 아덴버리까지 5킬로미터를 쏜살같이 달렸다. 잭은 사실 너무도 두려웠다. 하지만 솔직히 털어놓지 못했다. 그런데 차를 타고 달리는 동안 이상하게도 기분이 마구 들떴다. 친구들을 이끌어야 한다는 생각에 책임감도 생겼다. 그리고 고물상 안에서만 살던 보잘것없는 삶도 이제 끝이라는 생각이 들었다. 자기 삶이 더욱 넓어지고, 더 큰 무언가의 한 부분이 된 느낌이었다.

이날 아침, 마을은 고요하기만 했다. 잭 일행은 마차를 모는 우유 배달부를 맨 처음 만났다. 그다음엔 방금 일어난 것처럼 보이는 마을 집배원과 마주쳤다. 집배원은 트럭을 운전하는 잭을 발견하고 깜짝 놀라 자전거에서 떨어질 뻔했다. 잭은 이 마을이 로봇을 많이 사용하지 않는 곳이라는 생각이 들었다. 자동차 역시 흔하지 않은 모양이었다.

잭 일행은 바너비 부인의 게스트하우스 앞에 도착했다. 게스트하우스는 창문이 12개나 달린 크고 튼튼한 건물이었다. 만다가 제일 놀란 모양이었다.

"에스텔이 사는 곳이 여기야?" 만다가 물었다.

"응." 잭이 대답했다.

"궁전 같아." 만다가 감탄하면서 소리쳤다.

잭은 게스트하우스 대문 바로 앞에 트럭을 세우면서 미소를 지었다. 로봇들이 차에서 내릴 때까지도 도로는 조용했다. 따라 내리려던 그리퍼한테 잭은 차에서 기다리라고 말했다. 로봇들은 미색 돌덩이를 지그재그로 어지럽게 깔아 만든 돌길을 따라 걸었다. 만다는 넋을 잃고 집 주변을 둘러봤다.

잭이 나서서 문을 두드렸다. 문은 최근에 새로 칠한 게 분명해 보이는 짙은 암적색이었다. 로버트가 팔꿈치로 잭을 살짝 찌르더니 잭의 다리 쪽으로 고개를 쓱 내밀었다. 잭은 자기 키가 원래보다 한 뼘쯤 더 커져 있다는 사실을 깨달았다. 잭은 사나운 인상의 가정부가 문을 열고 나오기 직전에 다리를 냉큼 구부렸다. 가정부가 잭 일행을 보더니 뾰족한 콧부리를 쳐들고 인상을 찌푸렸다.

"무슨 일이니?"

"에스텔을 만나러 왔어요." 잭이 대답했다.

가정부가 로봇들을 번갈아 쳐다보고는 트럭으로 시선을 옮겼다. 마침 차 안에 앉아 있던 그리퍼가 끽끽 소리를 내면서 기지개를 켰다. 가정부가 더 심하게 인상을 썼다.

"너희 주인은 어디 있지?"

잭이 대답하려는데, 로버트가 불쑥 끼어들었다.

"저희는 주인이 없어요."

가정부와 잭 둘 다 무슨 말을 하려던 순간, 로버트가 다시 잽싸게 끼어들어 이야기를 마구 쏟아냈다.

"에스텔이 우리 친구인 크리스토퍼를 찾으러 가는 걸 도와줄 수 있는지 물어보려고 찾아왔어요. 저희는 모두 크리스토퍼가 인간인 줄 알았거든요. 그런데 아니었어요. 그래서 어떤 아저씨들이 와서 크리스토퍼를 잡아갔어요. 그리고 압살롬 씨한테 법을 어겼으니 고물상을 포기하라고 했어요. 트럭에 앉아 있는 저 친구는 그리퍼인데요. 힘이 무지 세요. 그리퍼가 트랙터를 들어올리는 것도 봤거든요. 이 애 이름은 만다인데, 로봇 중에 제일 작아요. 이 친구는 잭인데 지금 다리가 정상이 아니에요. 운전하느라 다리 길이를 늘였거든요. 저는 둥글이 로버트인데, 그렇게 대단한 로봇은 아니에요. 압살롬 씨가 입버릇처럼 말했거든요. 그래도 아줌마가 6펜스

은화 하나만 주시면 저를 언덕 아래로 굴려버려도 아무 불평 안 할게요."

로버트가 이야기를 시작할 때처럼 갑자기 말을 멈췄다. 그러더니 가정부를 향해 활짝 웃었다. 가정부가 넋을 잃고 로버트를 쳐다봤다. 한동안 아무도 말을 하지 않았다.

"여긴 궁전이에요?" 만다가 물었다.

가정부가 여전히 경계심을 늦추지 않고 로봇들을 쳐다봤다. 그러다 엄지손가락으로 집 뒤를 가리키며 말했다.

"저 뒤쪽으로 가봐."

이렇게 말하고 그녀는 문을 닫았다.

로봇들이 모두 잭을 쳐다봤다. 잭은 살짝 고개를 끄덕였다.

로봇들은 조심스럽게 집 옆을 지나 뒷마당 쪽으로 걸어갔다. 그곳엔 지푸라기를 가득 쌓아놓은 길고 폭이 좁은 창고 하나가 있었다. 어린 염소 한 마리가 기둥에 묶여 있었다. 그리고 작은 로봇 소년이 손수레에 채소를 싣고 있었다.

"에스텔은 어디 있어?" 로버트가 물었다.

로봇 소년이 날카로운 눈빛으로 쳐다보더니 창고 쪽을 가리켰다. 잭 일행은 창고로 걸어갔다. 그리고 곧 지푸라기 더미 위에 누워 있는 에스텔을 발견했다.

"에스텔!" 로버트가 먼저 소리쳤다.

에스텔이 잽싸게 일어나 앉았다. 머리카락에 지푸라기가 붙어 있었다.

"뭐야? 무슨 일이야?"

에스텔은 눈앞에 서 있는 친구들을 보고 깜짝 놀라 눈만 껌뻑거렸다. 에스텔의 얼굴이 하얗게 질리는가 싶더니 한순간 새빨개졌다. 잭은 에스텔의 얼굴이 너무 **빨개지는** 걸 보고 그녀의 머리가 폭발하는 건 아닐까 하는 생각까지 들었다.

"너희들, 여긴 어쩐 일이야?"

에스텔은 자기 체면이 깎이지 않기 위해 최대한 애쓰는 모습이었다. 하지만 헛수고였다. 짚더미 위에 앉아서 체면을 차리기란 도무지 쉽지 않은 일이었다.

에스텔이 손으로 옷을 털어내더니 외투를 다시 여미고 낡은 가죽 허리띠를 단단히 맸다. 낡아빠진 에스텔의 외투가 잭의 눈에 들어왔다. 그리고 이상하게 생긴 양말에 난 구멍도 눈에 띄었다.

"무슨 일이냐니까?"

에스텔은 강단 있는 목소리를 내려고 애썼지만, 새되고 캑캑거리는 목소리가 나와버렸다. 새빨개졌던 얼굴이 약간 가라앉긴 했지만 여전히 볼이 빨갰다.

로버트가 얼굴을 찌푸렸다.

"에스텔, 왜 지푸라기 위에서 자고 있었어?"

"지푸라기 더미가 네 침대야?" 만다도 물었다.

"숨바꼭질하고 있었던 거지?" 로버트가 밝게 웃으며 물었다.

잭은 로봇들을 말리고 싶었다. 에스텔의 얼굴이 폭발하기 일보 직전처럼 바뀌고 있었기 때문이다.

"널 만나러 왔어, 에스텔. 크리스토퍼를 찾으러 가는데 같이 가줬으면 해서."

에스텔이 경계심 가득한 눈으로 로봇들을 쳐다봤다.

"왜?"

"왜냐면 넌 아는 게 많잖아. 그리고 우린 친구니까." 로버트가 대답했다.

잔뜩 긴장하고 있던 에스텔의 어깨가 조금 누그러졌다. 하지만 눈빛은 여전히 방어적이고 경계심도 가득했다.

"당장 갈 수는 없어."

"왜?" 로버트가 물었다.

에스텔은 할 말을 생각하느라 무척 당혹스러운 표정이었다.

"일을… 해야 하거든."

"할 일이 많아?" 잭이 물었다. "넌 면허도 없잖아. 그리고 압살롬 씨 일만 도와주던 거 아니었어?"

"이 집에서 허드렛일을 하고 있어."

그 말이 끝나기가 무섭게 에스텔이 후회한다는 사실을 잭은 알아챘다. 에스텔이 발을 이리저리 움직이며 자세를 바꾸는 모습이, 모든 로봇의 시선이 자기한테 쏠린 이 상황을 피하고 싶어 하는 것처럼 느껴졌다.

잭은 수레에 채소를 싣고 있는 로봇 소년을 쳐다봤다. 적어도 50년은 더 되어 보였다. 닳아 없어진 피부 사이로 색이 바랜 구릿빛 금속이 드러난 걸 보면 분명했다. 게다가 조금만 움직여도 끽끽 소리가 났다.

잭은 다시 에스텔을 봤다. 에스텔은 두고 보기 힘들 정도로 심하게 부끄러운 표정으로 서 있었다. 잭은 에스텔한테 몹시 미안했다. 그리고 화도 났다. 이곳에서 에스텔이 어떻게 지내는지 이제 확실히 알았기 때문이다. 에스텔은 합법적으로 피부 제작 일을 할 수 없었다. 어린 소녀가 로봇 제작 산업에서 어떤 일이든 하는 것 자체가 금지되어 있기 때문이다. 그래서 바너비 부인 집에서 지붕을 손보는 허드렛일을 하고 있었던 것이다. 하지만 그 일 또한 로봇이나 할 법한 일이었다. 바너비 부인이 지독한 구두쇠라 새 로봇을 사지 않은 게 틀림없었다.

"우리랑 같이 가자."

잭이 재차 제안했지만, 에스텔은 여전히 마음을 정하지 못한 표정이었다.

"에스텔, 제발." 로버트도 거들었다. "가다가 내 코가 떨어져 나가면 어떻게 해? 누가 다시 붙여주겠어?"

에스텔이 잭을 쳐다봤다. 잭은 용기를 북돋워주려고 활짝 웃었다. 드디어 결정. 에스텔이 부츠로 갈아 신었다.

"집 앞에서 만나. 물건 좀 챙겨서 나갈게."

곧 에스텔이 공구를 잔뜩 넣은 가방을 메고 트럭 앞에 나타났다. 그리퍼가 가방을 받아 조심스럽게 뒷자리에 실었다. 그런 다음 에스텔이 앞자리에 올라타서 로버트와 만다 사이에 끼어 앉았다. 에스텔은 여전히 약간 오락가락하는 표정이었다. 에스텔이 이 정도로 당황한 모습은 잭도 처음 봤다.

"그래서, 계획은 있어?" 에스텔이 물었다.

로봇들이 잭을 쳐다봤다.

"계획이랄 건 아직 하나도 없어." 잭이 대답했다.

에스텔이 갑자기 원래 모습을 되찾았다. 목소리가 침착해지더니 몸짓도 차분하고 조심스러웠다.

"계획이 전혀 없다고?"

"아직까진."

"그러면서 난 왜 데리러 온 거야?"

"네가 우릴 도와줄 수 있을 것 같아서. 네 생각도 알고 싶고."

에스텔이 잠시 고개를 돌리더니 실눈을 뜨고 창밖을 내다봤다.

"크리스토퍼는 런던에 있을 거야. 정보국 본부에서 데리고 있을 테니까." 에스텔이 말했다.

"그렇다면 런던으로 가야겠네!" 로버트가 말했다.

"하지만 그렇게 간단한 일이 아니야." 에스텔이 말했다.

잭은 한숨을 내쉬고 고개를 끄덕이면서 맞장구를 쳤다.

에스텔이 혀를 쯧쯧 차며 잠시 생각에 잠겼다가 말을 이었다.

"맨 처음부터 다시 생각해보자. 정보국에서 크리스토퍼를 데려간 이유가 뭘까? 왜 그들한테 크리스토퍼가 아주 중요한 걸까?"

"크리스토퍼가 어디서 왔는지 알아내려고?" 잭이 말했다.

"로봇한테 가장 중요한 건 뭘까?" 에스텔이 물었다.

로버트가 머리를 긁적거렸다. 잭은 얼굴을 찌푸리고 생각하다가 다시 에스텔을 봤다.

"얼마나 훌륭한 모델인가 하는 점이 중요하지."

"그렇다면 훌륭한 모델이 될 수 있는 조건은?" 에스텔이 다시 물었다.

"훌륭한 엔지니어가 만들면 되는 것 아닐까?"

"아니면 아주 뛰어난 로봇이거나."

잭은 가만히 앉아서 에스텔이 한 말을 곱씹었다. 그런 뒤 다시 에스텔을 봤다.

"압살롬 씨 창고에 있을 때 리브스라는 수사관이 정제 추진력 이야기를 했어." 모든 시선이 자기한테 쏠린 걸 알아챈 잭은 그 뒤의 말을 꺼내기가 힘들었다. "내 생각엔 크리스토퍼가 영혼을 가진 로봇인 것 같아."

에스텔이 고개를 끄덕였다. 로버트의 두 눈이 휘둥그레졌다. 잭은 로버트의 눈알이 튀어나올지도 모르겠다는 생각이 들었다.

"필립 코미어가 정제 추진력을 발견해낸 사람이잖아." 에스텔이 말했다.

"정제 추진력이 뭐야?" 만다가 물었다.

"크리스토퍼한테 영혼이 있다고 하잖아, 만다." 로버트가 놀란 목소리로 말했다. "크리스토퍼는 영혼이 있는 로봇이라고. 그럼 인간이랑 다를 게 없잖아."

"그럼 크리스토퍼는 코미어가 만든 로봇인 거네, 맞지? 그럴 줄 알았어."

잭의 말에 에스텔이 고개를 끄덕였다.

"코미어 오리지널 로봇을 본 적 있어?"

에스텔이 고개를 저으며 대답했다.

"아니. 하지만 코미어 정도는 되어야 크리스토퍼처럼 뛰어난 로봇을 만들 수 있다는 사실은 분명해."

"그럼 블레이크가 만든 로봇은 봤어?"

"블레이크 로봇도 본 적은 없어. 하지만 부품 하나 정도는 찾을 수 있을 거야. 뭔가 늘 돌아다니긴 할걸. 관절이나 눈알 한쪽, 아니면 말하는 방법 말이야. 하지만 블레이크 로봇에도 영혼은 없어. 그건 오직 코미어만이 할 수 있는 일이니까."

"코미어 로봇." 잭은 신이 나서 두 눈을 휘둥그레 뜨고 혼자 속삭였다.

"크리스토퍼가 단 하나 남은 코미어 오리지널 로봇인 거야. 그래서 그렇게 중요할 수밖에 없는 거지."

"그럼 런던으로 가면 크리스토퍼를 다시 만날 수 있겠네?" 로버트가 물었다.

"무조건 만날 수 있는 건 아니야. 무턱대고 크리스토퍼를 돌려달라고 할 순 없잖아. 크리스토퍼의 주인이거나 크리스토퍼를 직접 만든 엔지니어만 그럴 권리가 있어. 더구나 크리스토퍼는 이제 주인도 없고." 잭이 대답했다.

로버트가 의자에 등을 푹 기대고 앉았다. 에스텔은 계기판을 물끄러미 바라보면서 깊은 생각에 잠겨 있었다.

"어쨌든 그냥 돌려달라고 해보면 안 될까? 에스텔이 들어가서 예의바르게 말해보면…." 만다가 말했다.

잭은 풀이 죽은 표정으로 고개를 저었다.

모두 입을 꽉 다물고 있었다. 잭은 뭐라도 떠올려보려고 애썼다. 그러면서도 에스텔이 뭔가 좋은 생각을 떠올려주기를 바라며 간절한 눈빛으로 그녀를 쳐다봤다. 하지만 에스텔은 조수석 창밖만 뚫어져라 내다보고 있었다.

"그럼 우린 이제 뭘 해야 해?" 로버트가 물었다.

"런던으로 가야지." 에스텔이 대답했다.

"하지만 크리스토퍼의 주인도 없고, 만든 엔지니어도 없는데 소용없는 일이잖아. 정보국에서 바로 쫓겨나겠네." 잭이 말했다.

"그러니까 크리스토퍼를 만든 엔지니어와 함께 가야지."

에스텔이 엄지손가락과 집게손가락으로 아랫입술을 꽉 움켜쥐고서 생각에 잠긴 채 대답했다.

잭은 믿을 수 없다는 표정으로 에스텔을 보며 고개를 저었다.

"엔지니어가 그렇게 해줄까?"

에스텔이 고개를 옆으로 살짝 기울이고는 빙그레 웃었다.

"그렇게 해줄지도 모르잖아. 졸라봐야지."

"누구한테 뭘 졸라?" 로버트가 물었다.

"필립 코미어한테 정보국으로부터 크리스토퍼를 되찾을 수 있게 도와달라고 졸라본다고." 잭이 대신 대답했다.

로버트가 얼굴을 찌푸렸다.

"하지만 우리가 무슨 수로 필립 코미어를 졸라?"

"맞아, 무슨 수로?" 잭도 어떤 대답이 돌아올지 훤히 다 알면서 물었다.

에스텔이 잭을 보면서 씩 웃었다.

"아이언하벤으로 가자. 필립 코미어의 집으로 곧장 가는 거야."

"감옥이 아니라 집이라고 생각해라."

'감옥이잖아.' 크리스토퍼는 속으로 생각했다. 이곳은 정보국 본부가 아니었다. '수사관이라는 사람들이 왜 나를 이런 곳으로 데리고 온 걸까?'

크리스토퍼와 두 남자는 넓고 확 트인 들판에 서 있었다. 리브스가 아침 햇살을 받아 어렴풋이 빛나는 대저택을 올려다보며 미소 지었다. 뾰족한 지붕에 수십 개의 창문이 달린 흉물스러운 회색 건물이 눈앞에 우뚝 서 있었다. 창문은 이끼에 덮인 바위에 난 틈 정도로 자그마했다. 습기 탓에 생긴 새카만 얼룩이 창문을 뒤덮고 있는 데다, 으스스한 검은색 문에 난 구멍 때문에 건물 전체가 마치 고통스러워하며 비명을 지르는 것처럼 보였다.

건물 가까이 다가가자 뒤편에 자리 잡은 다 허물어져가는 작은 묘지가 크리스토퍼의 눈에 들어왔다. 묘지에는 이끼가 가득 낀 회색 돌 묘비가 군데군데 놓여 있었다. 묘지 주변으로 쇠붙이 더미가 여기저기 쌓여 있었다.

"이곳을 바위산이라고 부른단다." 리브스가 씩 웃으며 말했다.

크리스토퍼는 리브스의 말을 듣지 않았다. 리브스는 잭과 다른 로봇들에 대한 이야기를 하느라 정신없어 보였다. 크리스토퍼는 눈물을 꾹 참느라 힘들었다. 그런 속마음을 들키지 않으려고 애쓰면서 겨우 입을 열었다. 하지만 너무 작고 애처롭게 들리는 자기 목소리가 싫었다. 힘들어하는 자기 모습을 보며 즐거워하는 리브스의 눈빛을 보니 짜증이 더 솟구쳤다.

"넌 들어본 적 없겠지."

리브스가 거들먹거리는 표정으로 크리스토퍼를 봤다.

"넌 처음 듣는 얘기일 거다. 바위산은 아주 특별한 장소거든. 하지만 내 말대로 이젠 이곳을 집이라고 생각해."

크리스토퍼는 자기가 밟고 선 잔디를 내려다봤다. 옅은 초록색을 띤 이파리에 갈색 반점이 군데군데 보였다. 마치 감옥 건물이 주변 흙을 오염시키고 있는 것 같았다.

리브스가 몸을 숙이면서 말했다.

"집이라고 생각하라 했잖냐. 어서 집이라고 말해봐."

크리스토퍼는 그를 힐끔 쳐다보고는 곧 시선을 돌렸다.

"말해봐. 얼른."

크리스토퍼는 눈을 질끈 감았다. 고물상을 떠올렸다. 잭, 로버트, 그리퍼, 만다가 생각나자 터져 나오려는 눈물을 꿀꺽 삼켰다.

"집."

"한 번 더." 리브스가 속삭였다.

"집."

크리스토퍼는 다시 한 번 말하면서 반항적인 눈빛으로 리브스를 노려봤다. 하지만 입술과 턱이 달달 떨리는 건 어쩔 수 없었다.

"잘했다, 이 녀석."

리브스가 크리스토퍼의 머리카락을 헝클어지도록 쓰다듬었다.

순간 크리스토퍼는 혐오감이 밀려와 진저리를 쳤다. 리브스는 히죽거리느라 이런 크리스토퍼의 기분을 알아채지 못했다.

리브스가 동료 쪽으로 돌아섰다.

"던롭, 문을 열어주게."

던롭이 끙 소리를 내면서 외투에서 열쇠 꾸러미 하나를 꺼냈다. 열쇠 한 개를 골라 대문에 달린 큼지막한 자물쇠에 꽂았다. 자물쇠가 철컥하고 요란한 소리를 내면서 열렸다. 리브스와 던롭은 크리스토퍼 앞뒤로 서서 호위하며 대문을 지나 큰 마당으로 들어갔다.

마당도 감옥 바깥처럼 으스스하긴 마찬가지였다. 마당 가운데에는 회색 방수포를 덮어놓은 거대한 잡동사니 더미가 보였다. 방수포 아래로 쇠붙이 조각, 낡은 자동차 운전대와 타이어 따위가 밖으로 삐죽 튀어나와 있었다. 머리 위쪽으로 어렴풋이 느껴지는 높은 건물 벽에 가려 하늘이 거의 보이지 않았다. 벽이 이곳을 짓누르고 있는 기분이 들었다. 눈앞이 점점 더 작아지는 느낌이 들었다. 크리스토퍼는 목이 갑갑해지더니 갑자기 어지러웠다.

'그런데 난 숨도 안 쉬는 로봇이잖아. 왜 어지러운 걸까?' 크리스토퍼는 속으로 생각했다.

던롭이 다시 열쇠 꾸러미를 꺼내더니 마당 벽에 있는 철문을 열었다. 던롭이 문을 당기자 문 가장자리에서 녹 부스러기가 떨어졌다. 셋은 복도로 들어갔다. 크리스토퍼의 코에 뭔가 썩는 냄새와 축축한 습기 그리고 돌 냄새가 느껴졌다.

복도 바닥은 시멘트로 되어 있고, 양쪽 벽은 촌스러운 초록색이었다. 게다가 페인트도 여기저기 심하게 벗겨져 있었다. 습기가 차서 생긴 물방울 자국 그리고 곰팡이도 심심찮게 보였다. 셋은 복도 안으로 4미터쯤 들어갔다. 도중에 열려 있는 문을 하나 지나 미닫이문 앞에서 멈춰 섰다.

리브스가 들어가기 전에 문을 똑똑 두드렸다. 그런 다음 안으로 들어가자 큰 실험실이 나왔다. 실험실 내부 벽은 시멘트 색이었고, 한쪽 벽면에는 파란색과 흰색 모자이크 타일이 붙어 있었다. 타일이 붙은 벽에는 주방 설비가 갖춰져 있고 스테인리스 스틸 선반도 설치되어 있었다. 구리 조각, 전선, 금속판 등이 쌓인 수술용 카트 같은 것도 여러 개 있었는데, 지저분한 데다 녹이 슬어 있었다. 한쪽 구석에는 커다란 수압기(물의 압력을 이용해서 작은 힘을 큰 힘으로 바꾸어 프레스, 절단, 압착 따위의 공작을 하는 기계를 통틀어 이르는 말:옮긴이)도 한 대 보였다. 치과에서나 볼 법한 의자도 문 옆쪽에 하나 놓여 있었다.

한 남자가 실험실 한가운데 서 있었다. 그 남자는 등을 보이고 서서 한데 얽힌 전선과 관을 풀고 있었다.

"별일 없었고?" 남자가 고개를 돌리지도 않고 물었다.

리브스가 가볍게 헛기침을 하고는 대답했다. "박사님, 지시하신 대로 로봇을 손에 넣었습니다."

남자가 뭔가를 딸깍 켜자 유리관 속 전선에서 파란 불꽃이 확 일었다.

"좋았어."

남자가 바로 옆 긴 의자 위에 있는 헝겊 조각을 집어 들더니 손에 묻은 기름을 닦아냈다. 그는 바닥에 끌릴 정도로 기다란 회색 가죽 앞치마를 입고 있었는데, 멋지고 당당해 보이는 외모와 전혀 어울리지 않았다. 그의 나이는 30대 초반 정도로 보였고, 조각상처럼 잘생긴 얼굴이었다.

"훌륭하군, 정말 훌륭해."

남자가 손을 쫙 펴고 크리스토퍼의 곁으로 성큼성큼 걸어오더니 크리스토퍼의 손을 양손으로 꽉 잡고 신나게 흔들어댔다.

"결국 이렇게 만나게 되다니, 내가 얼마나 기쁜지 아니?"

활짝 웃는 그의 입 모양은 마치 초승달 같았다. 이도 무척 가지런했다. 어찌나 환하게 웃는지 입꼬리가 파란색 눈동자 옆까지 닿을 정도로 정말 기뻐하는 표정이었다. 크리스토퍼는 이 상황이 너무 당황스러웠다. 입을 벌리고 뭔가 말을 해보려 했지만 말이 나오지 않았다.

남자가 크리스토퍼 앞에 한쪽 무릎을 꿇고 앉은 뒤 크리스토퍼의 얼굴을 이리저리 살폈다.

"놀라워, 놀라지 않을 수가 없구만." 남자가 크리스토퍼의 얼굴에서 눈을 떼지 못한 채 리브스에게 물었다. "어려운 일은 없었나?"

"없었습니다, 박사님. 잠시 버틴 정도였습니다."

"그럼 엔지니어는?"

"엔지니어라고 할 수도 없죠. 그도 어쩔 수 없었을 겁니다. 자기가 정보국 감시를 받고 있다고 믿고 있을 테니까요. 이번 일은 그 누구에게도 털어놓지 못할 겁니다."

남자가 기뻐하며 손뼉을 쳤다.

"하하, 좋았어! 정보국이라니. 속임수에 넘어갔군. 아주 좋아. 수고 많았네."

그러고는 활짝 웃으면서 크리스토퍼의 얼굴을 찬찬히 살폈다.

크리스토퍼는 어리둥절했다. 곧 현기증이 밀려왔다. 정보국 수사관이 아니라면 이 사람들은 도대체 누구란 말인가?

남자가 크리스토퍼의 손을 꽉 잡고 달랬다.

"크리스토퍼, 당황스러울 거다. 나도 알아. 하지만 너도 곧 다 알게 될 거야."

"제 이름을 어떻게 아세요?"

남자가 벌떡 일어서더니 웃으면서 크리스토퍼를 내려다봤다. 대답은 하지 않고 크리스토퍼의 머리를 쓰다듬으며 머리카락을 헝클어뜨린 뒤, 남자가 리브스를 향해 돌아섰다.

"크리스토퍼의 나이는?"

"엔지니어 말로는 현재 열두 살입니다. 하지만 그보다 더 됐을 수도 있습니다."

"그렇겠지."

남자가 턱을 쓰다듬으며 잠시 생각에 빠졌다.

"그럼 기억은 어떤가?"

"손상된 것 같습니다. 아마 큰 충격 탓일 겁니다. 담금질 때문이 아닐까 싶기도 합니다."

"그렇다면 패치를 사용한 건가?"

"네, 그렇게 들었습니다."

남자가 고개를 끄덕였다.

두 남자가 뒤편에서 이야기를 나누는 동안, 크리스토퍼는 실험실 안을 이리저리 둘러봤다. 별안간 분노가 이글이글 타올랐다.

"제가 왜 여기 있는 거죠? 아저씨들은 누구세요?"

리브스는 눈만 껌뻑거렸고, 남자는 놀란 표정이었다. 이 모습에 크리스토퍼는 화가 더 치밀었다.

"미안, 내 소개를 잊었구나. 난 리처드 블레이크라고 한다. 돌아가신 찰스 블레이크가 내 아버지시다. 겸손하게 말해, 아버지처럼 나 역시 역사상 가장 뛰어난 엔지니어 중 한 사람이라고 할 수 있지."

리처드 블레이크는 자기가 한 말에 크리스토퍼가 감탄이라도 해주기를 바라는 것처럼 다시 환하게 웃었다.

"집에 갈래요!"

리처드 블레이크의 얼굴에서 미소가 가셨다. 실망한 표정이었다.

"착한 크리스토퍼, 여기가 네 집이란다."

크리스토퍼는 뒷걸음질을 쳤다.

"집에 가고 싶다고요!"

던롭이 크리스토퍼를 붙잡자 블레이크가 손을 저으면서 말렸다. 그런 뒤 크리스토퍼 앞에 무릎 꿇고 앉아 양손을 크리스토퍼의 어깨에 올렸다.

"내 말 잘 들어보렴, 크리스토퍼. 넌 이제 이곳에서 지내야 해. 여기가 네 새 집이란다. 우리가 온 세상을 깜짝 놀라게 할 수 있도록 네가 도와줘야 해. 무슨 말인지 알아듣겠니?"

크리스토퍼는 블레이크를 쳐다봤다. 마치 한 대 얻어맞은 것처럼 멍한 느낌이 들었다. 그의 말을 도무지 알아들을 수가 없었다.

"그게 무슨 말이에요?"

블레이크가 어깨를 더 세게 움켜잡았다.

"크리스토퍼, 우린 세상을 바꿔놓을 거야. 너와 내가 말이다. 이

세상을 좀 더 나은 곳으로 바꿀 거란 말이지."

크리스토퍼는 화가 점점 가라앉았다. 완전히 기진맥진해버렸다. 눈물이 흘렀다.

블레이크는 크리스토퍼가 눈물을 흘리자 너무 놀라 입이 떡 벌어졌다. 마치 기적을 목격한 사람처럼 다시 한 번 크리스토퍼의 얼굴을 찬찬히 살폈다.

"훌륭해. 인간이 흘리는 눈물까지 그대로 모방하는 능력이 있어. 감정 변화가 자연스럽고 신속해. 수십 년 동안 제작된 그 어떤 로봇보다 뛰어나군. 이보다 더 훌륭할 순 없어."

리브스와 블레이크가 조용히 이야기를 나눈 다음, 던롭이 크리스토퍼를 미닫이문 앞으로 다시 데리고 갔다. 던롭이 크리스토퍼를 데리고 복도를 걷는 동안 리브스는 뒤에서 따라왔다.

크리스토퍼는 돌아보지 않고도 알 수 있었다. 리브스는 크리스토퍼가 고통스러워하는 이 상황을 즐기고 있는 게 분명했다. 리브스가 자기를 보면서 섬뜩하게 웃고 있는 게 느껴졌다.

셋은 좁은 복도를 따라 걷다가 모퉁이에서 오른쪽으로 돌았다. 복도 양옆으로 12개의 철문이 각각 달려 있었다. 각 문의 눈높이 정도에 가로로 길쭉한 직사각형 창이 나 있었다.

던롭이 철문 하나를 열고 크리스토퍼를 안으로 들여보냈다.

크리스토퍼는 머뭇거렸다. 도망치고 싶었지만 도망칠 곳이 없다는 생각이 들었다.

던롭이 오른손으로 외투 자락을 젖히더니 권총집에 꽂힌 검은 막대기에 손을 올렸다.

"던롭, 그럴 것까진 없어."

리브스가 크리스토퍼한테 윙크를 했다.

그 순간 크리스토퍼는 리브스에게 달려들어 손가락으로 눈을 파내고 싶은 충동이 강하게 치솟았다. 하지만 그런 마음은 금세 사라지고, 대신 자기가 감당할 수 없는 힘에 떠밀려가고 있다는 느낌이 들면서 진저리가 날 정도로 강한 절망감이 밀려들었다. 크리스토퍼는 순순히 좁은 방 안으로 들어갔다.

"착하기도 하지." 리브스가 말했다.

등 뒤에서 바람이 가볍게 휙 스치는가 싶더니 문이 철컹 잠기는 소리가 들렸다. 크리스토퍼가 돌아보니 리브스가 교활하고 사악한 눈빛으로 방 안을 들여다보고 있었다.

"여기가 네 집이야."

이렇게 말한 뒤 리브스는 어디론가 사라졌다.

크리스토퍼는 무엇을 해야 할지 알 수 없었다. 그저 정신이 멍하기만 했다. 입을 다물고 길쭉한 직사각형 창문만 쳐다보는 것밖에는 달리 할 일이 없었다. 주위는 숨 막힐 듯 고요했다.

크리스토퍼는 다리에 힘이 풀려 철제 이층 침대 가장자리에 풀썩 주저앉았다. 문득 잭이 떠올랐다. 둥글이 로버트, 그리퍼, 만다 그리고 에스텔도 떠올랐다. 그러자 눈물이 펑펑 쏟아져 내렸다.

11

아이언하벤에 비가 내리고 있었다.

잭은 이런 광경이 생전 처음이었다. 차창 밖으로 멀리 보이는 풍경이 그저 놀라웠다. 우뚝 솟은 탑, 집, 철탑, 나무, 언덕이 복잡하게 들어서 있었는데, 모두 희미한 어둠 속에서 날렵하고 검게 반짝였다. 놀랍게도 이들은 모두 금속으로 만들어져 있었다. 압살롬 씨의 고물상에 잔뜩 쌓인 잡동사니와 비슷한 쇠붙이였다. 하지만 모두가 적당한 모양을 제자리에 사용한 것이었다.

"이걸 누가 다 만든 걸까?" 만다가 물었다.

"로봇들이 만들었겠지." 에스텔이 어두운 표정으로 대답했다.

에스텔은 약 1킬로미터 전 지점에서 맨 처음 표지판을 본 이후 줄곧 눈빛이 어두워지고 있었다. '인간은 되돌아 나갈 것'이라고 써 놓은 표지판이었다. 그 표지판을 지나치자 또 다른 표지판 여러 개가 뒤를 이었다. 모두 페인트로 아무렇게나 휘갈겨 쓴 것이었다. 하지만 내용은 모두 비슷했다. 인간 출입 금지, 인간 출입 반대.

"아이언하벤은 인간으로부터 버림받거나 탈출한 로봇들이 만든 도시야." 에스텔이 설명했다. "아주 오래전엔 사람들이 자기가 소유한 로봇으로 뭘 하든 규제하는 법이 아예 없었거든. 사용하다 낡으면 길에다 버리는 경우도 있었어. 버려진 로봇은 다른 사람이

주워서 다시 사용하거나 아니면 불에 녹이기 전까지 이리저리 떠돌
아다녔지."

로버트가 몸을 덜덜 떨었다.

에스텔이 말을 이었다.

"버려진 로봇들이 이곳에 모여서 하고 싶은 일을 한 거야. 그리
고 아무도 로봇들이 뭘 하는지 몰랐지. 로봇들은 집을 짓고 도시
를 점점 키워갔어. 정부에서 이곳을 어떻게 처리할지 결정하기 전
에 코미어가 와서 아이언하벤을 독립 도시로 선포해버렸지."

트럭 옆으로 또 다른 표지판이 스쳐 지나갔다. '인간은 지금 당
장 돌아 나갈 것!'이라고 적혀 있었다. 에스텔은 표지판을 물끄러
미 쳐다봤다.

"코미어는 이곳에 인간들이 들어오지 못하게 했어."

"정부는 왜 코미어가 하는 일을 막지 못한 거야?" 잭이 물었다.

에스텔은 어깨를 으쓱하면서 대답했다.

"그거야 필립 코미어니까. 최고로 훌륭한 엔지니어잖아. 정부에
서도 그런 사람을 화나게 하고 싶지 않았던 거겠지."

"왜?" 로버트가 물었다.

에스텔은 로버트를 쳐다봤다.

"로버트, 변덕스러운 아이를 달래는 가장 쉬운 방법이 뭔지 아
니? 가끔은 그 아이가 원하는 걸 해주는 거야."

로버트가 인상을 찡그리면서 턱을 긁적거렸다. 그런 뒤 잠시 생
각하더니 고개를 끄덕였다.

트럭이 도시에 가까워지자 빗줄기가 점점 더 거세졌다. 꼭 눈앞
에 회색 벽이 버티고 서 있는 것처럼 앞이 보이지 않았다. 세찬 빗

줄기가 트럭 지붕에 떨어지는 소리가 차 안에서 소리를 질러도 들리지 않을 정도로 시끄러웠다.

도시가 점점 더 가까워질수록 잭은 혀를 내두를 정도로 감탄했다. 나무도 모조리 쇠붙이였다. 강철 나무 둥치, 얇은 금속판 나무 껍질 그리고 구리판 나뭇잎까지 모두 다. 날카롭고 각진 집은 집 위에 또 다른 집을 올려놓은 형태였다. 잭은 도시 전체의 수많은 건축물이 자리 잡은 방식을 어느 정도는 이해할 수 있었다. 생김새는 인공적이지만 도시 전체가 마치 흙에서 자라난 것처럼 배치되어 있었다.

옆에서 에스텔이 몸을 숙이고 뭐라고 중얼거리는 바람에 잭은 퍼뜩 정신이 들었다. 고개를 돌리니 에스텔이 관자놀이 양쪽을 문지르고 있었다.

"에스텔, 어디 아파?"

"아니야. 운전이나 해." 에스텔이 신경질적으로 대답했다.

트럭이 좁은 도로로 들어설 때까지 길은 텅 비어 있었다.

"여기 세워봐! 누군가 있어!" 에스텔이 소리쳤다.

길을 걸어가는 로봇이 하나 보였다. 거미처럼 가느다란 팔다리를 가진 로봇이었다. 길을 걷던 그 로봇이 트럭 쪽을 쳐다봤다. 잭은 로봇 바로 앞에 차를 세운 뒤 에스텔을 봤다. 에스텔은 이제 이마를 문지르고 있었다.

"전부 다 내려." 에스텔이 말했다.

잭 일행이 트럭에서 내리자, 지켜보던 로봇이 성큼성큼 옆으로 다가왔다. 요란한 빗소리 속에서도 로봇의 관절에서 끽끽대는 소리가 선명하게 들렸다. 잭은 로봇 앞으로 한 걸음 다가갔다.

"미안한데, 필립 코미어가 어디 있는지 알아?" 잭이 물었다.

잭은 로봇의 슬퍼 보이는 길쭉한 얼굴과 커다랗고 동그란 귀를 살폈다. 그러다 로봇한테 입이 없다는 사실을 발견하고 실망했다.

"뮤트 로봇이잖아." 에스텔이 말했다.

로봇이 슬픈 눈으로 잭 일행을 물끄러미 바라봤다. 기다란 두 다리는 휘었고 등도 구부정했다. 오른손도 보이지 않았다. 둥그스름한 머리 위로 빗물이 경쾌한 소리를 내면서 떨어졌다.

"뮤트 로봇이 뭐야, 에스텔?" 로버트가 속삭이듯 물었다.

"말을 못하는 로봇이야. 공장에서 일하는 로봇이거든. 아니면 로봇이 하는 말을 듣고 싶지 않은 사람들이 집에서 하인으로 사용하기도 해. 사람들이 그러는 이유를 나도 알 것 같아."

잭은 에스텔을 힐끗 쳐다봤다. 로버트는 자기를 콕 집어 빈정대고 있는 에스텔의 말뜻을 알아채지 못한 것 같았다. 하지만 에스텔은 별 신경을 쓰지 않았다. 다시 관자놀이를 문지르느라 정신없었기 때문이다.

잭은 뮤트 로봇 앞으로 다가갔다.

"코미어 말이야. 코미어가 어디 있는지 알아?"

뮤트 로봇이 잭을 아래위로 훑어봤다. 목 관절에서도 끽끽 소리가 났다. 뮤트 로봇이 느릿느릿 오른팔을 들더니 길 건너편에 있는 오두막을 가리켰다. 집 안에서 희미한 오렌지색 불빛이 새어 나오고 있었다.

"코미어가 저 집에 있다고?"

뮤트 로봇이 팔을 내리고 잭을 아래위로 훑어보더니 천천히 고개를 저었다.

"그런데…."

뮤트 로봇이 다시 팔을 들어 오두막을 가리켰다.

"에스텔, 뮤트 로봇이 우리더러 저 집으로 가보라는 것 같아." 잭이 말했다.

"좋아." 에스텔이 힘차게 대답했다.

잭 일행은 빗물을 첨벙첨벙 밟으며 오두막 쪽으로 성큼성큼 걸어갔다. 가는 길에 오두막 앞에서 아주 자그마한 로봇 하나를 발견했다. 겨우 발 크기 정도 되는 낡은 인형 로봇이었다. 그 작은 로봇은 집 앞을 왔다 갔다 서성거리고 있었는데, 머리에는 챙 없는 헝겊 모자를 쓰고 때 묻은 앞치마를 입고 있었다. 그러면서 '엄마'라는 말을 끊임없이 중얼거리고 있었다.

로봇 인형이 멈춰 서서 고개를 돌려 잭 일행을 쳐다봤다. 그렇게 한참을 보더니 다시 '엄마'를 부르면서 이리저리 서성거렸다.

에스텔은 오두막 문 앞으로 곧장 걸어갔다. 문이라고 부르기엔 뭔가 좀 애매했다. 날카롭게 자른 철판을 그대로 붙여놓았기 때문이다. 넋을 잃고 나무만 쳐다보던 만다가 손을 뻗어 나뭇잎 하나를 잡았다. 나뭇잎은 정교하게 다듬어져 있었다.

"와, 진짜 예쁘다." 만다가 감탄했다.

"이리 와, 만다." 에스텔이 얼굴을 찌푸리며 말했다.

에스텔이 문을 쾅쾅 두드렸다. 잭은 에스텔의 과격한 행동에 몸이 움츠러들었다. 뭔가를 물어보러 온 사람의 행동치고는 지나치게 과격했다. 하지만 집 안에서 들리는 차분한 목소리에 잭은 깜짝 놀랐다.

"누구세요?"

"코미어를 만나러 왔어." 에스텔이 말했다.

아무런 대답이 없었다.

"들어가도 되지?"

갑자기 한 소년이 문 밖으로 고개를 쏙 내밀었다. 잭 일행은 놀라서 몸을 움찔했다. 로버트는 얼마나 놀랐는지 뒤로 넘어질 뻔했다. 그래서 팔을 빙빙 돌리며 균형을 잡아야 했다. 자상한 그리퍼가 잡아준 덕분에 다행히 물구덩이에 빠지지는 않았다.

"너희, 존 오그로츠와 란즈 엔드 사이의 거리가 970킬로미터인 거 알고 있어?" 소년이 물었다.

모두 소년만 쳐다봤다. 소년은 얼굴 오른쪽만 피부가 남아 있고 왼쪽은 벗겨진 상태였다. 머리도 여기저기 벗겨져 있고 흠집도 많았다. 하지만 두 눈은 여전히 반짝거렸다.

"좋아." 소년이 웃으면서 말했다.

"뭐라고?" 잭이 물었다.

"들어와."

소년이 옆으로 살짝 물러섰다. 그리퍼가 철판 한쪽을 잡아주자 다른 로봇들이 그 틈새로 겨우 비집고 들어갔다. 에스텔은 그리퍼한테 밖에서 기다리라고 말했다. 그러고는 숨을 한 번 크게 들이쉰 다음 오두막 안으로 들어갔다.

안으로 들어가자 소년이 돌아서면서 말했다.

"네스 호수의 물이 잉글랜드와 웨일스 전 지역 호수의 물을 모두 합친 것보다 더 많아."

"정말 흥미로운 이야기네." 로버트가 친구들을 돌아보며 물었다. "진짜 흥미롭지 않아?"

"신기하다." 에스텔이 맞장구를 쳤다. 그러고는 어깨를 움츠리더니 손바닥 끝으로 오른쪽 관자놀이를 문질렀다.

"코미어 씨는 여기 없는데." 갑자기 또 다른 목소리가 들렸다.

잭 일행의 시선이 일제히 오두막 안쪽으로 향했다. 낮은 테이블 위에 놓인 전등이 주변을 은은하게 밝히고 있었다. 또 다른 목소리의 주인공은 테이블 오른쪽에 선 로봇 소년이었다. 생김새가 꽤 괜찮아 보였다. 그런데 다리가 여러 개 달려 있었다. 목에는 머리 두 개가 서로 다른 방향으로 붙어 있었다. 조금 전 길에서 만난 뮤트 로봇의 머리와 비슷한 생김새였다.

"얘는 빌리라고 해." 다리가 여러 개 달린 소년이 얼굴 피부가 반만 남은 소년을 가리키면서 말했다. "빌리는 아는 게 많아. 축제에 가서도 이런저런 이야기를 끊임없이 할 수 있지."

빌리가 살짝 고개 숙여 인사하며 물었다. "너희, 빅 벤이 1859년

5월 31일에 처음 작동한 거 알아?"

로버트가 놀란 표정으로 고개를 저었다.

"그리고 난 다리가 여섯 개 달린 샘이라고 해." 소년이 말했다.

로버트가 소리 없이 입술을 달싹거리면서 집게손가락으로 소년의 다리를 하나하나 셌다.

"다섯 개뿐인데?"

샘이 웃으면서 대답했다. "원래는 여섯 개였어. 새 걸로 다시 달아야 해." 그러고는 오른쪽 어깨 위에 있는 얼굴을 가리키며 말했다. "그리고 얘는 팀이야." 그다음 반대쪽 얼굴을 가리키며 말했다. "얘는 톰이고." 그러더니 얼굴을 찌푸리며 약간 풀이 죽은 목소리로 말했다. "아니다, 이름을 반대로 말했나? 나도 잘 모르겠다."

머리 두 개가 한꺼번에 눈알을 굴렸다.

"그건 그렇고," 샘이 다시 밝아진 목소리로 손뼉을 치며 말했다. "뭘 도와줄까?"

"우린 필립 코미어를 만나러 왔어. 어디로 가면 그 사람을 찾을 수 있을지 알려줄래?" 에스텔이 말했다.

'엄마, 엄마' 하는 소리가 점점 더 가까이 들리더니 인형 로봇이 오두막 안으로 들어와 서성거렸다.

"여기 작은 친구는 데이지야." 샘이 활짝 웃으면서 말했다.

"필립 코미어 씨는 엔지니어링의 아버지라고 알려진 사람이야. 그리고 많은 사람들이 역사상 가장 훌륭한 엔지니어라고 생각하지." 빌리가 말했다.

에스텔이 몸을 움츠리면서 다시 물었다. "코미어 어디 있어?"

"강철로 만든 집에." 샘이 대답했다.

"엄마, 엄마."

"6 곱하기 6은?" 로버트가 빌리한테 물었다.

"36." 빌리가 대답했다.

"얘 엄청 똑똑하다! 그렇지?" 로버트가 씩 웃으며 잭을 봤다.

"나도 그 정돈 알거든." 잭이 대답했다.

"엄마, 엄마."

에스텔이 깊이 생각해야 할 문제라도 생긴 것처럼 눈을 질끈 감았다. "그럼 강철로 만든 집은 어디에 있어?"

샘과 빌리가 동시에 다른 방향을 가리켰다. 데이지는 어느덧 에스텔 주위를 빙빙 돌고 있었다. 에스텔은 곧 폭발할 것처럼 보였다.

"엄마."

"어디…." 에스텔이 말을 하다 말고 어디가 많이 아픈지 얼굴을 찡그렸다.

"엄마."

"어디로 가면…."

"지구엔 큰 바다가 다섯 개 있어." 빌리가 말했다.

"엄마, 엄마."

"어느 쪽이야?" 에스텔이 물었다.

"어느 쪽이냐니, 뭐가?" 샘이 물었다.

"코미어의 집으로 가는 길이 어느 쪽이냐구!" 에스텔이 소리를 빽 질렀다.

이번에도 팔 두 개가 동시에 올라왔다. 또 각기 다른 쪽을 가리켰다.

"엄마, 엄마." 데이지가 에스텔을 올려다보며 중얼거렸다.

"왜 코미어 씨를 만나야 하는데?" 샘이 물었다.

"에베레스트 산이 세계에서 가장 높은 산이야." 빌리가 말했다.

"엄마, 엄…."

화가 머리끝까지 난 에스텔이 갑자기 데이지를 집어 들더니 문 밖으로 던져버렸다. 그런 뒤 주먹을 꽉 쥐고 주저앉아서 화가 잔뜩 난 목소리로 소리 질렀다.

"나무가 소리를 지르고 있어!"

모두 깜짝 놀라서 아무 말도 하지 못했다. 양철 지붕 위로 떨어지는 빗물 소리만 온 집 안에 가득했다. 모두가 에스텔을 빤히 쳐다봤다. 빌리만이 나지막한 목소리로 속삭였다.

"중국의 수도는 베이징이야."

에스텔이 또다시 소리를 지르고는 손으로 귀를 틀어막으며 털썩 주저앉았다. 로버트가 에스텔의 어깨에 손을 올리면서 물었다.

"에스텔, 왜 그래?"

"나무 때문이야." 샘이 말했다. "코미어 씨가 나무를 그렇게 만들었거든. 나무에서 인간들만 들을 수 있는 소리가 나. 그게 바로 아이언하벤에서 로봇만 볼 수 있는 이유지."

샘이 물건이 뒤죽박죽 담긴 나무 상자를 마구 뒤졌다. 그러더니 귀마개 한 쌍을 찾아 에스텔한테 건넸다. 에스텔이 귀마개를 받아 귀에 끼자 단번에 표정이 밝아졌다. 잔뜩 찡그리고 있던 이마가 펴졌고, 얼굴도 점차 부드러워졌다.

"코미어를 찾아야 해!" 에스텔이 소리쳤다. "코미어가 사는 집부터 찾자."

로버트가 밖으로 나갔다.

"내가 알려줄게." 샘이 말했다. "꼭 알아둘 게 있어. 코미어 씨는 몇 년 동안 집 밖으로 나온 적이 없어."

"이유가 뭐야?" 잭이 물었다.

로버트가 한 손에 데이지를 들고 안으로 들어왔다. 데이지가 다시 "엄마, 엄마" 하고 중얼거리자 다른 쪽 손으로 살며시 데이지의 입을 막았다.

샘이 어깨를 으쓱하더니 대답했다.

"그거야 아무도 모르지."

"그건 나도 모르겠다. 100의 제곱근은 10이야." 빌리가 말했다.

"우리도 이곳에 온 지 오래됐거든. 그런데도 코미어 씨를 만나본 적이 없어." 샘이 말했다.

"우리가 여기 오기 전부터 이곳엔 로봇들이 많았어." 빌리가 말했다.

"지금은 그렇게 많지 않아." 샘이 말했다. "떠난 로봇들도 있거든. 이곳에 있을 가치가 전혀 없다고 생각해서지."

"이곳에 있을 가치가 없다고 생각한 이유가 뭐야?" 잭이 물었다.

"기다리고 있었으니까." 샘이 대답했다.

"뭘 기다려?" 에스텔이 물었다.

"수리를 기다린 거지." 샘이 대답했다. 그러고는 이런 질문을 전혀 이해할 수 없다는 표정으로 친구들과 눈길을 주고받았다. 팀과 톰이 눈알을 굴렸다.

"그게 바로 우리가 이곳에 있는 이유야." 빌리가 말했다.

"수리를 받으려고 이곳에 왔거든." 샘이 말했다. "모두 멀리서 온 로봇들이야. 코미어 씨는 수리해야 하는 로봇은 얼마든지 다 고쳐주니까. 역사상 가장 훌륭한 엔지니어라는 건 그저 소문이기만 한 게 아니었어. 코미어 씨는 진짜로 로봇을 잘 보살펴주는 사람이거든."

"몇 년 동안 밖에 나온 적은 없지만 그냥 기다려보는 거지 뭐. 고래는 가장 큰 포유동물이라고 알려져 있어." 빌리가 말했다.

"코미어 씨가 있는 곳으로 데려다줘." 에스텔이 소리쳤다.

"그곳으로 가는 길을 알아?" 잭이 물었다.

샘이 고개를 끄덕였다.

"코미어 씨 집까지 걸어갈 수는 있어. 대신 어느 쪽인지 가리키라고만 하지 말아줘." 샘이 머리 한쪽을 살짝 두드리면서 씩 웃었다. "보다시피 머리도 수리해야 하거든."

샘이 밖으로 나가더니 앞서 걸었다. 샘은 코미어 씨의 집까지 걸어가는 게 가장 좋을 거라고 설명했다. 빗줄기가 조금 가늘어져 있었다. 앞서 걷던 샘이 좁은 길로 들어섰다. 로버트는 샘이 걷는 모습을 무척 신기해했다.

"꼭 지네처럼 걷네." 로버트가 말했다.

샘의 뒤를 따라 걷는 도중에 길거리를 서성거리던 로봇들 몇몇이 합류했다. 오두막이나 집 안에 있던 로봇들도 밖으로 나오더니 잭일행을 따라 같이 걸었다. 행렬이 마치 빗속에 드리워진 어두운 그림자 같았다. 그들은 앞으로 무슨 일이 일어날지 알고 있는 듯 보였다.

마침내 길이 끝나고 광장이 나왔다. 광장 저쪽 끝에 커다랗고 시커먼 벽이 보였다. 그 벽의 한가운데에 문이 하나 있었다. 벽과 문모두 리벳으로 고정한 강철이었다.

"코미어 씨는 저 안에 있어. 바로 저 문 안에." 샘이 말했다. "저 문 밖으로 나온 사람은 아무도 없어. 그리고 들어간 사람도 없지."

에스텔이 곧바로 광장을 가로질러 가더니 문을 쾅쾅 두드렸다.

샘은 충격에 빠진 듯한 모습이었다. 함께 걸어온 로봇들도 문과 건물 모퉁이 그림자 속으로 쏙 숨어버렸다. 모두 에스텔의 갑작스러운 행동에 깜짝 놀란 것 같았다.

"저기, 내 생각엔…." 샘이 입을 열었다.

하지만 에스텔은 듣지 않았다. 주먹을 꽉 쥐고 계속 문을 쾅쾅 두드렸다. 그러다 힘이 빠졌는지 잠시 멈추고 손을 문질렀다. 그녀는 샘 쪽으로 돌아섰다.

"안으로 들어가는 길이 또 있어?"

샘이 고개를 저었다.

에스텔이 문을 빤히 쳐다봤다. 꼭 문 어디엔가 약한 부분이라도 있는지 살펴보는 것 같았다. 그러더니 야심만만하게 웃으면서 돌아섰다. 에스텔이 잭을 봤다. 잭은 에스텔의 속마음을 읽을 수 있었다. 둘은 동시에 그리퍼를 쳐다봤다.

에스텔이 옆으로 물러서더니 손으로 문을 가리키며 말했다.

"그리퍼, 부탁해."

그리퍼가 에스텔과 잭을 번갈아 봤다. 로버트도 봤다. 그림자 속에 몸을 숨긴 다른 로봇들은 꼼짝도 않고 있었다.

샘은 불안해 보였다.

"저 로봇이 문을…."

그리퍼가 고개를 숙이고 문을 향해 힘껏 달렸다. 그리퍼가 문을 들이박자 철컹하고 엄청나게 큰 소리가 났다. 그와 동시에 그리퍼가 뒤로 튕겨 나왔다. 하지만 충격을 받은 곳이 움푹 꺼져 있었다. 그리퍼는 첫 번째 성과에 기뻐하는 것 같았다. 그리고 다시 제 할 일을 했다.

그리퍼가 기다란 손톱을 문 가장자리 틈으로 끼워 넣었다. 그러 더니 정어리 캔 뚜껑을 열듯이 밖으로 잡아당겼다. 그리퍼가 문을 잡아당기자 쇠를 비트는 소리와 끽끽대는 소리가 사방으로 울려 퍼졌다. 마침내 강철 문 가운데가 너덜너덜하게 찢기면서 큼지막 한 틈이 생겼다.

"그리퍼, 잘했어." 잭이 소리쳤다.

그리퍼가 턱을 움직이자 쇠붙이 갈리는 소리가 요란하게 났다.

"잘했어, 그리퍼. 난 저렇게 못 했을 거야." 로버트가 말했다.

에스텔이 친구들을 불러 모았다. 그리고 샘과 그림자 속에 몸을 숨기고 있는 다른 로봇들을 쳐다봤다.

"너희도 같이 안으로 들어갈 거야?" 에스텔이 물었다.

샘이 기대에 부푼, 한편으로는 불안한 눈빛으로 고개를 젓고는 뒷걸음질을 쳤다.

"난 이곳에 온 지 오래됐거든. 좀 더 기다려보는 게 좋겠어."

"알았어."

그렇게 말하고 에스텔은 단숨에 문 앞으로 걸어가 찢긴 문틈으 로 들어갔다.

험한 길을 따라 걷다 보니 건물 전체를 쇠붙이로만 지은 것 같은 날카롭고 각진 집 한 채가 나타났다. 집이라기보다는 요새에 가까 운 모양이었다. 창문이 달려 있었지만 불빛은 찾아볼 수 없었다. 강철로 만든 계단이 현관문과 이어져 있었다.

에스텔은 조금도 머뭇거리지 않고 성큼성큼 계단을 올라갔다. 다른 로봇들도 뒤처지지 않으려고 에스텔을 따라 힘껏 뛰었다. 로봇들이 계단을 다 올라가기도 전, 현관문 앞에 도착한 에스텔이 주먹으로 굳게 닫힌 문을 쾅쾅 두드렸다. 약 2분 정도 세차게 두드렸을까. 어느덧 힘이 빠진 에스텔은 하얗게 질린 얼굴로 숨을 헐떡거리며 가만히 서 있었다.

"에스텔, 아직도 나무에서 나는 소리가 들려?" 로버트가 물었다.

아무 대답이 없었다.

"아직도 나무에서 나는 소리가 들리냐구!"

에스텔이 로버트를 돌아보더니 고개를 끄덕였다. 에스텔의 얼굴은 어디가 땀이고 어디가 빗방울인지 분간하기 힘들 정도였다.

에스텔이 다시 팔을 들어올렸다. 잭이 에스텔의 팔을 잡았다.

"그리퍼가 하게 두자."

에스텔이 옆으로 비켜섰고, 그리퍼가 문을 두드렸다.

쾅, 쾅.

아무런 반응이 없었다.

잠시 후 잭이 그리퍼를 향해 고개를 끄덕였다. 그리퍼가 다시 문을 두드렸다.

쾅, 쾅.

에스텔은 이를 꽉 깨물고 있었다. 숨을 쉬는 것도 버거워 보였다. 잭은 에스텔이 비를 맞아 추운가 보다고 생각했다. 게다가 귀를 막고 있어도 나무에서 나는 소리 탓에 무척 괴로운 모양이었다.

또 몇 분이 지났다.

"코미어 씨가 집에 없을지도 모르잖아." 로버트가 말했다.

잭이 에스텔한테 무슨 말을 하려는데 바로 그 순간, 요란한 소리가 나면서 문이 홱 열렸다. 그리퍼가 깜짝 놀라서 계단 아래로 굴러 떨어질 뻔했다.

"누구야!"

그 목소리의 주인공은 키가 크고 나이 든 남자였는데 머리카락이 제멋대로 헝클어져 있었다. 이리저리 마구 뻗친 하얀 머리카락이 길게 자라서 지저분해 보이는 수염과 잘 어울렸다. 남자는 가죽 끈을 십자로 엮어 만든 조끼에 가죽 바지 그리고 커다란 검은색 부츠를 신고 있었다. 나이에 비해 근육이 잘 발달한 팔이 무척 강인해 보였다.

남자가 파란색 눈으로 문 앞에 선 로봇들을 일일이 쏘아보더니 소리를 빽 질렀다.

"무슨 일이지?"

"코미어 씨 맞아요?" 잭이 물었다.

"누가 묻는 거냐?"

"우리요."

"우리가 누군데?"

"우리라고요." 로버트가 침착하게 대답했다.

남자가 인상을 쓰더니 사납게 소리쳤다.

"우리라고 한 네 녀석들, 당장 꺼져!"

그러고는 문을 쾅 닫았다.

에스텔이 눈을 천천히 깜빡거렸다. 그러더니 굳은 표정으로 다시 문을 마구 두드렸다.

"코미어 씨! 코미어 씨!"

다시 문이 확 열렸다.

"왜!"

에스텔이 다부진 목소리로 소리쳤다.

"아저씨가 코미어 씨 맞죠?"

남자가 에스텔을 쓱 보더니 로봇들을 전부 둘러봤다.

"내가 얼른 꺼지라고 했지? 그런데도 말을 안 듣는구나. 난 무척 온화하고 예의바른 사람이란다. 그러니까 다시 말하마. 이번에는 반드시 내 말을 들어야 할 거야. 당장 꺼져!"

그가 문을 얼마나 세게 닫았는지 잭의 앞으로 바람이 휙 지나갔다. 에스텔은 화가 머리끝까지 치밀었다. 곧 다시 문을 쾅쾅 두드리면서 소리쳤다.

"코미어 씨, 도와주세요. 멀리서 이곳까지 왔단 말이에요. 저희 이야기를 들어줄 때까지 여기서 꼼짝도 안 할 거예요."

억수같이 쏟아지는 빗줄기가 계단 아래로 철철 흘러내리고 있었다. 결국 에스텔은 문을 두드리는 걸 멈추고 숨을 몰아쉬면서 가만히 서 있었다. 빗물에 젖은 머리카락이 얼굴에 착 달라붙은 채로 이를 꽉 깨물고 문을 노려봤다.

"우리 말은 듣지도 않을 것 같은데." 잭이 말했다.

"기다리는 수밖에." 에스텔이 말했다.

"그럼 어디 가서 몸이라도 좀 말리고 기다리자."

"여기뿐이야! 여기서 기다려야 해!"

에스텔이 다시 문 쪽으로 돌아서서 문을 빤히 쳐다봤다. 잭은 한숨을 내쉬고는 다른 로봇들을 봤다. 일단 다 같이 오두막으로 돌아가서 비를 피하고 봐야 할 것 같았다. 로봇들은 말없이 잭의 신호를 따랐다. 세차게 고개를 저으며 버티던 에스텔도 마지못해 겨우 돌아섰다.

잭이 계단 한 칸을 내려가던 순간, 등 뒤에서 철컹 소리가 들려왔다. 잽싸게 고개를 돌리니 문이 살짝 열린 게 보였다. 어둠 속에서 반짝이는 코미어 씨의 눈도 보였다. 무척 화가 난 모습이었다.

"너." 코미어 씨가 말했다.

잭은 주위를 둘러보며 말했다. "누구요? 저요?"

"아니. 너 말이야. 널 이렇게 만든 게 누구냐?" 코미어 씨가 만다를 가리키며 퉁명스럽게 물었다.

만다가 제 몸을 살피고는 다시 코미어 씨를 보며 대답했다.

"압살롬 씨요."

"압살롬 씨? 압살롬 씨가 누군데? 아, 잠깐. 말하지 마. 널 보니 압살롬이란 자가 얼마나 멍청한 자인지 잘 알겠으니까 말이야. 멍청이도 그런 멍청이가 없겠어. 그리고 너."

코미어 씨가 이번에는 로버트를 가리켰다. 코미어 씨의 말이 끝나기가 무섭게 로버트가 자기 몸을 가리켰다.

"그래, 너. 머리카락 꼴이 왜 그래? 그리고 다리는… 거기다 몸통은 또 뭐고."

코미어 씨가 인상을 찌푸리며 로버트를 아래위로 훑어봤다.

"음, 너희들 전부 다."

그러면서 만다, 로버트, 잭 그리고 그리퍼를 차례대로 가리켰다.

"너, 너, 너, 그리고 턱이 멍청해 보이는 덩치 큰 녀석, 안으로 들어와."

"에스텔은요?" 잭이 물었다.

"쟨 반갑지 않아."

"왜 저는 안 되죠?" 에스텔이 물었다.

"넌 인간이잖아. 인간은 믿을 수가 없어. 그리고 또 한 가지가 있어. 너한테서 냄새가 나거든. 피부와 화학 약품 냄새 말이다. 조잡한 손재주로 로봇에 붙어사는 녀석이로군. 내가 장담하지."

창백하던 에스텔의 얼굴이 별안간 새빨개졌다.

"할 말이 없겠지." 코미어 씨가 말했다.

잭은 에스텔을 쳐다봤다. 에스텔이 고개를 끄덕이며 알았다는 신호를 보냈다. 하지만 여전히 화가 잔뜩 난 표정이었다.

잭은 다시 계단을 올라갔고, 코미어 씨가 문을 활짝 열어줬다. 잭이 앞장서고 그 뒤로 로버트, 만다, 그리퍼가 따라 들어갔다. 문틀을 망가트리지 않으려고 최대한 몸을 구부린 채 들어가는 그리퍼를 향해 코미어 씨가 페인트칠이 벗겨지지 않게 하라며 고함을 질러댔다.

코미어 씨는 다시 한 번, 업신여기는 듯한 눈빛으로 에스텔을 쏘아보고는 문을 쾅 닫았다.

잭은 닫힌 문을 쳐다봤다.

"에스텔만 밖에다 세워둘 작정이세요?"

"그래, 그럴 거야."

코미어 씨가 잭을 보지도 않고 중얼거렸다. 그러고는 오른쪽을 가리키며 다시 말했다.

"이쪽 복도 안으로 들어가거라. 가다가 나오는 첫 번째 방으로."

로봇들이 전부 잭을 쳐다봤다.

"뭐 해! 얼른 가지 않고." 코미어 씨가 소리쳤다.

잭이 앞장서자 다른 로봇들이 그 뒤를 따랐다. 집 안은 건물 외부와 마찬가지로 쇠붙이 투성이에 군더더기라곤 찾아볼 수 없었다. 잭은 코미어 씨가 주변 환경을 그리 중요하게 생각하지 않는다는 사실을 금세 알아챘다.

로봇들이 복도를 우르르 걸어 들어가다 보니 오른편으로 열린 문 하나가 보였다. 그 안은 커다란 방이었다. 전등갓도 없이 매달린 전구 하나가 방 안을 희미하게 밝히고 있었다. 금속으로 된 사방의 벽에 불빛이 반사되고 있었다. 그리고 벽을 따라 책꽂이가 줄지어 서 있었다. 하지만 책보다는 자질구레한 쇠붙이가 더 많았다. 가운데에는 커다란 테이블 하나가 있었다. 그 위에는 잡동사니가 가득 담긴 세 개의 나무 상자가 놓여 있었다. 바닥에도 고철 조각이 가득 든 나무 상자와 종이 상자 여러 개가 여기저기 널려 있었고, 색이 바랜 빨간색 양탄자에는 기름이 덕지덕지 묻어 있었다.

잭이 코미어 씨에게 뭔가 말하려는 순간, 코미어 씨가 다짜고짜 만다를 꽉 붙잡았다. 그리고 방 한가운데로 데려갔다.

"여기 서봐. 한번 살펴보자."

코미어 씨가 만다 앞에 무릎 꿇고 앉아 오른손을 내밀었다.

"왼쪽 다리."

만다가 코미어 씨의 말을 따라 왼쪽 다리를 들어올렸다. 하지만 코미어 씨의 손 높이까지 다리가 올라가지 않았다.

"세상에! 움직임이 형편없구나. 자, 오른쪽 다리."

만다가 오른쪽 다리를 들어올렸다. 오른쪽 다리는 왼쪽 다리보다 좀 더 높이 올라갔지만 그리 좋은 상태는 아니었다.

코미어 씨가 믿을 수 없다는 듯 고개를 내저었다.

"이건 뭐, 범죄 수준이구만!"

그러고는 문 쪽을 향해 고래고래 소리를 질렀다.

"에그버트! 에그버트!"

고개를 돌려 다시 만다를 찬찬히 살피는 동안에도 코미어 씨는 연신 욕을 내뱉었다.

잭은 이 얼떨떨한 상황에 정신을 차릴 수 없었지만, 로버트는 코미어 씨에게 완전히 마음을 빼앗겼는지 빙긋 웃으면서 그의 주위를 맴돌았다. 그러면서 그가 화를 낼 때마다 함께 혀를 끌끌 차고, 못마땅한 표정으로 고개를 내저으며 손가락으로 턱을 톡톡 두드리는 그의 행동을 그대로 따라 했다.

"부르셨습니까, 코미어 씨." 밝은 목소리가 문 옆에서 들려왔다.

잭이 문 쪽으로 고개를 돌리니, 키가 크고 야윈 집사 로봇 하나가 앞치마를 두르고 서 있었다. 얼굴이 길쭉해서 꼭 대롱 모양 같았다. 팔은 성냥개비처럼 가늘었고 다리도 마찬가지였다. 피부는 없었지만 잭은 이제껏 본 로봇 중에서 가장 친절해 보이는 얼굴이라는 생각이 들었다.

"에그버트, 다리를 몇 개 가져와." 코미어 씨가 고개도 돌리지 않고 말했다. "좋은 걸로 가져와야 해. 30센티미터는 넘어야겠어."

"네, 잘 알겠습니다, 코미어 씨." 에그버트가 대답했다.

"차와 기름도. 아, 유리컵도 챙겨 오고."

"네, 알겠습니다."

"다리 챙겨 오는 거 절대 잊지 마."

둥글이 로버트가 입술을 꽉 다문 채 에그버트를 무척이나 진지한 표정으로 쳐다봤다.

"다리, 에그버트." 로버트가 말했다.

"네, 잘 알겠습니다."

로버트한테 머리 숙여 인사한 뒤 에그버트는 뒤돌아 방을 나갔고, 잭은 눈살을 잔뜩 찌푸린 채 에그버트가 밖으로 나가는 모습을 지켜봤다.

"저 로봇도 어른 크기네요." 잭이 말했다.

"그래." 코미어 씨가 대답했다.

"하지만 그건…."

"불법이라고? 허! 이봐, 내가 바로 필립 코미어야. 난 내가 하고 싶은 대로 해. 합법이든 불법이든 상관없지. 공구 상자나 이리 내."

"네, 알겠습니다."

로버트가 에그버트를 흉내 내서 대답한 뒤, 코미어 씨가 가리킨 곳으로 뒤뚱뒤뚱 걸어갔다.

잭은 더 이상 기다릴 수가 없었다. 이미 인내심이 바닥나버렸다.

"코미어 씨…."

코미어 씨가 손가락을 입에 대고 조용히 하라는 신호를 보냈다.

"작업하고 있잖아."

"알아요, 코미어 씨. 하지만…."

"이 다리들은 얼마나 오래된 거냐? 화석도 이것보단 낫겠구나!"

둥글이 로버트가 깔깔 웃음을 터트렸다. 코미어 씨가 로버트를 쏘아보는가 싶더니 잠시 후 보고도 믿지 않는 일이 벌어졌다. 코미어 씨가 목구멍 저 깊은 곳에서 울리는 듯한 특이한 후두음을 내기 시작했다. 그러다 곧 캑캑거리는 소리로 변했다. 로버트가 고개까지 뒤로 젖혀가며 큰 소리로 깔깔댔다. 잭은 코미어 씨가 웃고 있다는 사실을 한참 후에야 알아챘다. 급기야 코미어 씨와 로버트는 서로 주거니 받거니 번갈아 가며 웃어댔다.

그리퍼와 잭은 어리둥절한 표정으로 서로를 봤다. 신나게 웃어대던 로버트와 코미어 씨가 점점 차분해졌다.

코미어 씨가 로버트를 향해 손가락을 흔들어대며 소리쳤다.

"네 녀석, 참 맘에 들어. 넌 여기 있어도 되겠다."

로버트가 잭을 돌아보며 활짝 웃었다.

그후 몇 분 동안 잭은 당황스러울 정도로 정신이 몽롱했다. 코미어 씨가 만다를 수리하는 동안 로버트가 공구를 건네줬다. 드디어 코미어 씨가 만다의 다리를 모두 떼어냈다. 만다는 마치 허리까지 물에 잠겨 헤엄치는 사람처럼 바닥 위에서 움직였다. 다리가 없어도 그다지 불편해 보이지 않았다.

에그버트가 다리가 든 상자 하나를 가지고 와서 코미어 씨 옆에 내려놓았다. 그런 뒤 사라졌다가 다구(차를 달여 마시는 데 쓰는 물건:옮긴이), 기름 한 캔 그리고 큼지막한 유리잔 여러 개를 쟁반 위에 챙겨 들고 다시 나타났다. 에그버트는 차를 먼저 따른 다음, 코미어 씨에게 찻잔을 건넸다. 코미어 씨는 스패너로 만다의 다리 한쪽을 풀면서 단숨에 차를 후루룩 들이켰다. 그런 뒤 팔로 입을 쓱 닦고는 찻잔을 에그버트한테 내밀었다.

"손님들도 잊지 말고 챙겨." 코미어 씨가 말했다.

에그버트는 유리컵 네 개에 기름을 따라 은쟁반에 얹어 들고는 방 안을 돌아다니며 로봇들에게 권했다. 로버트가 먼저 유리잔을 받아서 새끼손가락을 살며시 세우고 기름을 마셨다.

"에그버트, 아주 좋아." 로버트가 말했다.

다음으로 유리잔을 받은 만다와 그리퍼는 단숨에 꿀꺽 들이켰다. 에그버트가 잭에게도 기름 한 잔을 권하자, 잭은 말없이 유리잔과 쟁반을 물끄러미 바라봤다.

"최고급 기름입니다." 에그버트가 활짝 웃으며 말했다.

잭은 유리잔을 들어 전등 불빛에 비춰봤다. 에그버트가 얼른 마시라는 눈빛으로 잭을 쳐다봤다. 잭이 기름을 마시자 에그버트가 환하게 웃었다.

"맛있게 드셨으면 좋겠습니다."

그렇게 말하고 에그버트가 다구를 챙겨 들고 미끄러지듯 방 밖으로 나갔다. 앙상한 팔다리치곤 몸짓이 우아했다.

"자, 끝났다!" 코미어 씨가 일어나면서 소리쳤다.

만다가 이제 길이가 똑같아진 자기 다리를 내려다봤다.

"빙글빙글 돌아보렴."

만다는 코미어 씨가 시키는 대로 했다. 잭은 평소처럼 만다가 넘어질까 봐 자기도 모르게 가까이 다가가려 했다. 하지만 만다가 우아하게 한쪽 발로 서서 빙빙 도는 모습을 보고 걸음을 멈췄다. 만다가 동작을 멈추더니 허리를 숙여 인사했다. 그리퍼와 로버트가 손뼉을 쳤다.

코미어 씨가 스패너를 허공으로 휙 던졌다가 솜씨 좋게 받아 들었다. 그런 다음 스패너로 로버트를 가리키면서 말했다.

"자, 다음은 너다."

로버트가 뒤뚱거리면서 걸어 나왔다. 하지만 잭의 목소리를 듣고 이내 걸음을 멈췄다.

"코미어 씨, 제발요." 잭이 애원했다.

코미어 씨가 한쪽 눈을 찡그린 채 잭을 봤다.

"왜 그러지? 무슨 말을 하려고? 너도 고칠 곳이 있는 거야? 어디 보자. 머리가 제자리에 달려 있지 않은 것 같기도 하군. 가까이 와 봐. 내가…."

"그게 아니라고요!" 잭이 소리를 빽 질렀다.

코미어 씨가 살짝 놀란 표정을 지었다.

"저희는 부탁이 있어서 여기 온 거예요."

"어떤 부탁?"

"저희 친구… 그러니까 저희가 코미어 씨가 만든 오리지널 로봇 중 하나를 발견했거든요."

코미어 씨가 잠시 잭을 봤다가 비웃는 표정으로 콧방귀를 뀌었다. 그런 뒤 특유의 후두음을 내면서 마구 웃어댔다.

"말도 안 돼. 내가 만든 로봇들은 이미 잡동사니가 된 지 오래다. 그게 다야. 그것들은 그저 쇠붙이에 불과하지. 게다가 모조리 이 집 안에 다 있는걸."

잭은 코미어 씨 바로 앞으로 다가갔다.

"아니에요."

코미어 씨가 놀란 듯하면서도 화가 난 표정으로 잭을 쳐다봤다.

"넌 도대체 누구길래 내 로봇에 대해 왈가왈부하는 거냐?"

"제 이름은 잭이라고 해요. 코미어 씨가 저희와 저희 친구를 도와주실 거라는 희망으로 여기까지 왔어요. 제 친구가 코미어 씨가 만든 오리지널 로봇 중 하나거든요."

"오, 그래?" 코미어 씨가 눈썹을 치켜세우며 비웃었다. "내가 모르고 어디다 로봇을 하나 떨어트린 모양이구나. 그래, 말해봐라. 내가 만들었다는 네 친구를 누가 데려갔다고?"

"정보국에서요."

코미어 씨가 잭을 빤히 보더니 수염을 쓰다듬으며 웃었다.

"그럼 정보국에 가서 사정해보는 게 낫겠구나, 안 그러냐?"

그러고는 돌아서서 로버트를 살펴보는 척했다. 하지만 잭은 그가 숨기고 있는 속마음을 꿰뚫어볼 수 있었다. 돌아서기 전 그의 눈빛이 의심스럽게 변한 걸 봤기 때문이다.

"정보국에 이야기할 순 없어요. 왜냐하면 보시다시피 저희는 로봇이니까요." 잭이 말했다.

코미어 씨가 어깨를 으쓱하고는 헛기침을 했다.

"저는 눈썹을 고쳐주세요. 떨어지지 않는 새 눈썹으로요. 진짜 인간 남자 눈썹처럼요." 로버트가 끼어들었다.

로버트의 무릎 관절을 들여다보던 코미어 씨가 신경질적으로 고개를 홱 들었다.

"뭐라고?"

"새 눈썹으로 바꾸고 싶다고…."

"아니, 그다음에. 뭐처럼 되고 싶다고 했잖아."

"진짜 인간 남자라고 했어요." 로버트가 씩 웃으며 대답했다.

"이 집에선 그런 말은 안 쓴다."

"뭐요? 남자요?"

"아니. '인' 어쩌고 하는 단어 말이다."

코미어 씨가 다시 로버트의 관절을 들여다봤다.

"오늘 밤은 너희들 모두 여기서 자도 좋다. 하지만 오늘 하룻밤만이야. 명심해."

잭은 그의 목소리가 전과는 다르게 느껴졌다. 목소리가 나지막한 게 좀 전의 사납던 기세는 찾아볼 수 없었다. 잭은 갑자기 바뀐 그의 태도에 당황스러웠다.

"에스텔은 어떡해요?" 잭이 물었다.

"에스텔이 누구냐?"

"밖에서 기다리는 여자애요."

"인간 말이냐? 인간은 내 집에 들어올 수 없어!"

잭은 가슴이 답답하고 화가 났다.

"에스텔, 그 애 이름은 에스텔이에요."

잭은 자기도 모르게 코미어 씨 곁으로 한 걸음 다가갔다. 코미어 씨가 잭을 아래위로 훑어봤다.

"코미어 씨도 인간이잖아요. 코미어 씨는 뭐가 달라요?"

코미어 씨가 콧방귀를 뀌었다.

"난 특별하단다."

잭이 빤히 쳐다보자, 코미어 씨가 인상을 쓰며 말했다.

"그래, 좋아. 그 여자애도 들어오라고 해. 딱 하룻밤이야. 내일은 모두 떠나야 한다. 그런데 말이다. 궁금해서 그러는데, 너희들은 이곳에 어떻게 왔지?"

"트럭을 타고 왔어요." 로버트가 대답했다. "잭이 운전할 줄 알거든요. 그리고 운전할 때는 다리 길이를 조절할 수도 있어요."

코미어 씨가 잭의 다리를 보더니 고개를 저었다.

"그 다리는 누가 달아준 거지?"

"제가 달았어요." 잭이 대답했다.

코미어 씨가 돌아서면서 중얼거렸다.

"하룻밤만이야."

코미어 씨는 로버트의 너트와 볼트 몇 개를 단단하게 조이고 나서 이번에는 그리퍼를 자세히 살펴봤다. 그런 뒤 로봇들을 복도로 데리고 나갔다.

"위층으로 올라가면 왼쪽에 방이 하나 있다. 그 방에서 자거라."

코미어 씨가 현관문을 열었다. 에스텔이 계단 맨 위에서 턱을 무릎에 괴고 앉아 도시를 내려다보고 있었다. 회색 금속판 위로 여전히 비가 쏟아지고 있었다.

"이봐, 인간." 코미어 씨가 말했다.

에스텔은 여전히 귀마개를 끼고 있어서 듣지 못했다. 코미어 씨가 부츠 발끝으로 에스텔의 등 아래쪽을 툭 건드리자 그제야 에스텔이 고개를 돌리고는 그를 잡아먹을 듯이 노려봤다.

하지만 코미어 씨는 전혀 개의치 않는 얼굴이었다.

"들어와."

자리에서 일어난 에스텔이 그를 사납게 째려보면서 문 앞으로 조심스럽게 걸어갔다. 코미어 씨가 문 바로 앞에서 손을 들어 멈추라는 신호를 보냈다.

"잠깐, 마룻바닥에 물이 뚝뚝 떨어지겠구나. 몸을 흔들어서 빗물을 좀 털어내거라."

"저는 강아지가 아닌데요."

코미어 씨가 눈썹을 치켜세웠다. 에스텔은 한숨을 내쉬고는 건성으로 몸을 흔들었다. 코미어 씨가 혀를 끌끌 차며 비켜섰다. 에스텔이 다시 그를 매섭게 노려봤지만 그는 본 척도 하지 않았다.

"나무들요." 에스텔이 말했다.

"나무가 왜?"

"나무들이 비명을 지르잖아요."

코미어 씨가 뭐라고 웅얼거리면서 현관문 바로 안쪽 벽에 붙은 검은 상자로 다가갔다. 코미어 씨가 스위치를 끄자, 에스텔이 움츠렸던 어깨를 펴고는 안도의 한숨을 내쉬었다. 표정도 훨씬 더 편안해지더니 귀마개를 뺐다.

코미어 씨가 로봇들을 돌아보며 말했다.

"내가 직접 만든 나무란다. 인간 귀에만 들리는 주파수가 나오지. 난 평생 인간들이 칭얼대는 소리를 듣고 살았거든. 그래서 이골이 났어. 하지만 소리가 나는 나무 덕분에 불청객을 안 보고 살 수 있지. 간혹 안 그럴 때도 있긴 하지만."

그러고는 에스텔을 아래위로 훑어보며 코웃음을 쳤다.

"네 친구들은 널 감싸줄 정도로 착하다만, 난 정반대로 널 믿지 않아. 위층에 있는 방으로 가주면 고맙겠구나. 작은 침대가 하나 있어. 오늘 밤은 거기서 자거라."

그런 뒤 고개를 돌려 잭과 다른 로봇들을 번갈아 훑어봤다.

"내일 아침엔 모두 이곳을 떠나줬으면 한다. 에그버트!"

복도 안쪽에서 에그버트가 스르륵 나타났다.

"이 녀석들한테 위층에 있는 빈 방을 안내해줘."

"네, 알겠습니다."

에그버트가 우아한 손짓으로 위층으로 올라가는 길을 알려줬다.

에스텔과 로봇들은 조심스럽게 방 안으로 들어갔다. 한가운데가 푹 꺼진 매트리스만 달랑 올려놓은 침대 하나뿐인 방이었다.

"부인께는 침구를 가져다드릴까요?" 에그버트가 물었다.

"부인이라면 당연하지." 에스텔이 대꾸했다.

에그버트가 사라지자 로봇들은 가만히 서서 방 안을 둘러봤다.

"이제, 솔직히 말해보자. 코미어 씨는 크리스토퍼를 구하는 일을 도와주지 않을 것 같은데, 그렇지?" 에스텔이 말했다.

아무도 그 말에 대답하지 않았다.

크리스토퍼는 날이 밝기가 무섭게 실험실로 끌려갔다. 그곳에서 블레이크가 기다리고 있었다. 리브스가 실험실 밖으로 나가자 블레이크가 크리스토퍼한테 앉으라고 했다. 크리스토퍼는 의자에 등을 기대고 앉으면서 섬뜩한 기운을 느꼈다.

"언제 적 일부터 기억이 나니?" 블레이크가 물었다. 목소리가 밝고 다정했다. "옛날 일을 좀 떠올려봤으면 좋겠구나."

"왜요?"

"나를 좀 재미있게 해줬으면 해서."

크리스토퍼는 의심 가득한 눈으로 블레이크를 쳐다봤다. 블레이크는 분명히 뭔가를 숨기고 있었다. 하지만 지금으로서는 그의 말에 순순히 따르는 수밖에 없었다.

크리스토퍼는 침을 꿀꺽 삼키고 눈을 질끈 감았다. 그리고 정신을 집중해봤다.

"기억나는 건….."

크리스토퍼를 집어삼킬 것 같은 불길이 눈앞에 나타났다. 갑자기 매캐한 연기를 들이마신 것처럼 목구멍이 따가웠다. 크리스토퍼는 가슴이 조여옴을 느끼고 눈을 떴다. 하지만 불길 이야기를 블레이크에게 털어놓을 수 없었다. 그러기엔 그 사건이 너무나 고통스러운 일이었기 때문이다.

"고아원이 기억나요." 크리스토퍼는 대신 이렇게 말했다.

"고아원 일 중에 기억나는 건 뭐가 있지?"

"다 기억나요. 수업했던 거. 간호사 제섭 선생님, 젠킨스 보모 선생님도요."

"그럼 그 전 기억은?"

크리스토퍼는 입을 열었지만 무슨 말을 해야 할지 알 수 없었다. 일렁이는 불길 말고는 아무것도 떠오르지 않았기 때문이다.

블레이크가 믿을 수 없을 정도로 상냥한 목소리로 말했다.

"네가 기억하는 옛날 일들 말이다. 고아원에 대한 기억. 그 기억들은 전부 진짜가 아니란다."

크리스토퍼의 가슴속에서 감당하기 힘든 뜨거운 기운이 솟구쳤다. 이마에서 갑자기 진땀이 흘렀다.

"하지만 그게 제가 기억하는 일인걸요. 고아원에서 있었던 일 전부 다요."

"그럼 그 전 일은?"

크리스토퍼는 할 말이 없었다.

"참 안됐구나, 크리스토퍼." 블레이크는 진심으로 미안해하는 목소리였다. "네 과거에 대해 모두 알아야 미래를 바꿀 수 있단다. 그래서 물어보는 거야."

크리스토퍼는 고개를 저었다. 정말 무서웠다. 마음속 깊은 곳에서 솟아오르는 당혹감을 감출 수가 없었다.

"제 기억이 그럼… 전부 다 가짜라는 말씀이세요? 어떻게 기억이 가짜일 수 있어요? 집에 갈래요. 당장 집으로 가고 싶어요."

블레이크가 한숨을 쉬더니 잔뜩 화난 표정으로 고개를 저었다.

"아, 크리스토퍼. 우리가 여기서 할 일은 비밀을 밝히는 일이야. 네 기억은 뭔가를 숨기려고 조작된 거란다." 그가 굳은 얼굴로 씁쓸하게 웃었다. "누군가 나한테 비밀은 비밀로 덮어둬야 할 이유가 있다고 말한 적이 있었지. 난 그 말을 믿지 않아. 난 비밀을 꼭 밝혀야 한다고 생각하거든. 왜냐하면 비밀은 마치 숨겨진 보물과 같기 때문이지."

"뭔가를 숨기다뇨? 뭘 숨긴다는 거죠?"

블레이크가 씩 웃었다. 그러고는 뒤편 테이블에 놓인 깡통에서 뭔가를 꺼냈다. 자그마한 직사각형 모양의 금속 조각이었다. 그는 크리스토퍼한테 금속 조각의 앞뒷면을 보여줬다.

"뭐가 보이니?"

"아무것도 안 보여요. 텅 비었어요."

블레이크가 외투의 가슴팍에 붙은 주머니에서 펜 모양으로 생긴 새카만 쇠막대 하나를 꺼냈다. 그러더니 작은 직사각형 조각에 펜으로 뭔가를 써내려갔다. 그런 다음, 금속 조각을 들어올렸다.

크리스토퍼는 블레이크가 새긴 기호를 봤다. 기호에서 잠시 은은한 흰색 불빛이 반짝이더니 곧 희미해졌다. 그러자 블레이크가 쓴 반듯한 글씨만 새카맣게 남았다.

"이제 뭐가 보이지?"

"기호요."

블레이크가 다시 웃었다.

"그렇지. 맞아, 기호란다."

블레이크가 간이 의자에서 일어나 테이블에 놓인 좀 더 큼지막한 상자에서 금속으로 만든 꼭두각시 인형을 꺼냈다. 머리가 밋밋하고 아무것도 적혀 있지 않은 인형이었다. 그는 인형의 머리에 아주 작은 글씨로 기호를 써내려갔다.

"기호의 비밀은 어떻게 조합하는가에 달려 있단다. 서로 다르게 조합하면 결과 또한 달라지지. 예를 들어 로봇의 성격 같은 것 말이야. 기호 조합은 수없이 다양해. 기호 전체를 다 사용하기도 하고, 부분적으로 사용하기도 하지. 기억을 만들어내는 데 사용하는 기호 조합도 있단다. 그러니까 로봇들은 기억이 필요하지 않아. 모두 이 인형처럼 텅 빈 상태로 세상에 처음 나오니까."

블레이크가 입술을 내밀고 인형 머리에 붙은 쇠 부스러기를 후 불어 털어냈다. 그런 다음 손으로 머리를 감싸고 눈을 감더니 무슨 말인가를 웅얼거렸다. 그의 손안에서 불빛이 한참 동안 반짝이다 사라졌다.

불빛이 사라진 직후 인형 다리가 갑자기 덜컥 움직이기 시작했다. 블레이크가 웃으면서 테이블에 인형을 내려놓았다. 인형 다리가 덜덜 떨리더니 테이블 아래로 툭 떨어져버렸다. 하지만 인형은 다시 테이블 위로 기어 올라와서 둔한 동작으로 이리저리 걸어 다녔다. 그러는 동안 점차 동작이 자연스러워졌다.

"멈춰." 블레이크가 말했다.

인형이 멈춰 섰다.

"앉아."

인형이 팔을 내리고 테이블 가장자리에 걸터앉았다.

블레이크가 웃으며 인형 앞에서 양손을 쫙 벌렸다.

"어때? 가장 기초적인 기호 조합이란다. 기본적인 조합을 이용하면 로봇이 가장 단순한 방식으로 움직이지."

그는 진심으로 즐거워하는 모습이었다. 그의 두 눈이 어린아이
처럼 반짝거렸다.

"로봇들은 나한테 끊임없이 놀라움을 주지. 어쨌든, 다시 기억
이야기를 해보자꾸나."

블레이크가 펜 모양으로 생긴 쇠막대를 다시 손에 쥐었다. 그리
고 크리스토퍼 쪽으로 걸어오더니 그의 머리 바로 옆에 섰다. 블레
이크가 손잡이를 밀자 의자가 뒤로 넘어갔다. 크리스토퍼는 다시
공포감이 밀려들었다. 그래서 일어나 앉으려고 안간힘 썼다.

"쉿." 블레이크가 크리스토퍼의 이마에 오른손을 올리며 말했다.
"리브스가 패치 이야기를 하는 걸 들었겠지?"

크리스토퍼는 고개를 끄덕였다.

"패치가 제대로 작동하려면 꽤 뛰어난 기술이 필요하단다. 고급
로봇은 주인이 원할 때면 언제든 여러 번 패치를 사용할 수 있어.
패치를 정확히 설명하려면 직접 보여주는 게 좋겠다."

블레이크가 금속 조각을 크리스토퍼 눈앞에 들어올렸다. 가까이
에서 보니 섬세하게 새겨진 기호가 더 잘 보였다.

"이걸 패치라고 한단다. 이 패치는 아주 재미있지. 내가 아주 특
별한 기호를 사용해서 수정했거든."

블레이크가 크리스토퍼의 이마를 좀 더 세게 눌렀다.

"괜찮겠니?"

지금 이 순간, 크리스토퍼는 자기가 뭐라고 대들 수 있는 입장이
아니라는 생각이 들었다. 그리고 이상하게 궁금하기도 했다. 그래
서 힘차게 고개를 끄덕였다.

블레이크가 크리스토퍼의 앞머리를 쓸어 올렸다. 그런 뒤 손을 이리저리 휙휙 움직이자 갑자기 크리스토퍼의 머리카락이 머리 위로 떠올랐다. 크리스토퍼는 너무 놀라서 몸이 비틀릴 지경이었다.

"로봇은 모두 이렇단다." 블레이크가 약간 미안하다는 표정으로 웃었다. "몸을 의자에 편히 기대려무나."

크리스토퍼는 마음을 편안하게 가지려고 애썼다. 그러면서 천장만 올려다봤다.

블레이크의 손이 머리 안에서 움직이는 느낌이 들었다. 패치가 머리 안으로 들어가는지 약간 눌리는 느낌도 들었다. '딸깍' 하고 작은 소리가 나더니 몸무게가 조금 늘어난 기분이 들었다.

블레이크가 크리스토퍼의 머리카락을 원래대로 쓸어 내려줬다.

"자, 이제."

"이제 뭐요?"

"다섯 살 때 갔던 소풍, 기억나니? 러스티를 데리고 갔잖아."

크리스토퍼는 얼굴을 찡그렸다.

"네 강아지 말이다."

크리스토퍼는 어리둥절했다.

"저는 소풍을 간 적이 없어요. 그리고 강아지를 키워본 적도 절대 없…."

그 순간, 갑자기 금색 빛줄기가 떠오르더니 따뜻하고 싱그러운 풀 냄새가 나는 듯했다. 크리스토퍼는 햇볕이 쏟아지는 언덕에 담요를 깔고 앉아 풀밭을 내려다보고 있었다. 옆에는 먹다 남은 샌드위치가 아무렇게나 놓여 있었고, 레모네이드 병도 보였다. 보기만해도 혀에서 톡 쏘는 신맛이 났다. 그리고 자기가 레모네이드를 벌

144

컥벌컥 들이켰던 것, 새파란 하늘과 눈부신 햇빛 때문에 눈을 질끈 감았던 것이 머릿속에 떠올랐다. 강아지 짖는 소리도 들렸다. 신이 난 러스티가 혀를 쏙 내민 채 짙은 갈색 귀를 펄럭이면서 느릿느릿 크리스토퍼 곁으로 다가왔다. 크리스토퍼는 양팔을 벌렸다.

그때 딸깍 소리가 나더니 곧 기분 나쁜 쉭 소리가 들렸다. 별안간 눈앞이 다시 온통 회색빛으로 바뀌었다. 정신을 차리고 보니 크리스토퍼는 여전히 의자에 누워 있었다. 견디기 힘들 정도로 깊은 상실감이 밀려들었다. 크리스토퍼는 가슴 앞에서 두 주먹을 꼭 쥐고 앞으로 몸을 푹 숙였다.

"이 기억은 뭐죠?"

"크리스토퍼…."

크리스토퍼는 의자 앞으로 벌떡 일어서면서 소리쳤다.

"어떻게 된 거예요?"

"미안하다. 너한테 패치가 뭔지 가장 쉽게 설명해준 거야."

크리스토퍼는 몸을 앞으로 숙인 채 오른손으로 의자를 짚고 섰다. 상실감은 점차 사라졌다. 크리스토퍼의 눈에는 아직도 러스티가 보였다. 하지만 극심했던 슬픔은 점점 무뎌져갔다. 너무 사실적인 꿈을 꾸다 갑자기 잠에서 깬 것 같은 느낌이었다.

"미안하구나. 사과하마."

"그게 꿈이었나요?"

블레이크가 고개를 저었다.

"아니, 기억이란다. 아니면 기억을 조작한 거랄까."

블레이크가 금속 조각을 보여주면서 말을 이었다.

"이 패치엔 네가 기억이라고 부를 만한 내용이 새겨져 있단다. 이

걸 부착하면 로봇은 이 안의 기억을 자기가 옛날에 직접 겪은 걸로 착각하게 되지. 방금 너처럼 말이다. 알다시피 아이 대신 로봇을 사는 사람들도 있거든. 그런 사람들은 자기가 구매한 로봇한테 가족에 대한 기억이 반드시 있어야 한다고 생각하지. 학교에 처음 갔던 날, 벌에 쏘여서 부모님이 달래줬던 일 같은 기억 말이다."

크리스토퍼는 여전히 화가 치밀어 올랐다. 블레이크가 많은 사람들 앞에 서서 자신의 업적을 제 입으로 떠벌리며 연설하는 것처럼 이야기하는 방식이 특히 마음에 들지 않았다. 블레이크가 걱정스러운 표정으로 크리스토퍼를 봤지만, 크리스토퍼는 그의 눈빛 속에서 숨길 수 없는 또 다른 의도를 읽었다. 바로 크리스토퍼를 자신의 목적을 달성하기 위한 수단으로만 보는 냉담함이었다.

"괜찮니?"

크리스토퍼는 이마를 문질렀다. 피곤이 밀려왔다. 아주 무거운 물건을 어깨 위에 올려놓고 있는 것 같은 기분이었다.

"그렇다면 제 기억은 제 기억이 아니라는 말이네요?"

"음, 그래. 맞아. 우리도 확실히는 몰라. 하지만 기억 중엔 진짜 네 기억도 있지 않겠니? 아마 진짜인 것도 있을 거야."

크리스토퍼의 머릿속에 갑자기 엄마의 모습이 떠올랐다. 밀가루가 묻은 머리카락, 엄마의 미소. 가슴이 다시 아파왔다. 이번 고통은 좀 지독하게 느껴졌다. 그리고 그 지독한 고통은 꽤나 오랫동안 계속될 것 같았다.

"실제로 일어난 일과 그렇지 않은 일을 어떻게 구분해요? 뭐가 진짜 기억인지 어떻게 알 수 있죠?"

블레이크가 크리스토퍼 곁으로 다가와 어깨에 손을 얹었다.

"괜찮아, 크리스토퍼. 함께 방법을 찾아보자꾸나. 내가 약속하마."

눈물이 크리스토퍼의 눈을 가려 블레이크의 모습이 흐릿해졌다. '내가 어떻게 눈물을 흘릴 수 있는 걸까?' 크리스토퍼는 속으로 생각했다. 스스로에게 너무나 모욕적인 생각이었다.

블레이크가 조용히 하라는 손짓을 하고는 크리스토퍼를 다시 의자에 앉혔다. 크리스토퍼는 어깨를 들썩이며 심하게 흐느낀 게 순간 부끄럽고 당황스러웠다. 도망치고 싶다는 생각이 불쑥 들었지만, 도망칠 곳이 없다는 사실을 잘 알고 있었다. 한편으로는 이곳에 있고 싶다는 생각도 들었다. 진짜 기억과 가짜 기억을 반드시 알아내고 싶었다. 또 자기가 누구인지 꼭 알아내고 싶었다.

"오랜 시간이 걸릴 수도 있단다." 블레이크가 다정하게 말했다. "넌 꽤 오랫동안 패치를 사용해왔으니까. 그래서 가짜 기억을 진짜 기억에서 분리해야 해. 이제부터 조금씩 파헤쳐보자."

크리스토퍼는 고개를 끄덕이고 손으로 코를 문질렀다. 그리고 블레이크가 자기 머리 안을 살펴보는 동안 움직이지 않으려고 최선을 다했다. 천장만 뚫어져라 올려다보면서 완전히 뒤바뀐 자기 처지에 대해 생각했다. 진짜 기억과 가짜 기억에 대해서도.

잭은 에스텔이 침대에 앉아 정면을 노려보는 모습을 지켜봤다. 에스텔은 외투도 벗지 않은 채 양손을 주머니 깊숙이 넣고 있었다. 잭은 진흙이 잔뜩 묻은 에스텔의 부츠 밑창을 봤다. 전날 에스텔은 부츠를 신은 채로 잠들었다.

"생각하는 거야, 에스텔?" 로버트가 물었다.

이른 아침 햇살이 창문을 통해 들어왔다. 로버트는 방 모퉁이에 앉아 있었다. 만다와 잭, 그리퍼는 벽에 등을 기대고 있었다.

"응." 에스텔이 벽만 뚫어져라 보며 대답했다.

"그럴 것 같았어. 네가 인상을 쓰고 있어서 생각에 잠긴 걸 알았어. 난 너처럼 생각할 때 인상을 쓸 수가 없어. 진짜 피부가 없으니까. 그래서 내가 생각하고 있다는 걸 사람들이 알아줬으면 할 때는 턱을 톡톡 치곤 하지. 이렇게."

로버트가 실눈을 뜨고는 엄지손가락과 집게손가락으로 턱을 쥐고 톡톡 두드렸다.

"내가 이렇게 하면 사람들이 내가 생각하고 있다는 걸 알 수 있어. 그럼 나한테 뭔가 조언을 얻을 수 있겠구나 하는 것도 알 수 있지. 그러니까 내가 사람들한테 뭔가 도움이 될 만한 걸 생각하고 있을 때는 말이야…."

"로버트, 쓸데없는 이야기 그만해." 잭이 말했다.

로버트가 실망스러운 표정으로 턱에서 손을 뗐다. 그리고 다시 에스텔을 보면서 물었다.

"에스텔, 무슨 생각 하고 있어?"

"어제와 똑같은 생각. 코미어 씨가 우릴 도와주지 않을 거라는 생각을 하고 있어." 에스텔이 여전히 벽만 쳐다보며 대답했다.

"그걸 어떻게 알아?" 잭이 물었다. 방금 에스텔이 말한 가혹한 현실을 믿고 싶지 않다는 의지가 확실하게 느껴지는 목소리였다.

에스텔이 딱하다는 표정으로 잭을 힐끔 봤다. 잭은 그런 에스텔한테 불쑥 화가 치밀었다.

"에스텔, 네가 그걸 어떻게 알아? 코미어 씨가 마음을 바꿀지도 모르잖아."

잭의 날카로운 목소리를 듣고 그리퍼도 홱 돌아봤다.

"너도 코미어 씨가 도와주지 않을 거라고 말했잖아, 아니야?" 에스텔이 말했다.

"그러니까 우리가 코미어 씨 마음을 바꿔야지." 잭이 쏘아붙였다.

에스텔이 고개를 저으면서 코웃음을 쳤다.

잭은 벌떡 일어났다.

"그럼 넌 뭘 어쩌자는 거야? 정보국으로 잡혀간 크리스토퍼를 손 놓고 지켜보기만 하자는 거야?"

"물론 그건 아니지." 에스텔도 침대에서 벌떡 일어나며 말했다.

"좋아, 그럼." 잭이 문제가 다 해결되었다는 듯 말했다.

하지만 에스텔은 거기서 멈추고 싶지 않은 모양이었다. 에스텔이 소리를 빽 지르려던 찰나, 밝고 경쾌한 목소리가 불쑥 끼어들었다.

"죽을 드시겠어요, 반숙 달걀과 구운 식빵을 드시겠어요?"

목소리가 들리는 쪽으로 모두 고개를 돌리니, 문 앞에 에그버트가 서 있었다. 뾰족한 손가락 끝을 우아하게 오므리고 입이 귀에 걸릴 정도로 환하게 웃고 있었다.

"뭐라고?" 에스텔이 날카롭게 물었다.

"부인께 아침 식사로 죽을 드실 건지, 아니면 반숙 달걀과 구운 식빵을 드실 건지 여쭤봤습니다."

에스텔이 꼭 머리가 둘 달린 사람 보듯 에그버트를 바라봤다.

"부인, 혹시 두 가지 다 드시겠어요? 그렇다면 죽에 꿀을 넣는 건 어떠신지요? 아니면 제가 추천해드릴 수 있는 건…."

"아니, 추천 안 해줘도 돼." 에스텔이 쏘아붙였다. "그리고 아가씨라고 해야지, 부인이 아니라. 코미어 씨가 너한텐 제대로 된 예의를 안 가르쳐준 거야? 사실… 아니야. 지금 이 말은 못 들은 걸로 해. 코미어 씨한테서 예의를 찾는 게 더 이상하니까."

에그버트는 당황하지 않고 계속 웃기만 했다. 그 모습에 에스텔은 더 화가 났다.

"뭐, 내 친구 잭은 코미어 씨가 매우 친절한 사람이라고 생각하나 본데."

잭은 이를 꽉 깨물었다.

"난 내 생각을 말했을 뿐…."

"뭐라고? 잭, 그럼 우리가 코미어 씨 앞에서 무릎이라도 꿇고 싹싹 빌어야 해? 코미어 씨는 절대 우릴 도와주지 않을 거라고. 쇠로 만든 네 깡통 머리는 왜 이 사실을 저장하지 못하는 거니?"

잭은 에스텔 쪽으로 한 걸음 다가섰다.

"에스텔, 어떻게 그런 말을….."

"글쎄요. 사실, 코미어 씨는 다른 사람의 말을 꽤 잘 듣는 분이십니다." 에그버트가 말했다.

"누가 너한테 물었어? 이 말라깽이야, 넌 입 다물고 가만히 있기나 해!" 에스텔이 소리 질렀다.

그래도 에그버트는 웃음을 잃지 않았지만, 잭이 에스텔한테 고함을 질렀고 에스텔도 질세라 소리를 빽 질렀다. 그러다 누가 누구한테 소리를 지르는지, 아니 무슨 말을 하는지 알아들을 수도 없을 정도로 분위기가 험악해졌다. 마침내 누군가가 끼어들었다.

"크리스토퍼가 보고 싶어!"

모두가 주먹을 꽉 쥐고 방 한가운데에 도전적인 자세로 선 둥글이 로버트를 쳐다봤다.

"크리스토퍼가 보고 싶어!" 로버트가 잔뜩 화난 표정으로 다시 말했다. "그러니까 우리끼리 이렇게 싸우면 안 돼. 크리스토퍼를 찾는 일에 최선을 다해야지."

잭이 에스텔을 힐끔 보니, 에스텔은 부끄러운지 눈을 아래로 깔고 바닥만 보고 있었다.

"어려울 건 없잖아." 로버트가 말을 이었다. "크리스토퍼는 우리 친구고 우린 크리스토퍼가 보고 싶으니까. 그러니까 크리스토퍼를 위해 최선을 다해야 해. 크리스토퍼가 우릴 위해 그랬으니까."

잭이 빙그레 웃으며 고개를 끄덕이자, 로버트는 의기양양한 표정으로 허리를 꼿꼿이 펴고 몸을 약간 흔들면서 거들먹거렸다.

에스텔이 한숨을 쉬고는 에그버트를 돌아보며 말했다.

"죽으로 먹을게."

에그버트가 고개 숙여 인사했다.

"정말 잘 선택하셨습니다, 부인."

로봇들은 에그버트를 따라 아래층으로 우르르 내려갔다. 코미어 씨는 보이지 않았다.

"코미어 씨는 아침 식사가 끝난 후에 오실 겁니다." 에그버트가 경쾌한 목소리로 말했다.

거인도 앉을 수 있을 정도로 커다란 테이블이 놓인 식당에 도착하자, 에스텔은 어깨를 잔뜩 움츠린 채 양손을 무릎 사이에 끼워 넣고 앉았다. 잭은 에스텔이 어린애 같다는 생각이 들었다. 그리고 에스텔이 화를 심하게 내는 이유가 두려움을 감추기 위해서라는 사실을 문득 깨달았다. 에스텔 역시 다른 로봇들 못지않게 크리스토퍼 걱정을 하고 있었던 것이다.

에그버트가 로봇들에겐 기름을 권했다. 모두 의자에 앉았지만 그리퍼만 문 옆에서 어색하게 발을 바꿔가며 서 있었다. 그리퍼가 앉을 만한 큼지막한 의자가 없었기 때문이다.

잭은 이 집에서 쫓겨나기 전에 코미어 씨에게 도와달라고 설득할 사람은 자기밖에 없다고 생각했다. 그 책임감에 어깨가 무거웠다. 하지만 크리스토퍼를 위해 반드시 해야만 하는 일이고, 그 사실을 로버트가 한 번 더 일깨워준 것이다. 잭은 로버트한테 고맙다는 말을 하려고 고개를 돌렸다.

그런데 둥글이 로버트가 보이지 않았다.

압살롬 씨는 늘 둥글이 로버트를 '호기심이 넘치는 녀석'이라고 불렀다. 로버트는 쓸데없이 오지랖이 넓었고, 어디를 가든 항상 이리저리 돌아다니기 일쑤였다.

로버트는 아침 식사를 하러 아래층으로 내려오던 도중에 문득 이상한 느낌이 들었다. 뭔가 찜찜한 기분이 밀려들었다. 그래서 벽에 숨겨진 재미있는 물건이라도 찾는 사람처럼 복도를 구석구석 훑어봤다. 그러다 뭔가 잽싸게 움직이는 소리를 들었다.

소리는 로버트 왼쪽에서 났다. 로버트는 소리가 나는 방향으로 고개를 돌렸다. 바로 그때 로버트한테 심장이 있었다면 쿵쿵 요란하게 뛰었을 것이다. 폭이 좁은 문 하나가 살짝 열린 걸 발견했기 때문이다.

"무슨 소리지? 누가 있나?"

후다닥 움직이는 소리가 다시 들려왔다. 쇠붙이로 만든 아주 자그마한 발로 잽싸게 걷는 소리 같았다. 로버트는 궁금해서 견딜 수가 없었다. 친구들이 복도 모퉁이를 돌아서는 모습을 힐끔 본 다음, 로버트는 돌아서서 살짝 열린 문 안으로 들어갔다.

문 안으로 난 복도는 좁고 음침했다. 양쪽으로 얼룩진 회색 판자를 덧댄 벽이 보였다. 로버트가 이제껏 본 복도 중에서 가장 특이했다. 지그재그 모양으로 이리저리 굽은 데다 천장은 불규칙한 간격으로 올록볼록했다. 복도 안쪽에서 종종걸음으로 움직이는 소리가 또다시 들렸다. 궁금증이 치솟은 로버트는 안으로 더 깊이 들어갔다. 로버트는 무섭지 않았다. 사실 로버트는 좀처럼 겁을 먹지 않았다. 세상을 합리적인 곳이라고 생각하기 때문이었다. 만약 어려운 일이 생기면 보통 간단한 해결책이 있을 거라고 믿었다.

복도를 따라 걷던 로버트는 왼쪽으로 열린 문 앞까지 갔다. 방 안에서 후다닥 움직이는 발소리가 들려왔다. 방은 자그마했다. 문 맞은편으로 작고 지저분한 유리창이 달린 고급스러운 찬장이 보였다. 찬장 안에는 건전지와 쇠붙이 조각이 잔뜩 쌓여 있었다. 로버트는 방 안을 둘러보고 인상을 찌푸렸다. 잠시 기다려봤지만 아무 소리도 들리지 않았다. 그래서 다시 밖으로 나가려던 순간, 창턱 위에서 뭔가 움직이는 게 보였다.

작은 주석판 조각 하나가 꼭 뒤에서 누군가 밀어내는 듯 조금씩 앞으로 움직이고 있었다. 로버트는 주석판 조각이 앞으로 움직이다 결국 중력을 이기지 못하고 창턱 아래에 쌓인 너트와 볼트 더미로 툭 떨어지는 것을 넋 놓고 지켜봤다.

주석판 조각을 창턱에서 밀어낸 물체는 그것을 창문 앞에서 치우고 싶은 모양이었다. 동그랗고 납작한 회색 물체였는데 남자 주먹 크기였다. 다리 여섯 개와 아주 작고 반짝거리는 까만 눈이 두 개 달려 있었다. 그 물체는 바늘처럼 뾰족한 다리를 창문에 대고 이리저리 움직이면서 뭔가를 찾고 있었다. 다리를 움직일 때마다 끽끽 소리가 났다.

"안녕."

로버트가 다가가서 인사하니, 거미처럼 생긴 녀석이 뒤를 홱 돌아보고 반짝이는 눈으로 로버트를 빤히 쳐다봤다. 그러더니 여러 개의 마디로 이루어진 다리를 달달 떨기 시작했다.

"난 둥글이 로버트라고 해, 친구야."

거미처럼 생긴 녀석이 믿을 수 없다는 눈빛으로 로버트를 쳐다봤다. 로버트는 로봇의 다리를 다시 세어봤다. 그러다 거미는 다리가 여덟 개라는 사실이 떠올랐다. 곤충은 다리가 여섯 개라는 것도. 녀석은 거미도 아니고, 곤충과도 생김새가 전혀 달랐다. 그래서 로버트는 자기가 할 수 있는 최고로 논리적인 결정을 내렸다.

이 녀석을 조지라고 부르기로 한 것이다.

"조지, 여기야!"

조지가 주저앉더니 앞다리 두 개를 조심스럽게 허공에 대고 움직였다. 로버트는 그 모습을 보고 자기가 정해준 새 이름을 조지가 마음에 들어 한다는 뜻으로 생각했다. 그래서 더 가까이 다가가 팔을 내밀었다. 조지가 다리 여섯 개로 허공에다 천천히 동그라미를 그리며 딸깍딸깍 움직였다. 그러다 조심스럽게 로버트 팔에 다리를 갖다 댔다.

"바로 그거야, 조지."

조지가 다리 두 개를 로버트 팔에 올렸다. 그다음엔 네 개, 그다음엔 아예 로버트의 팔 위로 올라갔다. 그리고 반짝이는 두 눈으로 로버트를 올려다봤다. 로버트는 신이 나서 킥킥거린 뒤 새 친구에게 말했다.

"또 찾아볼 만한 게 있나 함께 살펴보자."

로버트는 곧 새로운 것을 발견했다. 2미터도 채 못 가서 복도 오른쪽으로 문 하나가 또 나타났다. 문이 살짝 열려 있었다. 로버트는 곧바로 문을 열고 느긋하게 방 안으로 들어갔다.

방은 크고 매우 깔끔했다. 큼지막한 침대와 옷장, 화장대가 하나씩 있었다. 그리고 세숫대야와 주전자가 침대 옆 의자에 나란히 놓여 있었다. 로버트는 방 안을 구석구석 빠짐없이 살폈다. 그리고 오른쪽으로 시선을 돌린 순간…

최고로 놀라운 뭔가를 발견했다.

16

에스텔은 죽을 두 그릇이나 깨끗이 비웠다. 숟가락을 바쁘게 입으로 가져가다가 문득 물끄러미 쳐다보는 잭의 시선을 느꼈다.

"왜?"

"그냥." 잭이 대답했다. "…실은 할 말이 있어."

"뭔데?"

"미안해서. 아까 일 사과할게."

에스텔이 고마운 표정으로 어깨를 으쓱했다가 잭을 살짝 째려봤다. 혹시 자기를 너무 얕보지 않을까 싶은 마음에서였다.

그런 에스텔을 보며 잭은 활짝 웃었다. 그러다 갑자기 대담한 마음이 생겼다. 늘 궁금했던 이 질문을 할 때가 지금뿐이라는 생각에서였다. 잭은 자기도 모르게 불쑥 물었다.

"에스텔, 왜 집을 나온 거야?"

에스텔이 고개를 홱 들었다. 깜짝 놀란 모양이었다. 에스텔은 한참을 입술만 달싹거렸다. 마치 말하는 법을 잊어버린 사람처럼. 그러다 갑자기 주절주절 설명하기 시작했다.

"세상이 어떤지 보고 싶었거든. 더 나은 사람이 되고 싶기도 했고."

잭은 고개를 끄덕인 뒤 이 기회에 좀 더 물어보기로 했다.

"너희 아빠는 어떤 분이었어?"

"비열한 사람이었어." 에스텔이 딱딱한 목소리로 대답했다.

잭은 에스텔이 말이 끝나기도 전에 후회하고 있다는 사실을 확실히 알 수 있었다.

"비열하다고? 돈 때문에? 압살롬 씨처럼?"

에스텔이 마지못해 고개를 살짝 끄덕였다. 하지만 잭은 에스텔이 정반대로 행동한다는 사실을 알아차렸다.

"아빠는 뭐든지 다 가르쳐주셨어." 에스텔이 씁쓸하게 웃으며 입을 열었다. "내가 점점 더 실력이 좋아지면서 아빠한테 한두 가지씩 가르쳐주기 시작했지. 많은 사람들이 내가 큰 도움이 된다며 칭찬해줬어. 딱 한 사람, 아빠만 빼고 말이야."

에스텔이 숟가락을 죽 안으로 쓱 집어넣었다. 잭은 이야기가 모두 끝났다는 신호라고 생각했다. 에스텔이 어깨를 으쓱했다. 너무 많은 이야기를 털어놓아서 당황스러운 모양이었다.

아침 식사가 모두 끝나자 에그버트가 식당으로 들어왔다.

"이제 코미어 씨를 보러 가실까요."

"코미어 씨가 왕이라도 되는 거야?" 에스텔이 투덜거렸다.

에그버트는 로봇들을 데리고 전날 코미어 씨를 처음 만났던 방으로 갔다. 복도를 걷는 동안 만다는 잭의 손을 꼭 붙들고 있었다.

"로버트는 어디 있어?" 만다가 물었다.

"나도 몰라." 잭이 대답했다.

"걱정 마. 곧 돌아올 거야. 로버트는 늘 그러잖아." 에스텔이 말했다.

방으로 들어간 로봇들은 코미어 씨가 무릎 꿇고 앉아 엔진에서 나사를 힘껏 풀고 있는 모습을 발견했다. 그는 입에 줄(쇠붙이를 쓸거나 깎는 데 쓰는 강철로 만든 연장:옮긴이)을 문 채로 말하느라 꽤 힘이 들어 보였다. 로봇들은 알은체도 않고 에그버트에게만 고개를 살짝 끄덕였다.

"누과 왔엄, 에그버?"

"저희 집에서 묵은 손님들입니다, 코미어 씨. 떠나기 전에 작별 인사를 하겠다고 말씀하셔서 모시고 왔습니다."

코미어 씨는 로봇들을 향해 거만하게 손을 흔들면서 "잘 가" 하고 웅얼거리고는 다시 일에 집중했다.

"저희는 아무 데도 안 가요." 잭이 말했다.

코미어 씨가 입에 물고 있던 줄을 빼더니 잭을 빤히 쳐다봤다.

"뭐라고?"

"저희는 아무 데도 안 간다고…."

"네가 한 말은 들었다."

그렇게 대꾸하고 코미어 씨는 다시 엔진에 붙은 뭔가를 줄로 갈아내기 시작했다.

잭은 씁쓸하게 웃었다.

"제 말을 듣기 싫으시겠지만, 어쨌든 말씀드릴게요."

코미어 씨가 한숨을 내쉬면서 고개를 저었다.

"친구가 코미어 씨가 만든 오리지널 로봇 중 하나거든요. 그 녀석은 그 사실을 몰라요. 하지만 확실해요. 그러니까 코미어 씨만이 제 친구를 되돌려달라고 할 권리가 있어요."

"내가 만든 오리지널 로봇은 모조리 처리했단다. 내가 얘기했듯이 지금은 전부 쇠붙이가 돼버렸지."

"확신하세요?"

"확신하고말고." 코미어 씨가 쏘아붙였다. "어쨌거나 네 친구 녀석이 내가 만든 오리지널 로봇 중 하나라고 치자. 네 녀석이 그걸 어떻게 증명할 거냐? 도장을 찍어놓은 것도 아닌데 말이야."

잭은 당황한 표정으로 에스텔을 쳐다봤다.

"도장을 찍은 로봇도 있잖아요." 에스텔이 거들었다.

"내 로봇엔 도장을 찍은 적이 없다. 도장은 자기애가 병적으로 강한 자들이나 찍는 거지."

"크리스토퍼는 도장이 없었어요."

"글쎄다. 그것만으로는 모르는 일이지." 코미어 씨가 어깨를 으쓱했다. "더군다나 너희는 그 녀석이 내가 만든 로봇이라는 걸 어떻게 알게 됐는지도 설명하지 않았잖아?"

"친구가 아주 뛰어난 로봇이거든요."

코미어 씨가 코웃음을 쳤다.

"로봇을 만든 솜씨도 아주 훌륭하고요."

에스텔의 말을 듣고 잠시 생각하는가 싶더니 코미어 씨가 고개를 끄덕였다. 에스텔이 단 두 마디로 정곡을 찌른 것이다. 하지만 천재성을 인정받았다는 생각에 뿌듯한 것도 잠시, 금세 까칠한 모습으로 되돌아갔다.

"겉모습, 관절의 움직임, 동작. 모든 게 최고 수준이에요."

"쳇."

"그렇게 훌륭한 로봇을 만들 수 있는 사람은 어디에도 없어요. 그 녀석은 코미어 씨가 만든 로봇이 분명해요." 잭도 거들었다.

코미어 씨가 기름이 잔뜩 묻은 손을 헝겊으로 아주 천천히 닦았다. 그러다 갑자기 잭과 에스텔을 손가락으로 가리켰다.

"자, 너, 그리고 너. 내 말 잘 들어라. 나, 필립 코미어는 현재 가
장 훌륭한 엔지니어다. 사실 역사상 가장 훌륭한 엔지니어지. 하지
만 몇 남지 않은 오리지널 로봇들은 전부 처리했단다. 난 내가 만
든 로봇들의 이름, 제작 날짜, 위치 그리고 주인이 누군지를 자세
히 파악하고 있어. 그러니 내가 기억 못 하는 로봇이 고물상에서
떠돌아다니는 일은 있을 수가 없어."

그러고는 로봇들에게 반박해보라는 듯한 표정을 지었다.

"코미어 씨가 저희를 꼭 도와주셔야 해요."

"난 아무도 도와주고 싶지 않다."

"코미어 씨는 저희가 이곳에 왔을 때 만다와 로버트를 도와주
셨잖아요. 밖에 계속 세워둬도 상관없었을 텐데, 결국 들어오라고
하셨어요. 왜 그러신 거예요?"

"심심해서."

"제 생각엔 코미어 씨는 참 좋은 분 같아요. 코미어 씨가 저희를
도와주실 거라고 생각해요."

"말도 안 돼!" 코미어 씨가 소리를 빽 질렀다.

잭은 만다의 손을 잡고 코미어 씨 앞으로 살짝 밀었다.

"글쎄요, 그럼 제 생각이 틀렸나 보네요. 코미어 씨는 저희를 도
와주실 생각이 전혀 없으신 거죠. 확실히 알겠어요."

코미어 씨가 손으로 스패너를 꽉 움켜쥐었다. 손가락 끝이 새하
얗게 변했다. 화를 이기지 못해 팔도 덜덜 떨었다.

"당장 나가!"

"코미어 씨…."

"나가라고 했다!" 코미어 씨가 스패너로 엔진을 세게 내리치는 바람에 불꽃이 확 일었다. "하찮은 너희들 친구 녀석이 어떻게 되든 내가 알 게 뭐냐. 정보국에서 갈기갈기 찢어버리거나 말거나 난 모르겠다. 런던의 정보국에는 압축기가 있어. 그걸로 그 녀석을 납작하게 눌러 주먹만 한 정육면체로 만들어버릴 거다."

만다가 눈물을 펑펑 쏟기 시작했다.

그런 만다를 보면서 코미어 씨는 걱정스럽기도 하고 미안하기도 한 표정이었다. 그러면서도 멈추지 않고 계속 소리 질렀다.

"그래, 맞아. 그게 그 녀석의 마지막이란다. 내가 만든 로봇 좋아하네. 어떻게 되든 말든 나랑 상관없어. 당장 꺼져!"

그러고는 숨을 씩씩 몰아쉬었다. 일부러 그러는 것처럼 가슴을 아래위로 심하게 들썩거렸다.

만다는 여전히 울고 있었다. 그리고 그리퍼는 왼팔을 잡고 쓸쓸하게 바닥을 내려다보고 있었다.

에스텔이 잭을 돌아봤다. 이제 진짜 끝이라는 생각에, 잭은 에스텔을 마주 보며 고개를 끄덕였다. 잭과 에스텔은 로봇들을 데리고 문 쪽으로 돌아섰다.

그런 그들을 코미어 씨는 여전히 숨을 몰아쉬며 지켜봤다.

바로 그 순간 둥글이 로버트가 오른손에 뭔가를 높이 들고 뒤뚱뒤뚱 걸어오지 않았다면 모든 일은 거기서 끝났을 것이다.

로버트가 코미어 씨에게 손에 든 물건을 보여주면서 아주 단호한 표정으로 물었다.

"왜 코미어 씨 침실에 크리스토퍼 사진이 붙어 있어요?"

17

바위산에서 보낸 첫날, 크리스토퍼는 줄곧 의자에 앉아 있어야 했다. 블레이크가 거의 온종일 크리스토퍼한테 꽂힌 패치를 모두 조사했기 때문이다. 그는 시종일관 미안해하면서 "약간 따끔할 거야"라든가 "마음을 단단히 먹어야 해" 같은 말을 자주 했다.

그럴 때마다 크리스토퍼는 옛날 기억들이 마구 떠올랐다. 모두 믿을 수 없을 정도로 생생했다. 그래서 마음이 아팠다. 문득 고아원 복도에서 걸레질하는 젠킨스 씨의 모습이 눈앞에 나타났다. 젠킨스 씨가 청소할 때 쓰는 식초 용액이 너무 독해서 눈이 따끔따끔해지더니 눈물까지 흘렸다. 갑자기 젠킨스 씨가 입은 색 바랜 푸른색 멜빵바지 작업복이 눈이 부실 정도로 밝게 빛났다. 크리스토퍼는 팔로 눈을 가리고 싶었다. 바로 그 순간 젠킨스 씨도, 반질반질 윤기가 나는 마호가니 마룻바닥도, 또 톡 쏘는 식초 냄새도 모조리 사라졌다. 마치 강력한 어떤 힘에 의해 배수구 안으로 단숨에 빨려 들어간 느낌이었다.

"이번엔 어땠니?" 블레이크가 물었다.

"뭐가요?"

"고아원 관리인, 젠킨스 씨에 대한 기억 말이다."

크리스토퍼는 인상을 찌푸렸다.

"젠킨스 씨가 누구예요?"

블레이크가 한숨을 쉬면서 땀에 젖은 손으로 이마를 닦아냈다.

"또 다른 가짜 인물이란다."

블레이크가 재킷을 벗고 윗옷 소매를 접어 올렸다. 그는 줄곧 크리스토퍼의 머리틀에 꽂힌 패치를 족집게로 조심스럽게 집어서 빼낸 다음, 어떤 기억이 떠올랐는지를 확인하고 내용에 따라 분류하는 일을 하고 있었다. 이 과정에서 크리스토퍼가 떠올린 건 대부분 고아원과 관련된 기억들이었다. 블레이크는 콧노래를 흥얼거리며 패치를 조사한 다음 이렇게 중얼거렸다.

"이 패치들은 쓸 만하구나. 네 친구 압살롬이 이런 패치를 어디서 구했는지 의문이다."

"압살롬 씨는 제 친구가 아닌데요."

바로 그때 노란색, 흰색, 빨간색, 주황색 빛줄기가 한꺼번에 비치면서 고아원 정원이 눈앞에 나타나더니 순식간에 사라졌다.

"이번 패치도 좋아." 패치를 집어 들고 자세히 들여다보며 블레이크가 말했다. "냄새, 소리, 감촉, 모두 나무랄 데가 없어."

그가 작은 강낭콩 모양 쟁반에 패치를 톡 떨어트리자 달그락 소리와 함께 다른 패치들 속으로 섞여 들어갔다.

"압살롬 씨는 거짓말쟁이였어요."

압살롬 씨를 생각하니 크리스토퍼는 부글부글 화가 끓어올랐다.

"안타까운 이야기로구나. 거짓말쟁이보다 더 형편없는 사람이 또 있겠니."

블레이크는 여전히 눈을 가늘게 뜨고 크리스토퍼의 머리틀을 꼼꼼히 살피느라 바빴다.

"이번엔 무슨 일이 기억나지?"

크리스토퍼는 침을 꿀꺽 삼켰다. 불현듯 주방 풍경과 창으로 쏟아지는 따뜻한 햇볕 그리고 빵 굽는 냄새가 떠올랐다.

"엄마가 보여요."

"좋아. 내 생각엔…."

"뭐라고요?"

크리스토퍼가 사납게 소리 지르는 바람에 블레이크가 흠칫 놀랐다. 크리스토퍼는 금세 미안한 마음이 들었다. 하지만 너무 긴장한 데다 기억이 하나하나 사라질 때마다 공포감은 더욱 커져만 갔다.

"죄송해요."

"괜찮아." 블레이크가 웃으며 대답했다. "너한테 점점 더 진짜에 가까운 기억이 떠오르고 있다는 말을 하려고 했어."

크리스토퍼는 얼굴을 돌린 채 고개를 끄덕였다. 그래서 블레이크는 크리스토퍼의 눈 속에 담긴 두려움을 알아채지 못했다.

'엄마가 진짜 기억이 아니면 어쩌지? 엄마에 대한 기억도 패치로 조작된 환상이라면? 그럼 어떡하지?'

크리스토퍼의 마음속 고통과 두려움은 점점 더 커지고 있었다. 마치 커다란 돌이 가슴에 박힌 것처럼 숨 쉬기조차 힘들었다.

"눈물도 아주 훌륭하군. 정말 뛰어난 솜씨야. 나도 눈물을 흘리는 로봇은 만들 순 없었단다."

"저는 음식도 먹어요. 음료수도 마시고요."

블레이크가 또 다른 패치 하나를 힘들게 비틀어 빼내더니 크리스토퍼의 눈앞에 보여줬다.

"그런 기억은 이제 안 날 거란다."

크리스토퍼는 그저 눈만 깜빡거렸다.

"상당히 뛰어난 패치를 이제야 찾았다. 비교적 최근 기억은 모두 이 패치로 조작된 거였어. 아침으로 뭘 먹었는지, 차는 뭘 마셨는지 그런 기억들 말이다. 넌 평생 베이컨 샌드위치를 먹어본 적이 없단다. 생각해보면 너에겐 그런 기억이 가장 고통스러운 고문이 아닐까 싶구나."

블레이크가 억지로 힘없이 웃으면서 쟁반에 패치를 떨어트렸다.

"저는 코미어 로봇인가요?"

무슨 말을 할까 잠시 고심한 뒤 블레이크가 대답했다.

"그런 것 같구나."

"그런데 왜 코미어 씨는 저를 버린 거예요? 제가 어떻게 압살롬 씨 손에 들어가게 된 걸까요?"

"글쎄다. 그걸 알아내려고 우리가 여기 모인 거잖아, 안 그래?"

"그분을 아세요?"

"누구?"

블레이크가 또 다른 패치를 꺼내 쟁반에 떨어트렸다.

"코미어 씨요. 그분을 아세요?"

블레이크는 대답하지 않았다. 들리는 소리라곤 그가 패치 가장자리를 건드릴 때 나는 톡톡 소리뿐이었다.

크리스토퍼는 입술을 꽉 깨물었다. 블레이크를 더 바짝 밀어붙여보기로 했다.

"블레이크 씨의 아버지께서 그분과 함께 일했다고 들었거든요."

갑자기 블레이크가 족집게를 휙 내던졌다. 족집게가 덜거덕 소리를 내며 튀어 올랐다가 바닥으로 툭 떨어졌다.

블레이크가 수건으로 손과 땀에 젖은 이마를 닦았다.

"오늘은 여기까지만 하자꾸나."

블레이크는 웃으며 말했지만 그의 억지웃음 뒤에 숨겨진 분노가 고스란히 전해졌다. 독이 잔뜩 오른 그가 손잡이를 사납게 당기자, 뒤로 젖혀진 의자가 홱 올라왔다. 그 바람에 크리스토퍼는 하마터면 의자에서 튕겨 나갈 뻔했다.

블레이크가 문 앞으로 성큼성큼 걸어가더니 복도 안쪽을 향해 소리쳤다.

"리브스, 부탁하네!"

그러고는 테이블로 가서 수첩에 뭔가를 써내려가기 시작했다. 크리스토퍼는 블레이크가 일부러 자기를 모른 척하고 있다는 사실을 알아챘다. 그래서 블레이크에게 그의 아버지에 관해 다시 물어볼까 하는 생각이 들었다. 한편으로는 블레이크의 화를 더 돋울 수 있다는 생각에 뿌듯한 마음도 들었다. 하지만 바로 그 순간, 미닫이문이 열리고 리브스와 던롭이 성큼성큼 안으로 들어왔다.

블레이크가 펜으로 크리스토퍼를 가리키며 말했다.

"데려가게."

"잘 알겠습니다. 일이 어느 정도 진행되고 있는지 여쭤봐도 되겠습니까?"

"겨우 한 겹 벗겨낸 단계라네. 그 물건이 지워진 기억에 어떻게 영향을 받는지 알아내면 내일은 좀 더 많은 것을 알게 되겠지."

'그 물건'이 자기를 가리킨다는 사실을 눈치챈 크리스토퍼는 분노가 치밀어 올랐다.

리브스가 크리스토퍼의 팔을 거칠게 움켜쥐고 그를 일으켜 세운 뒤 복도 쪽으로 밀었다.

"잠깐!"

블레이크가 테이블 위에 있던 물건을 집어 들고 미닫이문 앞으로 걸어왔다.

"이건 네 거야."

그러고는 들고 있던 꼭두각시 인형을 크리스토퍼한테 내밀었다.

리브스도 크리스토퍼만큼이나 깜짝 놀랐다. 블레이크는 화가 많이 누그러진 기색이었지만 크리스토퍼는 그의 표정을 확실하게 읽을 수 없었다. 죄책감 때문일까?

크리스토퍼는 꼭두각시 인형을 받아 들었다.

"고맙습니다."

블레이크가 수첩이 놓인 곳으로 다시 돌아갔다.

던롭과 리브스는 크리스토퍼를 데리고 좁은 방으로 돌아갔다. 밖으로 보이는 푸른 하늘이 점점 어두워지고 있었다. 문빗장이 철커덕하고 내려앉는 소리에 크리스토퍼는 흠칫 놀랐다.

꼭두각시 인형을 바닥에 내려놓자 인형은 크리스토퍼를 올려다보며 가만히 서 있었다. 명령을 기다리는 모양이었다.

"앉아."

크리스토퍼가 명령하자 인형이 바닥에 앉았다.

크리스토퍼는 이층 침대 위로 올라가 좁은 방 안이 캄캄해질 때까지 벽만 물끄러미 바라봤다. 어둠 속에 앉아 있는 인형의 형체가 어렴풋이 보였다.

잭은 둥글이 로버트가 크리스토퍼의 사진을 들고 나타난 순간, 코미어 씨의 얼굴이 새하얗게 변하는 것을 알아차렸다. 사람 얼굴이 그 정도로 하얘지는 모습은 난생처음이었다. 그는 가슴을 세게 얻어맞은 사람처럼 비틀거리면서 뒷걸음질을 쳤다. 잭은 코미어 씨 뒤쪽 바닥에 엔진이 놓여 있지 않았더라면 그가 바닥에 쓰러졌을지도 모른다는 생각이 들었다.

모두가 코미어 씨를 빤히 쳐다봤다. 그는 목소리가 나오지 않는 듯 입술만 달싹거렸다. 오랜 침묵과 기다림 끝에 마침내 그가 말을 했다. 하지만 무슨 말인지 알아들을 수도 없는 단어만 겨우 내뱉는 수준이었다.

"어떻게… 너… 크리스토퍼… 그 애는… 그런데… 어떻게… 아닐 거….

그러면서 손에 쥔 스패너를 들었다 내렸다 하며 수도 없이 로버트를 가리켰다.

로버트가 짜증스러운 표정으로 잭한테 물었다.

"코미어 씨 고장 났어?"

바로 그때 그가 헛기침을 하더니 성난 목소리로 빽 소리 질렀다. 갑자기 무서운 속도로 톱니바퀴들이 돌면서 되살아난 엔진처럼 변

했다. 낯빛도 평상시로 돌아왔고, 눈빛도 이글이글 타오르기 시작
했다.

"에그버트, 얼른 준비해!"

"무슨 준비 말씀이신가요?" 에그버트가 상냥하게 물었다.

"런던으로 갈 거야." 코미어 씨가 씩씩거리며 대답했다.

"잘 알겠습니다."

에그버트는 즉시 허리 숙여 인사하고 방 밖으로 나갔다.

"코미어 씨가 왜 런던에 간다는 거야?" 둥글이 로버트가 물었다.

"런던에 정보국이 있잖아." 잭이 활짝 웃으며 대답했다.

로버트가 인상을 찌푸리더니 잠시 바닥을 물끄러미 내려다봤다.
그러다 코미어 씨의 말이 무슨 뜻인지 알아챈 듯 활짝 웃었다. 코
미어 씨는 손가락으로 머리카락을 마구 빗어내리며 이리저리 서성
거리고 있었다. 로버트는 그의 곁으로 다가가 사진을 내밀었다. 그
가 고개를 돌려 로버트를 봤다.

"크리스토퍼는 지금도 사진이랑 똑같이 생겼어요. 코미어 씨가
생각하는 모습과 똑같아요. 다시 만나도 그럴 거예요." 로버트가
말했다.

코미어 씨가 슬며시 사진을 받아 들었다. 그는 사진을 들여다보
다가 다시 로버트를 봤다. 그의 목구멍 깊은 곳에서 귀에 거슬리게
끌끌대는 소리가 들렸다. 그러더니 웃기 시작했다. 웃음소리가 마
치 자갈로 입 안을 헹구는 소리 같았다. 로버트도 함께 깔깔댔다.
코미어 씨와 로버트가 주거니 받거니 이상한 소리로 웃는 모습을
지켜보던 에스텔은 잭을 보며 한쪽 눈썹을 치켜세웠다.

에그버트가 복도를 뛰어다니며 장비를 가방에 챙기는 동안, 코미어 씨는 소리를 지르고 팔을 흔들어대며 집 안을 이리저리 바쁘게 돌아다녔다. 간간이 멈춰 서서 허리 굽혀 인사하는 에그버트한테 "아주 좋아" 하고 말해주기도 했다.

로봇들은 복도에 우두커니 서서 이 정신없는 광경을 지켜봤다. 코미어 씨는 혼잣말을 하며 앞뒤로 고개를 홱홱 돌려댔다. 그렇게 정신없는 와중에도 로버트는 눈에 들어오는 모양이었다.

"그게 뭐지?" 코미어 씨가 로버트의 목 부분을 가리키며 물었다.

"조지예요." 로버트가 대답했다.

조지가 겁을 먹고 로버트의 목덜미에 더 바짝 붙었다.

"조지?"

"얘 이름인데요."

코미어 씨가 얼굴을 찌푸리면서 턱을 긁적거렸다.

"난 그 녀석한테 이름을 지어준 기억이 없는데."

"얘는 다리가 여섯 개라서 거미가 아니거든요."

코미어 씨가 고개를 끄덕였다. 그러고는 큰 소리로 에그버트를 부르면서 복도 안으로 급히 달려갔다.

"제가 그쪽 복도 안에서 조지를 발견했어요!" 로버트가 의기양양하게 말했다.

"또 찾아낸 건 없어?" 에스텔이 조지한테 손을 뻗으며 물었다.

로버트가 고개를 저었다. 조지가 조심스럽게 에스텔의 손가락 끝을 발로 건드렸다. 그러다 용기가 생겼는지 잽싸게 에스텔의 팔을 지나 어깨 위까지 기어 올라갔다. 에스텔이 깔깔 웃었다. 잭은 홱 돌아서서 에스텔을 쳐다봤다. 로버트도 한쪽 눈썹을 치켜세우다가 자기도 모르게 손으로 눈썹을 꽉 잡았다. 잭과 로버트는 서로 눈빛을 주고받았다. 둘 다 에스텔이 웃는 모습을 보긴 처음이었다.

"왜 그래?" 에스텔이 물었다.

"그냥." 잭이 대답했다.

잠시 후 코미어 씨가 돌아왔다. 그는 튼튼해 보이는 부츠를 신고 기다란 검정색 가죽 재킷을 입고 있었다. 재킷 안쪽 주머니들에는 드라이버는 물론 스패너와 여러 종류의 너트, 볼트가 잔뜩 들어 있었다. 그는 필요한 물건을 다 챙겼는지 확인하고는 만족스러운 표정을 지으며 어깨를 들썩이고 목을 빙글빙글 돌렸다. 긴장을 조금 풀고 싶은 모양이었다.

"그럼, 출발하자." 코미어 씨가 양손을 문지르며 말했다.

"저희 모두 다요?" 잭이 물었다.

"당연하지!" 코미어 씨가 버럭 소리를 질렀다. 그런 뒤 눈살을 찌푸리며 만다를 잠시 바라봤다. "음, 넌 여기 있어야겠다."

만다가 뭐라고 따지려는데, 잭이 앞으로 나섰다.

"아무래도 그게 좋겠어, 만다. 아직 새 다리가 낯설잖아."

만다가 입을 뿌루퉁하게 내밀고는 오른팔로 곰 인형을 꽉 끌어안았다.

"우리가 돌아올 때까지 에그버트가 널 보살펴줄 거다."

그렇게 말하고 나서도 코미어 씨는 할 말이 남은 사람처럼 만다를 계속 바라봤다. 더 좋은 말을 찾는 표정을 짓더니 그새 마음이 바뀌었는지 표정을 바꾸었다.

드디어 그가 더듬거리며 입을 열었다.

"전에… 내가 한 말… 그때… 그리고 네가 울다가… 그러니까 그게…."

"보통 사과를 할 땐 미안하다고 하죠." 에스텔이 한쪽 눈썹을 치켜세우며 말했다.

코미어 씨가 에스텔을 째려봤다. 그러다 다시 만다를 봤다.

"미안하다."

그렇게 쉰 목소리로 말하고 코미어 씨는 현관문 앞으로 쿵쿵대며 걸어갔다.

로봇들도 코미어 씨를 따라 밖으로 나갔다. 코미어 씨가 잠시 멈춰 서더니 찢어진 대문을 물끄러미 바라봤다.

"누구 짓이지?"

로버트가 그리퍼를 가리켰다. 그리퍼는 겁에 질려 어쩔 줄 몰라 했다.

"돌아오면 다시 고쳐놔야 한다." 코미어 씨가 말했다. 그러고는 실눈을 뜨고 그리퍼를 보며 덧붙였다. "네 팔 하나로 튼튼한 대문을 만들 수 있겠구나."

그리퍼가 겁에 질린 표정으로 오른팔을 문지르자, 코미어 씨가 껄껄 웃었다.

트럭을 세워둔 대문 앞으로 나오니, 트럭 근처에 수십 대의 로봇이 모여 있었다. 코미어 씨가 발걸음을 멈추고 신경질적인 표정으로 그 로봇들을 노려봤다. 그러더니 일부러 헛기침을 크게 했다. 로봇들이 숨어서 훔쳐보든 말든 전혀 신경 안 쓴다는 걸 보여주려는 모양이었다. 그런 뒤 그는 두 팔을 앞뒤로 힘차게 흔들며 트럭으로 성큼성큼 걸어갔다.

코미어 씨가 운전석 문손잡이를 잡아당겼지만 문은 잠겨 있었다. 잭이 문을 열어주려고 코미어 씨에게 다가갔다. 코미어 씨가 소리를 빽 질렀다.

"얼른 열어!"

몇몇 로봇이 숨어 있던 곳에서 걸어 나왔다.

잭이 트럭 문을 잡고 서서 잠시 고민하더니 한 걸음 물러났다.

"너, 뭐 하는 거야?" 코미어 씨가 문손잡이를 마구 잡아당기며 소리 질렀다.

잭의 바로 옆에 원래 다리가 여섯 개인 샘이 있었다. 샘은 말문이 막힌 표정으로 가만히 서서 경외감이 가득한 눈빛으로 코미어 씨를 쳐다봤다.

"무슨 말이든 좀 하셔야겠어요." 잭이 속삭였다.

"뭐라고? 안 해!" 코미어 씨가 필사적으로 문손잡이를 홱 잡아당기며 버럭 소리 질렀다.

"저 로봇들한테 무슨 말이든 해주셔야죠."

잭이 턱으로 로봇들을 가리켰다. 로봇들이 점점 더 가까이 몰려들고 있었다. 잭은 능청스러운 표정으로 코미어 씨를 빤히 쳐다보며 다시 말했다.

"말씀하신 뒤에 문을 열어드릴게요."

코미어 씨가 주먹을 꽉 움켜쥐었다.

"그래, 좋아."

그러고는 뒤로 물러서더니 뒷짐을 지고 서서 발끝으로 땅을 툭툭 찼다.

"그래, 어디 보자, 그럼."

코미어 씨가 몹시 짜증스러운 표정으로 눈을 부라리며 다시 입을 열었다.

"나, 필립 코미어는 반드시 돌아오겠다."

그러면서 손가락으로 삿대질을 마구 해댔다.

로봇들은 아무도 입을 열지 않았다.

트럭에 몸을 기대고 서 있던 둥글이 로버트가 코미어 씨를 보며 속닥거렸다. "그리고 돌아와서 너희 모두를 수리해주마."

코미어 씨는 로버트의 말에 기절초풍할 정도로 놀랐다. 그런 그를 보고 잭이 히죽거렸다.

"좋아. 돌아와서 너희 모두를 수리해주마!"

그렇게 소리치고 코미어 씨가 잭을 향해 홱 돌아섰다.

"됐지? 어서 출발하자."

잭이 차 문을 열자 코미어 씨가 바로 운전석에 올라탔다. 잭이 샘을 돌아보며 찡긋 윙크를 하자 샘이 활짝 웃었다.

"잊지 마세요. 약속은 약속이니까요." 로버트가 말했다.

트럭 엔진에서 털털 소리가 나면서 시동이 걸렸다.

코미어 씨가 앞만 쳐다보면서 투덜댔다.

잭은 코미어 씨가 압살롬 씨보다 운전 솜씨가 더 나은지 판단할 수 없었다. 아니, 사실 훨씬 형편없었다. 코미어 씨의 운전 습관은 이해하기가 무척 어려웠다. 위험하게 차선을 마구 바꾸는 데다, 믿을 수 없을 정도로 자신감이 넘쳤다. 그리고 황소를 넘어뜨리려고 뿔을 잡고 안간힘 쓰는 사람처럼 운전대와 씨름했다. 회전을 할 때는 모퉁이 끝까지 다 가서야 운전대를 홱 꺾으면서 동시에 가속

페달까지 밟았다. 그럴 때마다 둥글이 로버트가 신이 나서 "와아!" 하고 소리를 질렀다.

잭과 에스텔은 트럭이 쏜살같이 런던으로 달려가는 동안 코미어 씨와 좀 더 이야기를 나눠보려 했지만, 그의 시선은 줄곧 앞유리창에 고정되어 있었다. 그가 하는 말이라고는 '끙' 소리뿐이었다.

"그러니까 크리스토퍼는 코미어 씨가 만든 오리지널 로봇이 맞네요." 에스텔이 말했다.

코미어 씨가 '그래'라고 생각할 수 있는 '끙' 소리를 냈다.

"어쩌다 크리스토퍼를 잃어버리신 거예요?" 잭이 물었다.

코미어 씨가 다시 '끙' 소리를 냈다. 이번에는 '네가 알아서 뭐하게'라는 말로 들렸다.

"정말 말이 없으시네요." 에스텔이 말했다.

또 '끙' 소리가 들렸다. 이번에는 '그래, 난 말이 없어. 네가 상관할 일이 아니잖아'라는 뜻이 확실했다.

"대단하신 분이야." 에스텔이 의자에 등을 기대며 말했다.

그 이후로도 두 시간 동안 차 안에는 침묵만 흘렀다. 하지만 대도시인 런던에 가까워지자 모두 흥분을 감출 수 없었다. 둥글이 로버트는 '인간'이 사는 도시에 직접 가보는 건 난생처음이었다. 그래서 바깥 풍경을 보며 끊임없이 "이야", "와" 하고 감탄에 감탄을 거듭했다.

우뚝 솟은 건물들만으로도 로봇들은 넋을 잃었다. 게다가 로봇들은 그렇게 많은 자동차를 본 적이 없었다. 그들이 사는 시골은 몇 시간을 달려도 자동차 한 대를 보기가 힘들었다. 하지만 런던은 달랐다. 도로는 자동차로 넘쳐났고, 많은 로봇이 차를 운전하고 있었다. 주인들은 보통 뒷자리에 앉아서 직접 신문을 읽거나 완벽한 지능을 자랑하는 최신 로봇 해리슨 V5를 옆에 앉혀두고 신문을 읽게 했다.

길모퉁이에는 신문을 팔거나 좌판에서 과일을 파는 로봇들도 보였다. 로버트는 하나라도 더 보려고 두 눈을 정신없이 움직였다. 잭은 저러다 로버트의 눈알이 떨어지지 않을까 겁이 났다.

트럭이 거대한 기둥으로 장식된 웅장한 건물 앞에 멈춰 섰다. 코미어 씨가 트럭에서 내리더니 뒷짐을 지고 서서 건물 정면을 바라봤다. 로봇들도 따라 내려서 그 옆에 나란히 섰다.

잭은 지금껏 정면에 이렇게 창문이 많이 달린 건물을 본 적이 없었다. 건물 5층 전체에 창문이 빽빽이 달려 있었고, 정장을 빼입은 사람들이 바쁘게 건물 안팎으로 지나다녔다. 사람들은 거의 대부분 심각한 표정이었다. 남자들은 진하고 수수한 색의 정장을 입었고, 여자들은 모직으로 짠 스커트와 목까지 단정하게 단추를 채운 재킷에 정장용 모자를 쓰고 있었다.

코미어 씨는 건물 한가운데 떡하니 붙은 커다란 간판을 보고 눈살을 찌푸렸다. 간판에는 황백색 바탕에 검은색 글씨로 '정보국'이라고 돋을새김되어 있었다.

코미어 씨는 곧장 회전문 앞으로 갔다. 로봇들도 졸졸 따라갔다. 그리퍼도 트럭에서 내려 부푼 마음으로 따라가려 했지만, 잭은 그리퍼한테 트럭에서 기다리라고 말했다. 섭섭함을 느낀 그리퍼가 턱을 박박 갈았다.

"그리퍼, 넌 들어가면 안 돼. 금방 돌아올 거야."

잭이 달랬지만, 그리퍼는 다시 트럭에 올라타며 심통을 부렸다.

건물 안은 대리석 바닥이 반짝반짝 빛났고, 나무를 덧댄 벽에서도 윤기가 흘렀다. 점잖고 실력 있어 보이는 수많은 사람들이 이 멋진 공간 안에서 바쁘게 움직이고 있었다. 제복을 입고 챙이 짧은 중절모를 쓴 남자 셋이 출구 쪽으로 성큼성큼 걸어가는 모습이 보였다. 잭은 그 모습을 보자마자 겁에 질려 어쩔 줄 몰라 했다. 압살롬 씨의 고물상에서 겪었던 그날 밤으로 되돌아간 기분이었다. 정보국 사람들에게 끌려가던 크리스토퍼의 모습이 눈에 선했다. 잭은 에스텔의 팔을 잡고 매달리고 싶은 마음을 꾹 눌렀다.

건물 정문 맞은편 안쪽에 커다란 안내 데스크가 보였다. 코미어 씨는 그쪽으로 단숨에 성큼성큼 걸어갔다. 안내 데스크 뒤편에는 옅은 회색 정장을 입은 젊은 남자가 방명록에 낙서를 하면서 앉아 있었다. 코미어 씨는 남자의 시선을 끌려고 책상을 쾅 두드렸다. 젊은 남자가 고개를 들고 친절하면서도 직업적인 미소를 지으려던 찰나, 코미어 씨의 얼굴을 마주한 그의 얼굴에서 웃음기가 싹 사라졌다. 그리고 얼굴빛이 우유처럼 하얗게 변했다.

"안녕하신가." 코미어 씨가 말했다.

"당신은… 그러니까 당신이…." 젊은 남자가 말을 더듬거렸다.

"그렇다네."

젊은 남자가 뒤편을 힐끗 돌아봤다. 초상화 여섯 점이 뒤쪽 벽 높이 걸려 있었다. 초상화 속 인물들은 모두 거만한 자세로 그림 밖 세상을 내려다보고 있었다. 당연히 조슈아 런시블의 초상화가 맨 앞에 걸려 있었다. 코미어 씨의 초상화는 왼쪽에서 세 번째 자리였다. 지금보다 훨씬 단정하고 젊어 보였지만 코미어 씨가 틀림없었다. 그는 왼쪽 옷깃을 잡고 비스듬히 옆으로 서 있었는데, 그

답게 그림 속 두 눈이 호전적이고 도전적인 기운으로 이글거렸다.

"뭐… 뭘 도와드릴까요?" 남자가 물었다. 그러고는 다급히 덧붙였다. "코미어 박사님."

"히버트."

코미어 씨는 이 말밖에 하지 않았다. 그런 뒤 초상화 속 자세와 똑같이 손으로 왼쪽 옷깃을 잡고 허리를 꼿꼿이 폈다.

"히버트." 젊은 남자가 코미어 씨의 말을 그대로 따라 했다.

"히버트." 코미어 씨가 다시 말했다.

"히버트 국장님 말씀이신가요?" 잔뜩 긴장한 젊은 남자가 새된 소리로 되물었다.

코미어 씨가 몸을 앞으로 굽히더니 나지막하면서도 섬뜩한 목소리로 말했다.

"히버트."

젊은 남자가 겁에 질려 침을 꿀꺽 삼키더니 중요한 뭔가를 잊어버린 사람처럼 책상 위를 이리저리 살폈다. 그러다 마침내 자리에서 겨우 일어나면서 입을 열었다.

"코미어 박사님께서는 히버트 국장님을 만나실 수 없습니다."

코미어 씨가 젊은 남자를 쏘아봤다.

"박사님께서는 히버트 국장님을 만나실 수 없습니다." 젊은 남자가 새된 목소리로 대답했다. "약속을 하지 않으셔서요."

코미어 씨가 자신의 초상화를 턱으로 쓱 가리키면서 물었다.

"자네, 저 초상화 속 주인공이 누군지는 알고 있겠지?"

젊은 남자가 의자에 앉은 채로 고개를 돌려 뒤편에 걸린 초상화를 쳐다봤다.

"네, 박사님이십니다."

"그러니까 내가 누구라고?"

젊은 남자가 목구멍에 뭐라도 걸린 사람처럼 다시 침을 꿀꺽 삼켰다.

"필립 코미어 박사님이십니다."

"맨 위층 7호 사무실, 맞지?"

젊은 남자가 여전히 하얗게 질린 얼굴로 고개를 끄덕였다.

"착하기도 하지."

코미어 씨는 돌아서서 엘리베이터를 향해 걸어갔다.

엘리베이터 문은 색이 짙은 바로크 풍이었는데 광택이 나는 들 장미 넝쿨이 화려하게 새겨져 있었다. 코미어 씨가 놋쇠 버튼을 누르자 문이 열리면서 안에 서 있는 작은 소년 하나가 보였다. 소년은 갈색 제복에 안내원 모자를 쓰고 있었다.

코미어 일행이 모두 엘리베이터에 타자 소년이 물었다.

"몇 층으로 가시겠어요?"

"맨 위층, 부탁해." 코미어 씨가 대답했다.

소년이 버튼을 누르자 문이 닫혔다. 잠시 후 덜커덕 소리와 함께 갑자기 휘청하더니 위로 올라가는 느낌이 들면서 엘리베이터가 움직였다.

엘리베이터 안에 잠시 정적이 흘렀다. 코미어 씨는 헛기침을 하면서 앞쪽만 보려고 애썼지만 마음 한구석이 계속 찜찜했다. 그래서 소년을 힐끔 보고는 곧 시선을 돌렸다. 하지만 다시 눈길을 돌려 소년을 보며 물었다.

"필킹턴, 맞지?"

"네, 맞습니다." 소년이 대답했다.

"4등급, 맞지?"

"맞습니다. 4등급 로봇인 것을 무척 자랑스럽게 생각합니다."

다시 정적이 흘렀다. 엘리베이터의 도르래와 톱니바퀴가 돌아가는 소리만 들릴 뿐이었다. 코미어 씨는 고개를 숙이고 한숨을 내쉬었다. 그런 뒤 외투에서 스패너를 꺼내서 소년 옆에 무릎 꿇고 앉았다.

"괜찮겠니?"

"당연히 괜찮습니다." 소년이 대답했다.

코미어 씨는 소년의 오른팔을 잡고 들어올렸다. 그리고 팔을 아래위로 움직여보더니 웅얼거렸다.

"알겠다."

코미어 씨는 소년의 재킷 단추를 풀어 오른팔을 벗겨내고는 어깨 부분의 너트를 단단히 조였다. 그가 팔을 수리하는 동안 소년은 줄곧 앞만 물끄러미 바라봤다. 코미어 씨는 만족한 얼굴로 소년에게 오른팔을 아래위로 움직여보라고 말했다. 소년은 그가 시키는 대로 했다. 그런 다음 코미어 씨는 외투에서 작은 캔 하나를 꺼내 소년의 어깨와 팔꿈치에 기름칠을 해줬다.

"다 끝났다."

소년이 다시 팔을 아래위로 움직였다.

"건물 안으로 들어오자마자 발견하다니."

코미어 씨의 얼굴은 당황스러운 기색이 역력했다. 그가 다시 재킷을 입히고 단추를 채우는 동안에도 소년은 그저 눈을 깜빡거리며 멍하니 앞만 바라봤다.

엘리베이터가 흔들리는가 싶더니 문이 열렸다.

"5층입니다." 소년이 안내했다.

코미어 일행은 엘리베이터에서 내렸다. 코미어 씨가 소년에게 고개를 살짝 숙여 인사하면서 고맙다고 했다. 복도를 걷는 내내 로버트는 잭 옆에 바짝 붙어서 속닥거렸다.

"그 소년, 눈썹 봤어? 인간 눈썹 같더라."

연한 회색 드레스를 입은 소녀가 봉투가 잔뜩 쌓인 쟁반을 들고 미끄러지듯 코미어 일행 옆을 지나갔다. 로버트는 그 소녀가 움직이는 모습을 지켜봤다. 복도를 걷는 내내 잭은 로버트를 힐끗힐끗 돌아보며 옆구리를 슬쩍 찔러야 했다.

얼마 가지 않아 코미어 씨가 오른쪽으로 휙 돌아서더니 나무 문 앞에서 멈춰 섰다. 문에는 '에드거 히버트, 정보국 국장'이라고 쓰인 금색 명판이 붙어 있었다.

코미어 씨가 주먹으로 문을 쾅쾅 두드렸다. 그런 뒤 대답을 기다리지도 않고 곧바로 문을 열고 안으로 들어갔다.

안으로 들어가자 창문 앞 커다란 책상 뒤에 앉아 있는 한 남자의 모습이 보였다. 50대 정도로 보이는 남자였다. 키가 작고 숱이 적은 머리카락이 하얗게 세어 있었다. 회색 정장에 안경을 낀 그 남자는 코미어 일행을 보더니 깜짝 놀란 듯 눈만 껌뻑거렸다.

책상 앞에는 의자 세 개가 놓여 있었다. 코미어 씨가 성큼성큼 걸어가서 가운데 의자에 앉았다. 잭과 에스텔은 양옆에 앉았다. 로버트는 코미어 씨의 오른쪽 어깨 바로 뒤에 바짝 붙어 섰다.

코미어 씨가 남자를 보고 씩 웃었다. 충격에 휩싸인 남자는 입만 떡 벌리고 있었다.

"에드거."

"필립."

"에드거 히버트. 내 오랜 친구, 에드거 히버트."

"자네, 여긴 어쩐 일인가?"

히버트 국장은 붉어진 얼굴로 의자에 앉은 채 몸을 꿈지럭대며 침착한 척했다. 하지만 바지 속에 든 불편한 물건을 방금 발견한 사람 같은 기색을 숨기지는 못했다.

"옛 친구한테 안부 인사를 하려고 들렀지." 코미어 씨가 굳은 얼굴로 살짝 웃으며 말했다.

"그랬군."

"자네한테 내 A형 로봇이 있다더군."

코미어 씨가 액자에 든 크리스토퍼의 사진을 히버트 국장 앞에 내려놓았다.

"그 녀석을 찾으러 왔네."

히버트 국장이 사진을 집어 들었다. 코미어 씨와 크리스토퍼가 오두막 앞에 나란히 서서 찍은 사진이었다. 햇빛에 눈이 부셔 눈을 찡그렸지만 두 사람 다 환하게 웃고 있었다. 잭은 사진을 보고 새삼 놀랐다. 사진 속 코미어 씨의 표정이 무척 행복해 보였기 때문이다. 그는 크리스토퍼의 어깨에 손을 올리고 있었고 크리스토퍼도 즐거워 보였다.

히버트 국장이 사진을 테이블에 살며시 내려놓았다. 손가락으로 연신 안경을 콧잔등 위로 올려 쓰고는 양손을 테이블에 올렸다.

"미안하네, 필립. 하지만 자네가 잃어버린 로봇이잖아."

"허! 자네가 끌고 갔단 뜻이로군."

히버트 국장이 살짝 미소를 지었다.

"아니, 내 말은 자네가 벌써 몇 년 전에 그 로봇을 잃어버렸다는 뜻일세."

"하지만 자네가 수사관들을 보내서…."

히버트 국장이 고개를 숙이더니 세차게 흔들었다.

"필립…."

"내가 그 녀석을 잃어버린 게 아니야. 누군가 데리고 갔더군. 그러니까 자네가 수사관들을 보내서 데리고 온 거지."

"이쯤에서 이야기를 끝내야겠어. 그리고 자네 친구는…."

"자네가 수사관을 보냈지. 수사관들이 크리스토퍼를 이리로 끌고 왔고. 그러니까 그 녀석을 돌려주게."

히버트 국장이 한쪽 손을 들어 코미어 씨의 말을 가로막고는 테이블을 내려다보며 말했다.

"자네는 로봇을 잃어버렸어. 정말 안타까운 사건이야. 하지만 이미 오래전 일일세, 필립. 더군다나 그 로봇은 국법 제5조에 위배된다는 사실을 잊었나?"

그러자 코미어 씨가 불같이 화를 냈다.

"국법 제5조는 그 녀석을 제작한 후에 정해진 법이야!"

"필립…."

코미어 씨가 고래고래 소리를 질러댔지만, 히버트 국장은 침착하면서도 단호한 태도를 잃지 않았다. 잭은 그들의 대화를 정확하게 이해할 수 없었다. 하지만 국법 제5조가 '기초 추진력에 대한 규제 원칙' 그리고 여러 가지 규칙과 체계는 물론, 중요한 '기본적인 로봇 제작 원칙'을 다루고 있다는 건 잘 알고 있었다.

코미어 씨가 손으로 테이블을 세차게 내리쳤다. 잭은 그의 손이 부러진 게 아닌가 하는 생각까지 들었다. 잭은 에스텔과 눈빛을 주고받았다. 에스텔은 팔짱을 낀 채 두 볼을 빵빵하게 부풀리고 깊은 생각에 빠져 있었다. 잭은 어떻게 해야 할지 마음을 정했다.

"저기, 잠깐만요." 잭이 말했다.

그 소리에 히버트 국장이 고개를 돌리고 방 안에 다른 사람이 있다는 사실을 이제야 깨달은 사람처럼 눈을 여러 번 깜빡거렸다.

"실례합니다, 히버트 씨. 저희 친구인 크리스토퍼는 압살롬 씨의 고물상에서 저희와 함께 살았습니다. 그런데 정보국에서 나온 수사관들이 크리스토퍼를 잡아갔어요."

히버트 국장이 인상을 쓰면서 물었다.

"넌 누구냐?"

"얘 이름은 잭이에요." 잭이 미처 대답하기도 전, 둥글이 로버트가 불쑥 끼어들었다. "크리스토퍼 다음으로 저랑 친한 친구예요. 아, 그 사진 속에 코미어 씨랑 같이 서 있는 애가 크리스토퍼예요. 얘는 에스텔이랍니다. 피부를 만들어요. 면허는 없지만 전혀 상관없어요. 피부 만드는 솜씨가 얼마나 뛰어난지 자기가 가장 잘 알거든요. 에스텔 아빠가 피부 만드는 법을 가르쳐주셨어요. 하지만 아빠가 가끔 때리기도 했대요. 어느 날 에스텔이 같이 때렸더니 다시는 안 때리셨대요. 그러고 나서 에스텔은 집을 나왔고요. 이건 전부 에스텔이 해준 얘기예요. 내 말 맞지, 에스텔?"

모두가 에스텔을 빤히 쳐다봤다. 에스텔은 새빨개진 얼굴을 들키지 않으려고 고개를 푹 숙인 채 바닥만 내려다봤다.

둥글이 로버트가 다시 히버트 국장을 쳐다봤다.

"저희는 크리스토퍼를 찾으러 왔어요. 크리스토퍼가 어디 있는지 아시죠?"

히버트 국장이 헛기침을 하고는 대답했다.

"미안하지만 난 모르겠구나."

코미어 씨가 히버트 국장을 노려봤다. 그러자 그가 양손을 흔들면서 코미어 씨를 진정시켰다.

"정말이야, 필립. 자네가 만든 A형 로봇은 벌써 몇 년 전에 잃어버렸잖아."

"크리스토퍼." 잭이 끼어들었다.

"뭐라고?" 국장이 되물었다.

"그 로봇 이름이 크리스토퍼라고요." 잭이 다시 말했다.

히버트 국장이 코미어 씨와 잭을 번갈아 쳐다본 후 다시 코미어 씨에게 시선을 돌렸다.

"진짜라네, 필립. 우리가 정말로 얘기를 꼭 해야 한다면, 인간…."

"'인' 어쩌고 하는 말을 다시 한 번 입에 올리면 내가 이 책상을 뛰어넘어 맨손으로 자네 목구멍을 찢어버리고 말 거야!"

코미어 씨가 사납게 소리쳤다.

히버트 국장이 슬며시 자기 목을 만지면서 침을 꿀꺽 삼켰다.

"저희 친구를 잡아간 수사관 이름이 모티머 리브스라고 했어요."

잭의 설명에 히버트 국장이 눈살을 찌푸렸다.

"그런 이름은 처음 들어보는데."

"직원 명단을 확인해보게." 코미어 씨가 거들었다.

"그럴 필요가 없어. 난 정보국 소속 직원들의 이름을 다 알고 있으니까."

"던롭 수사관도 있었어요."

"누구라고?"

"크리스토퍼를 데리고 간 또 다른 수사관 이름이 던롭이었어요."

"정보국 수사관들 중에 그런 이름은 없단다. 메건 던롭이라고 접수 부서에서 일하는 직원이 있긴 하다만."

"거짓말하지 마." 코미어 씨가 말했다.

얼굴이 새빨개진 히버트 국장이 고개를 홱 꺾더니 자리에서 벌떡 일어났다.

"이것 봐, 필립. 거짓말이라니, 그 말 당장 취소하게. 우린 오랫동안 알고 지내왔지. 내가 명예를 중요하게 생각하는 사람이라는 걸 자네도 잘 알잖아."

코미어 씨가 뒤로 몸을 젖히면서 어깨를 으쓱했다.

히버트 국장도 다시 의자에 앉아 재킷 옷단을 매만졌다. 그러고는 식식대며 중얼거렸다.

"그렇게 말도 안 되는 소리를 하다니."

코미어 씨가 쌀쌀맞게 그를 쏘아봤다.

"A형 로봇 취득 서류에 서명을 하는 사람이 누구지?"

"그건 내가 하는 일이지." 국장이 고개를 끄덕이며 대답했다. "자네가 만든 로봇을 취득했다는 서류에 내가 서명을 했냐고 묻는 거라면 내 대답은 '노'일세. 그런 서류엔 서명한 적이 없거든. 지금까지는 물론이고 자네 로봇이 사라지기 전에도 마찬가지야."

"기록을 다시 확인해주게나."

"확실히 말하는데 그럴 필요가 전혀 없어. 그런 식으로 로봇을 취득하라고 지시한 사업은 지금껏 단 한 번도 없으니까."

코미어 씨가 한숨을 쉬고는 의자에 구부정하게 앉았다.

"에드거, 난 내 로봇을 꼭 찾아야 해."

"알아. 하지만 안타깝게도 필립 자네의 로봇을 추적할 방법은 전혀 없어."

잠시 침묵이 흐른 후, 코미어 씨가 고개를 들고 친구를 보며 의미심장한 미소를 지었다. 그러자 히버트 국장이 의자에서 엉덩이를 들썩거리며 초조한 기색을 보였다.

"방법이 딱 한 가지 있긴 한데…." 코미어 씨가 말했다.

히버트 국장이 눈을 휘둥그레 뜨고 고개를 저었다.

"안 돼, 필립."

"자네가 날 좀 도와줘."

"안 돼."

"자네가 가지고 있는 거, 다 알고 있어. 내가 그걸 사용할 수 있도록 해주게."

히버트 국장은 너무 놀라 어쩔 줄 몰라 했다. 그의 이마에 송글송글 맺힌 땀방울이 잭의 눈에 들어왔다.

"국법 제5조에…."

"아, 국법이고 뭐고 난 몰라!" 코미어 씨가 버럭 소리 질렀다.

"제5조는 국왕께서 직접 제정하신 법이야!" 국장도 지지 않고 고함을 질렀다.

잭은 에스텔과 눈길을 주고받았다. 히버트 국장의 목소리가 겁에 잔뜩 질려 있었기 때문이다.

"필립, 그건 금지된…."

"그 물건이 정보국에 없다는 말은 하지 않는군." 코미어 씨가 씩 웃으며 말했다.

"우리… 정보국엔 없어. 자네는 자네 물건을 사용하면 되잖아."

"에드거 자네도 알다시피, 내가 모조리 망가트렸잖아."

히버트 국장이 침을 꿀꺽 삼키면서 손바닥으로 테이블을 찰싹 내리쳤다.

"정보국엔 없어. 그리고 설사 정보국에 있다 해도 자네가 사용하게 내버려둘 순 없지. 그건 불법이고 부적절한 일이니까."

"정보국에서 뭘 갖고 있다는 말인가요?" 잭이 물었다.

히버트 국장이 대답하려는데, 코미어 씨가 한발 빨랐다.

"로봇 탐지기란다. 아주 특별한 장비지. 그걸 어디다 사용하냐면 말이야…."

히버트 국장이 갑자기 의자에서 벌떡 일어나더니 마구 삿대질을 해댔다.

"정제 추진력에 대한 비밀은 절대로 말하면…."

"에드거, 입 다물어. 자네 말은 이제 귀에 들어오지도 않아."

"탐지기가 뭔데요?" 로버트도 물었다.

코미어 씨가 로버트한테 대답하려고 뒤로 물러섰다. 그러자 히버트 국장이 소리를 빽 질렀다.

"필립! 안 돼!"

코미어 씨가 친구를 힐끔 보더니 잠시 깊은 생각에 빠졌다. 그러다 한숨을 쉬면서 히버트 국장 쪽으로 몸을 숙였다.

"에드거, 앉게."

얼굴이 빨개진 히버트 국장이 슬그머니 다시 의자에 앉았다. 그리고 어깨를 축 늘어트린 채 테이블을 물끄러미 바라봤다.

"탐지기가 뭔데요?" 로버트가 속닥거렸다.

"너희에겐 말 안 해줄 거야." 코미어 씨도 속삭였다.

"왜요?" 에스텔도 속삭였다.

"그게 말이야, 극비라서 그렇단다." 코미어 씨가 다시 속삭였다.

"A형 로봇을 추적할 수 있는 장치거든." 히버트 국장이 대답했다. "코미어 박사가 최초로 발명했는데… 코미어 박사가 파괴해버렸지."

그러고는 의미심장한 눈빛으로 코미어 씨를 쳐다봤다. 잭은 그의 눈빛에 담긴 의미를 알아내려 했지만 전혀 이해할 수 없었다.

"왜 그 장비를 파괴하셨어요?" 에스텔이 물었다.

"아주 위험한 장비라서." 코미어 씨가 친구에게서 시선을 떼지 않은 채 대답했다.

"어떻게 위험한데요?" 잭이 물었다.

코미어 씨와 히버트 국장은 서로를 노려보고만 있었다.

"크리스토퍼를 처음 잃어버렸을 때 왜 그 장비를 사용하지 않으신 거죠?" 에스텔이 물었다.

"그 전에 이미 다 파괴해버렸거든." 코미어 씨가 대답했다.

잭은 혼란스러웠다. 코미어 씨와 히버트 국장이 하는 말을 전혀 알아들을 수 없었다.

"위치를 추적하는 데 사용하는 장치인데 왜 위험하다는 거죠?"

"난 정보국에서도 탐지기를 발명했을 거라는 의심을 자주 했단다." 코미어 씨가 친구를 돌아보며 말했다. "크리스토퍼가 없어지자마자 난 정보국에 와서 탐지기를 달라고 부탁했어. 하지만 자네 전임자인 로크 국장이 탐지기를 주지 않겠다고 거절했고, 난 건물 밖으로 쫓겨났지."

"로크 국장 역시 탐지기가 없어서 자네한테 줄 수 없었던 거야."

"그렇겠지. 지금도 여전히 정보국에선 탐지기가 없다고 하는군. 하지만 난 알지." 코미어 씨가 씁쓸히 웃으며 말했다. "로크 국장은 고집이 무척 세서 남의 말은 듣지도 않았다네. 그는 규칙과 규제 내용을 꿰고 있었지."

"나도 마찬가지야."

코미어 씨가 잠시 친구를 쳐다보더니 고개를 끄덕였다.

"그래, 맞아. 자네도 그렇지."

그러고는 자리에서 일어나면서 웅얼거렸다.

"돌아가야겠다."

"뭐라고요?" 잭과 에스텔이 동시에 소리쳤다.

"볼일이 모두 끝났으니까." 코미어 씨가 대답했다.

그들은 국장실 밖으로 나왔다. 히버트 국장은 마치 죄를 지은 사람처럼 그들을 지켜봤다.

코미어 씨가 엘리베이터 호출 버튼을 눌렀다. 잭은 굳이 얼굴을 보지 않아도 에스텔이 엄청 화가 난 걸 느낄 수 있었다. 히버트 국장의 사무실에서 잭은 크리스토퍼를 곧 되찾을 수 있을 거라고 생각했다. 하지만 이제 물거품이 되어버렸다. 잭도 에스텔처럼 점점 더 화가 치밀어 올랐다. 그런데 한편으로는 가슴이 철렁 내려앉는 느낌도 들었다. 마치 뭔가가 자기 몸에서 떨어져 나간 것 같았다. 잭은 크리스토퍼의 모습을 떠올렸다. 하지만 기분이 더 안 좋아지기만 했다.

엘리베이터를 타자 안내원 소년이 그들을 반겼다. 코미어 씨가 한쪽 무릎을 꿇고 앉았다.

"팔은 어떠냐?"

소년이 한쪽 팔을 앞뒤로 흔들면서 활짝 웃었다.

"아주 좋아요. 정말 고맙습니다, 박사님."

코미어 씨도 웃으면서 무슨 말을 하려는데, 수사관 두 명이 엘리베이터 안으로 들어왔다. 코미어 씨가 벌떡 일어섰다. 그리고 소년이 쓴 모자를 벗기고는 머리를 헝클어트렸다. 소년이 1층 버튼을 눌렀다. 수사관 두 명은 양손으로 깍지를 낀 채 단호한 눈빛으로 앞만 쳐다봤다. 코미어 씨가 왼손에 소년의 모자를 쥐고 서서 오른

손으로 소년의 머리틀에 새겨진 글씨 하나를 살며시 톡톡 두드렸다. 소년은 전혀 신경도 쓰지 않는 모습이었다. 코미어 씨가 소년의 금속 머리틀을 톡톡 두드리는 소리가 엘리베이터 안에 울려 퍼졌다. 그가 갑자기 조심성이라곤 찾아볼 수 없게 행동하는 모습에 잭은 깜짝 놀랐다.

엘리베이터가 1층에 도착하자 코미어 씨가 소년에게 모자를 다시 씌워줬다.

"정말 고맙습니다, 박사님." 소년이 인사했다.

"천만에."

코미어 씨는 히죽거리면서 정문 쪽으로 걸어갔다. 에스텔이 도끼눈을 뜨고 그를 노려봤다. 잭은 더는 참고 있을 수가 없었다.

"이제 우리 어떡해요?"

코미어 씨가 잭을 보더니 더 빨리 걸었다.

"다시 가서 트럭을 타야지."

말이 끝나기가 무섭게 코미어 씨가 건물 밖 계단을 폴짝폴짝 뛰어 내려갔다.

"탐지기는 어쩌고요?"

잭이 소리치자 코미어 씨가 돌아서더니 손가락을 입술에 대면서 말했다.

"그런 걱정은 하지 마."

"걱정이 되는 걸 어떡해요. 크리스토퍼가 정보국에 없잖아요. 누가 크리스토퍼를 잡아갔는지도 모르고요. 탐지기라는 장비가 있어야 크리스토퍼를 찾을 수 있는데."

코미어 씨는 아무 말도 하지 않았다. 계단 맨 아래에서 발걸음을 멈추더니 그가 실눈을 뜨고 정보국 건물을 올려다봤다.

"히버트 국장 말을 믿으세요? 코미어 씨는 정말로 정보국에 탐지기가 없다고 생각하세요?" 에스텔이 물었다.

"당연히 정보국에 탐지기가 있다마다." 코미어 씨가 대답했다.

"그럼 탐지기를 손에 넣어야죠." 잭이 말했다.

"물론 그래야지. 그러니까 다시 트럭으로 돌아가서 기다리자는 말이다. 오늘 밤에 탐지기를 훔칠 거니까."

그렇게 말하고 코미어 씨가 씩 웃었다.

아무리 머리를 굴려도 잭은 건물 안으로 다시 들어갈 방법이 도통 떠오르지 않았다. 코미어 일행은 오후 내내 근처 길모퉁이에 숨어서 정보국 건물을 지켜보며 시간을 보냈다.

오후 5시가 가까워지자 건물 밖으로 사람들이 하나둘 나오기 시작했다. 그러다 5시 직후부터 엄청난 인파가 몰려나오더니 6시까지도 밖으로 나오는 사람들의 행렬이 줄을 이었다.

7시가 되자 코미어 씨가 두 손을 마주 비비면서 말했다.

"자, 때가 왔어. 작전 개시."

잭은 여전히 건물 안으로 어떻게 들어간다는 건지 알 수가 없었다. 하지만 코미어 씨는 미소를 띤 채 콧잔등만 톡톡 두드렸다. 그리퍼가 정문을 부수고 안으로 들어가자고 제안했다. 코미어 씨는 굳이 그럴 필요 없다고 대답했다.

"건물 안으로 어떻게 들어간다는 거죠?" 에스텔이 물었다.

"간단해. 그리퍼가 말한 전략을 조금만 바꾸면 되니까. 정문으로 바로 들어가는 거지." 코미어 씨가 대답했다.

그들은 거리가 컴컴해지고 인적이 끊길 때까지 한 시간을 더 기다렸다. 그런 다음 코미어 씨가 시키는 대로 트럭에서 내려 태연히 건물 앞으로 걸어갔다.

"대체 어쩌려는 거야?" 에스텔이 식식댔다.

코미어 씨가 계단 위로 올라가더니 회전문 유리를 툭 쳤다. 잭은 여차하면 도망칠 마음의 준비를 했다. 에스텔 역시 쭈그리고 앉아 도망칠 자세를 하고 있었다. 이런 상황은 꿈도 꾸지 못했다. 잭은 코미어 씨가 제정신이 아니라는 생각마저 들었다.

그런데 그때, 자그맣고 시커먼 어떤 물체가 건물 로비로 걸어 나왔다. 엘리베이터에서 만난 안내원 소년이었다. 소년의 손에는 커다란 열쇠 뭉치가 들려 있었다. 소년은 코미어 일행을 쳐다보지도 않고 자물쇠에 열쇠 하나를 꽂아 돌렸다.

문이 열리자 코미어 씨가 쏜살같이 안으로 들어갔다. 로봇들은 모두 얼빠진 듯 그를 쳐다보면서 문 밖에 우두커니 서 있었다.

"얼른 들어와." 코미어 씨가 들어오라고 손짓했다.

로봇들도 문을 밀고 안으로 들어갔다. 그리퍼는 몸을 숙이고 옆으로 비스듬히 들어갔다. 잭은 어깨 너머로 인적이 끊긴 거리를 힐끔거리면서 맨 마지막으로 들어갔다.

"어떻게 이런 일이…?" 들어가자마자 잭이 물었다.

"간단해." 코미어 씨가 대답했다. 그러고는 안내원 소년의 모자를 벗기고 손가락으로 머리를 톡톡 두드리기 시작했다. "모스 부호란다. 필킹턴 급 로봇들은 전부 모스 부호를 이해할 수 있도록 제작했거든."

코미어 씨가 활짝 웃으면서 소년에게 엄지손가락을 치켜들었다.

"고맙구나."

"별말씀을요, 박사님." 소년이 말했다.

코미어 씨가 껄껄 웃더니 다시 소년의 머리에 모자를 씌워줬다.

"이름이 뭐니?"

"윌리엄이라고 합니다."

"그렇구나, 윌리엄. 탐지기가 어디 있는지 안내해주겠니?"

"네, 알겠습니다."

윌리엄이 코미어 일행을 아치형 벽감이 있는 참나무로 만든 커다란 문 앞으로 안내했다. 그리고 열쇠 뭉치에서 능숙하게 하나를 골라 문을 열었다. 윌리엄이 안으로 들어가 스위치를 누르자 전구에 불이 들어왔다.

"저를 따라오세요." 윌리엄이 말했다.

문 안쪽에는 건물 내부로 들어가는 돌계단이 놓여 있었다. 가파른 계단 폭이 그리퍼의 발 크기에 비해 터무니없이 좁았다. 그래서 그리퍼는 최대한 조심스럽게 움직였다. 잭은 자기 뒤에 2톤짜리 쇠붙이가 서 있다는 생각을 지우려고 애썼다.

코미어 씨는 윌리엄을 따라 걷는 동안 햇볕이 내리쬐는 날 소풍이라도 나온 사람처럼 휘파람을 불었다. 하지만 잭은 불안했다. 건물 아래로 내려가는 길이 너무 긴 데다 폭도 너무 좁았다. 또 대체 어디로 가는지도 알 수 없었다. 코미어 씨의 휘파람 소리를 들으니 더욱 불안해졌다. 에스텔도 잭과 똑같은 기분일 게 분명했다. 에스텔은 계단을 내려가는 내내 코미어 씨의 등을 이글거리는 두 눈으로 노려봤다.

로버트는 코미어 씨의 휘파람 소리에 완전히 홀려 있었다.

"어떻게 하는지 나한테 가르쳐줄래?"

로버트가 코미어 씨를 턱으로 가리키며 잭한테 속닥거렸다. 잭은 로버트의 손을 꽉 잡으면서 대답했다.

"그래, 로버트. 크리스토퍼를 찾고 일이 모두 끝나면."

로버트가 씩 웃었다. 잭은 숨을 쉴 수 있어야 휘파람을 불 수 있다는 이야기를 로버트한테 차마 할 수 없었다.

그들은 마침내 계단을 모두 내려갔다. 계단 아래에는 천장이 높은 전시장이 있었다. 네 벽 전체에 그림이 잔뜩 걸려 있었고, 방 안은 조각상과 진열장으로 발 디딜 틈이 없었다. 잭은 유리 보관함 안에서 매우 복잡한 벽시계 내부처럼 보이는 큼지막한 물체를 발견했다. 놋쇠로 만든 톱니바퀴가 희미한 불빛 아래에서도 번쩍였다. 그 맞은편에 자리 잡은 주춧돌 위에는 팔다리가 길쭉한 강철 뼈대가 놓여 있었다.

"박물관 같아." 에스텔이 말했다.

잭은 왼쪽 벽을 따라 죽 늘어선 진열장 사이를 이리저리 돌아다니는 코미어 씨의 뒤를 졸졸 따라갔다. 진열장 안에는 가죽 표지를 씌운 책들, 양피지 조각, 톱니바퀴, 전선 조각, 금속으로 만든 손과 팔다리 등 신기하고 다양한 물건이 가득했다.

코미어 씨가 한 진열장 앞에 멈춰 서더니 고개를 푹 숙인 채 깊은 생각에 잠겼다. 진열장 바로 위에는 조슈아 런시블과 그가 만든 최초의 로봇 그림이 걸려 있었다. 압살롬 씨의 창고 안에 걸린 그림과는 약간 달라 보였다. 색이 훨씬 선명했다. 런시블은 눈에 익은 선홍색 재킷에 망토를 걸치고 너풀거리는 스카프에 반바지를 입고 있었다. 고귀하면서도 초연해 보였다.

잭은 물끄러미 그림을 바라봤다. 최초의 로봇에 특히 눈길이 갔다. 로봇의 코는 얼굴 한가운데에 아무렇게나 얹어놓은 듯 뭉툭했다. 머리카락은 알록달록했고 코 양옆으로 둥글납작한 혹 두 개가 달려 있었다. 눈 모양과 비슷했다. 로봇도 런시블과 비슷한 옷을 입고 있었다.

에스텔도 잭 옆에 서서 궁금한 표정으로 그림을 바라봤다.

"사람들이 최초의 로봇을 불태워버렸잖아." 잭이 진열장에 든 물체에서 눈을 떼지 못한 채 말을 이었다. "내가 궁금한 건⋯."

"쉿!"

어둠 속에 서 있던 코미어 씨가 나지막이 속삭였다. 그는 방 안쪽에 있는 커다란 나무 미닫이문에 귀를 대고 서 있었다.

"여기가 그곳이니?" 코미어 씨가 윌리엄에게 물었다.

"잘 모르겠습니다. 로봇들에겐 건물 내부에 관해 자세히 알려주지 않아서요. 그저 문 열쇠만 가지고 있을 뿐이죠."

코미어 씨가 씩 웃었다.

"그렇다면 여긴가 보다."

그러고는 그리퍼를 옆으로 불렀다.

"덩치 씨, 부탁할게."

코미어 씨가 옆으로 물러섰다. 그리퍼가 문을 한 번 쳐다보고는 다시 코미어 씨를 봤다.

"자, 얼른!" 코미어 씨가 소리쳤다.

그리퍼가 의문스러운 눈빛으로 잭을 쳐다봤다.

"얼른 해, 그리퍼." 잭이 말했다.

그리퍼가 문 앞으로 다가가더니 주먹을 쥐고 팔을 뒤쪽으로 움츠렸다. 그리퍼의 어깨 부위에 잔뜩 감긴 전선들이 수축하면서 오므라드는 모습이 잭의 눈에 들어왔다. 그 모습에 잭은 늘 놀라곤 했다. 압살롬 씨가 만든 그리퍼의 최대 단점이었다. 압살롬 씨는 그리퍼를 힘을 쓰는 데만 이용하기 위해 만들었기 때문에 겉모습에는 전혀 신경 쓰지 않았다.

그리퍼가 오른팔을 뒤로 당긴 자세로 잠시 가만히 있더니 갑자기 팔이 눈에 보이지 않을 정도로 쏜살같이 앞으로 뻗었다. 마치 고무줄이 멀리 튕겨 나가는 모습을 보는 것 같았다.

그리퍼가 나무 문을 주먹으로 힘차게 때렸다. 그리고 더 가까이 다가가 움푹 팬 틈으로 손톱을 끼워 넣더니 나무를 마구 뜯어냈다. 결국 문이 다 부서지고 휘어진 경첩만 남았다.

21

코미어 씨가 실눈을 뜨고 어두컴컴한 방 안을 들여다보는 동안, 그리퍼는 나무 문을 부수면서 생긴 부스러기를 말끔히 치웠다. 전시실 전등 불빛이 새어 들어오긴 했지만 어둡기는 매한가지였다.

"탐지기는 이곳에 있을 거다. 확실해." 코미어 씨가 말했다.

에스텔과 로봇들은 문턱을 넘어 안으로 들어갔다. 코미어 씨가 윌리엄을 돌아보며 물었다.

"이 방에 대해 아는 건 없니?"

윌리엄이 고개를 저었다.

"전혀 모릅니다. 로봇들은 물론이고 7등급 이하 직원들도 출입이 금지된 장소거든요."

"그러니까 정보국에서 7등급 직원은 히버트 국장뿐이라는 말이로구나."

"네, 맞습니다."

코미어 씨가 껄껄 웃었다.

"아무것도 안 보여." 잭이 말했다.

"분명히 전등이 있을 거야." 에스텔이 말했다.

"저기 보이는 녹색 불빛 같은 거 말이야?" 로버트가 말했다.

로버트의 말에 잭은 어리둥절했지만 무슨 말인지 물어볼 틈이 없었다. 느닷없이 어둠 속에서 날렵하게 생긴 은색 물체가 튀어나왔고, 로버트가 그 물체의 공격을 받아 문 쪽으로 나가떨어졌기 때문이다.

초록색 눈이 달린 키가 큰 사마귀 모양의 로봇이 예리하게 공기를 휙 가르며 벌떡 일어섰다. 그러더니 침입자들을 향해 기다란 낫처럼 생긴 앞발 두 개를 마구 휘둘렀다.

"히버트, 나쁜 자식!" 코미어 씨가 몸을 피하며 중얼거렸다.

잭은 사마귀가 자기를 향해 돌진해 오는 모습을 멍하니 보고만 있었다. 팔다리가 뻣뻣해져 움직일 수가 없었다. 바로 그때 누군가 잭의 옆구리를 세게 민 덕분에 사마귀의 공격을 피할 수 있었다. 잭이 고개를 들고 보니 에스텔이 서 있었다. 에스텔이 잭을 밀어서 구해준 것이다. 에스텔은 양팔을 뒤로 들어올려 자기 몸을 방어하고 있었다. 그리고 한쪽 다리 끝이 바닥 깊숙이 꽂힌 사마귀 로봇이 나머지 다리 다섯 개를 세차게 허우적대며 다리를 빼내려고 안간힘 쓰고 있었다.

사마귀 로봇이 등을 활처럼 구부렸다가 온 힘을 다해 뒤로 젖히자 드디어 다리가 빠졌다. 녀석이 다시 다리를 내리쳤다. 하지만 이번에는 윌리엄이 제 몸을 아끼지 않고 나섰다. 윌리엄이 에스텔 앞을 막아섰고 사마귀 로봇의 발끝이 윌리엄의 뱃속으로 파고들었다. 쇠붙이가 찢어지는 불쾌한 소리가 났고, 윌리엄이 다리를 휘청거리더니 바닥에 쓰러졌다.

"그리퍼? 그리퍼 어디 있어?" 잭이 소리쳤다.

하지만 그리퍼는 얼어붙은 듯 가만히 서 있었다. 어떻게 행동해야 할지를 확실히 정하지 못한 것 같았다.

"어쩔 수 없구나. 딴 곳으로 정신이 팔리게 해보자꾸나."

코미어 씨가 손가락 두 개로 아랫입술을 꼭 쥐고 귀청이 찢어질 정도로 세게 휘파람을 불었다. 그러자 사마귀 로봇이 그쪽으로 고개를 돌렸다.

또다시 은빛이 번쩍거렸다. 이번에는 부서진 문 쪽이었다. 조지가 공중으로 폴짝 뛰어오른 것이다.

코미어 씨가 조지한테 오른손을 쭉 뻗으면서 사납게 속삭였다.

"이리로 올라와!"

그런 뒤 사마귀 로봇을 향해 조지를 휙 집어던졌다. 조지가 사마귀 로봇의 목에 다리를 꽂아 넣자 녀석이 두 눈을 감고 비명을 질렀다. 사마귀 로봇이 정신없이 온몸을 비틀어댔지만 조지는 목에 붙어 꿈쩍도 하지 않았다. 조지가 다리를 더 깊이 박아 넣자 사마귀 로봇이 다리를 마구 허우적거리며 사방팔방으로 구르기 시작했다. 잭은 날쌔게 움직여 녀석의 다리를 가까스로 피했다.

끈질긴 공격을 끝낸 후 조지가 사마귀 로봇의 목에서 발을 뗐다. 그리고 다리를 허우적거리며 로봇 뒤쪽으로 내려앉았다.

사마귀 로봇이 소리를 지르며 기다란 목을 아래위로 흔들면서 부들부들 떨었다. 잭은 너무 겁이 나서 꼼짝도 할 수 없었다. 그리퍼도 어둠 속에서 몸을 잔뜩 움츠리고 있었다.

사마귀 로봇이 이번에는 윌리엄을 향해 다가갔다. 하지만 에스텔이 앞을 가로막았다. 사마귀 로봇이 등을 곧게 펴고 벌떡 일어섰다. 에스텔이 문 경첩처럼 생긴 물건을 휙 집어던졌고, 그걸 머리에 정통으로 맞은 사마귀 로봇이 머리를 몇 번 흔들더니 또다시 날카롭게 비명을 질러댔다.

'저걸로는 턱도 없어. 더 죽자고 달려들겠는걸.' 잭은 속으로 생각했다.

바로 그 순간 코미어 씨가 나섰다.

코미어 씨는 부서진 문 조각 사이에서 찾아낸 널빤지 한 장을 들고 서 있었다. 그가 다가가자 사마귀 로봇이 고개를 돌렸다. 그러더니 몸을 아래로 확 숙였다. 잭은 코미어 씨가 녀석의 몸에 부딪혀 쓰러질까 봐 겁이 났다.

하지만 코미어 씨가 한발 빨랐다.

코미어 씨가 널빤지로 사마귀 로봇의 머리를 내리쳤다. 그리고 녀석이 멈칫한 틈을 타 다시 널빤지를 옆으로 휘둘러 녀석의 머리 왼쪽을 정통으로 맞혔다. 결정적인 공격이었다. 조지의 공격으로 이미 약해져 있던 로봇의 목 아래쪽이 쇠가 갈리는 소리와 함께 찢어지더니 녀석의 머리가 벽 쪽으로 휙 날아가 부딪혔다. 그리고 바닥으로 떨어져 심하게 요동을 친 후 드디어 잠잠해졌다. 녀석의 눈에서 빛나던 불빛도 점차 사라졌다.

코미어 씨가 숨을 몰아쉬며 사마귀 로봇의 목을 살폈다. 머리가 달려 있던 곳에 전선들이 삐죽 튀어나와 있었다. 마치 갈기갈기 찢어진 혈관 같았다.

"조잡한 솜씨로군." 코미어 씨가 툭 내뱉었다. 그러고는 손으로 이마를 닦아내고 비웃는 표정으로 씩 웃었다.

잭은 그 순간 코미어 씨가 경멸스럽게 느껴졌다. 에스텔도 잭과 똑같은 기분인지, 숨을 몰아쉬면서 코미어 씨를 노려보고 있었다. 널빤지로 얻어맞아야 할 사람은 바로 그라는 표정이었다.

잭은 몸을 일으켰다. 그 순간 로버트 생각이 떠올랐다. 그런데 한발 늦었다. 조지가 먼저 부서진 나무 조각들 사이를 폴짝폴짝 뛰어가서는 로버트의 턱 밑에 편히 앉았다.

"로버트, 괜찮아?" 잭이 물었다.

"누가 날 때린 것 같은데." 로버트가 눈을 깜빡이며 대답했다.

"저 녀석이 그랬어." 잭이 바닥에 쓰러진 사마귀 로봇을 가리키며 말했다.

로버트가 사마귀 로봇의 몸통 쪽으로 다가가더니 입을 딱 벌리고 멍하니 내려다봤다.

"머리는 어디 있어?"

"저쪽에." 에스텔이 대답했다.

코미어 씨는 윌리엄을 일으켜 세우는 중이었다. 안내원 소년의 몸통에 깊게 찔린 상처가 보였다. 가슴속에 든 톱니와 사슬 바퀴 (체인을 걸어서 동력을 전달하는 장치:옮긴이), 전선들이 어둠 속에서 반짝거렸다. 소년이 일어서자 윙 소리가 나지막하게 들렸다. 모터가 다시 움직이려는 소리 같았다.

"수리를 해주셔야 할 것 같습니다." 윌리엄이 말했다.

"새 로봇처럼 고쳐주마."

코미어 씨가 윌리엄의 머리를 헝클어트렸다. 그런 뒤 방 안쪽을 향해 홱 돌아서서 컴컴한 그곳으로 걸어 들어갔다.

에스텔이 한쪽 벽을 더듬어 전등 스위치를 찾아냈다. 방 안이 환해지자 코미어 씨가 "아하!" 하고 감탄했다.

방 안쪽에 놓인 검은 받침대 위에 은색 물체가 놓여 있었다. 코미어 씨가 두 손으로 그 물체를 조심스럽게 들어올렸다. 그는 등을 돌린 채 고개를 숙이고 한참을 가만히 서 있었다. 아무도 입을 열지 않았다. 마침내 그가 "찾았어" 하고 조용하면서도 의기양양하게 중얼거렸다. 그러고는 돌아서서 문 쪽으로 씩씩하게 걸어갔다.

"자, 그럼, 출발해볼까?"

"잠깐만요. 그게 우리가 찾던 물건이에요?" 잭이 물었다.

코미어 씨가 잭을 돌아봤다. 그는 탐지기를 갓 태어난 아기처럼 두 손으로 조심스럽게 들고 있었다. 탐지기는 높이가 15센티미터쯤 되는 피라미드 모양이었다. 은빛으로 번쩍이는 것 말고는 달리 특별한 점을 찾을 수 없었다.

"맞아. 이 물건이 바로 우리가 찾던 탐지기란다. 그러니까, 얼른 출발하자."

아무도 따라 나서지 않았다. 특히 잭은 방금 일어난 일을 받아들이기가 무척 힘들었다. 머릿속이 무척 혼란스러웠다. 어둠 속에서 느닷없이 튀어나와 달려들었던 사마귀 로봇, 방 저쪽으로 나가 떨어지는 로버트를 지켜볼 수밖에 없었을 때 느꼈던 끔찍한 두려움, 어떻게 해야 할지 몰라 얼어붙어버린 그리퍼….

"왜?" 조바심이 난 코미어 씨가 말했다.

"저 로봇은 어쩌다 저렇게 된 거죠?"

모두가 질문을 한 로버트를 돌아봤다. 로버트는 어리둥절한 표정으로 사마귀 로봇의 머리를 내려다보고 있었다. 그러다 머리부터 몸통을 죽 훑어보고는 무척 혼란스러운 표정을 짓더니, 뭔가를 깨달았는지 고개를 끄덕였다. 그리고 돌아서서 코미어 씨 곁으로 뒤뚱뒤뚱 걸어갔다.

"코미어 씨가 사마귀 로봇을 죽였군요." 로버트가 단호한 목소리로 말했다.

코미어 씨가 당황스러운 표정으로 실눈을 뜨고 로버트를 봤다.

"왜 그랬어요?" 로버트가 다시 물었다.

코미어 씨가 다시 발걸음을 옮겼다. 로버트의 질문에 기분이 무척 나쁜 모양이었다.

"이유는 알아서 뭐하게. 얼른 출발하기나 하자."

그러고는 방 밖으로 나갔다.

하지만 로버트는 다시 사마귀 로봇의 머리 쪽으로 뒤뚱뒤뚱 걸어가 그것을 물끄러미 내려다봤다. 여전히 불안한 표정이었다.

"얼른 가자, 로버트." 잭이 말했다.

로버트는 무슨 말을 하려다 말고 코미어 씨를 따라 느릿느릿 걸어갔다. 에스텔은 윌리엄을 부축하고 걸었다.

전시실을 지나다가 에스텔이 잭을 돌아보며 물었다.

"눈, 사마귀 로봇의 그 눈 봤어?"

잭이 고개를 끄덕였다.

에스텔이 걱정스러운 표정으로 무슨 말을 하려다 생각을 바꿨는지 고개를 저었다. 그리고 돌아서서 계단을 향해 걸어갔다.

잭은 잠깐 망설이다가 조슈아 런시블과 나무 로봇 소년의 그림 앞에서 걸음을 멈췄다. 그리고 진열장 안의 위쪽에 붙은 명판에 '최초의 로봇 잔해'라고 쓰인 글씨와 시커먼 숯으로 변한 나무 조각을 물끄러미 바라봤다.

22

꼭두각시 인형은 양손을 다리 밑에 넣고 실험실 테이블 가장자리에 앉아 있었다. 인형에겐 눈이 없지만 의자에 누운 크리스토퍼한테만 온통 신경을 집중하는 듯 보였다. 인형은 이곳에서 크리스토퍼가 기댈 수 있는 유일한 존재였다.

"그러니까, 좋은 분이셨어." 블레이크가 말했다.

"네?" 크리스토퍼는 블레이크의 갑작스러운 말에 깜짝 놀랐다.

"우리 아버지 말이야. 좋은 분이셨다고. 네가 물었잖니. 질문을 받았으니 답을 해야 예의겠지."

크리스토퍼가 뭐라고 답할지 궁리하는 동안 잠깐 말이 끊겼다.

"아버지는 당시 그 일을 하실 때 이 나라에 이익이 될 거라고 생각하셨어."

"무슨 일요?" 크리스토퍼는 최선을 다해 아무것도 모르는 척하면서 되물었다.

블레이크가 살짝 비웃으면서 말을 이었다.

"모르는 척하지 마. 그 특별한 실험이 어떻게 끝났는지는 아주 오랜 시간이 흐른 지금까지도 모르는 사람이 없을 정도로 유명한 이야기지. 법으로 정제 추진력을 금지하고, 또 국법 제5조를 제정한 계기이기도 하니까 말이다."

크리스토퍼는 압살롬 씨가 해준 이야기를 떠올렸다. 압살롬 씨는 그 이야기를 할 때면 늘 신이 나 있었다. 다른 사람이 실패하고 고통을 겪는 것에서 즐거움을 느끼는 모양이었다. 게다가 그는 그 이야기를 좀 부풀리기도 했다. 그래서 크리스토퍼는 그 사건의 실체를 확실히 알지 못했다. 어쨌든 압살롬 씨가 로봇들에게 해준 이야기는 끔찍했다. 그 실험은 영국 왕립 원예협회 회관에서 열렸다고 했다.

"실험에 대한 기대는 아주 컸단다. 며칠 안에 전쟁에서 승리를 거둘 수 있을 거라고 했으니까." 압살롬 씨는 이렇게 말했다. 전국적으로 어마어마한 기대가 집중되었다. 총리가 직접 '영국 최고의 영광'이라고 말한 로봇을 보기 위해 수많은 사람들이 모여들었다. 그렇게 모인 사람들 중 수십 명이 목숨을 잃었다. 압살롬 씨는 늘 이 대목에서 적당히 슬픈 분위기를 내려고 애썼다. 하지만 누군가 실패한 이야기를 말하면서 진심으로 신이 난 기색을 좀처럼 숨기지 못했다. "더군다나 그 사람은 면허도 있었어. 생각해봐. 면허가 있었다고. 그러니까 면허가 있고 없고가 전혀 중요하지 않다는 걸 증명해 보인 거지. 중요한 건 엔지니어의 자질뿐이야." 압살롬 씨는 의기양양한 목소리로 그렇게 말하곤 했다.

"진짜로 로봇이 입으로 불을 내뿜었어요?"

블레이크가 슬쩍 웃으면서 대답했다.

"맞아, 진짜란다."

"그 로봇을 직접 보셨어요?"

잠시 정적이 흘렀다. 블레이크가 머뭇거리다 겨우 대답했다.

"아니."

크리스토퍼가 말을 하려는데 블레이크가 먼저 입을 열었다.

"로봇 설계도는 봤지. 부품 몇 가지도 직접 봤고."

"설계도와 부품들은 어땠어요?"

"근사했지."

"정말로 블레이크 씨 아버지께서 다 설계하셨어요?"

"그렇단다. 아버지는 그 기계가 전쟁을 끝내게 해줄 전쟁 로봇이라고 말씀하셨어. 그 로봇이 전우들과 함께 전쟁터를 누비면 적군들이 바람에 떨어지는 낙엽처럼 힘을 잃게 될 거라고."

무척 신이 난 목소리로 그렇게 말한 뒤 블레이크가 돌아서더니 테이블에서 도구 하나를 가지고 왔다. 아버지의 업적을 다시 떠올리던 순간처럼 블레이크의 눈빛이 반짝거렸다.

"블레이크 씨는 아버지가 아주 자랑스러우시겠어요."

잊고 있던 일이 갑자기 떠오른 사람처럼 블레이크가 잠시 손을 멈추었다. 그러더니 왼쪽 볼을 씰룩거렸다.

"그래, 무척 자랑스럽지."

"그 사건 이후에도 그러세요?"

블레이크의 목소리가 굳어졌다.

"특히 그 사건 이후에 더 그렇단다."

크리스토퍼는 블레이크가 한 말을 곰곰이 생각해봤다. 반드시 알아내야 할 이야기가 더 있다는 생각이 들었다.

"로봇에게 영혼이 있다는 이야기도 진짜인가요?"

잠시 동안 침묵 속에 팽팽한 긴장감이 감돌았다. 입을 꾹 다물고 있던 블레이크가 마침내 침묵을 깨고 대답했다.

"그렇단다."

크리스토퍼의 질문이 블레이크의 심기를 건드린 게 틀림없었다. 그런데 크리스토퍼는 자기가 유리한 입장에 있다는 생각이 들었다. 그래서 더 자세히 파고들어보기로 했다.

"엔지니어들이 영혼을 가진 로봇을 제작하려는 이유가 뭘까요?"

"글쎄다. 참 꼬치꼬치 캐묻는구나."

블레이크가 애써 태연한 척하며 대답했다.

하지만 크리스토퍼는 블레이크의 목소리에 날이 서 있다는 걸 알 수 있었다.

"그러니까 그게 그렇게 중요한 이유가 뭔지 궁금해서요. 정제 추진…."

크리스토퍼는 말을 채 끝내지 못했다. 갑자기 '윙' 소리가 나더니 머릿속이 울리는 느낌이 들었다.

블레이크가 족집게로 패치를 집어 들고 들여다보면서 들뜬 목소리로 말했다.

"여기엔 사소한 기억이 저장되어 있구나. 어느 봄날 아침에 일어난 어렴풋한 기억. 정말 쓸모라곤 하나도 없는…" 그러고는 쟁반 안으로 패치를 집어던졌다. "느낌이 어떠니?"

"잘 모르겠어요."

여전히 크리스토퍼는 의자에 누워 있었다. 진짜 기억을 가려내는 실험이 진행 중이었다. 그리고 가짜 기억이 발견되면 삭제했다. 크리스토퍼는 블레이크가 머릿속을 파내는 것 같은 기분이 들었다. 하지만 이젠 이런 느낌이 들어도 겁이 나지는 않았다. 기억이 지워지는 순간 아주 잠깐 상실감이 밀려오긴 했다. 순간 날카로운 바늘에 찔리는 것처럼 따끔했다. 이젠 오히려 이상할 정도로 침착해졌다. 기억을 하나하나 벗겨낼수록 비로소 진짜 자기 자신을 느낄 수 있다는 생각이 들어서였다.

하지만 한편으로는 자기 생각이 모조리 드러나는 게 아닐까 싶어 불안하기도 했다. 특히 지난밤 좁은 방에 혼자 있을 때 일어났던 일이 마음에 걸렸다.

아직 블레이크에겐 말하지 않았다. 그런데 패치 몇 가지를 제거한 이후 머릿속에서 뭔가 바뀐 것 같은 기분이 들었다. 지난밤엔 기이한 느낌이 들 정도로 이상한 일 몇 가지를 겪었다. 마치 예전에 없던 새로운 지식이 생기고 새로운 환경이 앞에 펼쳐진 것 같은 느낌이었다. 무섭기도 하면서 동시에 무척 즐겁기도 했다. 지난밤 내내 새로운 일들이 마구 떠오른 것이다. 어떤 장면이 사진처럼 떠오르기도 하고, 그렇지 않은 경우도 있었다. 텅 빈 집 안으로 들어가 오랫동안 잊고 지낸 잠긴 방문을 활짝 열어젖힌 기분이었다. 크리스토퍼는 자기가 이상할 정도로 생생한 기억 속으로 푹 빠져들고 있다는 사실을 깨달았다.

크리스토퍼는 블레이크에게 말을 해야 할지 말아야 할지 결정을 못 내리고 머뭇거렸다. 블레이크의 주된 관심사가 크리스토퍼가 압살롬 씨의 손에 들어가게 된 경위를 알아내는 데 있다는 말을 완전히 믿을 수 없었기 때문이다. 크리스토퍼는 압살롬 씨의 이야기를 떠올리면서 누가 거짓말을 하는 것인지 곰곰이 생각했다. 그리고 블레이크에게 분명 다른 목적이 있다고 결론을 내렸다. 하지만 지금 당장은 블레이크의 가면 놀이에 맞춰주는 일이 최선이라고 생각했다.

이후로도 크리스토퍼는 블레이크와 함께 기억을 샅샅이 살피는 작업을 계속했다. 가짜 기억 몇 가지가 더 사라졌다. 고아원으로 되돌아온 톰이라는 소년의 생일 축하 파티, 눈부신 햇살이 내리쬐던 해변으로 소풍 갔던 일, 하늘을 날던 갈매기 떼, 그리고 발가락 사이를 파고들던 모래의 감촉….

"발가락 사이로 따뜻한 모래가 들어오니까 어떤 느낌이 들었니?" 블레이크가 패치를 제거한 후 물었다.

"모르겠어요."

해변에 대한 크리스토퍼의 기억은 완전히 사라진 뒤였다.

블레이크는 평소대로 차분하게 작업에 집중하고 있었다. 족집게와 뾰족한 침이 서로 부딪히는 작은 소리 그리고 패치가 딸깍거리는 소리밖에 들리지 않았다.

문득 크리스토퍼한테 한 가지 생각이 떠올랐다.

"블레이크 씨, 해변에 가보셨어요?"

크리스토퍼의 질문을 듣는 순간 블레이크가 얼어붙었다. 크리스토퍼는 속으로 웃었다. 드디어 블레이크의 약점, 그게 아니더라도 뭔가를 찾아냈다는 생각이 들어서였다.

블레이크가 헛기침을 하더니 다시 작업을 시작했다.

"한 번."

"부모님이랑 같이 갔어요?"

한참 동안 슥– 삭– 슥– 삭– 소리만 들렸다. 실험실 안은 블레이크가 숨 쉬는 소리를 들을 수 있을 정도로 고요했다.

"아버지랑 갔어. 어머니는 내가 아주 어릴 때 돌아가셨거든."

"안타까운 이야기네요."

다시 잠깐 말이 끊겼다. 블레이크가 하던 일을 계속했다.

"그런데 블레이크 씨 아버지는 왜 그러셨을까요?"

갑자기 블레이크가 공구를 작업대 위에다 휙 집어던졌다. 그리고 수건으로 손을 닦으며 크리스토퍼 앞으로 다가왔다.

"제1차 세계대전에서 얼마나 많은 사람이 죽었는지 아니?"

크리스토퍼는 고개를 저었다. 전에 압살롬 씨에게 전쟁 이야기를 듣긴 했다. 압살롬 씨는 전쟁 기간에 자기가 영웅처럼 활약했다는 이야기만 자랑처럼 떠벌렸다. 하지만 로봇들은 이미 에스텔로부터 그가 전쟁 당시 런던의 한 병원에서 변기를 청소하며 생활했다는 이야기를 들은 터였다.

"그 당시 목숨을 잃은 사람의 수가 수백만 명이 넘지. 무려 수백만 명이란다. 전쟁이 좀 더 빨리 끝났더라면 더 많은 목숨을 구할 수 있었을 텐데… 전쟁 로봇이 있었다면 더 그랬겠지."

블레이크가 크리스토퍼가 누운 의자에 몸을 기댔다.

"전쟁에 내보낼 목적으로 제작한 로봇은 사람 목숨을 구할 뿐 아니라 이 영국을 더 위대한 나라로 만들어줬을 거야. 하지만 정부에선 단순한 사고 때문에 로봇 생산을 금지했지."

"그날 로봇 때문에 사람들이 목숨을 잃었잖아요."

"그 로봇을 계속 생산했다면 그보다 훨씬 많은 사람들의 목숨을 구할 수 있었겠지."

블레이크가 분노로 가득 찬 표정으로 말을 이었다.

"내 아버지는 이 나라를 위해 일했어."

"그럼 블레이크 씨는 무슨 일을 하시는 건가요?"

블레이크가 허리를 곧게 펴고는 크리스토퍼를 물끄러미 내려다봤다. 크리스토퍼도 블레이크를 쳐다봤다.

"블레이크 씨는 아버지를 아주 많이 사랑하시나 봐요. 아버지가 저지른 실수까지 대수롭지 않게 생각하시는 걸 보면요."

블레이크는 아무 말도 하지 않았다. 대신 문 앞으로 걸어가더니 실험실 문을 휙 열었다.

"던롭!"

던롭이 실험실 안으로 들어왔다.

"오늘 작업은 모두 끝났네."

블레이크가 크리스토퍼의 눈길을 애써 피하며 다시 가까이 다가왔다.

던롭이 크리스토퍼를 의자에서 일으켜 세운 뒤 꼭두각시 인형을 가슴에 안겨줬다. 그리고 크리스토퍼의 팔꿈치를 꼭 잡고 실험실 밖으로 끌고 나갔다. 하지만 크리스토퍼는 고개를 돌려 블레이크를 계속 쳐다봤다.

블레이크 특유의 거들먹거리는 분위기는 전혀 찾아볼 수 없었다. 그는 테이블에 기대선 채 고개를 푹 숙이고 바닥만 내려다보고 있었다. 아마 그때 그곳에서 일어난 일을 생각하는 모양이었다.

크리스토퍼는 블레이크의 기분을 알 수 있을 것 같았다.

코미어 씨는 다시 평상시의 모습으로 돌아와 툴툴대기 시작했다. 그는 탐지기를 손에 넣은 직후 무척 기뻐하면서 빨리 크리스토퍼를 찾으러 가고 싶어 안달했다. 잭은 그가 전시장에서 윌리엄을 수선하는 동안에도 무척 조바심을 내고 있다는 사실을 알 수 있었다. 그의 눈빛에서 언뜻 짜증이 비쳤기 때문이다. 게다가 윌리엄이든 누구든 입을 열기만 하면 인상을 썼다.

윌리엄이 핑계를 댈 수 있도록 그들은 이야기를 꾸며냈다. 밤사이 복면을 쓴 도둑들한테 잡혀서 꼼짝할 수 없었다는 것인데, 잭은 히버트 국장이 이 말을 전혀 믿지 않을 거라고 생각했다.

코미어 씨가 건성으로 작별 인사를 하고 벽장문을 잠그는 동안, 윌리엄은 코미어 씨에게 다시 감사 인사를 하고 다른 로봇들에게 작별 인사를 했다.

트럭에 탄 코미어 씨는 잭한테 운전을 맡기고 소리를 빽빽 지르면서 길을 알려줬다. 덕분에 밤이 늦도록 복잡한 런던 시내 도로를 재빨리 빠져나갈 수 있었다. 코미어 씨는 차가 달리는 내내 앞유리창을 노려보면서 가끔씩 혼잣말을 웅얼거렸다.

한 시간 정도 달렸을까, 런던으로부터 약 16킬로미터 떨어진 곳에 도착했을 때였다. 코미어 씨가 잭한테 옆길로 차를 돌리라고 말했다. 좁은 샛길로 빠져서 조금 달리자 버려진 오두막 한 채가 나왔다. 잭은 오두막 옆에 차를 세웠다.

코미어 씨가 트럭에서 내리더니 오두막에 달린 큼지막한 문을 열었다. 물결 모양의 함석 지붕에는 녹이 잔뜩 슬었고, 지붕 한쪽 귀퉁이는 마치 거인이 벗겨내려다 만 것처럼 삐죽 올라와 있었다. 통조림 캔 뚜껑을 따다 만 모양과 비슷했다. 바위로 쌓아올린 벽은 오랫동안 비바람에 팬 흔적이 고스란히 남아 있어 지저분했다.

코미어 씨가 끈을 잡아당기자 전등에 희미하게 불이 들어왔다. 다른 로봇들도 오두막으로 들어왔다. 안에는 낡은 전선, 파이프 더미에 녹슨 엔진 조각 그리고 농업용 기계 부품까지 마구 뒤섞여 바닥에 어지럽게 흩어져 있었다. 눅눅한 냄새가 났다.

잭은 압살롬 씨의 작업실이 떠올랐다. 그러자 기분이 나아지기는커녕 가슴이 철렁 내려앉는 이상한 느낌이 더욱 강하게 들었다. 정보국을 떠난 이후로 줄곧 꺼림칙했다. 잭은 크리스토퍼를 찾는 데 도움이 될 탐지기를 손에 넣기만 해도 좋겠다고 생각했었다. 하지만 로봇들은 전부 꼭 집어 말할 수 없는 이상한 기분을 느꼈다. 아마 코미어 씨가 탐지기를 손에 넣기 위해 로봇을 죽였기 때문일 것이다. 잭은 크리스토퍼를 찾으러 나선 길이 처음에 기대했던 것과 달리 잘못되고 있다는 기분이 들었다.

코미어 씨는 오두막 안을 기운차게 돌아다녔다. 로봇들과 함께 있다는 사실을 까맣게 잊어버린 사람 같았다. 그러다 쇠사슬로 천장에 매달아둔 금속 마네킹을 어깨로 툭 건드렸다. 마네킹이 이리저리 왔다 갔다 움직였다.

잭은 마네킹 아래에 서서 물끄러미 위를 올려다봤다. 꼭두각시 인형을 조종하는 사람이 놓고 간 인형 같았다. 반구형의 머리는 이목구비라곤 없이 텅 빈 얼굴에 한쪽 팔은 목 뒤쪽으로 올라가고 다른 한쪽 팔은 몸 옆으로 축 늘어져 있었다. 잭은 인형의 발바닥에 있는 갈색 띠 모양의 녹 자국을 봤다. 지붕에서 새어 들어온 빗물이 마네킹을 타고 흘러내린 쪽으로만 벌집 모양으로 녹이 잔뜩 슬어 있었다.

잠시 문 쪽을 쳐다보던 코미어 씨가 천장에 매달린 인형을 살피고 있는 잭을 발견했다.

"엠프티(영어로 '텅 빈'이라는 뜻:옮긴이) 로봇이야. 이곳은 내가 예전에 작업실로 쓰던 집이란다. 사용하지 않은 지 오래됐지만."

코미어 씨가 중얼거리면서 작업실 안쪽에 놓인 긴 의자 쪽으로 걸어갔다.

둥글이 로버트도 잭 옆으로 와서 엠프티 로봇을 올려다봤다. 로버트는 평소답지 않게 말이 없었다. 전시장 밖으로 나온 이후로 로버트는 단 한 마디도 하지 않았다. 지금도 엠프티 로봇을 말없이 훑어보기만 했다. 잭은 로버트의 눈빛에서 감당할 수 없는 슬픔을 느낄 수 있었다. 어쩐지 로버트가 예전보다 성숙하고 지혜로워 보였다. 슬픔은 로버트로 하여금 몇 년 더 나이를 먹은 것처럼 보이게 했다. 로버트는 잭으로부터 무슨 대답이든 듣고 싶어 하는 눈치였다. 잭도 로버트한테 무슨 말이든 해줘야 한다는 생각이 들었지만 무슨 말을 해야 할지 짐작조차 할 수 없었다.

"이제 우린 뭘 하면 되죠?"

잭은 애써 침착한 척 일부러 큰 목소리로 말했다.

코미어 씨는 대답하지 않았다. 그는 로봇들을 등진 채 긴 의자에 앉아 탐지기를 살펴보느라 정신이 없었다. 잭은 에스텔과 눈길을 주고받았다. 차렷 자세로 서 있던 에스텔이 엄지와 검지로 자기 턱을 꽉 움켜잡았다.

"그걸로 뭘 해요?" 에스텔이 잔뜩 화난 목소리로 물었다.

"네가 신경 쓸 일이 아니다." 코미어 씨가 대답했다.

에스텔이 코미어 씨 쪽으로 걸어갔다.

잭은 고개를 저으며 에스텔의 팔을 붙잡았다. 그리고 헛기침을 하고는 말했다.

"저희도 궁금해요, 코미어 씨…."

"제기랄! 이런 형편없는 물건을 봤나. 시제품이야, 뭐야. 이렇게 조잡한 물건으로 대체 어쩌자는 거지? 도저히 용납할 수가 없어."

코미어 씨는 손에 든 탐지기를 계속해서 뒤집고 또 뒤집어 보면서 샅샅이 살폈다. 표면에서 뭔가를 찾고 있는 모양이었다. 전등불빛이 비친 탐지기의 금속 표면은 엉성하고 약해 보였다. 둥글이 로버트가 인상을 쓰며 차렷 자세로 천천히 코미어 씨 곁에 다가갔다. 조지는 로버트의 목에 붙어서 열심히 코를 비벼대고 있었다.

"너희 생각엔 정보국 사람들이 조립한 이 기계가 조금이라도 작동할 것 같냐? 아니, 전혀."

코미어 씨가 탐지기를 높이 들어올려 마구 흔들어대면서 중얼거렸다. 그러더니 탐지기를 의자 위에 아무렇게나 내려놓고는 주먹을 불끈 쥐었다. 그리고 한숨을 내쉬며 고개를 푹 숙였다.

아무도 말을 하지 않았다. 로버트는 여전히 잔뜩 찌푸린 표정으로 코미어 씨 바로 뒤에 서 있었다.

"코미어 씨." 로버트가 말했다.

코미어 씨가 뒤를 돌아봤다. 그의 표정이 약간 부드러워졌다. 하지만 로버트는 여전히 인상을 쓰고 있었다.

"그 로봇을 꼭 죽일 수밖에 없었나요?"

모든 것이 멈추었다. 잭은 오두막 안이 너무 고요해서 모래시계 속 모래가 흘러내리는 소리까지 들리는 느낌이었다.

코미어 씨가 깜짝 놀란 표정으로 일어섰다.

"뭐라고?"

로버트의 목소리가 좀 더 냉정해졌다.

"건물 지하에서 만난 그 로봇 말예요. 왜 죽였어요? 그 로봇이 꼭 죽어야 할 이유라도 있나요?"

로버트가 아무리 생각해도 이해할 수 없다는 듯 고개를 저었다. 코미어 씨가 잭과 다른 로봇들을 번갈아 보더니 문 쪽으로 시선을 돌렸다. 마치 문 밖으로 도망칠 궁리를 하는 사람 같았다.

로버트가 코미어 씨를 뚫어져라 쳐다봤다.

"코미어 씨는 로봇이 죽기를 바랐죠. 그래서 죽었고요. 로봇은 이제 사라졌어요. 코미어 씨 때문에요. 대체 이유가 뭐죠?"

잭은 이제 모래시계의 소리마저 들리지 않았다. 엠프티 로봇을 천장에 고정해둔 쇠사슬이 철컹하는 소리도 들리지 않았다. 무섭게 고요하기만 했다.

로버트의 질문에 새하얗게 질렸던 코미어 씨의 얼굴에 다시 혈색이 돌아왔다. 그는 입을 벌리고 있었지만 말소리는 나오지 않았다. 그러다 결국 입술을 굳게 다물고는 다시 긴 의자로 가서 앉더니 고개를 숙이고 탐지기를 들여다보는 척했다.

둥글이 로버트는 코미어 씨에게서 눈을 떼지 않고 있었다.

"내 생각엔 코미어 씨가 대답해주지 않을 것 같아."

잭이 로버트의 귓가에 대고 속삭였지만, 로버트는 여전히 코미어 씨의 등만 뚫어져라 노려봤다.

"이 기계를 작동시키기만 하면 네 친구가 어디 있는지 추적해서 찾을 수 있을 거다."

코미어 씨가 느닷없이 탐지기를 마구 흔들어댔다.

로봇들이 일제히 그를 쳐다봤다. 짜증을 내던 그의 표정이 점점 부끄러운 표정으로 바뀌는 것 같았다. 잭은 코미어 씨의 눈빛을 보고 그가 자신이 한 말에 확신이 없다는 걸 알아챘다. 게다가 죄책감도 느끼는 것 같았다.

"시간은 좀 걸릴 거다." 코미어 씨가 힘없이 말했다.

"그런데 크리스토퍼를 찾을 수는 있어요?" 에스텔이 물었다.

코미어 씨가 고개를 끄덕이고는 다시 긴 의자로 돌아갔다. 한참 뭔가를 깊이 생각하는가 싶더니 다시 로버트를 쳐다봤다.

"할 일은 해야지." 코미어 씨가 조용히 말했다.

로버트는 인상을 쓰고 코미어 씨가 한 말을 곰곰이 생각했다. 그러다 고개를 끄덕이더니 다른 로봇들 곁으로 걸어갔다.

코미어 씨가 로봇들 쪽으로 돌아섰다. 잭은 그의 표정에 언뜻 스치는 뭔가를 봤다. 그도 무척 고통스러운 모양이었다.

그러고 나자 왠지 분위기가 조금 밝아진 듯했다. 특히 둥글이 로버트의 표정에는 불안한 기색이 많이 사라졌다. 평소처럼 즐거운 모습으로 되돌아온 것 같았다. 코미어 씨는 여전히 무뚝뚝했다. 하지만 지난밤 이후로 아주 조금 다정해진 느낌이었다. 특히 로버트한테 그랬다. 그렇다고 해도 잭은 여전히 로봇들을 쌀쌀맞게 대하는 코미어 씨의 태도를 볼 때마다 화가 났다.

잭은 오두막 밖에 앉아 있었다. 에스텔이 옆에 와서 앉았다.

에스텔이 부츠 앞코로 유리 조각 더미를 툭 건드렸다.

"코미어 씨가 뭔가를 숨기고 있어. 너도 느꼈지?"

에스텔의 말에 잭은 고개를 끄덕였다. 잭은 처음부터 코미어 씨가 늘 의심스러웠다.

"탐지기도 그래. 형편없는 기계에 너무 집중하고 있잖아."

잭은 아무 말도 하지 않았다.

에스텔은 발끝으로 유리 더미를 계속 톡톡 건드렸다.

"크리스토퍼를 찾고 나면 어디로 갈지는 생각해봤어?"

잭은 약간 어지러운 느낌이 들었다. 그렇게 먼 나중의 일까지는 전혀 생각해본 적이 없었기 때문이다.

"모르겠어. 내 생각에도 우리가 지낼 곳을 생각해봐야 할 것 같아."

에스텔은 입술을 굳게 다물고 고개를 끄덕였다. 그리고 부츠 앞코를 물끄러미 내려다보며 깊은 생각에 잠겼다.

"네 생각엔…." 잭이 말을 걸었다.

에스텔은 오두막을 돌아봤다. 코미어 씨가 희미한 전등불 아래에서 작업을 하고 있었다.

"코미어 씨가 우리가 함께 지내도록 해줄 거 같냐고?" 에스텔이 이렇게 말한 뒤 고개를 저었다. "게다가 코미어 씨가 크리스토퍼를 자기가 데리고 있겠다고 하면? 그럼 어떡해?"

"그러게. 크리스토퍼가 우리랑 같이 살고 싶어 할지 어떨지는 아무도 모르는 일이니까." 잭이 소심하게 말했다.

"앞으로 어떻게 될지는 아무도 몰라. 솔직히 난 크리스토퍼를 찾을 수 있을지도 잘 모르겠어." 에스텔이 쓸쓸하게 말했다.

"그런 말 하지 마, 에스텔. 그런 말은 절대로 하면 안 돼. 우린 크리스토퍼를 꼭 찾을 거야. 그건 확실해."

"먼저 그 탐지기가 작동해야 말이지. 그렇다고 해도 난 리브스를 보낸 사람이 크리스토퍼를 순순히 돌려줄지도 의문이야."

에스텔이 자리에서 일어섰다.

"잠을 좀 자둬야겠다. 무슨 일이 생기면 깨워줘. 그런데 잠이 올지 모르겠다."

그렇게 말하고 에스텔은 조수석에 올라탔다. 그리고 좌석 밑에서 담요를 꺼내 온몸을 단단히 감쌌다.

동이 트기 직전, 에스텔은 누군가 살며시 어깨를 흔드는 걸 느끼고 잠에서 깼다. 그리고 누군가 자기 이름을 속삭이는 소리를 들었다. 마치 깊은 꿈속에서 들리는 소리 같았다. 눈을 비비면서 고개를 돌리자 조수석 문을 열고 서 있는 잭이 보였다. 잭 뒤쪽에서 이상한 불빛이 깜빡거리고 있었다. 에스텔은 트럭에서 내려 불빛이 비치는 쪽을 쳐다보며 어떻게 된 일일까 생각했다. 아직 해가 뜨기 전이었기 때문이다. 게다가 어둠 속 그 빛은 밝은 푸른색이었다. 번쩍이는 사파이어 빛이 사방을 파랗게 물들이고 있었다. 에스텔이 돌아보니, 둥글이 로버트와 그리퍼도 넋을 잃은 채 오두막 쪽을 쳐다보고 있었다.

코미어 씨가 문 바로 앞에 서 있었다. 그가 앞으로 내민 양손 사이에는 탐지기가 떠 있었다. 에스텔이 처음에 생각했던 것보다 훨씬 밝은 은색이었다. 탐지기 표면에서 미세한 파란색 빛줄기가 호를 그리면서 새어 나와 주변을 환하게 밝히고 있었다. 탐지기는 최면을 거는 듯 빙글빙글 천천히 돌았다. 그 표면에서 기호가 물결처럼 움직이면서 나타났다 사라졌다. 물이 흐르듯 부드럽게 스르륵 움직이다가 다시 합쳐지기도 하고 나누어지기도 했다.

호기심 가득한 표정으로 신이 나서 탐지기를 바라보던 로버트가 에스텔을 돌아보며 활짝 웃었다.

"에스텔, 저것 봐."

에스텔도 눈을 뗄 수가 없었다. 코미어 씨가 양손을 허공에서 좌우로 흔들자 탐지기가 은은한 빛을 내뿜으면서 물처럼 부드럽게 천천히 빙글빙글 돌았다.

"그 기계는 뭘 하고 있는 거죠?"

목소리가 크면 이 마법 같은 상황이 깨지기라도 할까 봐 에스텔은 잔뜩 긴장한 목소리로 물었다.

"찾고 있다." 코미어 씨가 대답했다.

코미어 씨가 에스텔 쪽으로 돌아섰다. 탐지기는 여전히 그의 양손 사이에 붕 떠 있었다.

바로 그 순간 에스텔은 정말 놀라운 장면을 목격했다.

코미어 씨가 활짝 웃고 있었다.

24

던롭이 크리스토퍼를 실험실 안으로 떠밀었다. 블레이크가 씩 웃고 있는 모습이 눈에 들어오자 크리스토퍼는 섬뜩한 느낌이 들었다. 그리고 곧 자기가 곤경에 빠졌다는 사실을 알아차렸다.

블레이크가 가까이 오라고 손짓했다. 그는 활짝 웃고 있었다.

"잘 잤니? 오늘은 기분이 어때, 애송이 크리스토퍼?"

크리스토퍼는 의자를 쳐다봤다. 기다란 모양의 금속 팔걸이가 달려 있었다. 그 끝에는 금속 띠를 격자 모양으로 엮어 만든 반구형 물체가 달려 있었다.

"마음에 들어?"

블레이크가 모자처럼 생긴 장치를 손으로 가리키며 물었다. 마치 구경꾼에게 신기한 물건을 소개하는 마술사 같은 몸짓이었다.

"이 물건의 이름은 아직 못 정했어. 하지만 차차 정해지겠지."

그의 두 눈이 사납게 번득였다.

"한번 써보겠니?"

크리스토퍼는 돌아섰다. 하지만 던롭이 크리스토퍼의 팔꿈치를 꽉 움켜쥐고 의자 쪽으로 끌고 갔다. 결국 꼭두각시 인형을 꼭 끌어안은 채 별수 없이 의자에 앉아야 했다. 크리스토퍼는 걷잡을 수 없이 공포에 빠져들었다.

블레이크가 크리스토퍼를 내려다봤다.

"그러니까 말이다, 크리스토퍼. 네 기억들이 겹쳐져 있다는 점을 명심해야 해. 바다 밑에 가라앉은 모래를 체로 치는 것과 비슷한 작업이야. 파도가 밀려오면 모래가 물결을 따라 이리저리 움직일 때가 있지. 그래서 진짜 기억에서 가짜 기억을 걸러내는 일은 힘들어. 하지만 가장 깊은 곳엔 분명히 진짜 기억들이 있단다."

그가 껄껄 웃더니 고개를 저었다.

"그래도 꼭 명심해야 할 점이 있다. 네가 스스로 기억을 떠올려야 한다는 거지."

크리스토퍼는 애써 아무렇지 않은 표정으로 앞만 쳐다봤다.

블레이크가 크리스토퍼 쪽으로 몸을 숙였다.

"너도 알다시피, 기억들은 흔적을 남기지."

그러고는 의자 등받이 뒤에 서서 반구형 모자를 들고 크리스토퍼의 머리에 씌웠다. 크리스토퍼가 버둥대자 그는 한 손으로 이마를 꾹 눌러 진정시켰다.

"가만히 있는 게 좋을 거야."

던롭이 불안하면서도 호기심 어린 표정으로 이 상황을 지켜봤다. 그가 인상을 잔뜩 찌푸리자 이마에 깊은 주름이 생겨 원숭이를 닮은 얼굴이 꽤나 멍청해 보였다.

크리스토퍼가 대체 무슨 일이냐고 물어보려던 찰나, 갑자기 윙하고 가벼운 소리가 나더니 머릿속이 울리는 느낌이 들었다. 그리고 느닷없이 밝은 빛이 쏟아지면서 예전 기억들이 밀려들었다.

크리스토퍼는 너무 놀라 무서워할 겨를도 없었다.

"뭐가 보이니?" 블레이크가 물었다.

크리스토퍼 앞에 나타난 광경을 설명할 단어는 단 한 가지뿐이었다. 세상에 하나밖에 없는 단어.

"집요."

"제대로 작동하는 모양이군."

블레이크가 안도의 한숨을 내쉬며 말했다.

크리스토퍼는 직사각형 모양의 나지막한 흰색 집 한 채를 보고 있었다. 윤기가 흐르는 짙은 초록색 덤불이 담장을 뒤덮은 시골집이었다. 팔을 뻗으면 손에 닿을 것만 같았다.

"뭐가 보이니, 크리스토퍼?"

"집이 보여요. 우리 집요."

"집 안으로 들어가보겠니? 그래야 착한 아이지."

크리스토퍼는 블레이크가 패치를 계속 조사하고 있다는 사실을 어렴풋이 알아차렸다. 반항해볼까 생각했지만 소용없을 거라는 사실도 잘 알았다. 뭔가를 찾고 싶은 마음은 크리스토퍼도 아주 절실했다. 그래서 저항할 수가 없었다. 눈앞에 보이는 꽃송이가 진짜 꽃처럼 아주 생생했다.

느닷없이 소리, 향기, 색깔이 한꺼번에 밀려오는 바람에 크리스토퍼는 파도에 휩싸인 것 같은 충격을 받았다. 몸이 덜덜 떨렸다.

"워, 진정하렴."

크리스토퍼는 어리둥절한 표정으로 블레이크를 올려다봤다. 그는 웃고 있었다. 어린아이처럼 불안해 보이는, 또 한편으로는 부끄러워하면서도 희망으로 가득 찬 미소였다.

크리스토퍼가 기억 속으로 더 깊이 빠져들면서 눈앞에 보이던 블레이크의 얼굴이 희미해졌다. 크리스토퍼의 귀에 누군가 노래를 부르는 소리가 들렸다. 아주 멀리서 들려오는 어떤 여자의 목소리였다. 그리고 또 다른 소리….

불길.

오두막 지붕 뒤쪽 일부와 크리스토퍼의 오른쪽이 불길 탓에 움푹 꺼져 있었다.

크리스토퍼는 불길이 보인다기보다 그것을 느낄 수 있었다. 연기는 확실하게 보였다. 노르스름한 회색 연기 때문에 매캐하고 숨이 막혔다. 목구멍 안쪽에서 직접 연기를 들이마신 느낌도 났다. 타들어가는 듯 뜨겁고 지독한 느낌이었다.

"뭐야, 무슨 일이야?" 블레이크가 물었다.

크리스토퍼는 의자에서 몸을 비틀었다.

"그게, 그러니까… 불이 났어요."

크리스토퍼의 두 눈에 눈물이 흐르기 시작했다. 눈물을 닦아내자 눈앞에 보이던 불길이 순식간에 사라졌다.

블레이크가 크리스토퍼의 어깨에 손을 올리고 달랬다.

"조심해, 크리스토퍼."

크리스토퍼는 다시 눈을 감고 지붕에 난 구멍을 쳐다봤다. 구멍 가장자리에 새카맣게 그을린 서까래가 보였다. 이가 까맣게 썩은 모양과 비슷했다. 마룻바닥에는 재가 잔뜩 쌓여 있었고 시커멓게 그을린 자국이 선명했다.

"불이 난 뒤에 무슨 일이 있었는지 기억나니?"

크리스토퍼는 고개를 저었다.

"아니요. 불이 나기 전에 있었던 일만 조금 기억나요."

"그럼, 확실히 기억나는 게 뭐…."

갑자기 크리스토퍼의 눈앞에서 불길에 그을렸던 집이 금색으로 은은하게 빛나더니 블레이크의 목소리가 사라졌다. 왼쪽에서 다른 사람의 목소리가 들렸다. 고개를 돌리자 크리스토퍼는 자기가 주방에 서 있다는 것을 알 수 있었다.

크리스토퍼의 엄마가 식탁 위에서 빵 반죽을 하고 있었다. 엄마의 손가락에 찐득한 반죽이 들러붙었다. 크리스토퍼가 다가가자 엄마가 활짝 웃었다.

크리스토퍼의 아빠가 왼쪽으로 난 문으로 들어왔다. 아빠를 보자 크리스토퍼는 가슴이 쿵쾅거렸다. 군복을 입은 아빠가 행겊에 손을 닦았다. 크리스토퍼는 아빠 손에 묻은 기름과 갈색 눈동자를 봤다. 아빠도 크리스토퍼를 보고 밝게 웃었다. 크리스토퍼는 행복감에 흠뻑 취해버렸다. 마치 자기가 온 세상의 중심이 된 것 같은 기분이었다. 이제야 모든 것이 제자리를 찾았다는 생각이 들었다.

진짜 집으로 돌아온 느낌이었다.

방 안에 다시 회색빛이 돌면서 그 빛이 점차 희미해졌다. 크리스토퍼는 기둥이 휘청거리면서 흔들리는 느낌이 들어 테이블에 몸을 기댔다. 이런 느낌까지 느낄 수 있다는 사실이 무척 신기했다.

"뭐가 떠오르니?"

블레이크가 깊은 꿈속에 빠진 크리스토퍼를 흔들어 깨웠다.

크리스토퍼는 블레이크를 돌아봤다.

"부모님요. 부모님 기억이 났어요. 엄마, 아빠 모두요."

크리스토퍼가 밝게 웃자 블레이크도 격려하듯 활짝 웃어줬다.

"다른 건 또 없고?"

"별다른 건 없었어요."

"특별히 기억에 남는 건 없었니?"

크리스토퍼는 고개를 저으면서 다시 밝게 웃었다.

"아니요. 그게 다예요."

이렇게 대답하고 크리스토퍼는 머릿속에 떠오른 기억으로 되돌아갔다.

주방에 감돌던 빛의 색이 바뀌어 있었다. 바깥으로 보이는 하늘이 캄캄했다. 이른 저녁 같았다. 주방 안에는 짤막한 촛불을 켜두었다. 그리고 식탁에 누군가 앉아 있었다. 십대 중반 정도로 보이는 소년이었다. 크리스토퍼는 문틀 뒤에 숨어 들키지 않기를 바라면서 그 소년을 가만히 쳐다봤다. 소년은 드라이버로 시계태엽처럼 생긴 물체를 조이고 있었다. 어딘가 모르게 주눅이 들고 풀이 죽어 보였다. 소년은 어깨를 잔뜩 움츠린 채 오른쪽 문을 힐끔힐끔 훔쳐봤다.

'맞아. 저 소년이 누구랑 함께 왔었는데….'

크리스토퍼의 머릿속에 어떤 생각이 문득 떠올랐다. 하지만 그 기억은 마치 미끄러운 물고기처럼 머릿속을 스쳐 지나갔다.

'저 소년이 분명 누군가를 만나러 왔었는데….'

이번에도 기억이 어렴풋이 떠올랐다가 사라져버렸다.

"크리스토퍼, 뭐가 보이니?"

블레이크의 목소리가 멀리서 부드럽게 들려왔다.

크리스토퍼는 한참 동안 소년을 물끄러미 바라봤다. 그것은 분명 중요한 일이었다. 꼭 기억해내야 했다. 그리고 문득 이 기억을 혼자만 알고 있어야 한다는 생각이 들었다.

"보이는 게 없어요. 아무것도 안 떠올라요. 주방만 보였어요."

크리스토퍼의 오른쪽에서 뭔가가 움직였다. 그림자가 문 앞에 나타나더니 갑자기 주방 안으로 누군가 들어왔다. 얼굴까지는 볼 수 없었지만 아주 키가 크고 체격이 좋은 남자라는 걸 알 수 있었다. 그 남자가 소년 옆에 가서 섰다. 크리스토퍼는 방문객을 올려다보는 소년의 눈빛에서 두려움을 봤다.

남자가 뭔가를 가리키는지 집게손가락을 들어올렸다. 그리고 주먹으로 테이블을 쾅 내리쳤다. 소년이 소스라치게 놀라 몸을 움츠렸다.

크리스토퍼는 아무 소리도 들을 수 없었다. 왠지 모르지만 소리는 들리지 않고 눈앞에서 벌어지는 장면만 보였다.

소년이 입술을 움직여 무슨 말을 했다. 그 순간 남자가 손을 휙 뻗어 소년이 만지작거리고 있던 시계태엽처럼 생긴 물건을 빼앗아 집어던졌다. 그 물건은 벽에 부딪힌 뒤 바닥으로 떨어졌다.

남자가 밖으로 나갔다.

소년이 울기 시작했다. 고개를 푹 숙이고 어깨를 들썩이며 엉엉 울었다. 깜짝 놀란 크리스토퍼는 자기도 모르게 소년 곁으로 다가갔다. 소년이 고개를 들었다.

둘은 눈이 마주쳤다.

크리스토퍼는 "헉" 하고 소리쳤다.

"왜 그래, 크리스토퍼?" 블레이크의 목소리가 다시 들렸다.

크리스토퍼와 소년은 서로를 물끄러미 바라봤다. 크리스토퍼는 소년의 이마로 볼품없이 곧게 뻗어 내려온 머리카락을 봤다. 소년의 눈빛에서 고통과 슬픔이 전해졌다. 소년이 가여웠다. 그 순간 둘은 새로운 사실을 깨달았다. 크리스토퍼는 그 소년을 알고 있었다. 갑자기 힘이 솟아올랐다. 둘은 서로를 알고 있었다.

그 소년은 바로….

"엄마요. 엄마가 다시 보여요." 크리스토퍼는 거짓말을 했다.

소년의 형체가 점점 희미해지더니 사라졌다.

방이 바뀌더니 이번에는 침실이었다. 크리스토퍼는 활짝 웃었다. 소년과 눈이 마주친 순간 이상하게 아드레날린이 솟아나는 느낌이 들었다. 하지만 그 느낌은 점차 가라앉았다. 심장박동이 점점 느려졌다. 몸이 점점 더 무거워지는 느낌이 들었다. 하지만 행복한 마음은 여전했다. 침실이 보이자 유난히 더 행복했다.

"제 방이 보여요."

"뭐 특별한 점은 없니?"

블레이크의 목소리는 다시 맑아져 있었다. 하지만 조급한 마음이 느껴졌다.

"제가 이 방에서 잠을 잤어요. 아시다시피 인간은 잠을 자잖아요. 그러니까…."

문득 크리스토퍼는 머릿속에 떠오른 기억과 느낌이 모두 의심스러웠다. 인간? 나는 인간이 아니잖아. 인간도 아닌데 어떻게 가족이 있었지? 예전 일을 기억하지 못하는 이유가 뭐지? 그 이후 기억도 나지 않는 이유는 또 뭘까?

크리스토퍼의 생각을 꿰뚫어본 것처럼 블레이크가 물었다.

"또 뭐가 떠올랐니? 불이 난 장면 이후에 떠오른 건 없었어? 얘기해보렴. 불이 나기 전의 기억도 한번 떠올려봐."

크리스토퍼는 정신을 집중했다. 하지만 잠시 후 고개를 저으면서 말했다.

"아무것도 떠오르지 않아요."

블레이크가 시골집 안을 좀 더 자세히 살펴보라고 했다. 하지만 크리스토퍼는 블레이크가 시키는 대로 하지 않았다. 대신 산들바람에 날아다니는 깃털처럼 이 방 저 방을 돌아다녔다.

크리스토퍼는 가는 곳마다 새로운 기억과 느낌이 저절로 생생하게 떠올라 무척 놀랐다. 갑작스러운 비바람을 피해 현관문을 확 열고 안으로 들어와 깔깔대던 엄마와 아빠, 발에 스치던 낙엽, 거실 벽난로 곁에 앉아 엄마가 크리스토퍼의 젖은 머리를 수건으로 힘차게 털어주던 것, 촛불을 켜고 앉아 듣던 이야기, 한여름 뜨거운 햇살 아래 잘 익은 딸기 냄새, 햇살과 비와 바람과 눈, 한밤중에 처마 끝을 스쳐 지나는 구슬픈 바람 소리에 담요를 턱까지 끌어올려 덮던 것, 침실 창문 안으로 비치던 달빛. 이 모든 기억이 한꺼번에 떠오르면서 집이라는 포근한 느낌이 생생하게 전해졌다.

하지만 여러 행복한 기억 중에서도 그 소년과 그 눈빛이 가장 선명하게 남았다.

"달리 떠오르는 기억이 없다는 게 정말이니?"

"네, 없어요." 크리스토퍼는 또 거짓말을 했다.

이제 눈앞에 정원이 보였다. 그리고 그곳에는 다른 뭔가가 있었다. 눈가에 뭔가 스치고 지나간 느낌이 들었다. 저녁이 다가오는 정원으로 어슴푸레한 빛이 잠시 비치는가 싶더니 갑자기 황금빛이 쏟아졌다. 크리스토퍼의 두 눈이 휘둥그레졌다. 또다시 어떤 손길이 느껴졌다….

갑자기 '쉭' 소리가 나더니 눈앞이 흐릿해지면서 모든 것들이 한데 섞이기 시작했다. 크리스토퍼는 자기도 모르게 눈을 비비면서 눈앞에 서린 갈색 안개를 닦아내보려 애썼다.

"긴장하지 마, 크리스토퍼."

크리스토퍼는 블레이크가 이를 꽉 깨물고 말하고 있다는 사실을 깨달았다.

"지금 뭘 하시는…."

"긴장 풀어. 이 모자에 맡겨보자꾸나. 좀 더 깊이 숨은 기억을 떠올려봐. 좀 더 알아봐야 하니까."

"뭘 더 알아본다는 거죠?"

크리스토퍼는 공포감이 밀려들기 시작했다. 눈앞이 선명해지기는커녕 점점 더 어두워지고 있어서였다. 연기 냄새도 다시 났다. 그리고 누군가 큰 소리로 크리스토퍼를 부르는 소리가 들렸다.

"크리스토퍼." 블레이크가 화난 목소리로 윽박질렀다.

"못 해요… 못 하겠…."

두 눈이 따끔거리더니 연기가 목구멍 안으로 서서히 퍼지는 느낌에 크리스토퍼는 고통스러웠다.

"내 말 잘 들어, 크리스토퍼."

불길이 탁탁 소리를 내면서 확 타올랐다. 그러다 불길이 세지면서 나무도 펑 터지고 갈라지며 타들어갔다. 크리스토퍼는 앞을 볼 수도, 숨을 쉴 수도 없었다. 비명을 질러보려고 했지만 목소리마저 나오지 않았다.

"크리스토퍼!"

누군가 크리스토퍼를 불렀다. 목소리 두 개가 겹쳐 들려왔다. 하나는 기억 속 목소리였고, 또 하나는 지금 옆에 있는 블레이크의 목소리였다.

크리스토퍼는 손으로 머리의 모자를 있는 힘껏 벗겨냈다.

블레이크가 고래고래 소리 지르며 알아들을 수 없는 말을 늘어놓았다. 하지만 크리스토퍼는 전혀 아랑곳하지 않았다. 크리스토퍼는 의자에서 벌떡 일어나 문 앞으로 걸어갔다. 가슴에 안겨 있던 꼭두각시 인형이 바닥으로 툭 떨어졌다. 인형이 혼자 천천히 일어났다. 크리스토퍼가 벗어 던진 모자에서 불꽃이 튀었다.

크리스토퍼 앞에는 덩치가 어마어마하지만 멍청해 보이는 던롭이 떡 버티고 서 있었다. 그는 눈앞에서 벌어지고 있는 상황을 이해할 수 없다는 듯 눈을 껌뻑거리고 있었다.

"그 녀석을 붙잡아!" 블레이크가 소리를 빽 질렀다.

던롭이 고개를 끄덕이더니 육중한 몸을 움직여 크리스토퍼한테 다가갔다. 그리고 크리스토퍼의 어깨를 꽉 잡고는 다시 의자 앞으로 끌고 갔다.

블레이크가 크리스토퍼를 억지로 의자에 앉혔다. 그의 얼굴은 화가 잔뜩 나서 새빨개졌고 인상까지 쓰고 있었다.

"왜 나를 도와주지 않는 거지?"

크리스토퍼도 화가 났다.

"도와드리고 있잖아요."

"넌 나를 믿어야 해, 크리스토퍼. 네가 맨 처음 정신을 차린 순간을 기억해야 한다. 당시 주변 환경을 꼭 알아내야 하니까."

"주변 환경이라뇨?"

크리스토퍼는 머릿속이 복잡했다. 블레이크가 무슨 말을 하는지 전혀 이해할 수 없었다.

"당시 상황을 반드시 기억해야 한다. 네가 어디에 있었는지, 함께 있었던 사람이 누구인지, 그리고 어떤 기호를 사용했는지를 모두 떠올려야 해. 난 그 기호 방식… 그 방법을 알아내야 해."

블레이크가 불만스러운 표정으로 두 눈을 꼭 감고 오른 주먹으로 이마를 톡톡 두드렸다.

"그러니까, 네가 나한테 전부 말해줘야 한다는 뜻이야."

"저는 벌써 모든 걸 다 말씀드렸어요!"

"숨기는 게 있잖아!"

"저는 블레이크 씨가 뭘 알아내고 싶은지조차 모른다고요!"

크리스토퍼가 이렇게 말하자 던롭이 크리스토퍼의 뒤통수를 꽉 움켜잡았다.

블레이크가 눈을 휘둥그레 뜨고는 거의 애원하다시피 말했다.

"이 일이 얼마나 중요한지를 모르겠니? 그래? 난 네 기억이 꼭 필요해. 모두 다. 네 기억을 전부 알아내지 못하면 여기서 끝이다. 네가 어떻게 다시 깨어났는지를 반드시 기억해야 한다. 그래야 나도 만들 수…."

블레이크가 갑자기 말을 멈추고는 불만 가득한 표정으로 머리카락을 마구 쓸어 넘겼다.

'뭘 만들어야 한다는 거죠?' 크리스토퍼는 입술을 굳게 다물고 속으로 생각했다. 이 질문을 하면 블레이크의 화를 더 돋울 수 있겠다는 생각이 들었다. 하지만 문득 던롭이 가진 전기충격기가 보였다. 갑자기 입술이 바싹 말라붙는 느낌이 들면서 혀로 입술을 핥고 싶었지만 꾹 참았다.

블레이크는 당장이라도 폭발할 것 같았다. 화풀이 대상을 물색하듯 필사적으로 주위를 둘러보고 있었다.

그러다 그 대상을 발견했다.

꼭두각시 인형이 테이블 위에 서 있었다. 얼굴에 이목구비가 전혀 없는데도 인형이 멍하니 그들을 바라보고 있는 느낌이었다.

블레이크가 인형 쪽으로 달려갔다. 인형이 위험을 감지하고 테이블 위를 이리저리 움직여 피해보려고 했다. 하지만 블레이크가 너무 빨랐다. 그는 인형을 붙잡고 크리스토퍼 쪽으로 홱 돌아섰다.

"나를 도와줄 거야? 단 한 가지도 숨기지 말고 나한테 모조리 말해!"

크리스토퍼는 블레이크의 손아귀에서 벗어나려고 안간힘 쓰며 꿈틀거리는 꼭두각시 인형을 쳐다봤다.

"그러지 마세요, 제발… 제가 아는 건… 모두 다 말씀드리려고 노력했어요."

블레이크가 실실 웃으면서 수압기 쪽으로 걸어갔다. 크리스토퍼가 실험실에 맨 처음 들어왔을 때 본 기계였다. 꼭두각시 인형이 블레이크의 손아귀에서 벗어나려고 한층 더 안간힘 썼다.

크리스토퍼는 소리를 질렀다.

"안 돼요!"

블레이크가 버튼을 누르자 수압기가 '웅' 소리를 내면서 되살아났다. 그가 또 다른 버튼을 누르자 수압기 해머가 '쾅' 소리를 내면서 아래로 내려왔다. 진동이 얼마나 센지 마룻바닥 전체가 떨리면서 크리스토퍼의 다리를 타고 올라와 턱까지 그 느낌이 전해졌다.

블레이크가 크리스토퍼를 돌아보며 물었다.

"나를 도와주겠니, 크리스토퍼?"

크리스토퍼는 눈물이 흐르는 느낌이 들었다. '울지 않을 거야.

울면 안 돼.' 크리스토퍼는 고개를 돌리고 싶었지만 던롭이 머리카락을 꽉 움켜쥐고 있어서 꼼짝없이 지켜볼 수밖에 없었다.

쾅!

크리스토퍼는 대담한 척하려고 애썼다.

"나를 도와주겠니? 정중하게 부탁하는 거다."

쾅!

크리스토퍼는 고개를 끄덕였다. 그런데 던롭이 머리카락을 너무 세게 잡고 있어서 고개를 움직이기가 힘들었다.

"그게 무슨 뜻이지?"

쾅!

"네, 네."

쾅!

블레이크가 손을 오므려서 귓가에 댔다.

쾅!

"네! 블레이크 씨를 도와드릴게요. 제가 아는 건 전부 다 말할게요." 크리스토퍼는 눈물을 뚝뚝 흘리며 말했다.

블레이크가 두 눈을 꼭 감고 한숨을 내쉬었다. 그리고 고개를 끄덕여 고맙다는 표시를 하고는 꼭두각시 인형을 내려놓았다.

"내가 꼭 듣고 싶었던 말이구나, 크리스토퍼. 고맙다."

그러고는 다시 돌아서더니 꼭두각시 인형을 수압기 해머 밑으로 집어넣었다.

수압기 해머가 내려왔다.

쾅!

그리고 또

쾅!

또다시

쾅!

크리스토퍼는 무릎을 꿇고 주저앉았다. 고개를 들어보려 했지만 차마 그럴 수가 없었다.

수압기가 멈췄을 때 꼭두각시 인형은 거의 흔적조차 찾기 힘들었다.

블레이크가 쇠붙이 조각을 손에 들고 크리스토퍼 곁으로 다가왔다. 그리고 쪼그리고 앉아서 쇠붙이 조각을 크리스토퍼의 눈앞에 마구 흔들었다.

"내가 필요한 건 네 도움이란다. 그뿐이야."

크리스토퍼는 겨우 숨을 쉬면서 블레이크를 쳐다봤다.

블레이크가 크리스토퍼를 보면서 씩 웃었다.

"저 기계에 손을 갖다 대면 손이 아작 날걸." 던롭이 킬킬댔다.

"그래, 누구든 그럴 수 있지. 정말이고말고."

블레이크가 크리스토퍼를 빤히 보면서 말했다. 그러고는 고개를 옆으로 기울이고 애써 진심인 척하며 한마디 덧붙였다.

"나를 도와주겠니, 크리스토퍼?"

크리스토퍼는 고개를 끄덕였다.

블레이크가 활짝 웃으면서 크리스토퍼의 머리를 마구 헝클어트렸다.

"착한 녀석."

그러고는 크리스토퍼의 얼굴을 한참 들여다봤다. 진심으로 감탄하는 눈빛이었다.

"눈물이라니, 세상에… 이렇게 정교한 로봇이 또 있을까."

그런 뒤 블레이크는 돌아서서 다시 의자 쪽으로 걸어갔다. 쇠붙이 조각을 휙 던지자 쨍그랑 소리를 내면서 어디론가 툭 떨어졌다.

"크리스토퍼를 데려가게, 던롭. 녀석을 내일까지 푹 쉬게 해줘."

블레이크가 의자에 달린 모자를 들여다보는 동안, 던롭이 크리스토퍼를 문 쪽으로 끌고 갔다.

'도와드리죠, 블레이크 씨. 도와드릴 테니 걱정 말아요.'

좁은 방으로 다시 끌려가는 동안 크리스토퍼의 머릿속에는 슬픔 대신 분노가 가득 차올랐다.

그들은 거의 온종일 차를 타고 달렸다. 그리고 밤에는 숲에서 캠핑을 하기로 했다. 코미어 씨는 탐지기가 내뿜는 빛을 재빠르게 해석하면서 길 안내를 전담했다. 운전은 잭이 맡았다. 그들은 정보국 수사관들에게 들키지 않을까 하는 걱정에 계속 뒷길로만 움직였다. 트럭은 달리다가도 종종 오랫동안 멈춰 서 있어야 했다. 코미어 씨가 탐지기를 들여다보며 마치 나침반을 조종하는 사람처럼 손을 이리저리 움직이며 웅얼거리는 동안 한참을 가만히 기다려야 했다. 달리다 멈춰 서기를 수없이 반복하느라 초조한 와중에도 그들은 두려움과 동시에 기대감에 들떠 있었다.

밤이 되자 그들은 숲 속에 들어가 캠핑을 했다. 둥글이 로버트는 캠핑이 난생처음이었다. 그래서 살짝 겁에 질려 있었지만, 곧 친구들을 하나하나 붙잡고 열두 번도 넘게 캠핑에 대해 재잘댔다.

장작에 불이 붙자 그리퍼가 캠프 입구에 자리 잡고 앉아 망을 봤다. 로버트는 불 앞에서 양손을 불가에 댔다가 문질렀다가 하느라 정신없었다.

코미어 씨는 맞은편 나무 둥치에 등을 기대고 앉아 있었다. 그는 탐지기를 톡톡 두드리면서 자세히 들여다보고 있었다. 마치 소중한 애완동물을 꼭 끌어안고 뭔가를 속삭이는 듯한 자세였다. 그의 얼굴이 은은한 푸른색으로 빛났다.

코미어 씨가 잠시 고개를 들었다가 자기를 쳐다보고 있는 잭과 에스텔을 발견했다.

"그리 멀지 않은 곳에 있어. 곧 찾을 수 있을 거야."

그는 이렇게 말하고 다시 탐지기로 시선을 돌렸다.

잭은 그날 밤 압살롬 씨의 고물상에서 그 사건이 벌어진 이후, 늘 머릿속을 맴돌던 질문을 꼭 해야겠다고 결심했다.

"크리스토퍼는 어떻게 영혼을 갖게 된 거죠?"

코미어 씨의 표정을 본 잭은 기분이 좋았다. 자기가 쏜 화살이 과녁에 명중한 느낌이었다. 화가 잔뜩 난 게 분명한 그가 애써 특유의 무심한 표정을 짓고 있는 걸 보고 잭은 남몰래 씩 웃었다.

"그건 알아서 뭐하려고." 코미어 씨가 탐지기를 들여다보는 척하며 대답했다.

"뭐, 물어볼 수도 있죠." 건방진 눈빛으로 코미어 씨를 쏘아보며 에스텔이 끼어들었다.

코미어 씨가 에스텔을 노려봤다.

"로봇 제작 원리는 아주 복잡하단다. 더구나 넌 피부만 만들잖냐. 너 같은 애한테 그걸 설명하자면 시간이 너무 오래 걸린다."

"그럼 저한테 알려주세요." 잭이 말했다.

코미어 씨가 고개를 홱 돌리더니 연신 입술을 핥았다. 그의 난감한 표정을 보고 잭은 무척 만족스러웠다.

"너한테?" 코미어 씨가 초조한 표정으로 픽 웃었다. "넌 너무 어려서 말해줘도 이해 못 할 거다. 그러니까, 너 말이야. 네 녀석이 언제 제작됐지? 이제 겨우 아기 수준에 불과하잖아."

"열두 살인데요." 잭이 발끈하며 대답했다.

"애송이 녀석." 로버트가 속닥거렸다.

"크리스토퍼는 부모님 기억이 난다고 했어요." 잭이 말했다. "크리스토퍼도 우리랑 똑같은 로봇인데 어떻게 부모님이 있는 거죠?"

"나도 몰라. 내가 어떻게 알겠어. 네 척척박사 친구한테 물어보지 그러냐?" 코미어 씨가 퉁명스럽게 대답했다.

즉시 에스텔이 발끈하며 말했다. "내가 아는 게 많긴 하지."

코미어 씨가 한쪽 눈썹을 찡긋 치켜세웠다.

"네가 알긴 뭘 알아? 아주 기본적인 원칙 몇 가지로 면허도 없이 피부나 만드는 주제에. 엔지니어가 되겠다는 야무진 꿈이라도 있긴 하냐?"

에스텔의 얼굴이 새빨개졌다.

"아! 그렇군. 행운을 빈다! 그런데 혹시 여자는 엔지니어가 될 수 없다는 사실을 알고 있냐? 런시블이 엄격하게 법으로 정해놓았거든."

"꼭 우리 아빠처럼 말씀하시네요. 우리 아빠도 멍청이였거든요."

"그럼 네 엄마는 어떠셨는데? 멍청한 게 집안 내력인가 보구나?"

코미어 씨가 씩 웃으며 약을 올렸다.

에스텔이 차렷 자세로 선 채 주먹을 불끈 쥐었다.

"그 말 취소해요!"

그리퍼가 에스텔의 목소리를 듣고 깜짝 놀라 돌아봤다. 로버트도 에스텔을 빤히 쳐다봤다. 타닥타닥 장작이 타들어가는 소리만 들렸다.

코미어 씨가 낄낄거리며 고개를 젓더니 에스텔한테 말했다.

"어리석은 애송이 같으니라고."

"그 말 취소하라고 했죠!"

에스텔은 이제 온몸을 부들부들 떨고 있었다. 그런데 눈빛이 무척 슬퍼 보였다.

코미어 씨의 얼굴에는 여전히 웃음기가 희미하게 남아 있었다. 자기가 지나쳤다는 사실을 알지만, 절대 물러나거나 되돌리지 않겠다는 투의 신경질적인 웃음이었다.

그가 잠시 뭔가를 깊이 생각하는가 싶더니 고개도 들지 않고 에스텔을 향해 한 손을 저으며 말했다.

"네 엄마 이야기나 좀 해다오."

에스텔이 겨우 침을 꿀꺽 삼켰다.

"왜요?"

코미어 씨가 달래는 듯한 표정으로 에스텔을 바라봤다.

"그냥 엄마 얘기 좀 해줘."

에스텔이 불안한 눈빛으로 주위를 둘러봤다. 잭은 에스텔의 눈빛에서 긴장감과 분노 그리고 미심쩍어하는 마음을 느꼈다.

"엄마는 나한테 세상에서 제일 중요한 분이셨어요. 로봇 피부를 만들게 된 것도, 늘 올바르게 살려고 했던 것도 다 엄마 덕분이었어요. 엄마가 항상 '에스텔 윌킨스, 무슨 일이든 늘 최선을 다해야 한다'고 말씀하셨거든요. 난 엄마와의 약속을 꼭 지키려고 그렇게 살았어요."

"엄마한테 무슨 일이라도 있었냐?"

"돌아가셨어요."

"어쩌다?"

에스텔이 잠시 고개를 흔들더니 마치 숨이 막히는 사람처럼 끙끙 앓는 소리를 내면서 얼굴을 홱 돌렸다. 그리고 고개를 저으면서 컴컴한 숲 속을 바라봤다.

코미어 씨가 잘 알겠다는 듯 고개를 끄덕거렸다.

에스텔이 다시 고개를 돌려 코미어 씨를 쏘아봤다. 그 짧은 순간에 마음을 진정시키고 흔들림 없이 침착한 모습을 되찾은 것이다.

"엄마가 모든 이야기를 해주셨어요. 엄마는 엔지니어들의 역사를 아는 게 중요하다고 생각하셨거든요. 엄마는 런시블과 뜻을 같이한 사람들이 어떻게 동과 강철로 로봇을 만들었는지, 그 로봇들이 어떻게 세상을 바꾸어놓았는지에 대해 말씀해주셨어요. 최초의 성인 로봇들 이야기도요. 그리고 사람들이 성인 로봇 제작을 금지하게 된 이유도 알려주셨어요. 어린이 로봇을 제작해서 공장에서 일을 시키고 굴뚝을 기어오르게 했다는 이야기도 들었어요. 난 집에서 나온 뒤로 많은 엔지니어들을 봤어요. 그중에는 압살롬 씨처럼 형편없는 엔지니어도 있었죠. 그렇게 난 기술을 배웠어요. 엄마는 세상에서 꼭 제자리를 찾아야 한다고 말씀하셨거든요. 난 불법이든 아니든 언젠가는 반드시 로봇을 만들 거예요. 사람이라면 세상에서 자기가 해야 할 일을 찾아야 하잖아요."

에스텔이 어깨를 으쓱한 뒤 한마디 덧붙였다.

"하지만 반대로 생각해보면, 내가 뭘 알겠어요? 난 피부나 만드는 아이일 뿐인데."

그러고는 무릎을 세우고 앉아서 그 위에 턱을 괴고 장작불을 물끄러미 바라봤다.

잭은 당장 달려가 에스텔을 꼭 안아주고 싶은 마음이 들었다.

244

침묵이 흘렀다. 코미어 씨는 말없이 탐지기를 손가락으로 톡톡 두드리면서 가만히 앉아 있었다. 가끔 입을 벙긋거리긴 했지만 걸걸한 목소리는 전혀 들리지 않았다.

에스텔이 먼저 입을 열었다.

"그럼 이제, 함부로 잘난 체하면 안 되는 거 아시겠죠? 누군가를 잃어보기 전에는 아무것도 이해할 수 없거든요."

그러고는 반항적인 눈빛으로 코미어 씨를 쏘아봤다.

"누군가를 잃어보신 적 있어요, 코미어 씨?"

코미어 씨가 슬쩍 웃더니 탐지기만 연신 톡톡 두드려댔다. 그러다 갈라지고 불안정한 목소리로 겨우 대답했다.

"나도 가족을 모두 잃었단다."

그러고는 벌떡 일어서서 헛기침을 한 뒤, 탐지기를 가슴에 감싸 쥐고 숲 속으로 걸어갔다.

로버트가 코미어 씨와 에스텔을 번갈아 쳐다봤다. 다른 로봇들도 너무 놀라 얼떨떨한 표정이었다. 코미어 씨의 모습이 숲 속으로 완전히 사라질 때까지 누구도 입을 열지 않았다.

로버트가 어색한 분위기를 깨고 말했다.

"네가 코미어 씨를 울린 것 같아, 에스텔."

26

크리스토퍼는 실의에 빠졌다. 게다가 곁에는 아무도 없었다.

크리스토퍼는 아침에 다시 실험실로 끌려가 몸을 구부정하게 숙인 채 의자에 앉아 있기만 했다. 절대 고개도 들지 않고 회색 콘크리트 바닥만 물끄러미 봤다. 머릿속은 물론 온몸에 가득한 고통이 사라질 기미조차 보이지 않았다. 크리스토퍼는 울고 싶었다. 하지만 깊은 슬픔과 고통으로 목구멍이 꽉 막힌 느낌이었다. 서늘하고 암울한 고통은 크리스토퍼를 집어삼킬 듯 점점 더 커지고 있었다.

크리스토퍼는 문득 다시 화가 치밀어 올랐다.

블레이크는 여전히 패치만 들여다보고 있었다. 미안한 기색은 이제 조금도 없는 듯 크리스토퍼의 머리를 이리저리 밀어댔다. 그는 크리스토퍼한테 단 한 마디도 하지 않았고, 리브스에게만 말을 걸었다. 새로운 실험이 시작된 이후, 리브스가 가끔씩 들렀다.

블레이크는 이제 크리스토퍼를 '물건'이라고 불렀다. 그는 자기가 '상세 발굴 작업'이라고 부르는 이 실험에 대해 설명할 때면 "물건이 곧 비밀을 드러낼 모양이네" 하고 말했다. 예상보다 시간이 좀 더 걸릴 것 같지만 '눈부신' 성과를 얻을 수 있겠다고 했다.

크리스토퍼는 끊임없이 마음을 억누르면서 바닥만 바라봤다. 마음속에서 분노가 걷잡을 수 없이 소용돌이쳤다. 블레이크가 마치 그 자리에 크리스토퍼가 없는 것처럼 말하면 말할수록 크리스토퍼의 마음속에서는 분노가 더욱더 강하게 치밀어 올랐다.

그러나 분노는 결국 크리스토퍼한테 용기를 줬다. 크리스토퍼는 결심했다. 이곳을 탈출해야겠다고. 크리스토퍼를 막을 수 있는 건 아무것도 없었다.

그후 며칠 동안 똑같은 일이 반복되었다. 블레이크는 크리스토퍼한테 다시 정신이 돌아온 순간에 대해 쉴 새 없이 물어보면서 패치 실험을 계속했다. "정신을 차렸을 때 특별한 기계가 있었니?" 아니면 "기억나는 부호나 기호가 있니?" 따위의 질문을 하고 또 했다. 크리스토퍼는 대충 얼버무리면서 탈출할 순간만 노렸다.

그 기회는 전혀 생각지도 못한 순간에 찾아왔다.

강제로 모자를 쓰고 실험하던 중, 색다른 느낌이 거대한 파도처럼 강하게 밀려들었다. 그 느낌이 너무 강력한 나머지 크리스토퍼는 의자 앞으로 튕겨 나갈 뻔했다. 그는 심호흡을 하면서 가쁜 숨을 가라앉혔다.

실험실이 사라지고 크리스토퍼는 다시 집 주방으로 돌아가 있었다. 그리고 그 소년도 그곳에 있었다. 크리스토퍼는 손에 쥔 작은 기계를 만지며 다급히 두리번거리는 소년을 지켜봤다. 그 순간 그는 소년의 눈빛 속에서 정말 좋아하는 일을 할 때만 나타나는 진정한 즐거움을 발견했다. 그는 소년을 보면서 미소를 지었다. 소년도 고개를 들어 크리스토퍼를 보며 미소 지었다.

기분이 이상했다. 이번엔 크리스토퍼가 관찰자가 아니었다. 자기가 과거의 순간으로 되돌아가 소년을 찾은 느낌이었다.

"안녕." 크리스토퍼가 말을 걸었다.

"안녕." 소년도 인사했다.

소년은 크리스토퍼보다 나이가 몇 살 많아 보였다. 하지만 소년은 독특했다. 행동이나 말투 그리고 웃는 표정 등이 나이보다 조금 어리게 보였다.

"너, 뭐 하고 있어?"

소년이 손에 든 시계태엽처럼 생긴 물건을 크리스토퍼한테 보여 줬다. 수십 개의 톱니바퀴가 맞물려 돌아가는 정교한 기계였다.

"기계를 만들고 있어. 난 기계 만드는 일을 좋아하거든. 기계 덕분에 세상이 더 편해졌잖아. 아빠가 늘 그렇게 말씀하셨어."

소년이 이렇게 말하고는 크리스토퍼한테 기계를 내밀었다.

"보고 싶어?"

"응."

크리스토퍼는 손을 내밀었다. 하지만 손으로 기계를 잡으려는 순간 눈앞이 흔들리는가 싶더니 온 세상이 희미해졌다. 그러다 점점 더 캄캄해지더니….

크리스토퍼는 다시 문 옆에 서서 소년을 지켜보고 있었다. 블레이크가 머리에 모자를 씌웠을 때 눈앞에 나타났던 장면과 똑같았다. 그런데 이번엔 소리도 들렸다. 주방 안은 어두웠다. 그리고 밖에는 비가 주룩주룩 내리고 있었다.

소년이 좀 전처럼 문 쪽을 쳐다봤다. 남자가 들어오더니 소년 앞에 섰다. 소년은 겁에 질린 게 분명했다.

남자가 소년을 향해 소리를 빽 질렀다.

"장난감을 가지고 놀면 어떻게 된다고 했지?"

소년이 남자한테 무슨 말인가를 중얼거렸고, 그와 동시에 남자가 소년이 든 기계를 홱 빼앗았다.

"비밀에는 다 그럴 만한 이유가 있어, 이 녀석아!"

크리스토퍼는 가슴과 목구멍이 조여드는 느낌이었다. 몸속 공기가 하나도 남지 않고 다 빨려 나간 것 같았다. 그래서 그는 숨을 몰아쉬면서 털썩 주저앉았다.

크리스토퍼는 실험실로 되돌아왔다. 블레이크가 옆에서 호들갑을 떨고 있었다.

크리스토퍼는 눈을 휘둥그레 뜨고 블레이크를 쳐다봤다. 여전히 생생한 기억에 너무 놀라 진정이 되지 않았다. 하지만 블레이크의 얼굴을 들여다보는 순간, 크리스토퍼는 자기가 처음부터 놓치고 있었던 사실을 깨닫고는 믿어지지가 않았다. 블레이크의 짙은 눈동자 색이 기억 속 소년과 똑같았다. 머리카락을 더 단정하게 자르긴 했지만 기억 속에서 본 소년과 블레이크는 분명 같은 사람이었다.

크리스토퍼는 눈을 깜빡거렸다. 순간 이 사실은 말하지 않아야겠다고 다짐했다. 그는 본능적으로 멍한 척 눈을 게슴츠레 뜨고 실험실 안을 둘러봤다.

주변을 둘러보고 나자 이상하게 머릿속이 차분해졌다. 아무도 자기 속마음을 알아채지 못한 것을 알 수 있었기 때문이다. 그 정도로 구체적인 장면이 떠오른 이유가 뭘까? 크리스토퍼는 갑자기 웃음을 터트릴 뻔했다. 하지만 꾹 참았다. 그리고 이렇게 말했다.

"봤어요. 보였어요. 그러니까…"

블레이크가 크리스토퍼 바로 앞으로 다가왔다.

"뭐였지, 크리스토퍼? 뭘 본 거지?"

크리스토퍼는 아무에게도 보이지 않는 뭔가에 집중하는 척하면서 실눈을 떴다.

"아주 중요한 장면이었는데… 그러니까…."

블레이크가 잔뜩 기대에 부풀어 손을 흔들면서 재촉했다.

"얼른, 크리스토퍼. 네가 뭘 봤는지 말해주렴."

크리스토퍼는 손을 흔들어 의자에서 일어나야겠다는 신호를 보냈다. 블레이크가 크리스토퍼를 부축해줬다. 크리스토퍼는 마치 난생처음 이곳에 온 것처럼 실험실 안을 둘러봤다. 그런데 실은 그동안 몇 가지 꼭 알아두어야 할 점들을 눈여겨봐두었다.

던롭이 테이블에 기대서서 샌드위치를 먹고 있었다. 블레이크가 작업에 너무 몰두하느라 던롭에게 나가서 점심을 먹으라고 말하는 것조차 잊은 것이다. 던롭이 무슨 일인가 싶어 둘을 힐끔 쳐다보더니 다시 게걸스럽게 샌드위치를 먹었다.

크리스토퍼는 제대로 못 보고 지나친 물건이라도 있는 것처럼 휙 돌아섰다. 그리고 아무에게도 보이지 않는 뭔가를 자세히 들여다보는 척했다. 블레이크가 몇 발 뒤에서 크리스토퍼 뒤를 졸졸 따라 움직였다. 혹시라도 크리스토퍼가 중요한 기억을 떠올리는 데 걸리적거릴까 봐 전전긍긍하는 모습이었다.

크리스토퍼는 줄곧 던롭 주위를 맴돌았다. 던롭은 달리 문제가 되지 않았다. 멍청하기도 하지만 샌드위치 말고는 눈앞에서 무슨 일이 벌어지는지를 알아챌 능력이 전혀 없기 때문이다. 이미 크리스토퍼가 예상한 일이었다.

예상대로 일어나는 일은 또 있었다. 던롭은 매일 같은 시간에 실험실로 와서 늘 같은 장소에 코트를 벗어둔 다음 엉덩이와 턱을 긁적거렸다. 그리고 같은 테이블 앞에 앉았다. 그러니까, 예상을 빗나가는 법 없이 물건을 늘 같은 자리에 놓아둔다는 뜻이었다.

크리스토퍼는 휘청거리면서 뒷걸음질을 친 뒤 호들갑스럽게 몸을 확 구부렸다. 그리고 고통스러운 표정을 지었다.

"보여요! 보인다고요!"

"뭐가 보이니, 크리스토퍼?" 블레이크가 소리쳤다.

"그러니까 뭐가 보이냐면…"

크리스토퍼는 허리를 펴고 서서 주위를 이리저리 돌아다녔다. 그러다 바로 이때라고 판단했다. 던롭은 몇 걸음 떨어진 곳에서 아직도 샌드위치를 정신없이 우걱우걱 씹고 있었다. 크리스토퍼는 테이블 옆에 서서 자기가 찾던 물건을 발견했다. 그리고 기회를 놓치지 않았다.

크리스토퍼는 날쌔게 다가가 전기충격기를 낚아챘다.

"안 돼!" 블레이크가 고함을 질렀다.

크리스토퍼는 던롭에게 잡히기 전에 재빨리 전기충격기 스위치를 켰다. 그리고 던롭의 가슴팍에 정확히 내리꽂았다. 던롭이 들고 있던 샌드위치에서 양상추와 토마토, 닭고기가 바닥으로 쏟아졌다.

던롭이 양팔을 몸 옆에 딱 붙인 채 떼쓰는 아이처럼 뻣뻣하게 몸을 마구 흔들어댔다. 튀어나올 정도로 커다래진 두 눈에는 배신감과 고통이 가득했다. 그러다 앞으로 고꾸라졌다.

크리스토퍼는 잽싸게 돌아서서 전기충격기를 겨눴다.

"크리스토퍼!" 블레이크가 소리쳤다.

"가까이 오지 마요!"

크리스토퍼는 전기충격기를 앞으로 내밀고 다시 버튼을 눌렀다.

충격기 끝에서 시퍼런 불꽃이 타닥타닥 튀었다. 그러자 블레이크가 양팔을 들고 뒤로 한 걸음 물러났다.

"크리스토퍼, 내 말을 들어봐."

크리스토퍼는 고개를 젓고 신경질적으로 픽 웃었다.

"아니요, 이제 제 말을 들어야죠."

"크리스토퍼, 내가 경고하….."

"비밀에는 다 그럴 만한 이유가 있어, 이 녀석아!"

크리스토퍼가 그렇게 고함을 지르자, 블레이크는 뺨이라도 얻어 맞은 표정이었다. 너무 놀라 눈을 휘둥그레 뜬 채 입도 다물지 못했다. 겁에 질린 블레이크를 보자 크리스토퍼는 무척 만족스러웠다.

"당신을 알아요. 우리 집에서 봤거든요. 당신이 누군지도 알아요, 리처드 블레이크. 저랑 이야기도 했잖아요. 당신은 태엽이 달린 장난감도 만들었죠. 저는 당신이 어린애였을 때부터 알고 지냈어요. 나한테 당신 아버지처럼 되고 싶다는 이야기도 했었죠."

블레이크가 믿을 수 없다는 듯 고개를 저었다. 크리스토퍼는 그의 눈을 들여다봤다. 예전과 똑같이 고통스러운 눈빛이었다.

"당신과 당신 아버지가 우리 집에 왔었어요. 왜죠?"

"크리스토퍼… 난… 크리스토퍼, 제발….."

그러면서 블레이크가 한 걸음 다가왔다.

"멈춰요!"

블레이크의 애걸하는 표정을 본 순간, 크리스토퍼는 그가 불쌍하다는 생각이 들었다.

블레이크가 그런 크리스토퍼의 기분을 알아챘다. 한순간 표정이 굳어지는가 싶더니, 이때다 하고 크리스토퍼한테 달려들었다.

크리스토퍼는 블레이크가 휘두르는 팔을 옆으로 쓱 피한 다음, 전기충격기를 그의 턱 아래쪽으로 찔러 넣었다. 전기충격기가 그의 몸에 닿으면서 빠지직 소리가 났다. 그가 눈동자를 빙글빙글 굴리는가 싶더니 던롭 옆으로 풀썩 쓰러졌다.

그런데 던롭이 신음 소리를 내면서 다시 몸을 일으키려 했다. 크리스토퍼는 전기충격기를 던롭의 목 깊숙이 갖다 댔다. 몸 전체 피부가 한꺼번에 조여들면서 던롭의 목 부위에서 전선들이 마구 튀어나왔다. 던롭이 다시 축 늘어지자 크리스토퍼는 던롭의 허리띠에 꽂힌 열쇠고리를 빼냈다. 손이 덜덜 떨려서 열쇠고리를 두 번이나 바닥에 떨어트렸다. 크리스토퍼는 똑바로 서서 심호흡을 했다. 그런 다음 마지막으로 태아처럼 몸을 잔뜩 웅크린 채 쓰러져 있는 블레이크를 보고 실험실 밖으로 달려 나갔다.

달리고 또 달려도 밖으로 나가는 문은 좀처럼 나오지 않았다. 그리고 한 계단 한 계단 오를 때마다 리브스가 나타나서 붙잡을 것처럼 불안했다. 크리스토퍼는 달리는 내내 숨을 죽였다. 드디어 문이 나타나자 잠긴 문을 열기 위해 전기충격기를 무릎 사이에 끼웠다. 문을 여는 내내 손이 벌벌 떨렸다. 자물쇠에 열쇠를 꽂고 돌리자 문이 끼익 소리를 내면서 열렸다. 크리스토퍼의 눈에서 눈물이 쏟아졌다. 크리스토퍼는 문 밖으로 나와 최대한 천천히 문을 닫았다. 하지만 문에서 쇳소리가 요란스럽게 울려 퍼졌다. 크리스토퍼는 복도를 따라 현관문 쪽으로 걸어갔다.

현관문 앞에 도착해서 힘껏 문을 열자 햇빛이 쏟아져 들어왔다. 크리스토퍼는 발을 질질 끌면서 밖으로 걸어 나갔다. 순간, 자기도 모르게 웃음이 터져 나왔다.

하지만 크리스토퍼의 앞을 가로막는 자가 있었다. 리브스였다.

크리스토퍼는 얼음물을 뒤집어쓴 기분이었다. 뒷걸음질을 치면서 손으로 몸을 더듬었지만, 그제야 문 안쪽에 전기충격기를 떨어트리고 나온 사실을 깨닫고 충격에 빠졌다.

리브스가 씩 웃었다.

"잠깐, 잠깐만. 우린 똑똑하잖아?"

크리스토퍼는 잽싸게 달렸지만 옷자락을 잡히고 말았다.

"아, 안 돼!"

크리스토퍼는 리브스가 때릴 거라는 생각에 잔뜩 겁이 났다. 그런데 리브스는 크리스토퍼를 건물 안으로 다시 밀어 넣기만 했다. 리브스가 방심한 틈을 타 다시 도망쳤지만 리브스가 쏜살같이 뛰어와 크리스토퍼의 팔을 꽉 잡았다. 그 바람에 크리스토퍼는 균형을 잃고 바닥에 넘어지면서 머리를 쿵 찧었다. 고개를 들고 눈을 깜빡거리니, 바로 앞에 서 있는 리브스가 어렴풋이 보였다. 그리고 리브스 뒤쪽에서 뭔가가 움직이고 있었다. 블레이크였다. 그가 건물 밖으로 나오는 모습을 발견한 크리스토퍼는 가슴속이 얼음장처럼 차가워지는 것을 느꼈다.

"리브스! 녀석한테서 손 떼." 블레이크가 소리쳤다.

리브스가 크리스토퍼의 어깨를 잡고 일으켜 세웠다. 그러자 블레이크가 달려와 리브스를 밀쳐내고 크리스토퍼의 멱살을 꽉 움켜쥐더니 얼굴에다 대고 소리를 질렀다.

크리스토퍼는 울고 있는 블레이크를 보고 깜짝 놀랐다.

"넌 몰라. 네가 뭘 안다고 그래! 네가 바로 모든 일의 핵심이야. 모두 다 너한테 달렸어."

블레이크는 수치스러운 표정이었다. 크리스토퍼를 똑바로 쳐다보기 힘든 듯 고개를 좌우로 돌렸다. 그러다 결국 용기가 생겼는지 크리스토퍼를 똑바로 보면서 또다시 사납게 소리 질렀다.

"이젠 나를 막을 수 있는 건 아무것도 없어. 실험이 곧 완성될 테니까. 듣고 있니? 날 막을 수 없다고!"

크리스토퍼는 아주 미세하지만 갑작스레 모든 것이 멈춘 것 같은 느낌이 들었다. 마치 온 세상이 숨을 죽이고 있는 기분이었다. 블레이크와 자기만 빼고 모두가 곧 무슨 일이 일어날지를 알고 있는 것 같았다.

느닷없이 뭔가가 요동치는 듯한 시끄러운 소리가 울려 퍼졌다. 천둥소리와 비슷했다.

모두 소리가 난 대문 쪽을 쳐다봤다. 바깥쪽에서 세게 들이받는 충격으로 문이 흔들리고 있었다.

순간 문이 산산조각 나면서 나무 조각들이 사방으로 흩어졌다.

그리고 그리퍼가 정원 안으로 쓱 들어왔다.

"그리퍼!" 크리스토퍼가 소리쳤다.

그리퍼가 주먹으로 가슴을 치며 의기양양하게 소리 질렀다.

키가 크고 턱수염이 긴 남자가 부서진 대문 안으로 들어왔다. 그리고 그리퍼가 엉망으로 망가트린 문을 보면서 가만히 서 있다가, 마침내 입을 열었다.

"내 손자를 데리러 왔다."

27

"코미어 씨가 방금 뭐라고 한 거야?" 로버트가 물었다.

잭과 에스텔도 따라 들어와서 코미어 씨 옆에 나란히 섰다.

"내 손자를 데리러 왔다." 에스텔이 대답했다.

"코미어 씨한테 손자가 있어?" 로버트가 다시 물었다.

"응, 로버트… 그러니까… 그런가 봐."

잭은 머릿속이 무척 혼란스러웠다. 코미어 씨가 혹시…? 하지만 어떻게 그럴 수 있지? 크리스토퍼는 로봇이다. 물론 크리스토퍼가 최상급 로봇인 건 분명하다. 그래도 인간은 아니다. 어쩌면 코미어 씨가 기르던 반려동물일지도 모른다. 아니면….

그때 정원 안쪽에 서 있는 크리스토퍼가 보였다.

"크리스토퍼!"

잭이 소리 지르며 크리스토퍼 쪽으로 달려가려는데, 코미어 씨가 잭을 가로막았다. 순식간에 잭의 목에 팔을 두르고 꽉 잡았다. 잭은 그의 팔에서 빠져나오려고 안간힘 썼다.

"이거 놔요. 크리스토퍼가 저기 있잖아요!"

"나도 알아!" 코미어 씨도 소리를 빽 질렀다.

순간 잭은 뭔가 잘못되었다는 사실을 깨달았다. 코미어 씨처럼 크리스토퍼의 목을 팔로 꽉 움켜쥐고 있는 남자가 보였다.

코미어 씨가 뭐라고 말하기도 전, 블레이크가 크리스토퍼를 꽉 잡은 채 목에 전기충격기를 겨누었다.

"한 걸음이라도 다가오기만 해. 그럼 어떻게 될지 알겠지?"

잭은 분노가 치밀어 올랐다. 코미어 씨를 뿌리치고 달려 나가고 싶은 충동을 억누르느라 인내심을 쥐어짰다.

에스텔이 앞으로 걸어갔다.

"어, 어!"

블레이크가 이렇게 말하고는 에스텔을 향해 집게손가락을 흔들며 씩 웃었다.

에스텔이 이를 꽉 깨물면서 다시 뒤로 물러섰다.

"녀석을 풀어줘, 리처드." 코미어 씨가 말했다.

"다시 만나서 반갑네요, 필립. 어떻게 지내셨어요? 덕분에 저는 무척 잘 지냈습니다. 저는 박사님이 아이언하벤으로 가서 돌아가신 줄 알았지 뭡니까. 이렇게 멀쩡히 살아 계신 걸 보니 정말 반갑네요. 그래, 이제껏 뭘 하고 지내셨어요?"

블레이크가 코미어 씨를 빤히 쳐다보면서 몹시 흥분한 표정으로 씩 웃었다. 코미어 씨가 허리를 곧게 펴더니 블레이크를 보며 숨을 깊이 들이마셨다.

"나도 네가 죽은 줄 알았단다. 아니, 잠깐, 잠시만. 말은 바로 해야지. '죽은 줄 알았단다'가 아니라 '죽었으면 했단다'로 바꿔야겠다."

살짝 웃고 있던 블레이크의 표정이 조금 일그러졌다. 잭은 블레이크의 눈빛에서 갑작스레 치밀어 오르는 분노를 발견했다. 코미어 씨의 말에 몹시 마음이 상한 모양이었다. 블레이크도 입을 열었다. 하지만 화를 숨기기가 너무 힘들어 보였다. 잭의 눈에는 그가 잔뜩 화가 나 등줄기 털을 바짝 세운 개처럼 보였다.

"이렇게 놀라운 일이 있을까요? 세상에서 가장 칭송받는 엔지니어 두 사람, 놀라운 필립 코미어와 기발한 리처드 블레이크가 이렇게 다시 한자리에 모이다니요. 가장 훌륭한, 그리고 두 번째로 훌륭한 엔지니어 두 사람이."

"내가 첫 번째고 네가 두 번째라고 생각하마."

블레이크가 갑자기 신경질적으로 픽 웃었다.

"아, 필립. 존경하고 또 존경하는 필립. 이렇게 재미있으실 수가. 아니, 재밌으시고 나이 드신 분이 얼토당토않은 말씀을 잘도 하시는군요."

"할 말이 더 남았나?" 코미어 씨가 한숨을 쉬면서 말했다.

"제 일에 상관하지 마세요."

"네가 먼저 그만둬야지."

"그만하세요! 그만! 두 분 다요."

에스텔이 소리를 빽 지르고는 블레이크 앞으로 한 걸음 다가갔다. 그리고 날카롭게 소리쳤다.

"제 친구를 풀어주세요."

블레이크가 냉정한 눈빛으로 에스텔을 봤다. 그러다 다시 코미어 씨에게 눈을 돌렸다.

"여자애가 아주 당돌하네요, 그렇죠? 저 애, 박사님 소유가 아니면 제가 가지죠. 박사님이 만든 로봇들보다 약간 가냘프긴 하네요. 아주 조심스럽게 움직여야겠는데요."

그때 후줄근해 보이는 던롭이 깜짝 놀란 표정으로 바위산 밖으로 걸어 나왔다. 던롭을 발견한 블레이크가 씩 웃으며 말했다.

"이런, 이런. 그렇지 않아도 박사님이 이길 승산은 없어 보였는데, 이제 큰일 났군요."

코미어 씨는 그저 블레이크를 물끄러미 바라보기만 했다.

"그 애를 풀어주게."

"안 그러면 어쩌시려고요? 다 낡아빠진 저 로봇 군단으로 저를 어떻게 해보시려고요?"

블레이크가 고개를 저으며 낄낄거렸다.

"그럴 일은 없을 거라는 걸 뻔히 아시잖아요. 안 그래요?"

순간 잭을 잡은 코미어 씨의 팔에서 힘이 쑥 빠졌다. 잠깐 다시 긴장한 듯 힘이 들어가는가 싶더니 코미어 씨가 팔을 축 늘어뜨렸다. 잭은 그가 한숨 쉬는 소리를 들었다.

"이곳으로 들어오면서 무슨 일이 벌어질 거라고 생각하신 거죠? 제가 순순히 이 녀석을 되돌려줄 거라고 생각하셨나요?"

블레이크가 크리스토퍼의 목에 겨누고 있던 전기충격기를 치웠다. 하지만 왼손은 여전히 크리스토퍼의 왼쪽 어깨에 올리고 있었다. 마치 다정한 삼촌이 사랑스러운 조카의 어깨에 손을 얹고 사진을 찍는 자세 같았다.

"제가 곧 세상을 뒤바꿀 겁니다, 필립. 박사님은 아직도 그게 뭔지 모르겠지만요."

"자네가 뭘 하든, 내가 반드시 막을 거야."

블레이크가 한숨을 쉬었다.

"그렇게는 안 될 겁니다."

그러고는 자기 부하를 돌아보며 소리쳤다.

"던롭!"

그러더니 전기충격기를 휙 던졌다. 이제 완전히 기력을 되찾은 던롭이 전기충격기를 손으로 잡았다. 블레이크가 크리스토퍼를 던롭 쪽으로 떠밀자 던롭이 크리스토퍼의 멱살을 꽉 움켜잡았다.

잭은 또다시 달려 나가고 싶은 충동을 느꼈다. 하지만 살기가 가득한 던롭의 눈빛을 보고 가만히 있을 수밖에 없었다.

블레이크가 외투 안주머니에 손을 넣더니 뚜껑에 아주 작은 손잡이 하나, 그리고 회색 버튼과 스위치 몇 개가 달린 작은 은색 상자를 꺼냈다. 그리고 그 상자를 모두에게 보여주며 말했다.

"이 물건을 뭐라고 부를지 아직 못 정했어요. 제가 만들어서가 아니라 이게 제법 쓸 만한 발명품이거든요. 빈말이 아닙니다. 같이 보실래요?"

블레이크가 활짝 웃으면서 버튼을 눌렀다. 곧 기어 수천 개가 돌아가는 듯 시끄러운 소리가 들렸다. 소리는 점점 더 커져서 곧 정원 전체에 울려 퍼졌다. 블레이크가 코미어 씨를 보면서 몹시 천박한 표정으로 씩 웃었다.

"잘 보세요, 필립. 제가 만든 가장 훌륭한 물건입니다. 그리고 영국을 완전히 뒤바꿀 물건이기도 하지요."

정원 한가운데에 우뚝 솟아 있는 낡고 우중충한 방수포가 울룩불룩 불거져 나오기 시작했다. 크리스토퍼는 맨 처음 이곳에 왔을 때 리브스를 따라 정원 옆을 지나면서 방수포 아래에 쇠붙이 더미가 있을 거라고 짐작했었다. 그런데 상자에서 나오는 소리가 점점 더 커지면서 방수포가 점점 더 높이 솟아올랐다. 로버트가 귀를 꽉 막았다. 잭이 돌아보니, 코미어 씨는 고개를 푹 숙이고 있었다. 무척 늙어 보였다. 비참한 운명을 피하지 못하고 그동안의 모든 일에서 물러난 사람처럼 늙고 쇠약해 보였다.

방수포 두 개가 텐트 모양으로 높이 솟아올랐다. 방수포에 묶어둔 밧줄을 고정하기 위해 꽂아놓은 못 열두 개가 절반이 넘게 바닥에서 서서히 빠져나오고 있었다. 블레이크는 여전히 활짝 웃고 있었다. 그리고 리브스도 광기 가득한 눈빛으로 낄낄대고 있었다.

"저게 뭐죠?" 잭이 두려움 가득한 목소리로 물었다.

"미래란다!" 블레이크가 소리쳤다.

느닷없이 전기톱이 돌아가는 소리가 귀청이 찢어질 정도로 크게 들렸다. 방수포도 곧 찢어질 듯 잔뜩 부풀어 있었다. 톱니가 눈이 돌아갈 정도로 빠른 속도로 회전하며 올라와서 방수포를 잘랐다. 방수포가 갈기갈기 찢어졌다. 그렇게 그 물건이 세상에 모습을 드러냈다.

그것은 그리퍼보다 적어도 60센티미터는 더 커 보였다. 그리고 몸 전체가 날카로운 못으로 뒤덮여 있었다. 번쩍거리는 은색 로봇이 눈앞에 모인 사람들을 새까만 눈동자로 우두커니 바라봤다. 녀석이 날카로운 손톱이 달린 오른손을 홱 들어올리자 방수포를 갈기갈기 찢은 톱니가 손목 안으로 사라졌다. 블레이크가 다시 스위치를 켜자, 이번에는 로봇이 양 주먹으로 바닥을 세게 내리쳤다. 불꽃이 휙 튀어 올랐다. 거의 똑같이 생긴 다른 로봇 하나도 모습을 드러내고 친구 옆으로 와 나란히 섰다. 두 대의 로봇이 날카로운 손을 휘두르며 정원에 우뚝 선 채 모두를 내려다봤다.

잠시 아무도 입을 열지 않았다. 소란스럽게 윙윙 돌아가던 모터 소리가 점점 잦아들더니 아주 나지막해졌다. 블레이크가 신이 난

서커스 단장처럼 자기가 만든 로봇들을 가리켰다.

"버서커(영어로 '용맹한 전사'라는 뜻:옮긴이)라고 불러야겠어요. 정말 멋진 녀석들 아닙니까?"

그러고는 손에 쥔 자그마한 은색 상자를 흔들어 보이며 말을 이었다.

"이 은색 상자는 저 로봇들을 조종하는 기계예요. 뭐, 대충 만들어본 장치죠. 로봇들이 성능 기준치를 좀 넘겨서 작동할 수 있도록 조종하는 임시 장치라고나 할까요?"

블레이크가 의미심장한 눈빛으로 코미어 씨를 쳐다봤다.

"저게 도대체 뭔가?" 코미어 씨가 갈라지고 쉰 목소리로 말했다.

"우린 이걸로 세상을 바꿀 수 있어요, 필립. 물론 이보다 더 뛰어난 로봇을 만들 수도 있다는 건 두말할 것도 없고요."

'우리'라는 말에 코미어 씨가 표정을 사납게 일그러트린 채 블레이크를 흘깃 쳐다봤다.

"자네가 만든 깡통 장난감으로 뭘 하든 아무 관심 없네. 단, 내 손자는 데리고 가야겠어."

블레이크가 크리스토퍼 앞으로 한 걸음 다가갔다. 그리고 스위치를 켜자 첫 번째 버서커가 코미어 씨 앞으로 다가가더니 주먹으로 바닥을 꽝 내리쳤다. 주먹 힘이 어찌나 센지 코미어 씨의 발이 들썩거렸다. 두 번째 버서커도 쿵쿵 걸어와 첫 번째 버서커 옆에 나란히 섰다.

잭은 버서커 로봇 두 대가 코미어 씨 앞으로 점점 더 다가가는 모습을 지켜봤다. 그러다 크리스토퍼 쪽으로 눈길을 돌렸다. 던롭이 여전히 팔로 크리스토퍼의 목을 꽉 움켜쥐고 있었다. 그걸 보자 잭은 무척 화가 났다. 잭은 에스텔을 쳐다봤다. 에스텔이 고개를 끄덕였다.

잭과 에스텔은 크리스토퍼 쪽으로 달려갔다. 잭을 부르는 로버트의 목소리가 어렴풋이 들렸다. 그리퍼도 앞으로 튀어나왔다. 그리퍼가 철커덕철커덕 움직이는 소리가 등 뒤에서 들려왔다. 잭은 전혀 두렵지 않았다. 그 순간만큼은 긍정적인 생각에 마음이 들떠서 계획대로 친구를 구출할 수 있을 거라는 생각만 가득했다.

그 순간 로봇이 다가와 날카로운 손으로 잭을 잡아채서 공중으로 휙 집어던졌다. 에스텔은 몸을 옆으로 휙 움직여 로봇의 거대한 손을 가까스로 피했지만 균형을 잃는 바람에 바닥에 쾅 넘어지고 말았다. 잭은 이리저리 버둥거리다가 한 손을 짚고 겨우 몸을 일으켰다. 바로 옆에 코미어 씨와 로버트가 서 있었다. 그리고 얼굴에 진흙이 잔뜩 묻은 에스텔이 눈만 껌뻑이면서 쓰러져 있었다. 코미어 씨는 고개를 푹 숙인 채 양팔을 축 늘어뜨리고 있었다.

크리스토퍼의 목을 꽉 움켜잡고 있던 던롭이 팔을 내렸다. 그리고 휘적휘적 앞으로 걸어 나오더니 바로 앞에서 고통스러워하고 있는 로봇을 멍하니 바라봤다.

"그리퍼!" 크리스토퍼가 외쳤다.

어느새 공격을 당한 그리퍼가 한쪽 무릎을 세우고 앉은 자세에서 다시 일어나려고 안간힘 쓰고 있었다. 버서커 로봇의 주먹을 한 대 맞고 턱 왼쪽이 완전히 떨어져 나갔다. 한쪽 무릎을 꿇고 한쪽 팔을 들어올린 채 부들부들 떠는 모습은 제발 용서해달라고 애원하는 것처럼 보였다.

'그리퍼가 그럴 리 없어. 그리퍼는 용감하니까. 그리퍼는 힘도 세고 또 그리퍼는….' 잭은 속으로 생각했다.

버서커 로봇 1호가 그리퍼의 머리를 향해 또다시 힘껏 주먹을 날렸다. 주먹이 그리퍼의 머리에 닿는 순간 크리스토퍼가 울부짖었다. 그리퍼는 팔을 휘저으면서 넘어지지 않으려고 버텼지만 결국 뒤로 풀썩 쓰러지고 말았다. 잠시 가만히 있던 그리퍼가 땅을 짚고 일어서자, 버서커 1호가 거대한 손으로 그리퍼의 머리를 움켜쥐고 위로 들어올렸다. 이를 지켜보던 버서커 2호가 주먹을 꽉 움켜쥐고 그리퍼를 향해 힘껏 내질렀다. 로봇의 주먹이 그리퍼의 몸통을 뚫고 나갔다. 크리스토퍼의 비명 소리와 함께 그리퍼의 몸속 부속품이 찌그러지고 비틀어지는 소리가 정원을 가득 메웠다.

"다시 싸워, 그리퍼! 일어나, 싸워!" 잭이 소리쳤다.

버서커 2호가 그리퍼의 오른팔을 잡고 1호가 왼팔을 잡더니 그리퍼의 양팔을 동시에 잡아당겼다. 끽 소리를 내며 떨어져 나온 그리퍼의 오른팔에서 시퍼런 불꽃이 마구 튀었다. 왼팔도 전선 몇 개만 겨우 남아 덜렁거렸다. 그리퍼가 순간 잠잠해지더니 신음 비슷한 소리를 내면서 흙 속에 얼굴을 묻고 쓰러졌다. 버서커 2호가 손에 든 그리퍼의 팔을 보더니 고철 더미 위로 휙 던졌다.

잭은 몸을 일으키려고 안간힘 썼다. 하지만 힘이 모조리 빠져나간 느낌이었다. 눈이 아플 정도로 온 세상이 선명해지면서 동시에 너울거렸다. 둥글이 로버트가 넋을 놓고 그리퍼를 쳐다보는 모습이 잭의 눈에 들어왔다. 크리스토퍼는 울부짖으면서 그리퍼 곁으로 가려고 발버둥 치고 있었다. 하지만 던롭은 크리스토퍼를 놓아주지 않았다. 에스텔도 울고 있었다.

그리퍼는 기어보려고 안간힘 쓰고 있었다. 하지만 남은 한쪽 팔은 쓸모가 없었고, 다리도 제자리에서 헛돌면서 미끄러지기만 했다. 물기 없는 땅 위에서 살아남으려고 발버둥 치는 물고기를 지켜보는 기분이었다. 잭은 블레이크가 씩 웃으면서 조종 장치 버튼을 누르고 손잡이를 돌리는 모습을 봤다. 그리고 버서커 1호가 방수포 아래로 삐죽 튀어나온 쇠못을 집어 드는 모습을 봤다. 잭은 "안 돼!" 하고 간절하게 외쳤다. 제발 그러지 말라는 애원이라기보다는 곧 벌어질 슬픈 일을 예상한 탄식이었다.

버서커 1호가 천천히 그리퍼 쪽으로 걸어가서 바로 앞에 섰다. 그리고 쇠못을 높이 들어올렸다가 내리찍었다. 쇠붙이가 찢어지고 갈라지는 소리가 났다. 매캐한 불꽃 냄새가 사방을 가득 메웠다. 둥글이 로버트가 그리퍼 곁으로 몇 걸음 다가가다가 다리에 힘이 풀렸는지 그대로 바닥에 주저앉고 말았다.

이제 정원에는 에스텔이 흐느끼는 소리와 크리스토퍼가 "안 돼!" 하면서 울부짖는 소리 외엔 아무 소리도 들리지 않았다.

버서커 1호가 그리퍼의 머리에 꽂힌 쇠못을 좌우로 비틀었다. 결국 그리퍼의 머리는 완전히 갈라져버렸다.

두려움과 패배감으로 가득 찬 좁은 방 안은 어둡고 뜨거웠다.

코미어 씨는 방 한구석에 무릎을 세우고 얼굴을 묻은 채 구부정하게 앉아 있었다. 에스텔은 낡은 철제 침대의 철망 받침대 위에 앉아 있었다. 그녀의 진흙투성이 얼굴에는 기다란 눈물 자국이 선명히 남아 있었다.

잭은 문 옆에 무릎을 꿇고 앉아 있었다. 당장 할 수 있는 일이 없었다. 그저 무릎 꿇고 조용히 앉아 있는 것만이 지금 할 수 있는 가장 올바르고 적절한 행동이었다. 아무리 노력해도 그리퍼의 얼굴만 떠올랐다. 잭은 바닥을 내려다봤다가 벽을 봤다가 창살을 올려다봤다. 하지만 아무 소용이 없었다. 그리퍼의 얼굴이 눈앞에서 사라지지 않았다. 그리퍼의 두 눈이 자꾸만 떠올랐다.

"잭?"

로버트가 어둠 속에서 조심스럽게 잭을 불렀다.

"왜?"

"다리 괜찮아?"

잭은 억지로 웃으면서 대답했다.

"괜찮아, 로버트. 멀쩡해."

하지만 잭의 다리는 멀쩡하지 않았다. 아니, 온몸에 멀쩡한 데가 없었다. 잭이 인간이었다면 온몸이 불에 타들어가는 것처럼 아팠을 것이다. 잭은 몸을 움직일 수가 없었다. 다른 로봇들과 마찬가지로 블레이크의 부하들에 의해 감옥으로 끌려올 때 잭은 저항하지 못했다. 그리고 지금도 할 수 있는 일은 아무것도 없었다.

"우리 언제 탈출해?" 로버트가 물었다.

"로버트, 그건 나도 모르…."

"곧 나갈 수 있을 거야, 맞지?" 이렇게 말하고 로버트가 창살이 쳐진 창문을 돌아봤다. "창살을 잘라내기만 하면 내가 창문 밖으로 나갈 수 있을 것 같은데." 그러더니 잭을 돌아보며 말을 이었다. "그리퍼는 죽은 거지, 그렇지? 다시는 돌아오지 못할 거야."

잭은 로버트의 너무나도 직설적인 말에 깜짝 놀랐다.

"맞아, 로버트."

잭이 목이 꽉 막힌 목소리로 겨우 대답하자, 로버트가 인상을 찌푸리며 고개를 끄덕였다.

"인간 로봇 에드워드랑 똑같아. 에드워드도 돌아오지 못하잖아. 이제 나도 알겠어. 하지만 누가 죽어도 우리가 기억하면 그는 사라지지 않아. 에드워드가 죽었을 때 크리스토퍼가 말해줬어."

그러고는 잭의 귀에 대고 작게 속삭였다.

"나랑 만다가 창고 뒤편에 에드워드를 생각하면서 꽃 한 송이를 심었거든. 에스텔도 도와줬어. 친구가 죽더라도 늘 기억해야 해. 그리고 그리퍼를 기억할 수 있는 가장 좋은 방법은 크리스토퍼를 구출해서 우리가 다시 함께 모이는 거야."

그렇게 말하고 로버트가 돌아서더니 에스텔 쪽으로 뒤뚱뒤뚱 걸어가서 에스텔의 오른손을 잡고 살며시 끌어당겼다.

"어서, 에스텔. 우리 여기서 나가자."

하지만 에스텔은 꼼짝도 하지 않았다. 겨우 고개를 돌려 로버트를 멍하니 쳐다보기만 했다.

로버트가 씩씩거리면서 팔짱을 끼더니 창문 창살을 올려다보며 말했다.

"저 위로 올라갈 수 있을 것 같아. 내가 올라가서 창살 사이로 빠져나가볼게."

"로버트." 잭이 한숨을 쉬며 말했다.

"할 수 있다니까."

그 누구도 말을 하지 않았다. 로버트도 방 안을 휙 둘러보고는 결국 바닥에 주저앉아 고개를 푹 숙였다.

"할 수 있는데."

잠시 침묵이 흐른 뒤, 좀 전 일을 까맣게 잊어버렸는지 로버트가 다시 밝은 목소리로 입을 열었다.

"크리스토퍼가 어떻게 코미어 씨 손자인 거죠?"

코미어 씨는 대답이 없었다. 좁은 방 안에 희미하게 비치는 전등 불빛조차 싫은지 그는 살짝 뒤로 물러나 앉았다.

"로버트, 코미어 씨는 내버려둬. 아무 소용 없어." 잭이 로버트를 말렸다.

"말이 안 되니까 그렇지."

"지금 이 상황에 말이 되는 게 한 가지라도 있긴 하니." 에스텔도 입을 열었다.

로버트가 에스텔 쪽으로 고개를 홱 돌렸다. 그리고 무릎을 질질 끌면서 에스텔 옆으로 기어가더니 다시 손을 잡았다.

"우리 여기서 나가자, 에스텔. 넌 방법을 알고 있잖아."

이번엔 에스텔도 로버트를 보면서 진심이 담긴 표정으로 웃어줬다. 로버트도 따라서 활짝 웃었다. 지금 당장은 그걸로 충분했다.

다음 날 아침, 희뿌연 아침 햇살이 좁은 방 창문으로 스며들자 던롭은 이들 모두를 실험실로 끌고 갔다.

블레이크가 태연히 의자에 앉아 기다란 스패너를 빙빙 돌리면서 기다리고 있었다. 리브스는 깍지 낀 양손을 앞으로 다소곳이 모은 자세로 문 옆에 서 있었다.

"잘 오셨어요. 정말 잘 오셨어요, 여러분 모두."

블레이크가 벌떡 일어서면서 말했다.

크리스토퍼는 치과 치료용 의자에 앉아 있었다. 좁은 방에 갇힌 이후 잭은 코미어 씨가 어떤 일에 반응하는 모습을 처음 봤다. 코미어 씨가 자기도 모르게 크리스토퍼 쪽으로 한 걸음 불쑥 다가갔다. 하지만 던롭이 튼튼한 팔로 그의 가슴을 밀면서 가로막았다.

"걱정 마세요, 필립. 크리스토퍼는 정말 괜찮습니다."

블레이크가 지나치게 상냥한 말투로 말했다.

잭이 보기에 크리스토퍼는 전혀 괜찮지 않았다. 친구들을 쳐다보는 크리스토퍼의 눈빛이 무척 고통스러워 보였다.

"아, 크리스토퍼는 당신을 기억하지 못해요, 필립."

블레이크가 슬픈 척 한숨을 내쉬면서 말했다.

"녀석을 풀어줘." 코미어 씨가 말했다.

블레이크가 웃으면서 외투 안에 손을 넣어 탐지기를 꺼낸 뒤 위로 높이 들어올렸다.

"리브스와 던롭한테서 당신 손자를 발견했다는 말을 듣고, 그제 야 난 이 녀석을 이용해 잃어버린 퍼즐 조각을 찾아 맞출 수 있겠 다고 생각했어요. 이 녀석의 기억을 모조리 조사한 다음 내가 필요 한 내용만 빼낼 수 있겠다고 생각했죠. 그런데 이 장치가…"

블레이크가 탐지기를 톡 건드렸다.

"이 장치가 훨씬 더 훌륭하더군요. 덕분에 내가 알고 싶었던 정 제 추진력 방식을 파악했습니다. 이제 정제 추진력을 사용하는 방 법만 알아내면…."

"난 절대로 도와주지 않을 걸세." 코미어 씨가 쏘아붙였다.

블레이크가 어린아이처럼 다리를 휘두르면서 철제 테이블 위에 올라섰다. 그리고 실험실 안을 이리저리 둘러봤다.

"내가 역사 수업을 조금 해볼까요? 모두 괜찮아요? 그래요, 좋 아요."

블레이크는 대답을 들을 생각도 없이 혼자 지껄였다.

"자, 한번 잘 생각해보세요. 우리에겐 로봇을 살아 움직이게 하 는 새롭고 효율적인 방식인 정제 추진력을 발견하신 최고의 엔지 니어이자 훌륭한 시민, 필립 코미어가 있어요. 그리고 현재 유럽 전 역에서는 전쟁이 끊이지 않고 있지요. 이로 인해 큰 손실을 입은 우리 영국 정부에서는 코미어와 그의 친구 찰스 블레이크의 힘을 빌리기로 결정했습니다."

블레이크가 아버지의 이름을 말하면서 코미어 씨를 힐끗 쳐다봤 다. 그와 눈이 마주치자 블레이크가 쓸쓸하게 웃었다.

"내 아버지와 코미어 씨는 전쟁을 끝내고 수많은 목숨을 구할 수 있는 전쟁 로봇 시제품을 함께 제작하고 있었습니다. 안타깝게도 여기 계신 코미어 씨가 맡은 부분에서 오류가 발생하는 바람에 첫 시연 현장에서 많은 사람이 목숨을 잃었죠. 그중에는 내 아버지도 계셨고요. 결국 모든 계획은 수포로 돌아가버렸습니다."

블레이크가 콧구멍을 벌름거리더니 싸늘한 증오의 눈빛으로 코미어 씨를 노려봤다.

코미어 씨는 눈 하나 깜짝하지 않았다. 말투 역시 침착했다.

"비극으로 이어진 그 당시의 오류는 모두 자네 아버지 탓이었어."

블레이크가 고개를 저었다.

"자네 아버지는 훌륭한 엔지니어였어." 코미어 씨가 다시 말을 이었다. "하지만 인정이 없고 계산적이었지. 위대한 업적을 달성하기 위해서라면 어떤 큰 위험이라도 감수할 사람이었네. 이 이야긴 아마 모르는 사람이 더 많을 거야."

블레이크가 벌떡 일어서더니 순식간에 코미어 씨 앞으로 걸어갔다. 그리고 손에 든 스패너를 그의 얼굴 앞에 들어올렸다.

"내 아버지는 좋은 분이셨습니다."

잭은 에스텔과 걱정스러운 눈빛을 주고받았다.

하지만 코미어 씨는 침착하게 블레이크를 보며 말했다.

"그 물건으로 나를 때릴 텐가, 리처드? 그럼 자네 아버지보다 나은 사람이 될 수 없을 걸세."

블레이크가 스패너를 든 손을 다시 내렸고, 코미어 씨는 가만히 눈을 감고 고개를 끄덕였다. 잭은 젊은 엔지니어의 눈에서 눈물이 흐르는 걸 보고 깜짝 놀랐다. 블레이크는 스패너를 쥔 손을 부들부들 떨고 있었다.

별안간 블레이크가 스패너를 휙 집어던졌다. 그리고 눈물을 닦으며 실험실 한가운데로 가서 한 손을 허리춤에 대고 오른발로 바닥을 툭툭 찼다. 그러다 로버트와 눈이 마주치자 손가락을 까딱거리면서 로버트한테 앞으로 나오라고 신호했다.

로버트가 잠시 머뭇거리더니 마지못해 뒤뚱뒤뚱 걸어가 순진한 눈빛으로 블레이크를 올려다봤다. 잭은 끔찍한 일이 일어날지도 모른다는 무서운 생각이 들었다. 그래서 잔뜩 긴장했다.

"너, 이 뚱뚱한 녀석. 넌 어떻게 움직이지? 말해봐." 블레이크가 말했다.

"기본 추진력으로 움직여요." 로버트가 대답했다.

블레이크가 로버트를 내려다보면서 다정한 미소를 지었다. 로버트의 머리카락을 헝클어트리면서 쓰다듬기까지 했다. 그러더니 로버트의 머리카락을 살짝 들고 머리틀에 새겨진 기호들을 살펴봤다. 그러는 동안에도 로버트는 블레이크를 계속 쳐다봤다.

"로봇이 되기 전엔 뭐였을까, 이 애송이 녀석."

로버트가 잠시 난감한 표정을 짓더니 대답했다.

"아무것도 아니었겠죠."

"아니, 틀렸어." 블레이크가 손가락을 흔들며 말했다. "맨 처음엔 원재료였지. 그다음 기본적인 형태가 생겼고. 그러다 마법 같은 기호들을 뛰어난 솜씨로 조합해 생명을 얻은 거지. 그러니까 넌 기본 체계로 움직이는 로봇의 본보기라고 할 수 있지."

로버트가 블레이크의 말을 잠시 생각하더니 대답했다.

"고맙습니다."

블레이크가 이번에는 크리스토퍼 쪽을 가리켰다.

"그리고 물론 우리에겐 정제 추진력으로 움직이는 로봇도 있단다. 하지만 그건 아주 특별한 천재 엔지니어가 있어야만 가능한 훨씬 복잡하고 어려운 작업이지. 내 말이 맞지요, 필립?"

코미어 씨는 블레이크를 애써 외면했다. 그러다 잠시 크리스토퍼와 눈이 마주쳤다. 그 눈빛에는 죄책감과 부끄러움이 가득했다. 코미어 씨는 곧 시선을 다른 곳으로 돌렸다.

블레이크는 아주 기분이 좋은 모양이었다. 발꿈치를 바닥에 붙인 채 몸을 앞뒤로 건들거렸다.

"정제 추진력에는 특별한 이점이 아주 많단다."

블레이크가 손가락을 까딱거리자 리브스가 옆으로 다가왔다.

"부탁하네, 리브스."

"네, 알겠습니다." 리브스가 대답했다.

블레이크가 말없이 잭한테 전기충격기를 내밀었다. 잭은 아무 생각 없이 전기충격기를 받아 들었다. 그리고 자기가 손에 쥔 물건을 잔뜩 겁에 질린 눈으로 봤다.

블레이크가 잭을 슬쩍 돌아보면서 한쪽 눈썹을 찡긋거렸다.

"그럼, 한번 해봐."

"뭐…라고요?" 잭이 물었다.

"리브스는 잔인하고 냉정한 인간이잖아. 네 친구한테 한 행동도 도를 한참 넘었지. 리브스한테 전기충격기를 갖다 대. 리브스한테 전기충격기를 대면 너랑 네 친구들을 모두 풀어주지. 믿어도 좋아. 확실히 약속하지. 너희 모두 풀어주겠다."

블레이크가 인자한 눈빛으로 모두를 둘러봤다.

잭은 미친 사람 보듯 블레이크를 쳐다봤다. 그리고 의자에 구부정하게 앉아 있는 크리스토퍼를 봤다. 그다음, 고개를 푹 숙이고 있는 코미어 씨를 봤다. 에스텔도 봤다. 에스텔의 눈빛은 분노로 이글거리고 있었다.

"엔지니어의 명예를 걸고 확실히 약속하지." 블레이크가 불안한 표정으로 가만히 서 있는 리브스 쪽으로 턱을 내밀며 말했다. "리브스한테 쏴. 그럴 만하잖아. 모두 자기가 자초한 일이니까."

잭은 전기충격기를 꽉 움켜잡았다. 꼭 악의를 가득 품은 채 살아 움직이는 장어를 손에 쥔 것처럼 겁이 났다. 잭은 리브스를 쳐다봤다. 리브스는 미심쩍은 표정으로 희미하게 웃으며 로버트를 보고 있었다. 잭은 리브스를 향해 걸어갔다. 그러자 리브스가 슬금슬금 뒤로 물러났다.

잭은 리브스 바로 앞에 섰다. 불안해진 리브스가 연신 입술을 핥았다. 잭은 겁에 질린 리브스를 쳐다봤다. 그런데 이상하게도 리브스가 아니라 문득 자기한테 혐오감이 들었다. 잭은 다시 전기충격기를 봤다. 그러자 사방이 울렁거리면서 머릿속까지 심하게 떨렸다. 전기충격기를 쥔 팔을 움직여봤지만 움직일 수가 없었다. 잭은 블레이크를 돌아봤다. 그는 섬뜩한 기운이 느껴지는 기쁜 표정으로 눈을 반짝이고 있었다. 그제야 잭은 모두가 자기만 보고 있다는 사실을 깨달았다.

"못 하겠어요."

전기충격기가 바닥으로 철커덕 떨어지는 소리가 들렸다. 잭이 자기도 모르게 손에서 놓친 것이다.

블레이크가 홱 돌아서더니 기쁜 표정으로 손뼉을 쳤다.

"보셨어요? 보셨겠죠! 로봇에겐 아주 중대한 결점이 있어요. 기초 추진력으로 움직이는 로봇의 결정적인 약점이죠. 바로 남을 절대로 해치지 못한다는 점!"

블레이크가 활짝 웃었다. 그의 이마는 진땀이 흘러 번들거리고 있었다.

"그렇다면 해결책이 뭘까요? 더 뛰어난 로봇을 만들어야지요."

블레이크가 크리스토퍼 쪽으로 돌아섰다. 바로 그 순간 에스텔이 전기충격기 쪽으로 쏜살같이 달려갔다. 그리고 바닥에 놓인 전기충격기를 집어 들더니 한 치의 망설임 없이 블레이크에게 달려들었다. 던롭도 미처 막지 못할 정도로 재빠른 움직임이었다. 리브스가 황급히 블레이크 쪽으로 달려왔지만 에스텔이 한발 빨랐다.

분노에 휩싸인 에스텔이 고함을 질렀다. 전기충격기가 이를 막아선 리브스의 몸통에 박히고 말았다. 리브스는 꼼짝없이 번쩍이는 불꽃을 그대로 맞고 온몸을 웅크렸다.

29

아무 일도 일어나지 않았다.

에스텔이 눈을 휘둥그레 뜨고 다시 전기충격기를 힘차게 내밀었다. 리브스가 몸을 약간 움찔하나 싶더니 곧 음흉한 표정으로 씩 웃었다. 던롭이 달려와서 순식간에 에스텔의 두 팔을 꽉 움켜잡았고, 블레이크가 허리를 굽혀 전기충격기를 집어 들었다.

"이 안전 스위치야말로 영국 엔지니어링 역사상 가장 훌륭한 발명품이 확실해."

블레이크가 에스텔을 가리키면서 말을 이었다.

"로봇들과는 다르게 이 소녀에겐 폭력적인 본성이 있어요. 인간들은 모두 그렇지요. 그러면 쇠붙이로 만든 로봇과 인간을 구분할 수 있는 본질적인 요소는 뭘까요? 도덕과 예의에 얽매여 스스로 행동을 자제한다는 인간들도 극악무도한 행동을 저지를 수밖에 없는 이유는 대체 뭘까요?"

그러고는 아주 잠깐 이가 다 보일 정도로 활짝 웃었다. 하지만 눈빛은 몹시 어둡고 악의로 가득했다.

"로봇에겐 없고 인간에게만 있는 단 한 가지, 바로 영혼 때문임이 분명합니다."

블레이크가 천천히 돌아서서 크리스토퍼를 쳐다봤다. 모든 시선

이 블레이크를 따라 움직였다. 크리스토퍼도 증오감에 불타오르는
눈빛으로 블레이크를 봤다.

블레이크가 팔을 쫙 펴 크리스토퍼를 가리키면서 말을 이었다.

"그럼 정제 추진력으로 움직이는 로봇을 직접 확인해보시지요.
영혼을 가진 로봇의 증오감을 말입니다."

"제가 무슨 로봇이라고요?" 크리스토퍼가 깜짝 놀라 소리쳤다.

"넌 내 손자란다." 코미어 씨가 크리스토퍼를 보며 말했다. 죄책
감으로 무척 고통스러워하는 표정이었다.

"저는 기억이 안 나…."

크리스토퍼는 말을 채 끝내지 못하고 온몸을 들썩거리면서 흐느
꼈다.

블레이크가 전기충격기를 위로 휙 집어던지더니 손으로 낚아챘
다. 그리고 다시 휙 집어던졌다.

"리브스."

"네."

리브스는 뭐가 그리 즐거운지 킬킬대고 있었다.

블레이크가 자기 바로 앞에 떨어진 전기충격기를 가리키면서 말
했다.

"부탁하네."

리브스는 얼굴을 찌푸리면서도 블레이크가 시키는 대로 그 앞으
로 걸어갔다.

블레이크가 씩 웃었다. 그런 뒤 갑자기 전기충격기를 집어 들더
니 리브스의 얼굴 옆쪽을 강하게 내리쳤다.

코미어 씨만 빼고 지켜보던 모두가 흠칫 놀랐다. 리브스가 풀썩

주저앉더니 무릎 한쪽을 세우고 앉아서 한 손으로 얼굴 옆을 꽉 움켜쥔 채 다른 한 손으로 허공을 마구 긁어댔다.

"더 보여드릴 게 남은 것 같군요."

블레이크가 다시 전기충격기를 휘둘렀다. 그러자 리브스가 옆으로 털썩 쓰러졌다. 철커덕 소리가 들렸다. 잭은 리브스의 얼굴 피부가 찢어지면서 그 아래로 번쩍이는 쇠붙이가 드러나는 걸 지켜봤다.

"세상에, 리브스. 자네는 중요한 국법을 위반한 로봇으로 보이는군. 끔찍해. 관련 국법 조항을 다시 들어보겠나?"

블레이크가 고개를 삐딱하게 기울이고는 국법 조항을 주절주절 읊었다.

"합의된 기준에 따라 성인 또는 인간 규격으로 제작한 기계에 생명과 감각을 부여하는 것은 금지되어 있다…."

리브스가 손을 벌벌 떨면서 다시 일어서려고 안간힘 썼다.

"그렇긴 하지만, 나야말로 역사상 가장 훌륭한 엔지니어 가운데 한 명이지 않습니까? 내 행동이 누군가를 기쁘게 해줬다면 그건 천재의 특권이라고 할 수 있지요. 내 말이 틀렸나, 리브스?"

블레이크가 다시 전기충격기를 리브스의 머리에 갖다 댔다. 철커덕 소리에 잭은 몸을 움찔했다.

"내 말이 틀렸냐고 물었잖아, 리브스. 자기 몸은 자기가 지켜야지?"

블레이크가 리브스를 다시 때렸다.

"왜 그래? 맞서 싸워보기라도 해야지?"

블레이크가 전기충격기를 리브스의 뒤통수에 갖다 댔다. 또 철커덕 소리가 크게 들렸다. 그리고 리브스의 양팔에서 작은 부속품들이 심하게 삐걱거리는 소리가 났다. 리브스가 다리를 덜덜 떨면서 뻣뻣하게 펴더니 끙끙 앓는 소리를 냈다.

"이제 아시겠어요? 기초 추진력으로 움직이는 로봇들은 먼저 공격할 수도 없을 뿐 아니라 방어도 전혀 할 수 없답니다."

블레이크가 전기충격기를 옆으로 휙 집어던졌다. 그리고 크리스토퍼 옆으로 걸어가서 어깨에 다정하게 손을 올렸다. 크리스토퍼가 흠칫 놀랐다. 하지만 블레이크는 크리스토퍼의 반응을 알아채지 못했다. 대신 크리스토퍼의 눈을 들여다보며 활짝 웃었다.

"리처드, 자네가 원하는 게 뭔가?" 코미어 씨가 물었다.

블레이크가 그를 돌아봤다.

"아버지가 시작한 일을 끝내고 싶습니다. 아버지께 정당한 명성을 되찾아드리고 싶어요. 한때 우리 몫이었던 일을 이 나라가 망하기를 바라는 야만적인 세력으로부터 다시 되찾고 싶어요. 지난해 전쟁에서 얼마나 많은 사람들이 목숨을 잃었는지 아세요? 우리 정부가 용기를 내서 정제 추진력 사용을 허가하기만 하면 얼마나 많은 사람들이 목숨을 건질 수 있는지 아시냐고요!"

"하지만 그리 쉽게 되진 않을 걸세."

코미어 씨가 혐오감에 고개를 마구 저으며 대답했다.

블레이크가 성큼성큼 걸어서 코미어 씨 곁으로 가더니 격한 감정 탓에 갈라진 목소리로 말했다.

"곧 전쟁이 일어날 겁니다, 필립. 그러니까 우리도 준비를 해야해요. 모르시겠어요? 영국 총리가 깍지를 끼고 앉아 입으로 국법 제5조만 읊어대는 동안 적들은 힘을 다지고 있어요."

코미어 씨가 이글거리는 눈빛으로 블레이크를 노려봤다.

"그건 잘못된 일이야. 게다가 위험해, 리처드. 자네도 알잖아. 난 탐지기 사용법을 알려주지 않을 걸세."

블레이크가 어리둥절한 표정을 지으면서 뒤로 한 걸음 물러섰다. 그리고 뒤쪽에 있는 크리스토퍼를 가리키며 말했다.

"그럼 저 녀석은요, 필립. 이것 보세요. 저세상에서 당신 손자의 영혼을 꺼내 이 쇠붙이 로봇 속에 집어넣은 건 잘못된 일이 아닙니까?"

코미어 씨는 수치심에 크리스토퍼를 똑바로 쳐다보지 못했다.

"그건… 달라."

블레이크가 고개를 저었다.

"아니요, 필립. 그건 기적이었어요. 또 지금은 기적의 시대입니다. 사실을 정확하게 아셔야지요."

블레이크가 잠시 뚫어져라 코미어 씨를 쳐다봤다. 그러다 다시 상냥한 목소리로 말했다.

"난 당신이 내 아버지를 도와주신 이유를 알고 있어요. 제1차 세계대전에서 아드님을 잃으셨다는 걸 압니다. 나와 함께 내 아버지가 시작하셨던 일을 다시 시작해서 끝낼 수 있다면 얼마나 많은 사람의 목숨을 구할 수 있을지 생각해보세요. 이제 로봇에게 영혼을 부여하는 방법을 나한테 가르쳐주세요."

그러고는 냉정한 눈빛으로 리브스를 쳐다봤다. 리브스는 테이블 양옆을 짚고 겨우 무릎을 꿇고 앉아 있었다.

"협조하지 않으신다면, 어쩔 수 없이 당신 손자가 두 번째 죽음을 맞이하는 걸 보실 수밖에요."

코미어 씨를 쳐다보는 블레이크의 눈빛이 섬뜩했다. 잭은 슬픔과 함께 분노로 가득한 코미어 씨의 얼굴을 봤다. 코미어 씨는 자신이 빠져나갈 수 없는 덫에 걸려들었다는 사실을 깨달았다.

블레이크가 가슴을 앞으로 내밀면서 말했다.

"난 나의 새로운 군대와 함께 런던을 행진할 계획입니다. 가엾은 정부와 힘없는 왕 모두가 내 앞에서 무릎을 꿇을 수밖에 없겠지요. 영국이 다시 위대해질 수 있는 방법은 이것뿐입니다. 아무도 우리에게 저항할 수 없어요. 그러니까 필립, 나를 도와주셔야 해요."

잭은 앞으로 더 나빠질 일은 없을 거라고 생각했다. 하지만 실험실을 다녀온 후, 그게 아니라는 사실을 깨달았다. 코미어 씨는 이층 침대 한 칸을 차지하고는 태아처럼 몸을 웅크린 채 누워 있었다. 잭은 화가 난다기보다 마음이 무척 아프고 공허했다. 맞은편에 앉아 이글거리는 눈빛으로 코미어 씨의 등을 쏘아보고 있는 에스텔이 잭의 눈에 들어왔다.

"우리한테도 말해주세요. 꼭 알아야겠어요." 에스텔이 말했다.

"너희한테까지 알려줄 필요는 없는 것 같구나." 코미어 씨가 나지막이 대답했다.

에스텔이 이층 침대에서 휙 뛰어내리더니 잔뜩 화난 얼굴로 주먹을 꼭 움켜쥐었다.

"꼭 알아야겠어요. 크리스토퍼는 코미어 씨의 손자이지만 저희 친구이기도 하거든요. 그러니까 저희한테 신세를 지신 셈이잖아요."

코미어 씨가 천천히 돌아눕더니 왼쪽 팔꿈치를 짚고 윗몸만 일으켜 세웠다. 그런 뒤 잠시 에스텔을 물끄러미 바라봤다. 어떻게 할지를 깊이 생각하는 모양이었다. 결국 그는 한숨을 내쉬고는 그 간의 이야기를 털어놓기 시작했다.

"불이 났었단다. 아주 오래전 일이지. 전쟁에서 내 아들을 잃은 후에 그 일이 있었어. 그날 내 며느리와 손자가…."

코미어 씨가 고통을 떨쳐내려는 듯 눈을 질끈 감았다.

에스텔의 눈빛에서는 동정심이라곤 찾아볼 수 없었다. 그녀는 코미어 씨를 더욱 몰아세웠다.

"크리스토퍼한테 어떻게 영혼을 집어넣으신 거죠?"

코미어 씨의 표정이 더욱 고통스러워졌다.

"런시블 시대부터 떠돌던 소문이 하나 있었다. 바로 로봇에게 영혼을 부여할 수 있다는 거였지. 그래서 내가 제일 먼저 탐지기를 제작하기로 했다. 로봇을 작동시키는 추진력을 개선할 수 있는지 알아보기 위해서였지. 찰스 블레이크도 그 일에 힘을 보탰단다. 찰스는 자기 아들, 그러니까 리처드를 데리고 작업실로 자주 찾아왔어. 우린 함께 몇 달 동안 탐지기 제작 가능성을 알아봤지. 그러다 마침내 해결책을 찾아냈단다. 그리고 크리스토퍼를… 크리스토퍼를…."

그는 말을 잇기 힘든지 주먹을 불끈 쥐고 눈을 꼭 감았다.

"난 크리스토퍼를 다시 보고 싶다는 생각뿐이었단다. 크리스토퍼는 내 목숨보다 소중한 손자였어. 게다가 난 온 가족을 잃었잖니."

코미어 씨는 이제 눈물을 펑펑 쏟으면서 로봇들을 둘러봤다.

"나는 그때… 난…."

"무너져버렸겠네요." 둥글이 로버트가 태연하게 말했다.

코미어 씨가 로버트를 쳐다봤다.

"그래서 직접 수리하기로 하신 거구나." 로버트가 명랑하게 다시 말했다.

로버트의 말에 힘없이 웃고는 코미어 씨가 다시 말을 이었다.

"탐지기는 이 세상과 사후 세계 사이의 틈을 이어주는 수단이었어. 세상에는 영혼이 빠져나올 수 있는 좁은 틈이 있단다. 이 틈 한 군데를 찾아낸 다음 내 손자의 영혼을 다시 빼냈지."

"크리스토퍼도 그 사실을 알고 있었어요?" 잭이 물었다.

"그렇단다."

"그런데 지금은 기억하지 못하잖아요." 에스텔이 말했다.

"전쟁 로봇 시연이 끝난 후 난 아이언하벤으로 떠났다. 죽은 찰스가 내 등을 떠밀었지. 그 끔찍한 전쟁 로봇을 만드는 동안 나 자신에게 신물이 나기도 했고. 크리스토퍼가 곁에 있어서 그나마 견딜 수 있었어. 히버트도 크리스토퍼가 있다는 사실을 알고 있었지만 내버려두었지. 난 로봇들을 수리해주면서 살았어. 주인에게 버림받거나 부서진 로봇들이 여기저기서 몰려들었지."

코미어 씨가 고개를 저으면서 씁쓸히 웃더니 말을 이었다.

"크리스토퍼가 나를 도왔단다. 늘 로봇을 더 많이 수리해줘야 한다고 고집을 피웠지만 말이야. 그 녀석은 늘 우리가 더 많이 수리할 수 있다고 입버릇처럼 말했지."

그러고는 고개를 숙이고 눈을 감았다.

"어느 날 밤 크리스토퍼가 몰래 집을 나가버렸다. 로봇들을 더 도와주고 싶었던 거지. 난 쓰레기를 뒤지고 다니는 로봇들이 녀석을 끌고 갔겠구나 생각했어. 도시를 돌아다니며 연료나 부품을 훔치는 로봇 무리가 있었거든. 그런데 다음 날 도로 위에서 폭발 사고가 있었단다. 그 로봇들이 훔친 연료를 갖고 다니다가 사고가 난 게 틀림없었어. 에그버트와 내가 그 사고 현장을 발견했지."

코미어 씨가 잠시 고개를 젓고는 말을 이었다.

"로봇들의 잔해만 겨우 찾았단다. 그래서 난 그때 크리스토퍼도 모조리 망가졌을 거라고 생각했지."

"압살롬 씨는 배수구에서 크리스토퍼를 발견했다고 했어요." 잭이 끼어들었다.

"크리스토퍼는 배수구에서 몇 년 동안 있었을지도 몰라요. 활동 정지 상태로 가만히 누워서요." 에스텔이 거들었다.

그 말을 들은 코미어 씨가 다시 고통스럽게 인상을 찌푸렸다.

잭은 코미어 씨가 안쓰러웠다. 하지만 여전히 모든 일이 그의 탓이라는 생각에 완전히 화가 풀리지는 않았다. 특히 이렇게 커다란 비밀을 지금껏 숨겨왔다는 사실에 무척 화가 났다.

"그래서 코미어 씨가 직접 탐지기를 제작하고 또 직접 파괴하신 거네요. 다른 사람이 사용할까 봐 겁이 났었던 건가요?"

코미어 씨가 고개를 끄덕였다.

"하지만 정보국에서도 직접 제작했다면서요."

"아마 언젠가 국법 제5조가 폐지되면 나라에서 전쟁에 사용할 영혼 부여 로봇들을 다시 제작하는 일을 허가하지 않을까 하는 마음에 혹시나 해서 만들어뒀을 거다."

"탐지기가 없었던 블레이크는 정제 추진력의 비밀을 풀 수 있을 거라 생각해서 크리스토퍼를 잡아온 거군요." 에스텔이 말했다.

"너희 친구 압살롬이 평소 말조심을 하지 않았겠지. 크리스토퍼 한테 일어났었던 사고 이야기를 여기저기 흘리고 다녔을 거야. 크리스토퍼가 차에 치였다고 했지? 블레이크는 그 이야기를 듣자마자 크리스토퍼의 정체를 알아챘을 거다."

로봇들은 잠시 말없이 코미어 씨의 이야기를 곰곰이 생각했다.

"그런데, 우리 언제 탈출해요?"

로버트가 그렇게 묻고는 모두의 얼굴을 번갈아 쳐다봤다. 그러다 다들 표정이 어두운 걸 알아채고는 얼굴을 찌푸렸다.

"탈출해야죠. 안 그래요?" 로버트가 다시 말했다.

코미어 씨가 한숨을 내쉬었다. 그러고는 오랫동안 말을 하느라 힘이 빠졌는지 침대에 다시 드러누웠다.

에스텔이 깔보는 눈빛으로 코미어 씨를 힐끗 보더니 로버트한테 시선을 돌렸다.

"탈출할 수 있어, 로버트. 틀림없어."

다음 날 아침, 그들은 어둠침침한 터널을 지나 감옥 담 너머에 있는 묘지로 끌려갔다.

블레이크가 그곳에 먼저 와서 기다리고 있었다. 리브스는 블레이크의 뒤에 서 있었다. 겁에 질려 구부정하게 서 있는 그의 모습은 꼭 매 맞은 강아지 같았다. 덜덜 떨리는 오른손은 벗겨진 피부 사이로 금속이 드러난 뺨을 가리고 있었다. 왼손에는 활동 정지 상태인 탐지기가 들려 있었다.

버서커 로봇 열두 대가 묘지를 에워싸고 있었다. 은색 몸체가 은은하게 번쩍였다. 몸 전체에 강철 근육과 칼날, 대포가 달려 있어 뾰족하고 날카로웠다.

버서커 로봇들의 모습과는 정반대로 묘지는 부서진 담으로 둘러싸인 작고 허름한 곳이었다. 이끼류 식물이 사방에 가득했고, 망치로 아무렇게나 박아놓은 것처럼 보이는 나지막한 회색 묘비들이 즐비했다. 군데군데 금속판과 파이프가 쌓여 있는 걸 보니 고물상으로도 쓰이는 모양이었다. 여러 가지 엠프티 로봇들과 수십 개의 버려진 뮤트 로봇 머리도 여기저기 어지럽게 널려 있었다.

조금 떨어진 곳에 높이 솟은 단 하나가 어렴풋이 보였다. 쇠기둥을 정육면체 모양으로 세워 만든 구조물이었다. 모서리 네 곳에는

3미터쯤 길이의 뾰족한 쇠기둥들이 하늘을 향해 솟아 있었다.

"잘 오셨어요, 모두 잘 오셨습니다."

블레이크가 양팔을 쫙 벌리며 말했다.

코미어 씨가 단을 쳐다보며 씁쓸한 표정으로 고개를 저었다.

"탐지기 에너지를 더 강하게 하려고 증폭 장치를 만들었군."

"다양한 로봇들의 몸체와 영혼의 결합력을 높일 수 있는 최고의 방법이지요."

"인상적이라고 말해주고 싶군. 하지만 자넨 정말 제정신이 아니야, 리쳐드. 진심이네. 이곳에서 영혼들을 불러낼 작정인가?"

"맞습니다." 블레이크가 웃으며 대답했다. "이곳 바위산의 묘지보다 더 좋은 곳이 또 있겠어요? 가장 폭력적인 사람들이 묻힌 곳이니까요. 전쟁에 가장 적합한 영혼들 아니겠습니까?"

에스텔이 버서커 로봇들을 혐오스럽게 쳐다봤다.

"무슨 말인지 모르겠어요."

코미어 씨가 에스텔을 돌아봤다.

"영혼을 불러내기에 가장 좋은 곳은 영혼들이 가장 편안함을 느끼는 곳이거든. 바로 삶과 죽음 사이의 경계가 가장 모호한 묘지 같은 곳 말이다."

블레이크가 비열한 웃음을 지었다. 그러더니 갑자기 침울한 감정이 치밀어 오른 모양이었다.

"이럴 때마다 아버지가 떠오릅니다. 가끔 아버지가 살아 계셨으면 좋겠다는 생각이 들어요. 제가 이루어놓은 일을 보시면 얼마나 뿌듯해하시겠어요."

코미어 씨가 고개를 저었다.

"아직 늦지 않았어. 지금이라도 이 일을 멈출 수 있다네."

블레이크가 소매로 눈물을 닦아내더니 빙그레 웃었다. 잭은 블레이크를 보며 그가 저지른 모든 일을 제쳐두고 그가 안쓰럽다는 생각이 들었다.

블레이크가 코로 숨을 깊게 들이쉬고는 양손으로 조끼 밑단을 탁 잡아당겼다. 그리고 최대한 허리를 곧게 펴고 서서 말했다.

"죄송해요, 필립. 돌아가기엔 너무 늦어버린 것 같군요."

그리고는 크리스토퍼를 쳐다봤다. 그의 눈빛 속에서 잠시 사라졌던 분노가 다시 이글거렸다.

"난 크리스토퍼를 보면 이런 생각이 들어요. 왜 당신만 소중한 사람을 되찾았을까요? 왜 당신만 특별한 사람이 될 수 있죠?"

코미어 씨는 턱을 쓱 치켜들었을 뿐 아무 말도 하지 않았다.

블레이크가 손짓하자 리브스가 탐지기를 건네주고는 허리를 숙여 인사했다. 이른 아침 햇살을 받아 탐지기 표면이 반짝거렸다. 표면은 아주 얇은 종이처럼 무척 약해 보였다. 너무 정교한 물건이라 세게 잡으면 부서질 것 같았다.

잭은 기회를 틈타 크리스토퍼 곁으로 다가갔다.

"나를 위해 와주다니." 크리스토퍼가 속삭였다.

"그래, 우리가 왔어."

"고마워, 잭."

"고맙긴. 무슨 일이 있어도 당연히 와야지."

크리스토퍼가 살짝 웃고는 코미어 씨를 슬픈 눈으로 쳐다봤다.

"코미어 씨가 기억이 안 나. 전혀 모르겠어."

"괜찮아. 곧 다 기억날 거야." 잭이 다독였다.

크리스토퍼가 블레이크 쪽으로 눈길을 돌리며 화난 목소리로 중얼거렸다.

"우리가 블레이크를 막아야 해."

"그래야지."

잭은 잠시라도 크리스토퍼가 안심하기를 바라며 확신에 찬 표정으로 씩 웃었다.

"그만 떠들어!" 던롭이 소리쳤다.

실랑이가 끝난 후 블레이크가 코미어 씨에게 탐지기를 건네줬다. 코미어 씨가 고통스러운 눈빛으로 크리스토퍼를 보더니 어깨를 축 늘어트리고는 한숨을 내쉬며 두 눈을 꼭 감았다. 그리고 오른손을 탐지기 위에서 이리저리 움직였다. 탐지기에서 다시 빛이 깜빡거렸다. 블레이크가 조심스럽게 탐지기를 받아 들고 코미어 씨의 손짓을 그대로 따라 했다. 블레이크가 탐지기 위로 손을 이리저리 움직이자 불빛 속에서 기호가 나타나더니 점점 더 진해졌다. 그는 탐욕스러운 눈으로 기호를 지켜봤다.

탐지기에서 보이는 기호는 전에 본 것과 조금 달랐다. 삐뚤빼뚤하고 이상한 모양의 부호가 탐지기 표면에서 끊임없이 분주하게 움직였다. 꼭 먹이를 향해 몰려드는 굶주린 개미 떼 같았다.

블레이크가 코미어 씨에게 함께 단 쪽으로 가자는 신호를 보냈다. 코미어 씨가 블레이크를 따라 걸었다. 그의 가죽 외투 뒷부분이 차가운 바람을 머금고 잔뜩 부풀어 올랐다.

두 사람은 단 아래에서 위쪽을 물끄러미 올려다봤다. 블레이크가 탐지기를 높이 들어올렸다. 그러다 손을 뗐다. 탐지기가 눈높이 정도에서 허공에 뜬 채 빙글빙글 돌았고 블레이크는 눈을 감고 조용히 뭔가를 중얼거렸다. 탐지기가 단 한가운데로 높이 떠올랐다. 코미어 씨와 블레이크는 탐지기가 단 한가운데 위쪽에서 빙글빙글 돌다가 바닥으로 무사히 내려앉는 모습을 지켜봤다.

갑자기 탐지기에서 선명한 푸른색 불빛이 이글거렸다. 그러더니 표면에서 네 개의 푸른색 빛줄기가 폭발하듯 터져 나왔다. 각 빛줄기가 단 모서리에 세워놓은 뾰족한 쇠기둥들을 휘감았다. 탐지기가 더 밝게 빛나더니 제자리에서 빙글빙글 돌기 시작했다.

코미어 씨가 고개를 떨구었다.

"서둘러야겠다, 그렇지?" 크리스토퍼가 말했다.

놀라면서도 두려운 마음으로 그 광경을 지켜보던 잭은 고개를 저었다. 순간 절망스러운 마음이 들었기 때문이다.

잭 바로 옆에 서 있던 둥글이 로버트가 갑자기 몸을 움츠렸다. 잭이 보니 로버트는 어깨를 바들바들 떨고 있었다. 조지가 소란스럽게 지저귀는 소리가 들렸다.

"그만해, 조지." 로버트가 말했다.

조지가 다리를 바들바들 떨며 날카롭게 소리치더니 로버트의 목 사이로 파고들어 몸을 숨겼다.

"그 물건 입 좀 막아!" 던롭이 사납게 소리쳤다.

"얘 이름은 조지거든요!" 로버트도 소리를 빽 질렀다.

던롭이 전기충격기를 흔들면서 로버트 앞으로 걸어왔다. 하지만 갑자기 등 뒤에서 들려온 소리를 듣고 그 자리에 멈춰 섰다. 로봇들도 일제히 고개를 돌렸다.

단체로 나지막하게 윙윙대는 소리였다. 로봇들은 묘지 뒤쪽 언덕과 지평선 쪽을 쳐다봤다.

멀리서 들려오던 윙윙 소리가 별안간 날카로운 쇳소리로 바뀌었다. 마치 수천 개의 칼을 동시에 갈아대는 소리 같았다. 던롭이 귀를 꽉 막았다. 다른 로봇들도 쇳소리가 점점 더 커지자 모두 귀를 막았다. 손으로 귀를 틀어막지 않은 건 코미어 씨뿐이었다. 그는 정신없이 웃고 있었다.

지평선 너머에서 은색 물결처럼 보이는 금속 거미 수백 마리가 언덕을 내려와 묘지 쪽으로 다가오고 있었다. 금속 거미 떼는 날카로운 소리로 지저귀며 봇물 터지듯 빠른 속도로 움직였다. 쉴 새 없이 움직이는 자그마한 다리, 사납게 빛나는 눈동자. 조지도 날카롭게 지저귀면서 거미 떼를 향해 신호를 보냈다.

블레이크는 깜짝 놀라 입을 다물지도 못하고 멍하니 서 있었다.

코미어 씨가 블레이크를 돌아봤다. 그러더니 재킷 안에서 버튼이 여러 개 달린 작은 검은색 상자를 꺼냈다.

"이 물건을 난 '리모컨'이라고 부르지. 참고로 내가 먼저 정한 이름이라네." 코미어 씨가 말했다.

거미 떼가 낮은 담장에 몸을 들이박자 우레와 같은 날카로운 쇳소리가 울려 퍼졌다. 그리고 거미 떼 위로 담이 홍수처럼 우르르 쏟아져 내렸다.

블레이크가 다시 정신을 차리고 단 쪽으로 달려갔다.

"탐지기를 지켜야 해!"

블레이크가 날카롭게 소리쳤지만, 리브스는 겁에 질려 얼어붙은 상태로 가만히 서 있었다. 그러다 걷는 방법을 겨우 떠올린 사람처럼 천천히 돌아서서 블레이크 뒤를 따라갔다.

등 뒤에서 귀가 찢어질 듯 날카로운 소리가 들렸다. 잭이 소리의 정체를 확인하려고 고개를 돌리니, 팔다리를 정신없이 휘둘러 몸에 붙은 거미들을 털어내면서 이리저리 뛰어다니는 은색 로봇이 보였다. 던롭이 새카맣게 몰려든 거미 떼한테 물어뜯기고 있었다.

또 다른 거미 떼가 단 쪽으로 빠르게 움직이고 있었다. 잭은 속으로 같은 편인 거미들한테 감사 인사를 했다. 그리고 에스텔과 로버트, 크리스토퍼를 보며 고개를 끄덕였다.

"블레이크가 탐지기로 뭔가를 하고 있어요." 로버트가 실눈으로 위쪽을 쳐다보며 말했다.

단 꼭대기에서 블레이크가 탐지기 바로 앞에 서서 허공에다 기호를 쓰고 있었다. 하지만 아무 일도 일어나지 않았다. 그러다 별안간 앞이 보이지 않을 정도로 밝은 빛이 쏟아졌다. 하늘을 가르는 번개처럼 꽝 소리가 요란하게 나더니 탐지기에서 푸른색 빛줄기가 뻗어 나와 묘지 한복판까지 이어졌다. 땅속에서 갑자기 천둥소리가 나더니 심하게 흔들렸다. 잠시 후 탐지기에서 나온 빛줄기가 닿은 부분에서 밝은 빛이 뿜어져 나왔다.

주변이 우르르 울렸다. 마치 온 세상에 커다란 구멍이 뚫린 것 같았다.

"완벽하게 작동했어. 블레이크가 로봇 몸체에 영혼을 결합할 모양이군." 코미어 씨가 걱정스럽게 말했다.

로버트가 어리둥절한 표정으로 코미어 씨를 돌아봤다.

"블레이크가 로봇들에게 영혼을 부여할 거란 뜻이야."

이번에는 울부짖는 소리가 들려왔다. 살아 있는 뭔가가 고통스러워하는 듯한 소리였는데, 그 소리가 묘지를 가득 메우며 주변의 모든 것들을 고통에 떨게 했다.

"저것 봐."

로버트가 빛줄기가 뿜어져 나오는 곳을 가리켰다.

정체를 알 수 없는 시커멓고 자욱한 그림자가 빛줄기를 따라 꿈틀거리고 있었다. 그것은 빛줄기를 휘감으면서 빙빙 돌더니 마치 보이지 않는 힘에 이끌리듯 묘지 가장자리에 서 있던 버서커 로봇 쪽으로 쏜살같이 움직였다.

공기가 부르르 떨렸다. 그러더니 그림자가 쉭 소리를 내면서 버서커 로봇의 두꺼운 가슴을 뚫고 들어갔다.

버서커 로봇이 몸을 심하게 떨었다. 두 눈이 차가운 푸른색으로 반짝였다. 로봇이 팔을 들어올리더니 자기 손을 가만히 들여다봤다. 그러다 고개를 뒤로 젖히고 하늘을 향해 고함을 질렀다.

그때 빛줄기를 휘감은 또 다른 그림자가 보였다. 잭은 너무 놀라 말을 하지도 못하고 겨우 손가락으로 그림자를 가리켰다.

"시간이 별로 없어." 코미어 씨가 말했다.

"우린 이제 뭘 해야 해요?" 로버트가 큰 소리로 물었다.

코미어 씨가 엄숙하고도 단호한 표정으로 단을 올려다봤다. 그러다 금속이 덜거덕거리는 소리에 고개를 홱 돌렸다. 영혼을 얻은 버서커 1호가 그들을 향해 다가오고 있었다. 버서커 1호가 움직이는 동안 또다시 쉭 소리가 나면서 두 번째 영혼이 목표물을 향해 움직였다. 잠시 후 버서커 로봇 한 대가 또 깨어났다.

코미어 씨가 두 손가락으로 아랫입술을 모아 쥐고 휘파람을 불었다. 그가 손가락을 튕겨 딱 소리를 내고 손목을 톡톡 두드리며 신호를 보내자 거미 떼가 반으로 갈라졌다. 한 무리의 은색 거미들이 버서커 1호를 향해 다가갔다. 맨 앞의 거미들이 버서커 1호의 발 아래로 모여들었고, 뒤쪽 거미들은 동료 거미들을 밟고 날카로운 쇳소리를 내며 버서커 1호의 다리로 기어올랐다.

"코미어 씨, 어떻게 거미 떼를 저런 식으로 조종할 수 있는 거죠?" 잭이 물었다.

코미어 씨가 손에 든 리모컨을 흔들어 보였다.

"거미 떼만 부를 수 있는 리모컨이란다."

"거미들에게도 영혼이 있나요?" 크리스토퍼가 물었다.

"그렇지 않다면 거미 떼가 어떻게 던롭을 잡아먹었겠니?"

코미어 씨는 두 눈을 반짝거리며 자신이 직접 만든 로봇들이 움직이는 모습을 지켜봤다.

"저렇게 많은 영혼을 어디서 구하신 거죠?" 에스텔이 물었다.

"생쥐들."

얼굴이 하얗게 질린 에스텔이 한 손으로 입을 막았다.

"얘들아, 서두르자."

코미어 씨가 팔을 쭉 뻗어 고철 더미에서 쇠막대 하나를 꺼내 들고는 단 쪽으로 급히 달려갔다.

두 번째 거미 떼 일부가 나란히 줄지어 쇠기둥을 빙빙 돌면서 단받침대 위까지 기어 올라가고 있었다. 사다리 앞에 도착한 코미어 씨가 사다리 옆쪽을 손으로 잡았다. 그 순간 푸른색 빛줄기가 포물선을 그리며 강하게 뿜어져 나와 단 전체를 감쌌다. 코미어 씨가 뒤로 튕겨 나갔다. 단 아래쪽을 에워싸고 있던 거미 떼도 그의 주위로 우르르 쏟아져 내렸다.

크리스토퍼가 잽싸게 코미어 씨 곁으로 다가갔다. 그의 왼쪽 뺨에 불그스름한 상처가 줄지어 나 있었다.

"이 정도는 아무것도 아니란다!"

코미어 씨의 얼굴은 고통으로 일그러져 있었지만, 크리스토퍼를 다시 만났다는 기쁨을 감추지 못했다.

"단 위로… 인간은 올라갈 수 없는 모양이구나."

"우리가 어떻게 해야 하죠?" 잭이 물었다.

크리스토퍼가 일어서려는 코미어 씨를 부축했다.

"너희가 탐지기를 파괴해야 해. 빛줄기가 사라지면 로봇 안으로 들어간 모든 영혼이 원래 있던 곳으로 다시 빨려 들어갈 거야. 탐지기는 아주 대단한 힘을 가졌지. 하지만 표면은 무척 약해. 쇠붙이로 세게 내리치면 쉽게 부서질 거다."

코미어 씨가 쇠막대를 크리스토퍼한테 건넸다. 크리스토퍼는 고개를 끄덕이고 쇠막대를 받아 허리띠에 꽂았다.

"뭘 어떻게 하려고?" 잭이 물었다.

겨우 일어선 코미어 씨가 재촉하는 표정으로 잭을 보며 웃었다.

"함께 맞서 싸워야지."

그러고는 큰 소리로 호탕하게 웃었다. 로버트도 같이 웃었다. 그러다 둘만 웃고 있다는 것을 눈치채고는 민망했는지 웃음을 멈췄다. 잭은 눈을 부릅뜨고 있다가 자기도 모르게 함께 웃었다.

"자, 이제 가거라!" 코미어 씨가 소리쳤다.

그들은 머뭇거리지 않았다. 잭이 단 쪽으로 앞장서서 걸었다. 크리스토퍼가 그 뒤를 따랐다. 그리고 맨 뒤에서 로버트가 눈을 동그랗게 뜨고 뒤뚱뒤뚱 걸었다.

날은 이미 어두워져 있었다. 탐지기가 온 세상의 빛을 모두 빨아들인 것 같았다.

'아니면 온 세상이 그림자로 가득 찬 건지도 몰라.' 단 아래 사다리 앞에 도착한 잭은 속으로 이렇게 생각했다. 또다시 철커덕 소리가 세차게 났다. 잭은 다른 버서커 로봇 안으로 영혼이 들어갔다는 사실을 알아챘다.

로봇 거미 떼가 단을 마구 공격하고 있었다. 거미 떼가 사납게 몰려들어 단 위로 뛰어 올랐다. 그러다 번쩍이는 빛줄기를 이기지 못하고 뒤로 휙 튕겨 나가기도 했다. 단 꼭대기까지 겨우 기어 올라간 거미들도 일부 있었지만 단 위에 버티고 선 블레이크가 발로 마구 차냈다. 이 광경을 지켜보던 로버트한테 문득 어떤 생각이 떠올랐다.

"조지는 어디 있지?" 로버트가 목을 더듬으며 소리쳤다.

"지금 그게 중요한 게 아니잖아. 조지는 나중에 찾아보자."

'그런데 우리한테 나중이 있긴 할까?' 잭은 문득 궁금해졌다. 하지만 곧 이런 생각을 떨쳐내고 첫 번째 기둥을 손으로 움켜잡았다. 강한 전기가 팔을 타고 몸 전체로 퍼져 나가는 느낌이 들었다. 사다리도 심하게 흔들렸다. 단 맨 위에 고리로 걸어놓은 사다리가 단이 진동하면 함께 흔들리는 게 영 불안했다.

"우린 할 수 있어!"

잭은 그렇게 다짐하듯 외친 뒤 사다리를 타고 단 위로 기어 올라갔다. 크리스토퍼가 그다음, 마지막으로 로버트가 올라갔다.

단 위로 올라가면서 잭은 아래쪽에 펼쳐진 묘지를 둘러봤다. 버서커 로봇 세 대가 완전히 되살아나 움직이고 있었다. 두 대는 몸을 마구 흔들면서 기어오르는 거미 떼를 털어내고 있었다. 다리에 잔뜩 붙은 거미 떼를 털어내는 또 다른 버서커 로봇의 모습은 마치 진흙 속에서 허우적대는 것처럼 보였다.

그들은 마침내 단 꼭대기까지 올라갔다. 먼저 올라간 크리스토퍼와 잭이 로버트를 끌어올렸다. 다행히 제때 꼭대기에 도착했다. 그런데 갑자기 단 전체가 거세게 꿀렁거렸다. 진동이 어찌나 센지 제대로 서 있기도 힘들었다. 그러다 단 윗부분에 살짝 걸려 있던 사다리 고정 고리가 떨어지고 말았다. 그들은 손을 놓은 채 사다리가 아래로 떨어지는 걸 지켜봤다. 잭은 최대한 자신감이 넘치는 표정을 지으며 크리스토퍼와 로버트를 번갈아 쳐다봤다.

블레이크가 단 맞은편에 서 있었다. 로봇 거미 일부가 꼭대기까지 기어 올라왔지만 광분한 블레이크가 발로 차내거나 쇠막대로 밀어내고 있었다. 리브스는 차렷 자세로 힘없이 고개를 떨구고 블레이크 바로 뒤쪽에 서 있었다. 잭은 누군가 이 정도로 심하게 위축되어 있는 모습은 처음 봤다.

"좋아, 덤벼보시지! 형편없는 녀석들!"

블레이크가 단 위로 기어오르는 거미 떼를 향해 소리쳤다.

이제 귀에 익어버린 버서커 로봇이 깨어나는 소리를 듣고 잭은 또다시 무서워졌다.

"이제 우리 어쩌지?" 로버트가 힘없이 물었다.

크리스토퍼가 한 걸음 앞으로 나아갔다.

"내가 블레이크의 정신을 딴 데로 돌려볼게. 너희 둘은 탐지기를 파괴해."

그리고는 오른쪽으로 살금살금 걸어 블레이크에게 다가가면서 로버트와 잭한테 왼쪽으로 움직이라고 신호를 보냈다.

"리브스는 어떡하지?" 잭이 리브스를 가리키며 물었다.

리브스는 셋을 쳐다보고 있었지만 심하게 움츠러든 표정은 그대로였다. 그리고 움직이고 싶어도 움직일 수 없을 것처럼 보였다.

"이제 리브스 걱정은 하지 않아도 될 것 같은데." 크리스토퍼가 대답했다.

크리스토퍼는 몸을 숙이고 블레이크 쪽으로 다가갔고, 잭은 로버트의 손을 꼭 잡고 함께 왼쪽으로 움직였다. 세찬 바람 소리가 셋을 에워쌌다. 거미 떼의 날카로운 쇳소리, 버서커 로봇들의 울부짖는 소리가 뒤섞여 들려왔다. 눈앞이 희뿌연 연기와 불꽃으로 가득했다.

크리스토퍼가 허리띠에 꽂아두었던 쇠막대를 빼서 바닥을 세게 내려치자, 블레이크가 고개를 획 돌렸다.

"세상에, 아니야. 지금은 안 돼. 지금은 아니라고."

그리고는 갑자기 크리스토퍼한테 획 다가가서 잽싸게 쇠막대를 뺏었다. 그리고 씩 웃더니 쇠막대를 획 내리쳤다. 크리스토퍼는 뒤로 물러나며 간신히 몸을 피했다. 하마터면 넘어질 뻔했다.

블레이크가 손을 벌벌 떨며 머리카락을 쓸어 올리더니 다시 쇠막대를 높이 들어올렸다. 그사이 잭은 로버트와 함께 탐지기 쪽으로 살금살금 다가갔다. 허공에 떠 있는 탐지기에서 거미줄처럼 미세한 빛줄기가 마구 쏟아져 나왔다. 탐지기에서 쏟아지는 빛의 힘때문에 뒤로 밀려나는 느낌이 들었다. 꼭 거센 바람에 맞서서 걷는 것 같았다. 둘은 겨우 탐지기 바로 앞까지 다가갔다.

불안한 로버트가 잭의 어깨에 손을 올리는 동안 잭은 탐지기를 향해 손을 뻗었다.

순간 잭은 큰 충격을 받고 몸을 휘청거렸다.

"저게 뭐지?" 로버트가 웅얼거렸다.

"나… 나도 몰라, 로버트. 나…."

'내 생각엔 온기 같아. 한기 같기도 하고. 어쨌든 느낌이었어.' 잭은 탐지기에 손을 댄 순간 들었던 느낌을 생각하며 눈을 깜빡거렸다. 온기와 한기, 기쁨과 슬픔. 자기 손을 보니, 피부가 약간 벗겨져 손가락 끝에 쇠붙이가 삐죽 튀어나와 있었다.

그 순간 오른쪽에서 날카로운 비명 소리가 들렸다. 잭과 로버트가 돌아보니, 블레이크가 미친 듯이 그들을 향해 소리 지르고 있었다. 그리고 가까스로 블레이크의 쇠막대기를 피한 크리스토퍼가 기우뚱거리는 모습이 보였다.

블레이크가 한 손으로 허공에다 기호를 그리고, 다른 한 손으로는 탐지기를 가리키는 동안, 크리스토퍼는 다시 균형을 잡고 똑바로 섰다.

갑자기 탐지기가 푸른색과 흰색 빛을 거세게 내뿜으며 격렬하게 움직였다. 잭과 로버트는 강한 에너지에 밀려 뒤로 넘어졌다.

블레이크가 승리의 함성을 질렀다. 그러나 방심하다가 크리스토퍼한테 정강이를 걷어차이고는 고통스럽게 비명을 질러댔다. 블레이크가 풀썩 주저앉자 크리스토퍼가 다가가서 쇠막대를 집어 들고 그를 내려다봤다. 분노로 타오르는 크리스토퍼의 눈빛이 잭의 눈에 들어왔다. 크리스토퍼는 높이 들어올린 쇠막대를 블레이크를 향해 있는 힘껏 내리치려는 중이었다.

"크리스토퍼! 안 돼!"

하지만 소리를 지르자마자 잭은 자신의 행동을 후회했다. 크리스토퍼가 잭을 힐끗 쳐다본 순간, 블레이크가 쇠막대를 꽉 잡고 휙 비틀었다. 크리스토퍼가 뒤로 밀려날 정도로 엄청난 힘이었다. 크리스토퍼는 단 가장자리까지 미끄러지다가 떨어지기 직전에 겨우 멈춰 섰다.

블레이크가 다시 몸을 일으키더니 절뚝거리면서 크리스토퍼한테 다가갔다. 크리스토퍼도 일어나려고 안간힘 썼다. 하지만 이미 앞에 선 블레이크가 쇠막대를 높이 들어올렸다. 그것에 맞으면 크리스토퍼의 머리틀이 산산조각으로 부서질 게 분명했다.

잭은 무슨 말이라도 하려 했지만 목이 메어 비명밖에 나오지 않았다.

블레이크가 사납게 고함을 지르면서 쇠막대를 내리쳤다.

그런데 놀랍게도 블레이크의 팔이 허공에서 멈췄다.

블레이크가 휙 돌아서더니 온몸을 버둥거렸다. 리브스가 두 손으로 쇠막대를 꽉 잡고 있었다.

"이거 놓지 못해!"

리브스가 무표정한 얼굴로 블레이크를 물끄러미 바라봤다.

"놓으라고 말했어!"

블레이크가 다시 소리쳤지만 리브스는 눈 하나 까딱하지 않았다. 쇠막대를 움켜잡은 손의 힘도 그대로였다.

블레이크가 쇠막대를 꽉 잡고 리브스의 손에서 뽑아내려 했다. 하지만 쇠막대가 뽑히기는커녕 쇠막대를 꽉 잡은 리브스만 끌려왔다. 블레이크는 쇠막대를 잡고 리브스와 실랑이를 벌였지만 좀처럼 쇠막대를 빼낼 수 없었다. 그는 마지막으로 짐승처럼 포효하며 힘주어 쇠막대를 잡아당겼다. 이마에서 땀이 비 오듯 흘렀다.

바로 그때 리브스가 쇠막대를 놓아버렸다.

블레이크가 비명을 지르며 단 가장자리에서 미끄러져 아래로 굴러 떨어졌다.

그런데 굴러 떨어지는 순간, 블레이크가 오른손을 필사적으로 더듬거리다가 리브스의 외투 자락을 거머쥐었다. 리브스는 피할 수 없는 운명을 따르듯 아무 말 없이 블레이크와 함께 단 아래로 떨어졌다.

그렇게 둘은 아래로 추락했다.

잭과 크리스토퍼, 로버트는 그들이 추락한 지점을 한동안 멍하니 바라봤다.

크리스토퍼가 먼저 몸을 일으켰다. 그리고 잭과 로버트한테 달려가 그들을 일으켰다. 셋은 함께 탐지기 앞으로 갔다. 가까이 갈수록 불길한 기운이 강하게 느껴졌다.

탐지기가 사나운 기세로 이글거리고 있었다. 일렁이는 빛줄기의 힘이 그들을 거세게 밀어내는 느낌이었다.

순간 잭은 결심했다.

"로버트를 데리고 아래로 내려가."

크리스토퍼가 고개를 저었다.

"잭, 안 돼…"

"로버트를 데리고 내려가, 크리스토퍼. 어서."

"너 혼자 하도록 내버려둘 순 없어."

크리스토퍼도 제 뜻을 꺾지 않았다.

"뭘 한다고?" 로버트가 둘을 번갈아 보며 물었다. "지금 잭이 무슨 소리를 한 거야?"

잭은 눈을 내리깔았다. 그리고 로버트를 슬며시 밀어냈다.

로버트가 탐지기를 봤다가 두 눈을 휘둥그레 뜨고 말했다.

"아니야, 잭, 안 돼!"

잭은 한숨을 쉬었다.

"로버…"

"아니야, 안 돼. 탐지기가 폭발하면 너도 죽어, 잭. 영원히 돌아오지 못한다고. 인간 로봇 에드워드랑 그리퍼처럼 말이야. 그럼 난 어떡해?"

잭은 로버트한테 몸을 기대고 다정하게 말했다.

"이 일은 내가 꼭 해야 해. 크리스토퍼는 할 수 없거든. 할아버지가 계시잖아."

"그럼 내가 할게, 잭. 내가 탐지기를 파괴할 거야."

그렇게 말하고 로버트가 쏜살같이 탐지기 앞으로 달려 나가려는데, 잭이 로버트의 팔을 꽉 붙잡았다.

"안 돼, 로버트."

잭의 손을 뿌리치려고 로버트가 발버둥을 쳤다. 하지만 크리스토퍼도 함께 로버트를 말렸다.

"왜 난 안 돼? 왜 꼭 네가 해야 해?" 로버트가 흐느끼며 말했다.

잭은 슬픈 표정으로 웃으며 대답했다.

"꼭 그래야 하는 건 아니야. 하지만 내가 아니라 너나 크리스토 퍼가 이 일을 한다면, 나 자신을 용서할 수 없을 것 같아."

로버트가 입술을 달달 떨면서 바닥을 물끄러미 내려다봤다. 그러다 잭을 힐끗 쳐다봤다. 부끄러움과 죄책감이 어린 표정이었다.

"그래, 그렇게 말하니까 네가 참 싫어진다는 사실만 알아둬, 잭. 난 네가 정말 싫어, 잭. 진짜야." 로버트가 씩씩대며 말했다.

잭은 여전히 웃고 있었다. 하지만 모든 것을 체념한 표정이었다.

"어떻게 할 건데?" 크리스토퍼가 물었다.

"맨손으로 탐지기를 부숴버릴 거야. 코미어 씨가 탐지기 표면이 아주 약하다고 했잖아."

잭은 양손을 들어올렸다. 피부가 벗겨진 잭의 손가락이 크리스토퍼의 눈에 띄었다.

"그럼 넌 어떻게 되는데?" 크리스토퍼가 다시 물었다.

잭은 태연하게 고개를 저으며 대답했다.

"아무 일도 없을 거야. 나도 괜찮을 거고."

로버트가 걱정스러운 표정으로 둘을 번갈아 쳐다봤다.

"괜찮을 거야, 로버트."

그러면서 잭은 활짝 웃었지만, 속으로는 그렇지 않다는 사실을 잘 알고 있었다.

"이리 와봐."

크리스토퍼가 단 가장자리를 가리켰다. 그들은 같이 가장자리로 가서 아래를 내려다봤다.

팔다리를 쫙 펴고 바닥에 쓰러져 있는 블레이크가 보였다. 왼쪽 어깨 근처에 진한 핏자국이 보였다. 그 옆에 리브스도 함께 쓰러져 있었다.

"별수 없이 벽을 타고 기어 내려가야 해. 살아남으려면 어쩔 수 없어." 크리스토퍼가 말했다.

로버트가 단 아래 쪽을 힐끗 내려다보고는 고개를 끄덕였다.

"꽤 높긴 하네. 하지만 이 정도쯤이야 가뿐하지. 언덕에서도 여러 번 굴러 내려왔었잖아. 내 말 맞지?"

그러고는 친구들을 보며 활짝 웃었다.

잭과 크리스토퍼도 활짝 웃었다. 둘은 항상 긍정적인 로버트가 큰 힘이 되어준다는 사실을 아주 잘 알고 있었다.

로버트가 잭과 크리스토퍼를 보며 다시 해맑게 웃었다.

그러더니 크리스토퍼를 잭 쪽으로 떠밀었다. 그리고 둘이 단 아래로 미끄러져 내려가는 모습을 지켜봤다.

곧 죄책감이 밀려왔다. 하지만 로버트는 자기가 한 행동이 최선이었다고, 친구들은 무사할 거라고 되뇌면서 재빨리 죄책감을 떨쳐냈다. 그렇게 생각하자 다시 행복해졌다. 로버트에겐 무엇보다 친구들이 중요했다. 그래서 친구들을 반드시 구해내고 싶었다.

로버트는 단 한가운데로 발걸음을 옮겼다. 그리고 이제 어떻게 해야 할지 곰곰이 생각하며 푸른색 빛줄기가 어른거리는 잿빛 하늘을 쳐다봤다. 저 멀리서 단을 향해 거침없이 다가오는 버서커 로봇들이 보였다. 이제 버서커 로봇들은 거의 모두가 살아 움직이고 있었다. 거미 떼의 공격을 이기지 못한 두 대만이 쓰러져 있을 뿐이었다. 버서커 로봇 전부를 막기엔 거미 떼의 힘이 턱없이 부족했다.

로버트는 푸른 불빛이 빠른 속도로 휙휙 움직이면서 비치는 옅은 그림자, 그리고 별처럼 환하게 빛나고 있는 탐지기를 쳐다봤다. 그러면서 어떤 방법이 가장 좋을지를 떠올려봤다.

'맨손으로 탐지기를 부숴버릴 거야.' 잭이 한 말이 떠올랐다.

로버트는 고개를 끄덕였다. 그런 뒤 탐지기 쪽으로 돌아섰다. 여전히 탐지기에서 나오는 에너지 때문에 뒤로 밀려나는 느낌이 들었다. 돌풍을 마주하고 선 기분이었다.

로버트는 시간이 얼마 남지 않았다는 사실을 잘 알고 있었다.

"남은 시간을 최대한 활용해야지, 로버트."

그렇게 혼잣말을 하고 로버트는 숨을 참았다. 그러다 씩 웃었다. '난 원래 숨을 쉬지 않잖아.' 로버트는 한 손으로 눈썹을 꽉 잡고 탐지기 가까이 다가갔다.

일렁이는 빛이 로버트의 가슴에 닿아 부딪혔다. 로버트는 빛을 밀어내면서 앞으로 조금씩 나아갔다. 얼굴 피부가 여기저기 벗겨졌다. 하지만 물러나지 않았다. 번쩍이는 푸른색 불빛을 노려보며, 빛을 온몸으로 밀어내며 탐지기 앞으로 한 걸음 한 걸음 나아가서 마침내 바로 앞까지 다가갔다.

탐지기가 무서운 기세로 에너지를 뿜어내고 있었다. 로버트의 양손 피부가 모조리 벗겨져 나갔다. 하지만 로버트는 전혀 상관하지 않았다. 그것 말고도 생각해야 할 중요한 일이 너무 많았기 때문이다. 그는 자기가 고물상에서 깨어난 날, 크리스토퍼와 잭이 자기를 내려다보던 장면을 떠올렸다. 또 에스텔이 얼굴 피부를 입혀줬던 때를 생각했다. 뿌듯한 표정으로 웃고 있던 에스텔의 얼굴이 떠올랐다. 해가 서쪽으로 넘어가는 동안 고철 더미 꼭대기에서 만다와 손잡고 고물상을 내려다봤던 것도 떠올랐다. 그리고 그리퍼도….

로버트는 양손을 내밀어 탐지기를 잡았다. 전에 느꼈던 이상한 한기와 온기가 다시 느껴졌다. 뜨거우면서도 차가웠다. 즐거운 동시에 화가 났다. 슬픔과 고통이 한꺼번에 밀려들었다. 하지만 로버트는 마음에 두지 않았다. 머릿속에 이미 다른 생각이 가득했기 때문이다.

로버트는 탐지기를 가슴에 안고 있는 힘껏 꽉 눌렀다. 눈을 꼭 감고 친구들의 얼굴을 떠올리며 이름을 하나하나 불렀다. 잭, 에스텔, 그리퍼, 만다, 크리스토퍼… 그러다 탐지기를 가슴에 안은 채 앞으로 풀썩 쓰러졌다.

둥글이 로버트는 활짝 웃었다.

그리고 온 세상이 폭발했다.

탐지기가 폭발하면서 그 힘에 의해 멀리 내동댕이쳐진 잭과 크리스토퍼가 다시 몸을 일으켰다. 그 순간, 갑자기 금속이 사정없이 찌그러지는 소리가 그들의 귓등을 때렸다. 크리스토퍼가 잭의 어깨를 잡아끌며 소리쳤다.

"피해!"

단 받침대 부분과 높이 솟은 쇠기둥들이 우르르 내려앉았다. 큼지막한 쇳덩이가 하늘에서 떨어져 땅에 박혔다. 잭과 크리스토퍼의 몸 위로 수많은 리벳이 비처럼 와르르 쏟아졌다. 그 순간, 잭은 에스텔이 떠올랐다. 단이 폭발하기 전에 에스텔과 코미어 씨가 블레이크를 질질 끌어 옮기던 모습을 봤기 때문이다. 잭이 둘러보니, 에스텔은 양손으로 얼굴을 가린 채 바닥에 쓰러져 있었다. 그리고 코미어 씨는 블레이크의 몸 위에 엎드려서 그를 보호하고 있었다. 단을 지지하고 있던 커다란 쇠기둥에 납작하게 깔린 가여운 리브스도 보였다.

비처럼 쏟아져 내리던 리벳이 눈에 띄게 잦아들었다. 그러다 이제 멈추는가 싶더니 나지막하게 우르릉 소리가 들렸다. 눈부시게 밝은 푸른 빛줄기가 비명을 지르기 시작했다.

'어떻게 빛이 소리를 지를 수 있지?' 잭은 속으로 생각했다.

빛줄기가 갑자기 맹렬하게 쪼그라들자 영혼이 생긴 버서커 로봇들이 일제히 울부짖었다. 별안간 그들의 온몸이 짓눌리는 것 같았다. 주변의 공기도 한없이 쪼그라드는 느낌이었다. 곧이어 버서커 로봇들의 몸에서 희미한 푸른색 빛줄기가 비치더니 쪼그라든 빛기둥 속으로 빨려 들어갔다.

다음은 검은 영혼들 차례였다. 영혼들이 로봇의 몸 안으로 들어갈 때와 마찬가지로 순식간에 밖으로 빠져나왔다. 버서커 로봇들이 무릎을 꿇으며 주저앉았다가 그 자리에 털썩 쓰러졌다. 로봇들의 몸에서 소용돌이치며 밖으로 빠져나온 시커먼 영혼들이 가녀린 빛줄기 속으로 빨려 들어가 자취를 감추었다. 버서커 로봇이 바닥으로 풀썩 쓰러질 때마다 묘지 전체가 흔들렸다. 마침내 로봇들 모두가 바닥에 쓰러졌다. 영혼이 완전히 빠져나간 로봇들의 은색 몸체는 미동도 없이 조용해졌다.

빛줄기 역시 희미한 흔적만 남긴 채 순식간에 사그라졌다.

온 세상이 고요하기만 했다.

누군가 기침을 했다. 잭이 돌아보니, 블레이크가 몸을 일으키려는 모습이 보였다. 입가에 핏자국이 선명했다. 셔츠에 묻은 피처럼 검붉은 색이었다.

"필립… 필립…." 블레이크가 숨을 헐떡이며 말했다.

코미어 씨가 블레이크의 팔을 꽉 잡았다.

"지금은 좀 쉬어, 리처드. 가만히 있게나."

블레이크도 양손으로 코미어 씨의 팔을 꽉 잡았다.

"저는 최선을 다했어요, 필립. 그뿐입니다. 하지만 박사님이 이기셨어요. 박사님이 모두 다 파괴하고 결국 이기셨군요."

"이건 이기고 지는 문제가 아니라네, 리처드."

블레이크가 씩 웃었다.

"아버지가 아주 자랑스러워하셨을 겁니다, 필립. 그러시겠지요?
아버지가 정말로 저를 자랑스러워하셨으면 좋겠어요."

속으로 무척 어려운 문제를 고심하는 듯 괴로운 표정을 짓던 코
미어 씨가 정말 그렇다는 표정으로 고개를 끄덕였다. 이젠 블레이
크에게 무슨 말을 하든 상관없다고 판단한 모양이었다.

"맞아, 리처드. 아버지가 자네를 무척 자랑스러워했을 걸세."

블레이크가 코미어 씨를 보면서 씩 웃었다. 그런데 블레이크의
얼굴에서 웃음기가 사라지는가 싶더니 눈동자가 점점 빛을 잃었
다. 그러다 마지막으로 한숨을 내쉬고는 코미어 씨의 품 안에서 조
용히 눈을 감았다.

코미어 씨가 블레이크를 내려놓았다. 그 순간, 블레이크의 가슴
에서 시커먼 연기 같은 형체가 스르르 피어올랐다.

"무슨 일이죠?" 에스텔이 흠칫 놀라며 물었다.

"탐지기 에너지가 마지막으로 남기는 흔적이란다. 죽은 사람의
몸에서 나온 영혼이 몸 주변에 머무르다가 사후 세계로 빨려 들어
가는 거지."

에스텔과 로봇들은 블레이크의 영혼이 산들바람에 날아가는 거
미줄처럼 허공으로 떠오르는 광경을 두려워하면서도 잠시도 눈을
떼지 못하고 지켜봤다. 영혼은 희미하게 반짝이는 빛에 닿자 마치
크리스털처럼 맑은 소리를 내며 산산이 부서졌다. 그리고 잠시 허
공을 맴돌다 곧 흔적도 없이 자취를 감추었다.

"블레이크의 영혼은 어떻게 된 거죠?" 에스텔이 물었다.

코미어 씨가 어깨를 으쓱했다.

"사라진 거란다. 복잡할 게 뭐 있니."

에스텔은 실눈을 뜨고 영혼이 사라진 지점에 쌓인 잡동사니 더미를 빤히 쳐다봤다. 눈으로 직접 보고도 전혀 믿을 수 없다는 표정이었다.

"아, 로버트!"

갑자기 잭이 힘겨운 목소리로 말했다. 그러고는 곧장 단이 무너져 내린 곳으로 달려갔다. 다른 로봇들도 일제히 잭의 뒤를 따랐다. 잭은 제정신이 아니었다. 그는 쇠붙이 더미를 마구 파헤치기 시작했다.

"로버트!"

잭은 고함을 지르며 로버트의 이름을 부르고 또 불렀다.

잠시 후 로버트의 몸체가 나타났다. 틀림없었다. 탐지기를 끌어안았던 부위가 갈라지고 찢어져 너덜너덜했다. 그리고 가장자리는 새카맣게 그을렸다. 잭은 로버트의 몸체를 쇠붙이 더미에서 끌어낸 다음 조심스럽게 내려놓았다. 로버트의 머리는 어디로 사라졌는지 흔적조차 찾을 수 없었다. 사방이 조용한 가운데, 잭이 목 놓아 우는 소리만 들렸다. 크리스토퍼가 잭 옆에 나란히 무릎 꿇고 앉아 그의 어깨에 한 손을 살며시 올렸다. 크리스토퍼 역시 엄청나게 충격적인 이 상황을 도저히 믿을 수가 없었다.

잭이 크리스토퍼를 쳐다봤다.

"로버트가 죽었어, 크리스토퍼. 로버트가 죽었어."

그러고는 로버트의 몸체를 끌어안은 채 온몸을 들썩이며 엉엉 울었다. 모두가 할 말을 잃고 침묵에 잠겼다.

바로 그 순간, 귀에 익은 목소리가 들렸다.

"네가 이 일이 모두 끝나면 휘파람 부는 법을 가르쳐준다고 했잖아."

벼락을 맞은 느낌이었다. 분명히 로버트의 목소리였기 때문이다. 에스텔이 날카롭게 소리 지르며 잽싸게 달려갔다. 금속판을 옆으로 치우자 친구들을 올려다보고 있는 로버트의 머리가 보였다. 찌그러지고 불에 탄 자국이 보였지만 로버트의 머리는 무사했다. 뻐딱하게나마 눈썹도 그대로 달려 있었다.

"로버트, 살아 있었구나!" 잭이 소리쳤다.

"당연히 살아 있었지." 로버트가 대답했다.

잭은 로버트의 머리를 집어 들고 꼭 끌어안았다. 크리스토퍼도 함께 로버트의 머리를 꼭 끌어안았다. 에스텔이 둘 사이에서 로버트의 머리를 확 빼앗아 가더니 와락 끌어안았다.

"어떻게 된 거냐?" 코미어 씨가 물었다.

"그 형편없는 솜씨 덕을 볼 줄이야. 압살롬 씨가 머리를 엉성하게 달아놓았거든요. 저는 원래 머리가 없어도 달릴 수 있고 뭐든 다 할 수 있어요. 다행히 탐지기가 폭발하기 전에 머리가 먼저 빠져 휙 날아갔지 뭐예요."

로버트가 눈살을 찌푸리더니 다시 말을 이었다.

"제가 방금 어깨를 으쓱했는데 눈치 못 채셨죠? 머리랑 몸이 붙어 있지 않아서 그런가 봐요."

에스텔이 기뻐서 어쩔 줄 몰라 하며 로버트의 얼굴에 마구 입맞춤을 퍼부었다. 로버트가 '우웩!' 소리를 냈다. 그래도 에스텔은 멈추지 않았다.

"네가 해냈어, 로버트. 네가 우리를 구한 거야. 모두 네 덕분에 살았어." 크리스토퍼가 말했다.

어둠 속에서 블레이크는 다시 정신을 차렸다.

순간 그는 극심한 공포에 사로잡혔다. 단 아래로 떨어졌던 것, 그리고 그때 느낀 고통이 떠올랐기 때문이다.

캄캄했지만 서서히 주변 사물들이 어렴풋이 눈에 보였다. 그러자 차츰 마음이 놓였다.

'내가 살아 있나 보군.' 블레이크는 속으로 생각했다.

그러다 또다시 살기등등한 생각이 불쑥 치밀어 올랐다. 블레이크는 마음을 가라앉히려 애썼지만 섬뜩한 분노가 솟아오르면서 점점 더 흥분되었다.

'그 녀석들을 부숴버려야지. 하나도 남김없이, 모조리 다.'

블레이크는 거미줄이 쳐진 시험관과 먼지가 켜켜이 쌓인 병들이 놓인 낡은 나무 선반을 쳐다봤다. 그러다 천장 위쪽으로 새어 들어오는 빛줄기를 발견했다. 계단 맨 위쪽으로 난 문이 살짝 열려 있었다. 그가 있는 곳은 지하실이었다.

블레이크는 빛이 비치는 쪽으로 달려가고 싶은 강한 충동에 사로잡혔다.

바로 그 순간 에스텔이 블레이크 앞에 나타났다.

블레이크는 자기도 모르게 몸을 움찔했다. 그러다 스스로를 나무랐다. 고작 에스텔 같은 소녀 때문에 놀라다니.

"널 죽여버리고 말 거야. 반드시 대가를 치르게 해주겠어. 그러니까…"

"제 생각에 블레이크 씨는 말을 할 수 없는 것 같아요. 자기 목소리를 무척 좋아했던 분이라 참 안타까운 일이라고 해야겠군요."

에스텔이 블레이크를 쌀쌀맞은 눈초리로 쳐다봤다.

'저 꼬맹이가 감히. 나를 깍듯이 모셔도 시원찮을 판에. 무서운 게 없는 모양이로군.'

화가 치밀어 오른 블레이크는 에스텔을 향해 고함을 질렀다.

"네까짓 게 감히! 큰일을 당해볼 셈이냐!"

에스텔이 고개를 저으면서 말했다.

"저런, 어쩌죠? 목소리가 안 들려요. 참 안타깝네요."

그러고는 돌아서서 선반 위를 뒤지기 시작했다.

잠시 후 에스텔이 직사각형 물체를 손에 들고 돌아섰다.

"블레이크 씨 몸에서 빠져나온 영혼이 사라지는 걸 봤지만 계속 미심쩍더라고요. 틀림없이 영혼이 어디론가 들어갔을 거라는 생각이 들었거든요. 때마침 고철 더미에서 뭔가 본 것 같기도 해서 확인해보려고 와본 거예요."

에스텔이 블레이크를 보며 찡긋 윙크를 했다. 그러고는 블레이크를 향해 그 직사각형 물체를 들어올렸다. 그것은 금이 간 더러운 거울이었다. 그래도 깨끗한 쪽으로 충분히 자신을 비춰 볼 수 있었다. 블레이크는 거울을 쳐다봤다….

"기적과도 같은 정제 추진력으로 작동하는 로봇입니다."

에스텔이 이렇게 말하고는 씩 웃었다.

거울 속에는 테이블 위에 놓인 로봇 머리 하나가 비치고 있었다. 블레이크는 그 머리를 쳐다봤다. 로봇 머리를 제작하는 틀보다 조금 작아 보였다. 흠집이 가득한 그 황동 머리는 눈알을 이리저리 굴리고 있었다. 입도 달려 있지 않은, 딱 얼굴 형태만 있는 따분해 보이는 머리였다. 바로 뮤트 로봇이었다.

'도대체 어떻게 이런 일이…! 내가 어디에…?'

블레이크가 눈을 깜빡이자 거울 속 머리가 똑같이 눈을 깜빡거렸다.

그 모습을 보고 블레이크는 자기도 모르게 비명을 질렀다.

에스텔이 한숨을 내쉬고는 말했다.

"블레이크 씨가 죽고 난 후 영혼이 가장 가까이에 있던 생명 없는 목표를 발견한 거죠. 아마 탐지기가 작동한 게 아닐까 싶어요."

에스텔이 인상을 찌푸리고는 다시 말을 이었다.

"코미어 씨도 알고 계셔야 할 것 같긴 해요. 하지만 저는 이 사실을 절대로 말씀드리지 않으려고 해요. 영원히."

블레이크는 에스텔을 향해 마구 욕을 퍼붓고 비명을 질러댔다. 절대로 에스텔을 가만두지 않겠다고 다짐했다. 하지만 당연히 이 말은 에스텔한테 전혀 들리지 않았다.

에스텔이 테이블에 팔꿈치를 대고는 손바닥 위에다 턱을 괸 채 블레이크를 물끄러미 바라봤다.

"블레이크 씨는 이제 그 안에 갇혀버렸어요. 아주 오랫동안, 어쩌면 영원히 그럴 수도 있고요."

그러고는 몸을 일으키면서 다시 말을 이었다.

"당신은 이제 이곳에서 아주 오랜 시간을 보낼 거예요. 그동안 아무 잘못 없는 이들을 해치려는 자는 무사할 수 없다는 교훈이나 좀 배우세요."

그런 뒤 돌아서서 계단 위로 걸어 올라갔다.

블레이크는 에스텔을 향해 다시 고함을 질렀다. 에스텔이 계단을 반 정도 올라가자 블레이크는 간절히 애원하기 시작했다. 그러다 지하실 문을 열려는 에스텔을 보고는 아예 울부짖었다.

문을 열다 말고 에스텔이 블레이크를 돌아보며 말했다.

"블레이크 씨한테 앞으로 무슨 일이 생길지 제가 어떻게 알겠어요. 다시 죽을 수도 있고, 아닐 수도 있겠죠, 뭐. 아니면 이 상태로 영원히 있을지도 모르고요. 지하실에서 녹슬어가는 못생기고 멍청해 보이는 로봇 머리로 말이에요."

그러고는 어깨를 으쓱했다.

"다시 말하지만, 제가 뭘 알겠어요. 로봇 피부나 만드는 주제에."

에스텔이 고개를 돌리고 문 밖으로 나갔다. 잠시 열린 문틈으로 빛이 환하게 쏟아져 들어왔다가 문이 닫히자 즉시 사라졌다.

블레이크는 어둠 속에서 비명을 질렀다. 비명은 어둠 속에 묻혔다. 비명 소리와 어둠을 분간할 수조차 없어진 후에야 블레이크는 마침내 입을 다물었다. 이제 어둠만 남았다.

그리고 어둠은 영원토록 계속되었다.

34

코미어 씨 일행이 트럭을 타고 다시 돌아온 날, 아이언하벤에는 햇빛이 밝게 내리쬐고 있었다. 사방에 가득한 금속과 리벳 들이 햇살 아래 눈부시게 반짝였다. 정돈되지 않은 상태였지만 크리스토퍼는 이렇게 아름다운 곳은 난생처음 본다는 생각이 들었다.

"다 잘될 거야." 잭이 말했다.

"뭐라고?" 크리스토퍼가 되물었다.

잭은 크리스토퍼를 보지도 않고 고개만 끄덕였다. 크리스토퍼한테 한 말이라기보다 스스로 다짐하고자 한 말 같았다.

"다 잘될 거야, 보다시피. 모든 게 다시 제자리로 돌아갈 거니까."

"새 대문이 생겼네?" 로버트가 신이 나서 말했다.

코미어 씨가 흐뭇해하며 껄껄 웃었다.

"에그버트는 늘 믿음직스럽지."

그들은 코미어 저택에 새로 생긴 번쩍이는 대문으로 향했다. 12대는 더 되어 보이는 로봇들이 주변에 숨어 있다가 쭈뼛쭈뼛 걸어 나와 트럭이 지나가는 걸 지켜봤다. 크리스토퍼는 로봇들이 서로 다른 상태이긴 하지만 하나같이 망가져 있다는 사실을 알아챘다. 그러다 슬픈 표정으로 자기들을 물끄러미 바라보고 있는 한 소녀를 발견했다. 소녀 로봇은 눈이 하나밖에 없었고 오른팔의 피부도 모두 벗겨져 있었다. 자기 머리를 손에 들고 있는 소년 로봇도 눈에 띄었다. 그리고 나란히 어깨동무를 하고 선 소년 로봇 두 대도 눈에 들어왔다. 둘 다 다리가 하나뿐이었다.

코미어 일행이 트럭에서 내리자 희망에 찬 표정의, 다리가 다섯 개 달린 소년 로봇이 그를 맞았다.

"잭, 돌아왔구나." 소년 로봇이 말했다.

"당연하지, 샘." 잭이 대답했다. 그러고는 샘을 크리스토퍼한테 소개했다. "얜 원래 다리가 여섯 개인 샘이라고 해."

샘이 크리스토퍼를 보고 씩 웃으며 말했다. "난 네가 누군지 알아."

"자, 그럼 집 안으로 들어가볼까?"

코미어 씨가 그렇게 말하고는 일부러 대문을 쾅쾅 두드렸다. 주위로 몰려든 망가진 로봇들을 쳐다보기가 두려운 모양이었다.

크리스토퍼가 눈살을 찌푸리며 말했다. "나를 안다고?"

"당연하지." 샘이 고개를 끄덕이며 대답했다.

"난 기억이 안 나는데…."

"괜찮아." 샘이 상냥한 목소리로 말했다.

"그럼, 모두 들어가자." 코미어 씨가 소리쳤다.

"집으로 다시 돌아온 걸 환영해." 샘이 말했다. 그러고는 어쩔 줄 몰라 하는, 아니 미안한 표정을 지으면서 웃었다.

'집이라니. 여기가 내 집이라고?' 크리스토퍼는 속으로 생각했다. 이곳이 집이라는 느낌이 들지 않아서 샘한테 어떻게 대답해야 할지 알 수 없었다.

코미어 씨가 새 대문을 활짝 열고는 로봇들을 향해 들어가자고 다시 한 번 소리쳤다.

샘이 주춤주춤 걸어 나오더니 크리스토퍼의 어깨 너머로 코미어 씨를 슬쩍 쳐다봤다. 크리스토퍼는 기대감이 느껴지면서도 왠지 불안해 보이는 샘의 얼굴을 봤다. 샘은 마치 너무 자주 마음을 다쳐 희망을 갖는 것조차 두려운 사람의 표정이었다.

"우리가 꼭 이야기할게, 샘." 잭이 말했다.

잭의 약속에 샘은 무척 고마워했다.

샘 뒤쪽으로 로봇들이 아까보다 더 많이 모여 있었다. 크리스토퍼는 눈이 하나뿐인 소녀 로봇을 다시 발견했다. 그는 돌아서서 마당 안으로 들어가면서도 집 앞에 모인 로봇들의 모습이 눈에 선했다.

코미어 씨가 정원 한가운데 서서 양팔을 번쩍 들고 소리쳤다.

"집이다!"

코미어 씨의 작은 요새에 달린 현관문이 열리고, 만다가 밖으로 뛰쳐나왔다. 크리스토퍼는 정확하게 똑같은 길이의 두 다리로 달리는 만다의 모습을 보자 무척 기뻤다. 얼굴도 전과 달랐다. 똑같은 크기의 새 눈 두 개가 달려 있었다.

"크리스토퍼, 돌아왔구나!" 신이 난 만다가 소리쳤다. 그러고는 크리스토퍼를 손으로 꽉 잡더니 있는 힘껏 꽉 끌어안았다. "널 찾아낼 줄 알았어. 그럴 줄 알았지!"

만다는 크리스토퍼 다음으로 잭을 꼭 끌어안은 뒤, 잭이 들고 있던 로버트의 머리도 받아 들고는 두 팔로 끌어안았다.

"로버트, 몸은 어디 있어?" 만다가 물었다.

"160킬로미터쯤 떨어진 곳에다 두고 왔지." 로버트가 한쪽 눈썹을 치켜세우며 대답했다. 그러자 눈썹이 툭 떨어졌다.

크리스토퍼가 눈썹을 주워 주머니에 넣으며 로버트한테 말했다.

"나중에 다시 붙여줄게."

"헌 눈썹을 다시 달아주는 건 싫어. 새 눈썹으로 달아줘. 아주 풍성한 걸로. 신사 눈썹처럼 말이야. 괜찮죠, 코미어 씨?"

"그러자꾸나."

코미어 씨가 로버트의 머리카락을 마구 헝클어트리며 대답했다. 그러고는 크리스토퍼를 힐끔 쳐다봤다가 재빨리 시선을 돌렸다.

"그리퍼는? 그리퍼는 어디 있어?" 만다가 물었다.

그들은 말없이 서로를 쳐다봤다. 뭐라고 대답해야 할지 알 수 없었기 때문이다.

잭이 만다를 옆으로 데리고 가서 그동안 무슨 일이 있었는지 차근차근 설명해줬다. 이야기를 다 듣고 난 만다가 갑자기 울음을 터트렸다. 한참 동안 서럽게 울고 난 뒤에야 만다는 겨우 눈물을 멈췄다.

"그래도 크리스토퍼, 네가 돌아왔잖아. 중요한 건 그거야, 맞지? 네가 돌아올 수 있었던 건 다 그리퍼 덕분이야."

그렇게 말하고 만다는 크리스토퍼를 다시 꼭 끌어안았다. 이번엔 좀 더 오래 안았다.

"자 그럼, 들어갈까?" 코미어 씨가 집 안을 가리키며 말했다.

크리스토퍼가 고개를 돌리니 샘이 서 있는 모습이 보였다. 샘 뒤로 모여든 로봇들은 대문이 닫히는 걸 쓸쓸히 바라보고 있었다. 샘이 손을 들었다. 크리스토퍼와 잭도 손을 들어 인사했다. 대문이 닫혔다. 크리스토퍼는 잭을 쳐다봤다. 잭은 무슨 할 말이 있는 표정이었다. 그러다 더 좋은 생각이 떠올랐는지 얼굴이 밝아졌다. 둘은 함께 돌아서서 코미어 씨를 따라 집 안으로 들어갔다.

안으로 들어가자 에그버트가 로봇들을 위해 식당에다 기름을 차려줬다. 코미어 씨도 뭔가를 들이켜더니 기분이 무척 좋아졌다. 두런두런 이야기를 나누면서 깔깔 웃어대는 소리가 식당 안을 가득 메웠다. 편안하고 즐거운 분위기였다. 코미어 씨는 로봇들이 서로 재잘대는 모습을 물끄러미 바라보며 씩 웃었다. 그러다 크리스토퍼와 눈이 마주쳤다. 순간 그의 얼굴에서 웃음기가 싹 가시고 표정이 굳어졌다. 그는 고개를 홱 돌려 에그버트한테 한 잔 더 갖다 달라고 부탁했다.

크리스토퍼는 친구들을 둘러봤다. 모두 행복해 보였다. 그리고 오랜만에 안전하다는 기분이 들었다. 하지만 이곳이 자기 집이라는 생각은 들지 않았다.

크리스토퍼는 언제까지 이런 기분이 들지 문득 궁금해졌다.

크리스토퍼는 에스텔의 새 작업실에서 그녀의 작업을 지켜보고
있었다. 코미어 씨 집에 도착한 지 일주일 만에 에스텔은 그의 집
옆에 있는 작은 창고 하나를 발견하고 날아갈 듯이 기뻐했다. 그
녀는 도구 몇 가지를 대충 챙겨 와서 곧바로 일을 시작했다. 코미
어 씨도 에스텔을 축하해줬다. 새 작업실을 얻은 뒤로 에스텔은 완
전히 바뀐 모습을 보여줬다. 능숙하게 작업실 안을 움직이면서 냄
비 안에 든 반죽을 휘젓고 비커 안을 확인하고 반죽을 얇게 펴서
피부를 만드는 내내 에스텔의 눈은 반짝반짝 빛났고 목적의식도
뚜렷해 보였다. 에스텔은 성실하게 자기가 맡은 일을 해낼 때 행복
해한다는 사실을 크리스토퍼는 알 수 있었다.

잭도 작업실 한구석에 앉아 쇠붙이 조각을 만지작거리고 있었
다. 그러다 크리스토퍼를 보며 뿌듯한 표정으로 씩 웃었다. 크리스
토퍼도 웃어주려고 애썼지만 웃음이 나오지 않았다. 그래서 잭이
자기 기분을 알아챌까 봐 허둥지둥 시선을 딴 데로 돌렸다.

로봇들이 코미어 씨 집에 온 지도 벌써 한 달이 지났다. 하지만
크리스토퍼는 그동안 한순간도 행복하지 않았다. 늘 뭔가가 빠졌
다는 생각이 머릿속을 떠나지 않았다. 집에 도착한 바로 다음 날
부터 코미어 씨는 크리스토퍼의 패치를 조사하기 시작했다. 그런

데 이상하게도 코미어 씨는 패치를 조사하는 동안 늘 불안해했고 미안하기까지 한 모습이었다. 하루하루가 지날수록 그는 점점 더 의기소침해졌고, 그럴수록 즐거운 척하려고 애썼다. 그리고 언제 부터인가는 아예 크리스토퍼를 눈에 띄게 피해 다니기에 이르렀다. 크리스토퍼와 마주치면 홱 돌아서서 멀리 달아나기도 했다. 그는 절망에 빠진 사람처럼 보였고 패치 실험도 아예 손을 놓았다.

아침에 크리스토퍼는 집 모퉁이를 돌다가 하마터면 코미어 씨와 정면으로 부딪칠 뻔했다. 코미어 씨가 자기 탓이라며 사과했지만, 크리스토퍼는 그런 그의 모습에 불안감을 느꼈다. 그는 크리스토퍼를 존재하게 한 것에 대해 양심의 가책을 느끼는 듯했다. 한때 뛰어난 능력을 제 입으로 한껏 떠벌리던 필립 코미어가 지금은 자신을 수치스러워하며 침울해하는 모습으로 변해버린 것이다.

크리스토퍼는 이상한 생각이 들었다. 크리스토퍼는 코미어 씨가 전혀 기억나지 않았다. 그런데도 코미어 씨를 보면 마치 뭔가를 잃어버린 것처럼 왠지 모를 상실감이 들었다. 크리스토퍼는 기억을 떠올리려고 안간힘 썼지만 끝내 아무것도 떠오르지 않았다.

골똘히 생각에 잠겨 있던 크리스토퍼는 문득 이상하고 어색한 침묵을 느끼고 정신을 차렸다. 잭이 크리스토퍼를 뚫어져라 쳐다보고 있었다. 그리고 에스텔도 씩 웃으면서 크리스토퍼를 물끄러미 보고 있었다.

"왜?"

"너, 뭘 알고 싶은 거야?" 에스텔이 물었다.

"그게 무슨 뜻이야?"

"왜 내 작업실에 있는 거야?" 에스텔이 다시 물었다.

크리스토퍼는 죄라도 지은 표정으로 에스텔과 잭을 번갈아 보고는 겨우 대답했다.

"그냥 네가 일하는 모습을 지켜보는 게 좋아서…."

그러고는 어깨를 살짝 으쓱한 뒤 자기 손을 물끄러미 내려다봤다. 그러다 다시 고개를 드니, 에스텔이 여전히 쳐다보고 있었다.

"에스텔 넌 내 기억이 언제쯤 돌아올 거라고 생각하는지 궁금해."

크리스토퍼가 조심스럽게 말하자, 에스텔이 천 조각을 테이블에 내려놓으면서 한숨을 내쉬었다.

"나도 잘 모르겠어, 크리스토퍼. 내가 대답해줄 수 없는 질문이잖아."

크리스토퍼는 고개를 끄덕였다. 그러면서 실망한 기색을 보이지 않으려고 안간힘 썼다.

"그래도 한 가지는 확실해." 에스텔이 말했다. "넌 반드시 다시 기억해낼 거야. 내 말 믿어. 너도 모르는 사이에 기억이 꼭 돌아온다니까."

크리스토퍼는 밝은 표정으로 고개를 끄덕였다. 하지만 여전히 알 수 없는 공허함은 사라지지 않았다.

"코미어 씨가 나를 쳐다보지도 않아."

에스텔은 크리스토퍼의 말을 듣고 한참 생각에 빠졌다.

"쳐다보지 않는 게 아니라 쳐다보지 못하는 게 아닐까? 코미어 씨는 네가 기억을 떠올리는 데 아무 도움도 못 준다는 생각에 죄책감을 느끼는 것 같아. 너를 이곳으로 다시 데리고 온 것도 그렇고."

"바위산에서 이리로 데리고 온 거 말이야?"

에스텔이 고개를 저었다.

사실 크리스토퍼는 에스텔의 말을 정확하게 알아들었다. 하지만 그 사실을 인정하기가 두려웠다.

"아니, 네 영혼을 다시 불러낸 걸 말하는 거야. 코미어 씨에게도 쉬운 일은 아니었을걸. 그분도 옳은 일인지 아닌지를 많이 고민하셨겠지. 코미어 씨가 왜 그런 선택을 했는지 한번 잘 생각해봐."

"에스텔 네 생각은 어떤데? 그 선택이 과연 옳은 일이었을까?"

"지금 네가 이 세상에 있잖아. 나한텐 그게 가장 중요해."

"그럼 그분은 어떻게 생각하실까?"

에스텔은 생각이 무척 많아 보였다.

"코미어 씨는 네가 너무나 보고 싶어서 널 다시 만나고 싶다는 생각뿐이었을 거야."

에스텔이 말을 멈추더니 눈을 가늘게 뜨고 고개를 끄덕였다.

"그분은 여전히 널 보고 싶어 하셔. 그리고 다시 네가 돌아오기를 바라셔. 그분이 네 옆에서 어떤 행동을 하느냐는 그것과 전혀 상관없는 문제야."

크리스토퍼는 고개를 저었다. 에스텔의 설명이 너무 어려웠다. 크리스토퍼는 부모님을 기억했다. 코미어 씨는 전혀 알지 못하는 낯선 사람일 뿐이었다. 그런데도 뭔가를 잃은 것 같은 느낌이 드는 이유는 뭘까? 그는 친구들 곁으로 무사히 돌아왔다. 그리고 그에게 친구들은 집과 다름없는 존재였다. 그런데도 왜 완전하다는 느낌이 들지 않는 걸까? 대체 뭐가 빠진 거지?

밖에서 땅, 땅 소리가 들리더니 곧이어 누군가 욕을 내뱉는 소리가 들렸다. 코미어 씨가 작업 중인 게 분명했다. 크리스토퍼는 그 소리를 듣고 빙그레 웃었다. 하지만 왠지 모르게 슬프기도 했다.

반쯤 열린 문틈으로 황금색 노을빛이 쏟아져 들어와 창고 안을 비췄다. 크리스토퍼는 빛줄기가 움직이는 모습에 마음을 빼앗겨 넋을 놓고 바라봤다. 그러다 문득 가슴을 휘젓는 듯한 느낌이 들었다. 노을빛 사이로 갑자기 웬 그림자가 어른거리는 바람에 크리스토퍼는 다시 정신을 차렸다.

"얘들아, 안녕."

모두 고개를 돌리자 문기둥에 태평스럽게 기대선 둥글이 로버트가 보였다.

사실 둥글이 로버트답지 않았다. 코미어 씨가 로버트한테 만들어준 새 몸통 때문이었다. 코미어 씨는 아주 좋은 금속으로 날씬한 몸통을 만들어줬다. 로버트는 애써 심드렁한 척했지만 크리스토퍼는 완전히 달라진 로버트의 행동을 볼 때면 웃음을 참을 수가 없었다.

로버트가 뒷짐을 지고 성큼성큼 걸어서 창고 안으로 들어왔다. 그리고 새 눈썹을 우아하게 쓰다듬으며 헛기침을 했다.

"너희들한테 노래를 한 곡 들려줘야 할 것 같아서 와봤어."

그러고는 입술을 오므리고 휘파람을 불기 시작했다.

최근에 코미어 씨가 직접 만든 풀무(불을 피울 때 바람을 일으키는 기구:옮긴이)를 로버트의 가슴속에 달아준 덕분이었다. 그래서 로버트는 숨 쉬는 것은 물론이고 한숨도 쉴 수 있었다.

크리스토퍼와 잭은 로버트의 휘파람 소리를 들으면서 활짝 웃었다. 어느덧 해가 뉘엿뉘엿 넘어가고 있었고, 저 멀리서 코미어 씨의 망치 소리가 들려왔다.

로버트가 양손을 비비면서 말했다.

"휘파람 불면서 산책이나 좀 해야겠다. 같이 갈 사람?"

잭이 씩 웃으며 손을 번쩍 들었다. 로버트가 함께 가자는 뜻으로 눈썹을 아래위로 움직이며 크리스토퍼를 빤히 쳐다봤다.

"좋아, 로버트." 크리스토퍼가 깔깔 웃으며 대답했다.

이번에는 로버트가 에스텔을 보며 눈썹을 축 내려뜨렸다.

"난 할 일이 있어, 로버트." 에스텔이 대답했다.

"너만 손해지 뭐." 로버트가 어깨를 으쓱하며 말했다.

로버트가 앞장서서 밖으로 나갔고 크리스토퍼와 잭이 뒤따라 나갔다. 로버트가 허리띠에 엄지손가락을 걸고 거들먹거리며 걷는 모습을 보고 크리스토퍼는 피식 웃었다. 왠지 로버트가 이런 말을 하는 것처럼 보였기 때문이다.

'난 이제 날씬해져서 허리띠를 하지 않으면 바지가 흘러내린단다. 인간처럼 말이지.'

구름 사이로 금색 노을빛이 퍼지고 있었다. 크리스토퍼는 별안간 겁이 나서 온몸을 벌벌 떨었다. 잭이 의아한 표정으로 봤지만 크리스토퍼는 모르는 척했다. 맨 앞에 선 로버트는 여전히 허리띠에 엄지손가락을 건 채로 딱히 듣는 사람이 없는데도 쉴 새 없이 지껄이고 있었다.

로버트가 멈춰 서더니 돌멩이 하나를 발로 휙 걷어차고는 크리스토퍼와 잭을 돌아봤다. 로버트의 표정에서 심란함인지, 죄책감인지 모를 이상한 감정이 느껴졌다.

"왜 그래, 로버트?" 크리스토퍼가 물었다.

로버트가 눈을 내리깔고 바닥만 물끄러미 바라봤다. 그러다 다시 눈을 들어 크리스토퍼와 잭을 쳐다봤다. 여전히 약간 부끄러운 표정이었다.

"내가 어제 달팽이를 밟았거든."

잠시 말이 끊겼다. 그러다 잭이 크리스토퍼를 보며 킥킥 웃었다.

"달팽이가 완전히 으스러졌어?" 크리스토퍼가 물었다.

로버트가 재빨리 고개를 끄덕였다. 그러고는 윗입술을 꼭 깨물었다.

"일부러 그런 거야?"

로버트가 크리스토퍼를 똑바로 보지 못하고 고개를 저었다.

"만약 일부러 그랬다면 나도 정제 추진력 로봇들이랑 똑같다는 뜻이야? 버서커 로봇들이랑 비슷해지는 거야?"

"아니, 로버트." 크리스토퍼가 웃으면서 대답했다. "그런 거 아니야. 모르고 한 일이잖아. 넌 일부러 누구든, 무엇이든 해칠 수 없어. 넌 영혼이 없으니까. 영혼은 없어도 돼. 넌 인간이 아니잖아. 그리고 인간보다 더 나은 로봇이니까."

"내가 인간보다 더 낫다고?" 로버트가 깜짝 놀라 물었다.

"그래. 넌 선하거든, 로버트. 악의라곤 하나도 없지." 크리스토퍼가 잭을 보며 말을 이었다. "너희 중에 악의가 있는 로봇은 아무도 없어."

로버트가 크리스토퍼의 말을 한참 생각하더니 빙그레 웃었다.

"인간보다 더 나아."

그러더니 별안간 로버트의 얼굴에서 웃음기가 싹 사라졌다.

"그런데 인간이 된다는 건 가족이 생긴다는 뜻이잖아. 잭이 그렇게 말했거든. 난 엄마도 없고 아빠도 없는데 어떻게 인간보다 낫다는 거야?"

잭이 목을 꼿꼿이 펴고 무척 뿌듯한 표정으로 로버트를 보며 말했다.

"내가 네 가족이잖아, 로버트. 나, 크리스토퍼, 만다, 에스텔도."

로버트가 활짝 웃었다. 그러고는 크리스토퍼와 잭을 번갈아 쳐다봤다. 크리스토퍼는 저러다 로버트가 폭발하는 건 아닐까 하는 생각이 들었다.

로버트의 미소가 점점 사라지더니 얼굴에 주름이 생길 정도로 눈썹을 축 늘어뜨렸다. 새로운 걱정거리가 떠오른 모양이었다.

"약속은 꼭 지켜야 하는 것 맞지?"

"당연히 그렇지, 로버트." 잭이 고개를 끄덕이며 대답했다.

로버트가 주머니에 양손을 찔러 넣고는 대문을 쳐다봤다.

"그런데 왜 코미어 씨는 아직도 약속을 지키지 않는 거야?"

잭은 턱을 긁적거리면서 고개를 저었다. 대답할 수가 없었다.

"코미어 씨는 나빠. 에스텔 말이, 전보다 로봇들이 더 많아졌다고 하더라. 그리고 매일 찾아오는 로봇들이 점점 늘어나고 있대. 진짜 나쁘다." 로버트가 진저리를 치며 말했다.

크리스토퍼의 등 뒤에서 탕, 탕 소리가 다시 들려왔다. 돌아보니, 온몸에 기름을 덕지덕지 묻힌 코미어 씨가 땀범벅이 된 얼굴로 트럭 보닛 안쪽을 들여다보고 있었다. 코미어 씨가 에그버트한테 뭐라고 소리치자 에그버트가 다가가서 스패너를 건넸다. 만다는 트럭 뒤쪽에 놓인 간이 의자에 앉아서 헝겊 인형을 가지고 놀고 있었다.

코미어 씨가 스패너를 받아 쥐려다가 크리스토퍼와 눈이 마주쳤다. 순식간에 노여운 눈빛이 싹 사라지더니 측은할 정도로 희망에 가득 찬 눈빛으로 바뀌었다. 코미어 씨는 한 손을 어정쩡하게 들어 인사하고는 어떻게 해야 할지 생각하는가 싶더니 고개를 홱 돌려 다시 트럭 엔진을 점검하는 척했다.

크리스토퍼는 잭과 로버트를 따라 걸었다. 로버트는 기분이 그새 좋아진 모양이었다. 휘파람을 불다가 신이 난 목소리로 재잘대기를 쉴 새 없이 반복하고 있었다. 두 가지 중 한 가지도 절대 그만둘 수 없는 모양이었다.

크리스토퍼는 금색 노을빛으로 물든 하늘을 바라봤다. 부모님에 대한 기억이 떠올랐다. 엄마의 얼굴, 파란색 눈동자, 반짝이는 머리카락. 또 아빠가 자기를 보며 씩 웃던 모습도 떠올랐다. 그러다 별안간 가슴이 막혀 숨이 멎을 정도로 큰 충격에 휩싸였다.

"크리스토퍼, 그게 무슨 말이야?" 잭이 물었다.

"뭐… 뭐라고?"

크리스토퍼는 아직도 정신이 아찔했다.

"네가 한참 가만히 서 있다가 갑자기 정원 이야기를 했어."

"내가?"

로버트와 잭이 서로를 쳐다봤다.

크리스토퍼는 고개를 저으며 말했다.

"아니야, 별거 아니야."

크리스토퍼의 귀에 뒤편에서 망치로 쇠를 두드리는 듯한 소리가 들려왔다.

"그나저나 내 새로운 걸음걸이 좀 봐줄래? 연습 중이라서. 예전보다 빠르고 정말 멋지다니까. 예전 로버트라면 할 수 없었을 거야. 하지만 난 새로운 로버트니까."

로버트가 말을 멈추고는 한쪽 눈썹을 쓱 올리며 오른쪽 다리를 들어올렸다.

"너희가 보면 정말 감탄할…."

로버트가 오른쪽 다리를 올리다가 실수로 왼쪽 다리를 차는 바람에 균형을 잃었다. 팔을 빙빙 돌리며 바로 서려 했지만 로버트는 그대로 바닥에 쿵 넘어지고 말았다.

그런 로버트를 보고 크리스토퍼와 잭은 깔깔 웃음을 터트렸다.

그런데 크리스토퍼의 귀에 또 탕, 탕 소리가 들렸다. 이번에는 등 뒤에서 나는 소리가 아니라 꿈속에서 들려오는 소리 같았다. 순간 로버트의 모습이 눈앞에서 아득해졌다. 오직 탕, 탕 소리만이 따뜻하고 우렁차게 들렸다. 마치 멀리서 울리는 메아리 같았다.

크리스토퍼는 고개를 들어 뉘엿뉘엿 지는 해를 바라봤다. 구름 가장자리가 노을빛으로 반짝였다. 크리스토퍼는 빙그레 웃었다. 그러자 별안간 어떤 기억이 떠올랐다.

크리스토퍼가 가장 먼저 떠올린 건 엄마의 목소리였다.

"할아버지는 정원에 계셔. 아빠랑 뭘 만들고 있거든." 엄마가 말했다.

기억 속의 크리스토퍼는 주방에 있었다. 빵 반죽을 하고 있던 엄마가 크리스토퍼를 보고 활짝 웃었다.

"얼른 가보렴."

크리스토퍼는 문 쪽으로 돌아섰다. 살짝 열린 문틈으로 빛이 들어오고 있었다. 문을 열고 나가니 초록색 잔디밭 위로 부드러운 황금색 노을빛이 부서져 내리고 있었다. 귀에 익은 망치 소리가 들렸다. 크리스토퍼는 정원으로 달려갔다.

정원으로 가자 아빠가 크리스토퍼를 돌아봤다. 아빠 앞에 또 누군가가 있었다. 그는 금속 틀 앞에 망치를 들고 앉아 있었다. 다시 탕, 탕 소리가 들렸다. 아빠가 크리스토퍼를 보며 활짝 웃었다.

크리스토퍼는 망치를 든 손이 휙 올라가는 걸 지켜봤다. 갑자기 심장이 쿵쾅쿵쾅 빠르게 뛰었다. 크리스토퍼는 더 빨리 달렸다.

별안간 온 세상이 기울었다.

'넘어졌어. 내가 넘어진 거야. 몇 살이었더라? 여덟 살?'

크리스토퍼는 마치 한 대 얻어맞은 사람처럼 비틀거리며 뒷걸음질 쳤다.

잭이 크리스토퍼를 걱정스럽게 쳐다보며 물었다.

"크리스토퍼, 왜 그래? 무슨 일이야?"

'난 정원으로 나갔어. 여름이었고 엄마는 집 안에, 아빠는 정원에 계셨어. 그러다 내가 넘어졌어. 아빠와 정원에 함께 있었던 사람은…'

크리스토퍼의 눈앞에 엄마의 얼굴이 보였다. 아빠의 얼굴도 떠올랐다. 그는 잭이 무슨 말을 하고 있다는 사실을 어렴풋이 알았다. 그리고 로버트가 무척 걱정스러운 표정으로 자기를 쳐다보고 있다는 것도 알았다.

'난 일어나려고 했어. 그런데 누가 손을 내밀었어. 그 손을 잡았는데… 내가 잡은 그 손이…'

크리스토퍼는 다시 기억 속 정원으로 돌아가 있었다. 그런데 이번에는 뭔가 좀 달랐다. 노을빛이 잔디밭 위로 쏟아지는 광경도 왠지 색달랐다. 분명 집이라는 느낌이 들었다. 바위산의 실험실에서 떠올랐던 집의 느낌보다 훨씬 강렬하고 분명했다. 그리고 그때는 미처 기억하지 못한 일도 떠올랐다. 누가 자기 이름을 부르는 소리를 듣고 크리스토퍼는 위를 올려다봤다.

망치질을 하던 사람이 일어서서 크리스토퍼한테 다가왔다.

어렴풋이 보이는 얼굴은 크리스토퍼가 아는 얼굴이었다. 한 달 전 그를 만났을 때, 크리스토퍼는 그를 전혀 알아보지 못했다. 크리스토퍼의 기억 속 모습은 지금보다 흰 머리카락이 좀 적었다. 하지만 푸른 눈동자와 웃을 때 생기는 눈가의 주름은 여전했다.

그 사람은…

그 사람은 바로….

크리스토퍼는 탕, 탕 소리가 나는 쪽으로 달려갔다. 잭과 로버트가 크리스토퍼를 부르면서 쫓아왔다. 크리스토퍼는 들은 체도 하지 않았다. 그는 기억 속에서 저녁 무렵 정원으로 달려 나갔던 것처럼 노을이 내려앉은 그곳으로 정신없이 달렸다. 밖에서 어수선한 소리가 나자 작업실에서 나와 있던 에스텔도 아는 척하지 않고 그대로 쓱 스쳐 지났다. 크리스토퍼는 곧바로 마당으로 갔다. 코미어 씨가 트럭 엔진에 고개를 파묻고 있었다. 에그버트가 몇 가지 공구를 들고 그 옆에 서 있었다. 인형을 들고 간이 의자에 앉아 있던 만다가 크리스토퍼를 올려다봤다.

코미어 씨가 무슨 낌새를 느꼈는지 고개를 들었다. 그리고 양손을 닦으면서 고개를 돌렸다가 크리스토퍼를 발견하고 깜짝 놀라 눈을 휘둥그레 떴다.

크리스토퍼는 코미어 씨를 빤히 쳐다봤다.

"코미어 씨가 저한테 장난감을 만들어주셨어요. 태엽 감는 생쥐 인형이었죠. 그리고 진짜로 움직이는 아주 작은 자동차도 만들어주셨어요."

깜짝 놀라 다리에 힘이 빠진 코미어 씨가 살짝 휘청거렸다가 손으로 트럭 보닛을 짚고 바로 섰다. 그러더니 턱을 덜덜 떨었다.

"엄마한텐 태엽 감는 새, 아빠한텐 기차, 그리고 저한텐 생쥐 인형을 만들어주셨어요. 크리스마스 선물로요. 그리고 물건을 고치실 때 제가 자주 도와드렸는데, 세상에서 물건을 직접 만들고 그 소중한 물건을 잘 보살피는 일보다 더 고귀한 일은 없다고 늘 말씀하셨죠."

크리스토퍼는 어느새 눈물을 펑펑 쏟고 있었다. 목이 메어 말이 제대로 나오지 않았다. 아직 겁이 나서 크리스토퍼가 하지 못한 말이 하나 남아 있었다. 그 말을 해버리면 겨우 되찾은 기억과 기분이 산산조각 나버릴 것 같았기 때문이다. 평온한 느낌. 진짜 자기 집으로 돌아온 느낌….

크리스토퍼는 다시 말을 해보려 했지만 여전히 울음이 멈추질 않았다. 그는 겨우 눈물을 삼키고 아직 하지 못한 그 말을 천천히 속삭이듯 내뱉었다.

"할아버지…."

크리스토퍼가 달려가자 코미어 씨가 두 팔을 벌려 크리스토퍼를 꼭 껴안고는 눈물을 흘렸다.

잭과 로버트, 에스텔은 창고 옆에 서서 둘이 끌어안은 모습을 가만히 지켜봤다.

"결국 말해버렸군." 에스텔이 빙그레 웃으며 말했다.

잠시 후 크리스토퍼와 코미어 씨는 서로를 놓아줬다. 크리스토퍼는 눈물을 닦고 단호한 표정으로 할아버지의 얼굴을 쳐다봤다. 그리고 할아버지의 손을 꼭 잡았다.

"얼른요."

코미어 씨는 잠자코 크리스토퍼를 따라 걸었다. 마치 어린아이처럼 온순했다. 크리스토퍼는 로버트를 쳐다보며 고개를 끄덕였다. 그런 뒤 고개를 홱 돌려 근처에 있던 공구 상자를 가리켰다. 로버트가 엄지손가락을 치켜들고는 공구 상자를 집어 들었다. 셋은 함께 대문 쪽으로 걸어갔다. 에스텔, 잭, 만다 그리고 에그버트도 그 뒤를 따랐다.

그들은 대문 앞에서 멈춰 섰다. 코미어 씨는 긴장한 표정이었다. 크리스토퍼는 할아버지의 손을 꼭 잡고 용기를 북돋우는 표정으로 그를 쳐다봤다.

"약속은 꼭 지켜야 하잖아요." 로버트가 말했다.

코미어 씨가 숨을 깊게 들이쉬더니 대문을 향해 손짓했다.

대문이 열렸다.

대문 앞에서 그들을 기다리고 있는 로봇들을 보고 크리스토퍼는 활짝 웃었다. 크리스토퍼는 할아버지의 손을 잡고 밖으로 나갔다. 친구 로봇들이 그 뒤를 따랐다.

해가 서쪽으로 기울면서 금색 노을빛이 비치고 있었다. 오랫동안 정원에서 빛나던 노을빛과 똑같았다. 크리스토퍼 코미어는 그제야 자기가 집으로 다시 돌아왔다는 사실을 깨달았다.

크리스토퍼와 그의 할아버지 코미어 씨는 작업을 시작했다.